365 días más

BLANKA LIPIŃSKA

365 días más

Traducción de
Francisco Javier Villaverde González

Grijalbo

Título original: *Kolejne 365 dni*
Primera edición: junio de 2021

© 2019, Blanka Lipińska
© 2021, Penguin Random House Grupo Editorial, S. A. U.
Travessera de Gràcia, 47-49. 08021 Barcelona
© 2021, de la presente edición en castellano:
Penguin Random House Grupo Editorial USA, LLC.
8950 SW 74th Court, Suite 2010
Miami, FL 33156

© 2021, Francisco Javier Villaverde González, por la traducción
Diseño de la cubierta: Adaptación de la cubierta original de
©Wydawnictwo Agora / Penguin Random House Grupo Editorial
Fotografía de la cubierta: Personaje ©Shuttersotck, Ilustración tatuaje ©Shiryu Tattoo

ISBN: 978-1-64473-394-3

Impreso en México - Printed in Mexico

24 23 22 21   10 9 8 7 6 5 4 3 2 1

El cáncer de cuello uterino no duele, ¡TE MATA! ¡Hazte una citología vaginal para seguir viva y disfrutando del sexo!

1

El cálido viento me revolvía el pelo mientras conducía el descapotable a toda velocidad junto a la playa. Por los altavoces retumbaba la canción de Ariana Grande *Break Free*, cuya letra respondía a mi situación como ninguna otra en el mundo. *If you want it, take it*, cantaba y asentía al ritmo de cada palabra al tiempo que subía el volumen.

Aquel día era mi cumpleaños. Teóricamente, era un año más vieja que el día anterior, así que debería estar deprimida, pero nunca me había sentido tan viva como en ese momento.

Detuve el coche en un semáforo, y justo entonces empezó el estribillo. Los bajos explotaron a mi alrededor y me sentía de tan buen humor que me puse a cantar con Ariana:

—*This is... the part... when I say I don't want ya... I'm stronger than I've been before...* —grité junto a ella, moviendo las manos en todas direcciones.

El joven que detuvo el coche a mi lado me sonrió con coquetería; debió de parecerle divertido mi comportamiento y empezó a golpear el volante al ritmo de la canción. Aparte de la música y de mi insólita conducta, quizá también le llamó la atención mi vestuario, porque no llevaba mucha ropa.

El bikini negro pegaba de manera ideal con mi Plymouth Prowler morado, con el que combinaba todo porque era la hostia. Mi coche, divino y extraordinario, era un regalo de cumpleaños. Por supuesto, era consciente de que mi hombre no se detendría ahí, pero me gustaba consolarme pensando que quizá fuera el último obsequio.

Todo había comenzado un mes antes: cada día me ofrecía algo por mi cumpleaños. Trigésimo cumpleaños, treinta días de regalos. Así lo veía él. Alcé los ojos al pensar en ello y arranqué cuando el semáforo se puso en verde.

Aparqué, cogí el bolso y me dirigí a la playa. Hacía mucho calor, era pleno verano y tenía muchas ganas de comprobar cuánto tiempo podía estar al sol sin hartarme. Sorbí un poco de té helado por una pajita y me puse a caminar hundiendo los pies en la ardiente arena.

—¡Felicidades, vejestorio! —gritó mi hombre; en cuanto me di la vuelta para mirarlo, un géiser de Moët & Chandon Rosé me explotó en la cara.

—¡¿Qué haces?! —chillé sonriendo, y traté de apartarme del chorro, aunque sin éxito.

Me empapó entera con la precisión y el acierto de un bombero con una manguera. Cuando la botella estuvo vacía, se abalanzó sobre mí y me tumbó sobre la arena.

—Felicidades —susurró—. Te quiero.

Entonces su lengua se introdujo lentamente en mi boca y empezó a moverse en todas direcciones. Gemí, crucé los brazos por detrás de su cuello y separé las piernas cuando se acomodó entre ellas, moviendo las caderas a un lado y a otro.

Sus manos agarraron las mías y las hundieron en el blando suelo. Luego se apartó de mí y me miró con expresión divertida.

—Tengo algo para ti. —Movió las cejas alegremente, se incorporó y tiró de mí para dejar que me levantara.

—¿De verdad? —murmuré con sarcasmo y alcé la vista, que ante él quedaba oculta por los cristales oscuros de mis gafas de sol.

Levantó la mano y me las quitó. Se puso serio.

—Me gustaría… —se aturulló, y lo miré con gesto divertido. Entonces inspiró profundamente, cayó de rodillas, estiró la mano y puso frente a mí una cajita—. Cásate conmigo —dijo Nacho mostrando sus blancos dientes en una sonrisa—. Me gustaría decir algo inteligente, romántico, pero solo deseo decir algo que te convenza.

Tomé aire, pero levantó la mano para detenerme.

—Piénsatelo antes de decir nada, Laura. Prometerse no significa casarse y casarse no significa que sea para toda la vida. —Empujó suavemente la cajita contra mi vientre—. Recuerda que no quiero obligarte a nada, no te ordeno nada. Di «sí» solo si lo deseas de verdad.

Por un instante se quedó en silencio, esperando mi respuesta, pero al no obtenerla, meneó la cabeza y continuó:

—Si no aceptas, te enviaré a Amelia y te torturará hasta la muerte.

Lo miré preocupada y asustada, pero a la vez contenta.

«Si en Nochevieja alguien me hubiera dicho que meses después estaría donde estoy, habría creído que estaba loco», pensé, y me reí para mis adentros. Y si hace un año por esas fechas, cuando Massimo me secuestró, alguien hubiera insinuado que un año después iba a aterrizar en Tenerife y que tendría a un chico de colores a mis pies, habría apostado una mano a que eso era imposible. Así que en ese instante no tendría mano... Pensar en lo que había ocurrido ocho meses antes aún me helaba la sangre, pero gracias a Dios, o al doctor Mendoza, mis sueños ya eran más tranquilos. Aunque tras tanto tiempo y con semejante compañía en la cama no podría ser de otro modo...

2

Cuando abrí los ojos por primera vez desde que los cerrara en la residencia de Fernando Matos, me di cuenta de que estaba cubierta por kilómetros de tubos insertados en mi cuerpo y que me rodeaban decenas de pantallas en las que se mostraban mis constantes vitales. Todos los aparatos lanzaban pitidos y ruidos. Quise tragar saliva, pero en la garganta tenía un tubo. Me dio la sensación de que en cualquier momento iba a vomitar. Los ojos se me nublaron y sentí que el pánico se apoderaba de mí. Entonces una de las máquinas empezó a pitar de manera estridente, la puerta se abrió y Massimo entró sofocado en la habitación, como si fuera un ariete. Se sentó a mi lado y me tomó de la mano.

—Querida. —Sus ojos se llenaron de lágrimas—. ¡Gracias a Dios!

El rostro de Black reflejaba cansancio, y me pareció que había perdido la mitad del peso que tenía la última vez que lo vi. Inspiró hondo y me acarició la mejilla. Al verlo, me olvidé del tubo que me asfixiaba. Empezaron a brotarme lágrimas y él las fue secando una a una sin apartar sus labios de mi mano. Justo en ese momento unas enfermeras entraron en la habitación y silenciaron aquel insoportable pitido.

Tras ellas aparecieron los médicos.

—Señor Torricelli, salga, por favor. Tenemos que ocuparnos de su esposa —dijo un hombre mayor con bata blanca, pero no reaccionó, así que el doctor repitió la orden en voz más alta.

Massimo se irguió por encima de él, adoptó la expresión más fría posible y le espetó, mascullando en inglés:

—Mi mujer acaba de abrir los ojos por primera vez en dos semanas. Si cree usted que voy a salir, se equivoca.

El médico agitó una mano resignado.

Cuando me sacaron de la garganta aquel tubo, que parecía el de un aspirador, pensé que habría sido mejor que Black no lo hubiera presenciado, pero en fin. Un momento después empezaron a entrar en mi habitación muchos médicos de las más diversas especialidades. Luego llegaron los análisis y las pruebas, montones de ellas.

Massimo no salió ni un momento ni tampoco me soltó la mano. Hubo un par de ocasiones en las que hubiera deseado que no estuviera allí, pero no habría sido capaz de apartarlo de mí, de convencerlo para que se separara unos centímetros y dejara sitio a los médicos. Finalmente, todos desaparecieron. A pesar de que me costaba un mundo hablar, quería preguntarle qué había sucedido. Traté de tomar aire y de mi boca salieron unos sonidos incomprensibles.

—No hables —gimió Black mientras volvía a acercar mi mano a su maravillosa boca—. Antes de que empieces a preguntar e investigar... —Suspiró y parpadeó nervioso, como si quisiera contener las lágrimas—. Me salvaste, Laura —murmuró, y a mí me subió la temperatura—. Tal como aparecía en mi visión, me salvaste, querida.

Su mirada se clavó en mi mano. No entendía qué quería decirme.

—Entonces...

Intenté arrancar, pero era incapaz de hablar.

En aquel momento me di cuenta de a qué podía referirse. Con manos temblorosas, aparté la sábana a un lado. Black intentó cogerme de las manos, pero algo le impedía luchar conmigo. Al final, me soltó las muñecas.

—Luca —susurré al ver las vendas en mi cuerpo—. ¿Dónde está nuestro hijo?

Mi voz apenas resultó audible y cada palabra me producía dolor. Quería gritar, levantarme de la cama y hacer ESA pregunta para que Black se sintiera obligado a decirme por fin la verdad.

Se levantó, cogió el edredón tranquilamente y cubrió mi cuerpo desgarrado. Sus ojos no tenían vida y, al mirarlo, me invadió no solo el miedo, sino también la desesperación.

—Ha muerto. —Se levantó, tomó aire y se giró hacia la ventana—. La bala le dio muy cerca... Era demasiado pequeño... No tenía oportunidad alguna. —A mi marido se le quebró la voz, y yo no sabía cómo definir lo que sentía en ese momento.

La palabra «desesperación» no era suficiente. Tenía la impresión de que alguien acababa de arrancarme el corazón. Las olas de llanto que me golpeaban a cada segundo me impedían respirar. Cerré los ojos y traté de tragarme la bilis que me subía a la garganta. Mi hijo, la dicha que tenía que ser parte de mí y de mi amado, había desaparecido. De repente, el mundo se detuvo.

Massimo se quedó quieto como una estatua, hasta que al final se secó los ojos y se giró hacia mí.

—Por fortuna, estás viva. —Se esforzó por sonreír, pero no lo consiguió—. Duerme, los médicos dicen que tienes que descansar mucho. —Me acarició la cabeza y secó mis mejillas húmedas—. Tendremos un montón de niños, te lo prometo.

Cuando dijo eso, exploté con un llanto aún más fuerte.

Se quedó de pie, resignado, respirando de manera superficial, y noté que la impotencia se apoderaba de él. Apretó los puños y salió sin mirarme. Poco después volvió en compañía de un doctor.

—Laura, le voy a administrar un calmante.

Como no podía hablar, negué con la cabeza.

—Sí, sí, tiene que recuperarse poco a poco, pero por hoy ya es suficiente —dijo mientras le dirigía una mirada de reproche a Black.

Clavó la jeringuilla en uno de los goteros y noté que me volvía extrañamente pesada.

—Aquí estaré. —Massimo se sentó junto a la cama y agarró mi mano. Empecé a adormilarme—. Te prometo que estaré aquí cuando te despiertes.

Y allí estaba cuando abrí los ojos, y todas las demás veces que me dormí y volví a despertar. No se apartó de mí ni un momento. Me leía, traía películas, me peinaba, me lavaba. Descubrí, preocupada, que esta última tarea también la hacía mientras dormía, porque no dejaba que las enfermeras se acercaran a mí. Me pregunto cómo consiguió soportar el hecho de que los médicos que me operaron fueran hombres.

Según pude deducir de sus lacónicos comentarios, me habían disparado en un riñón. No pudieron salvarlo. Por fortuna, las personas tenemos dos, y vivir con uno no es una tragedia, siempre y cuando esté sano. Durante la operación, mi corazón decidió dejar de cooperar, lo que no me extrañó demasiado. En cambio, me sorprendió que los médicos lograran arreglarlo. Desatascaron, cosieron, cortaron y, en principio, con eso debía funcionar. El doctor que realizó la operación me lo explicó todo durante más de una hora, mostrándome dibujos y gráficos en la pantalla de una tableta. Por desgracia, mi inglés no era lo bastante bueno como para comprender los detalles de su exposición. Además, debido a mi estado de ánimo, me era totalmente indiferente. Lo que importaba era que pronto abandonaría el hospital. En apariencia, cada día me encontraba mejor, mi cuerpo se recuperaba rápidamente… Mi cuerpo, porque mi alma seguía muerta. La palabra «hijo» quedó eliminada de nuestro vocabulario y el nombre «Luca» dejó de existir. Bastaba la mera mención a un niño, no ya durante la conversación, sino por televisión o internet, y rompía a llorar.

Massimo y yo hablábamos de todo, se abrió a mí más que nunca, pero bajo ningún concepto quería tocar el tema de Nochevieja. Me irritaba cada vez más. Dos días antes de la fecha prevista para que me dieran el alta en el hospital no aguanté más.

Black acababa de poner delante de mí la bandeja con la comida y se remangó.

—No voy a comer ni un bocado —bramé cruzando los brazos sobre la colcha—. No conseguirás escaquearte del tema. Ya no puedes escudarte en mi estado de salud, me siento fenomenal. —Alcé la vista con ostentación—. ¡Joder, Massimo, tengo derecho a saber qué ocurrió en la mansión de Fernando Matos!

Don Torricelli dejó la cuchara en el plato, inspiró con fuerza y se levantó irritado.

—¿Por qué eres tan testaruda? —Me dirigió una mirada de ira—. Por Dios, Laura. —Se cubrió la cara con las manos y se inclinó un poco hacia atrás—. Está bien. ¿Qué es lo último que recuerdas? —Su voz reflejaba resignación.

Rebusqué en todos los rincones de mi memoria y, cuando apareció la imagen de Nacho, se me heló el corazón. Tragué saliva ruidosamente y, poco a poco, expulsé el aire de los pulmones.

—Recuerdo que me pegó el hijo de puta de Flavio.

La mandíbula de Massimo empezó a moverse rítmicamente.

—Después apareciste tú.

Cerré los ojos y pensé que eso me ayudaría a recordar.

—Luego hubo un gran alboroto, todos salieron y nos dejaron solos.

Me detuve porque no estaba segura de lo que había ocurrido después.

—Me acerqué a ti… Recuerdo que me dolía mucho la cabeza… Y después nada.

Me encogí de hombros a modo de disculpa y le miré.

Sabía que estaba a punto de estallar. Toda esa situación y los recuerdos asociados a ella despertaban en su interior un enorme sentimiento de culpa que no era capaz de sobrellevar. Caminaba por la habitación con los puños apretados y su pecho se hinchaba y deshinchaba a un ritmo frenético.

—Flavio, ese… Mató a Fernando y después disparó a Marcelo.

Al oír esas palabras, noté que me bloqueaba.

—Pero no le dio —añadió, y respiré aliviada.

Massimo me miró sorprendido y fingí que me dolía el pecho. Me llevé la mano al busto y le hice una señal para que continuara.

—Ese hijoputa calvo lo mató, o al menos eso pensó cuando el otro cayó tras el escritorio y lo llenó todo de sangre. Entonces te sentiste peor.

Volvió a detenerse y apretó los puños con tal fuerza que los nudillos se le quedaron blancos.

—Quise sujetarte y entonces disparó de nuevo.

Puse los ojos como platos y el aire se me atascó en la garganta de tal manera que no me permitía emitir palabras. Mi aspecto debía de ser horrible, porque Black se me acercó y me acarició la cabeza mientras comprobaba los indicadores de los monitores. Me bloqueé. ¡¿Por qué me disparó Nacho?! No podía comprenderlo.

—¡Y por eso no quería hablar contigo de este tema! —bramó Black cuando una de las máquinas empezó a pitar.

Poco después, una enfermera entró corriendo en la habitación y los médicos tras ella. Se montó un gran revuelo a mi alrededor, pero al cabo de un rato volvieron a inyectarme algo a través del catéter de mi muñeca y todo quedó solucionado. Pero esa vez no me dormí, solo me tranquilicé. Me sentía como una lechuga. En apariencia, lo veía y lo entendía todo, pero experimentaba una extraña felicidad. «Soy una flor de loto en la superficie de un lago», pensé tumbada sobre la cama mientras observaba cómo Massimo le explicaba al médico lo que había ocurrido y este le quitaba importancia al asunto agitando una mano. «Ay, doctor, si supieras quién es mi marido, jamás te habrías atrevido a acercarte tanto a él», cavilé sonriendo. Ambos discutieron un momento, hasta que al final Black se dio por vencido y asintió. Un rato después volvimos a quedarnos a solas.

—¿Y qué pasó a continuación? —pregunté alargando un poco las palabras, aunque me parecía que hablaba con normalidad.

Se quedó pensativo y me miró con atención. Entonces le dirigí una sonrisa ligeramente narcótica y él negó con la cabeza.

—Por desgracia, Flavio se recuperó y te disparó.

«Flavio», repetí mentalmente, y mi rostro mostró una alegría incontrolada. Don Massimo seguramente lo atribuyó al efecto de los calmantes y continuó:

—Marcelo lo mató, más bien lo masacró, porque le metió todo el cargador en el cuerpo. —Black resopló de manera burlona y meneó la cabeza—. En ese momento yo estaba ocupándome de ti. Domenico fue a buscar ayuda, porque la sala estaba insonorizada y nadie había oído nada. Matos trajo un botiquín. Después llegó la ambulancia. Perdiste mucha sangre. —Volvió a levantarse—. Y eso es todo.

—¿Y ahora? ¿Qué va a ocurrir ahora? —pregunté entornando los ojos para aguzar la vista.

—Volvemos a casa. —En su cara apareció la primera sonrisa sincera del día.

—Me refiero a los españoles, a vuestros negocios —balbucí tumbándome boca arriba.

Massimo me miró con suspicacia y preparé mentalmente una buena justificación para mi pregunta. Permaneció en silencio bastante rato, y al final decidí mirarle fijamente.

—¿Estoy a salvo o van a volver a raptarme? —pregunté con fingida irritación.

—Digamos que he llegado a un acuerdo con Marcelo.

Toda la casa está plagada de dispositivos electrónicos, igual que la nuestra. Hay cámaras y sistemas de grabación. —Cerró los ojos y agachó la cabeza—. Vi uno de los vídeos y escuché lo que decía Flavio. Sé que a la familia Matos la enredaron en el asunto. Fernando no conocía las intenciones de Flavio. Marcelo cometió un enorme error al raptarte. —Los ojos de Black se encendieron de ira—. Pero sé que te salvó la vida y te cuidó. —Empezó a temblar y de su garganta surgió una especie de rugido—. No puedo soportar la idea de que... —Se detuvo y lo observé con cierta indiferencia—. ¡Jamás habrá paz! —Se levantó de la silla y la lanzó contra la pared—. Por culpa de ese hombre ha muerto mi hijo y mi esposa casi pierde la vida. —Inspiró sin fuerza—. Cuando vi la grabación en la que ese hijo de puta te torturaba... ¡Te juro que, si pudiera, lo volvería a matar un millón de veces!

Massimo cayó de rodillas en mitad de la habitación.

—No puedo soportar la idea de que no te protegí, de que permití que ese calvo malnacido te secuestrara y te llevara al lugar donde te atacó ese degenerado.

—Él no lo sabía —susurré entre lágrimas—. Nacho no tenía ni idea de por qué me habían raptado.

La mirada llena de odio de Massimo se posó en mi boca.

—¿Lo defiendes? —Se levantó, dio tres pasos y se me acercó—. ¿Después de todo lo que has pasado por su culpa, lo defiendes?

Se quedó de pie junto a mí, resoplando, y sus pupilas estaban tan dilatadas que sus ojos se volvieron completamente negros.

Lo miré y descubrí con sorpresa que no sentía nada, ni rabia, ni nervios, ni siquiera notaba debilidad. Era muy extraño. Los medicamentos que me habían administrado me habían vaciado de emociones y lo único que reflejaba lo que sentía eran las lágrimas que rodaban por mis mejillas.

—Es que no quiero que tengas enemigos, porque eso también me afecta a mí —contesté, y al momento lamenté haber pronunciado esas palabras.

Mi respuesta era una acusación, no directa, pero acusación al fin y al cabo. Sin quererlo, insinuaba que él era el responsable de mi estado.

Black suspiró y se quedó pensando. Su labio mordisqueado pedía misericordia. Se levantó y se dirigió lentamente hacia la puerta.

—Voy a ocuparme de tu alta —susurró, y salió en silencio de la habitación.

Quise llamarle y rogarle que se quedara, pedirle perdón y explicarle que no tenía mala intención al decir eso, pero las palabras se me atascaron en la garganta. Cuando la puerta se cerró, me quedé un rato mirándola fijamente y al final me dormí.

Me despertó mi vejiga. Era una sensación que había empezado a apreciar poco antes, así como la de verme capaz de ir al baño sola. Disfrutaba de cada visita al servicio. Por fin me habían quitado el catéter urinario y, como el médico había dicho que tenía que andar, desde hacía unos días me dedicaba a dar cortos paseos, aunque sin soltar el portasueros.

Estuve un buen rato en el baño, ya que hacer mis necesidades enganchada a un gotero no fue sencillo y exigía una habilidad excepcional. Además, tuve que apañármelas sola, ya que al despertar descubrí, sorprendida, que Massimo había desaparecido. El día que ingresé en el hospital pidió que llevaran una segunda cama a la habitación y siempre dormía a mi lado. El dinero abría todas las puertas. Si hubiera querido tener allí muebles antiguos y una fuente, lo habría conseguido. Su cama estaba sin deshacer, lo cual significaba que esa noche había tenido que solucionar asuntos más importantes que cuidar de mí.

Como había dormido todo el día, no tenía sueño, así que decidí vivir una aventura saliendo sola al pasillo. Nada más cruzar el umbral, me agarré a la pared y vi con alegría que dos fornidos guardaespaldas se levantaban de un salto al descubrir mi presencia. Les hice una señal con la mano para que se sentaran y caminé por el pasillo arrastrando el portasueros tras de mí. Desgraciadamente, me siguieron. En cuanto me di cuenta de lo ridícula que resultaba la situación, me entraron ganas de reír. Iba ataviada con una bata blanca y unas botas Emu de color rosa, con el pelo rubio despeinado, apoyada en un perchero metálico, y detrás de mí dos gorilas con traje negro y el cabello engominado. Por desgracia, la velocidad que podía alcanzar no era extraordinaria, así que nuestra comitiva avanzaba paso a paso.

Necesité sentarme un momento, pues mi organismo aún no estaba preparado para largas expediciones. Mis acompañantes se detuvieron a unos metros de mí. Miraron alrededor por si había alguna «amenaza», pero no vieron nada y se pusieron a charlar. Aunque era de noche, en el pasillo del hospital había mucho movimiento. Una enfermera se acercó a mí y me preguntó si me pasaba algo. La tranquilicé explicándole que solo estaba descansando, así que se marchó.

Finalmente me levanté para volver a mi habitación cuando al fondo del pasillo distinguí una silueta familiar. Estaba de pie junto a una ventana muy grande.

—No es posible —susurré, y fui caminando hasta ella—. ¿Amelia?

La chica se giró hacia mí y en su rostro apareció una sonrisa apagada.

—¿Qué haces aquí? —pregunté sorprendida por encontrármela allí.

—Estoy esperando —contestó señalando con la cabeza hacia algo que estaba al otro lado de la ventana.

Miré a la izquierda y vi una sala en la que había bebés en incubadoras. Eran muy pequeños, algunos poco más grandes que un envase de azúcar. Parecían muñecas a las que hubieran enganchado tubos y cables. Al verlos, se me puso mal cuerpo. «Luca era así de pequeño», pensé. Los ojos se me llenaron de lágrimas y se me hizo un nudo en la garganta. Los cerré con fuerza y, antes de abrirlos, me giré hacia la chica. La volví a mirar, pero esta vez la observé atentamente. Llevaba una bata, así que era otra paciente del hospital.

—Pablo ha nacido demasiado pronto —dijo secándose la nariz con la manga. En sus mejillas se veían rastros de lágrimas—. En cuanto me enteré de lo que le había pasado a su padre y... —Su voz se quebró y supe qué quería decirme.

La rodeé con el brazo, no sé si para darle ánimos o para dármelos a mí. Entonces los guardaespaldas se apartaron unos pasos para dejarnos un poco de intimidad. Amelia apoyó la cabeza en mi hombro. Sollozaba. No tenía ni idea de qué sabía, probablemente su hermano le habría ahorrado detalles innecesarios.

—Siento mucho lo de tu marido.

Me costó horrores pronunciar esas palabras, porque no

las sentía; al contrario, me alegraba que Nacho lo hubiera matado.

—En realidad no era mi marido —susurró—. Pero le llamaba así. Deseaba que lo fuera.

Se sorbió la nariz y se irguió.

—¿Y tú qué tal estás? —Su mirada llena de preocupación se posó en mi vientre.

—¡Laura! —A mi espalda se oyó un bramido que no auguraba nada bueno.

Me giré y vi a Massimo muy cabreado avanzando a grandes zancadas por el pasillo.

—Tengo que irme. Te buscaré —susurré. Me di la vuelta y fui hacia mi marido.

—¿Qué estás haciendo? —preguntó irritado, y me sentó en una silla de ruedas que había junto a la pared. Después, entre dientes, reprendió en italiano a los dos seguratas y empujó lentamente la silla en dirección a mi habitación.

Entramos, me dejó sobre la cama y me tapó con la colcha. Naturalmente, durante todo el trayecto tuvo que soltar su habitual rollo sobre lo irresponsable e irreflexiva que era; de otro modo, no habría sido él.

—¿Quién era esa chica? —preguntó mientras colgaba la chaqueta en el respaldo de la silla.

—La madre de uno de los niños prematuros —susurré girando la cabeza en otra dirección—. No sabe si su bebé sobrevivirá. —La voz se me quebró. Sabía que Black no insistiría en el tema del niño.

—No entiendo por qué has ido a esa zona del hospital —me reprochó. Se hizo un incómodo silencio en el que solo se oía la respiración de mi marido—. Deberías descansar —comentó cambiando de tema—. Mañana volvemos a casa.

Fue una noche complicada. Cada poco tiempo me despertaba de sueños en los que aparecían niños, incubadoras y mujeres embarazadas. Esperaba librarme de todos esos pensamientos que me atormentaban cuando llegara a casa. Por la mañana, no veía el momento en que Massimo me dejara sola y fuera a molestar al consejo médico que se había reunido para tratar la cuestión de mi alta. Los doctores no estaban demasiado contentos con la decisión de mi marido de sacarme del hospital, porque, en su opinión, aún no estaba bien. Accedieron a condición de que pudieran detallar cómo iba a ser el tratamiento que debía seguir y que se respetarían todas sus indicaciones. Don Massimo trajo a un médico desde Sicilia para que le aconsejara y entonces se sentaron a discutir la cuestión.

Decidí aprovechar para ir a ver a Amelia. Me vestí con un chándal que me habían preparado y unas zapatillas. Me asomé por la puerta con cuidado. Con sorpresa, pero aliviada, descubrí que no había nadie fuera. Al principio me asusté. Pensé que alguien había liquidado a mis guardaespaldas y que vendría a por mí, pero luego recordé que ya no tenía nada que temer. Avancé por el pasillo.

—Estoy buscando a mi hermana —dije al llegar al mostrador de la unidad neonatal.

Una enfermera mayor que estaba sentada en una silla giratoria dijo unas palabras en español, alzó los ojos y se fue. Poco después ocupó su lugar una chica joven y sonriente.

—¿En qué puedo ayudarla? —preguntó en un correcto inglés.

—Estoy buscando a mi hermana, Amelia Matos. Está ingresada en esta área; ha tenido un parto prematuro.

La joven miró un momento la pantalla del ordenador,

me facilitó el número de la habitación y me indicó dónde se encontraba.

Me detuve delante de la puerta y me quedé inmóvil, con la mano preparada para llamar. «Pero ¿qué demonios estoy haciendo? —pensé—. Voy a entrar a ver a la hermana del sicario que me secuestró para preguntarle cómo se encuentra después de que haya muerto el tipo que me torturó y quiso matarme, que resulta que además era su novio.» La situación era tan surrealista que no podía creer lo que estaba a punto de hacer.

—¿Laura? —dijo alguien a mi espalda.

Me di la vuelta. A mi lado estaba Amelia con una botella de agua bajo el brazo.

—He venido a ver cómo te encuentras —balbucí tras inspirar profundamente.

Abrió la puerta y me agarró de la mano para que entrara tras ella. La habitación era aún más grande que la mía. Contaba con una especie de salón y un segundo dormitorio. Por todas partes se veían lilas, cientos de ellas, y el aire estaba impregnado de su aroma.

—Mi hermano me trae un ramo de flores cada día —dijo suspirando y sentándose. Yo me quedé paralizada y, presa del pánico, empecé a mirar a los lados y a retirarme hacia la puerta—. No te preocupes, se ha marchado y hoy ya no vendrá —comentó como si me hubiera leído el pensamiento—. Me lo ha contado todo.

—¿Concretamente qué? —pregunté, y me senté en una silla, a su lado.

Agachó la cabeza y empezó a hurgarse las uñas; parecía una sombra, no quedaba ni rastro de la hermosa chica que era.

—Sé que no erais pareja y que mi padre ordenó que te raptaran, pero Marcelo tenía que encargarse de que estuvieras cómoda y ocuparse de ti. —Se acercó a mí—. Laura, no soy tonta. Sé a qué se dedicaba Fernando Matos y en qué familia había nacido. —Suspiró—. Pero que Flavio tomara parte en todo eso… —Su voz se quebró al mirar mi vientre—. ¿Qué tal está tu…? —Se detuvo al ver que yo negaba con la cabeza y que mis ojos se llenaban de lágrimas. Cerró los suyos y segundos después las lágrimas empezaron a caerle por las mejillas—. Lo siento —susurró—. Has perdido a tu hijo por culpa de mi familia.

—Amelia, no ha sido culpa tuya, no eres tú quien debe pedir perdón —dije con la voz más firme que fui capaz de conseguir—. Debemos agradecérselo a los hombres con los que nos ha tocado vivir. Tú al tuyo porque Pablo esté ahora entre la vida y la muerte y yo al mío por haberme traído a esta isla.

Era la primera vez que decía eso en voz alta, y, al oírme, sentí un pinchazo en el pecho. Nunca había expresado mi resentimiento hacia Massimo. En realidad, no estaba siendo del todo sincera con Amelia, porque el único culpable de lo sucedido era Flavio… Pero no quería hundirla aún más.

—¿Cómo se encuentra tu hijo? —pregunté conteniendo el llanto. Aunque les deseaba lo mejor a ambos, no me resultó sencillo pronunciar esas palabras.

—Mejor, creo. —Sonrió—. Como ves, mi hermano se ha ocupado de todo. —Señaló la habitación con la mano—. Ha comprado a los médicos o los ha aterrorizado, así que me tratan como a una reina. Pablo recibe la mejor atención y cada día está más fuerte.

Charlamos unos minutos más hasta que me di cuenta de

que, si Black no me encontraba en la habitación, tendría problemas.

—Debo marcharme, Amelia. Hoy vuelvo a Sicilia.

Me levanté haciendo un leve quejido.

—Espera, Laura. Hay otro asunto que quiero comentarte… —La miré intrigada—. Marcelo… Es sobre mi hermano.

Al oírlo abrí mucho los ojos y ella empezó a hablar algo indecisa:

—No quiero que lo odies, sobre todo porque creo que él te…

—No tengo nada en contra de él —la interrumpí por temor a lo que iba a decir—. En serio. Dale recuerdos de mi parte. Tengo que irme —insistí, y después de darle un beso y abrazarla con delicadeza, salí de la habitación casi a la carrera.

Una vez en el pasillo, me apoyé en la pared tratando de recuperar el aliento. Me sentía mal y notaba pinchazos en el pecho, aunque extrañamente no oía mi corazón, ese horrible golpeteo en la cabeza que aparecía en casi todos los ataques de pánico. Por un momento quise regresar con Amelia y pedirle que acabara la frase, pero me dominé y volví a mi habitación.

3

—¡Maldita sea! —bramó Olga al entrar corriendo en mi dormitorio y verme entre las sábanas—. ¿Crees que te voy a esperar eternamente, zorra?

Quiso abrazarme, pero a medio camino recordó que estaba cosida por los cuatro costados y se contuvo. Se arrodilló sobre la cama; un torrente de lágrimas se agolpó en sus ojos y poco después se desbordó.

—Tenía muchísimo miedo, Laura —dijo entre sollozos, y me sentí mal por ella—. Cuando te raptaron, quise... no sabía... —balbució atragantándose por la histeria.

La cogí de la mano y la acaricié con delicadeza, pero ella seguía gimoteando como un niño pequeño, con la cabeza bajo mi mentón.

—Soy yo quien debería consolarte a ti, no al revés.

Se secó la nariz y me miró.

—Estás tan delgada... —se lamentó—. ¿Te encuentras bien?

—De maravilla, si excluimos los dolores por las operaciones, el hecho de que llevo casi un mes fuera y que he perdido a mi hijo —dije suspirando.

Debió de notar el sarcasmo en mis palabras, porque se calló y agachó la cabeza. Durante un rato pensó en algo muy concentrada y al final inspiró profundamente.

—Massimo no les ha dicho nada a tus padres.

Hizo una mueca de decepción.

—Tu madre se vuelve loca de preocupación y él la engaña. Primero, cuando querían despedirse de ti el día que te ibas, me ordenó que les dijera... ¿Te lo puedes creer? Me ordenó que hablase con ellos y les contase una trola —bramó—. Les expliqué que Massimo te había preparado un viaje sorpresa y que había organizado tu secuestro. —Arqueó las cejas con expresión divertida—. Grotesco, ¿no? Que como regalo de Navidad te había secuestrado para llevarte a la República Dominicana. Ya sabes, un sitio muy lejano y con poca cobertura. Durante tres semanas le conté a tu madre esa mentira cada vez que escribía. En ocasiones no me creía, así que le escribía por Facebook como si fueras tú. —Olga se encogió de hombros—. Pero, por desgracia, Klara no es tonta.

Se tumbó a mi lado y se cubrió la cara con las manos.

—¡No sabes por lo que he pasado! Cada mentira generaba otra y cada nueva historia era menos creíble que la anterior.

—¿Cuál fue la última versión? —pregunté con toda la tranquilidad que fui capaz de reunir.

—Que estabais arreglando unos negocios en Tenerife y que tu teléfono se había hundido en el océano.

Volví la cabeza y la miré. «Por culpa de todo esto voy a tener que mentir de nuevo», pensé.

—Déjame tu teléfono. Massimo no me ha devuelto el mío.

—Lo tenía yo. —Sacó mi móvil del cajón que había junto a la cama—. Lo encontré en el pasillo del hotel cuando te raptaron.

Se levantó y se arrodilló junto a mí.

—Creo que es mejor que te deje sola, Laura.

Asentí y cogí el teléfono. Miré la pantalla y busqué «Mamá» en la lista de contactos. No sabía si decirle la verdad o mentirle. Si mentía, ¿qué le contaba? Al cabo de un rato me di cuenta de que la sinceridad sería cruel en ese momento, sobre todo porque todo se había arreglado y ella casi había empezado a querer a mi marido. Inspiré hondo y marqué el número. Me llevé el móvil a la oreja.

—¡Laura! —El agudo grito de mi madre me dejó al borde de la sordera—. ¿Por qué demonios no me has llamado en todo este tiempo? ¿Sabes por lo que he pasado? Tu padre estaba muy preocupado…

—Todo está bien. —Alcé la vista y noté que las lágrimas comenzaban a aflorar bajo los párpados—. He vuelto hoy. No tenía teléfono; se hundió en el mar.

—No entiendo nada. ¿Qué sucede, hija?

Era consciente de que acabaría por pillarme. Y también sabía que tarde o temprano tendría que llegar esa conversación.

—Tuve un accidente en las islas Canarias…

Suspiré y, aprovechando que mi madre no decía nada, continué:

—Un coche chocó con el que yo conducía y… —La voz se me atascó en la garganta y corrieron hilos de agua salada por mis mejillas—. Y… —Intenté volver a hablar, pero no fui capaz. Finalmente rompí a llorar—. Mamá, he perdido a mi hijo.

Al otro lado de la línea se hizo un silencio espantoso, pero noté que ella también lloraba.

—Querida mía —susurró, y en ese momento supe que no podía decirme nada más.

—Mamá, yo...

Ninguna de las dos estábamos en condiciones de hablar, así que permanecimos calladas y lloramos juntas. Aunque nos separaban muchos miles de kilómetros, sabía que estaba conmigo.

—Cojo un avión y me planto allí —anunció minutos después—. Me voy a ocupar de ti.

—Mamá, no tiene sentido, debo... debemos afrontar esto solos. Massimo me necesita más que nunca. Y yo a él. Iré a veros en cuanto me encuentre mejor.

Me llevó un buen rato convencerla de que ya era mayorcita y de que tenía un marido con el que debía pasar ese difícil trance. Al cabo de unos minutos, se dio por vencida.

Por un lado, charlar con ella fue como una catarsis, pero, por otro, me dejó tan extenuada que me dormí enseguida. Me despertó un ruido en el piso inferior. Percibí un resplandor procedente de la chimenea, así que me levanté y bajé las escaleras. Cuando iba por la mitad, vi como Black echaba leña al fuego. Me agarré al pasamanos y seguí bajando. Llevaba el pantalón del traje y una camisa negra desabrochada. Cuando puse el pie en el último escalón, alzó la vista hacia mí.

—¿Por qué te has levantado? —balbució. Se dejó caer en el sofá y se quedó mirando el fuego como hipnotizado—. No debes cansarte; vuelve a la cama.

—Sin ti, no tiene sentido —comenté sentándome a su lado.

—No puedo dormir contigo.

Cogió la botella de whisky casi vacía y se sirvió otra copa.

—Podría hacerte daño sin querer, y ya bastante has sufrido por mi culpa.

Suspiré con fuerza y le levanté el brazo para que me rodeara, pero lo apartó.

—¿Qué pasó en Tenerife?

En su voz había reproche y algo más que nunca había oído.

—¿Estás borracho? —Volví su cabeza hacia mí.

Me miró con expresión indiferente, pero en sus ojos había ira.

—¡No me has contestado! —dijo alzando la voz.

Me pasaron por la mente mil ideas por segundo, pero sobre todo una: ¿se había enterado? Me preguntaba si sabía lo que había ocurrido en la casa de la playa y si por algún casual conocía mi debilidad por Nacho.

—Tú tampoco me has respondido.

Me levanté demasiado rápido. Noté un dolor y me agarré al sofá.

—Pero ya no hace falta que digas nada. Estás como una cuba, así que no voy a hablar contigo.

—¡Sí lo harás! —bramó levantándose de golpe a mi espalda—. Eres mi esposa y tienes que contestar cuando te pregunto.

Tiró el vaso contra el suelo y el cristal se esparció por todos lados.

Yo permanecí de pie, descalza, encogida junto a la imponente figura de Massimo. Su mandíbula se movía al ritmo que marcaban sus dientes, que se apretaban y se relajaban. Cerró los puños con fuerza. Me quedé callada, asustada por lo que veía. Esperó un momento y, al no obtener respuesta, se dio la vuelta y se marchó.

Tenía miedo de cortarme, así que me senté en el sofá y levanté los pies para apoyarlos en un cojín. Mi recuerdo menos deseado llegó volando a la velocidad de la luz y vi a Nacho recogiendo los fragmentos del plato para que no me cortara. Recordé cómo me cogió y me puso a un lado para limpiarlo todo bien.

—Dios mío —susurré aterrada por lo que mi mente me ponía ante los ojos.

Me acurruqué en el sofá y cogí la manta que había a mi lado. Me envolví en ella y me dormí mirando el fuego.

Los siguientes días, en realidad semanas, pasaron de un modo similar. Me tumbaba en la cama, lloraba, pensaba, recordaba, volvía a llorar. Massimo trabajaba, aunque a decir verdad no sabía qué hacía porque lo veía muy poco, sobre todo cuando aparecían los médicos y tenía algún análisis o rehabilitación. No dormía conmigo, ni siquiera sabía dónde se acostaba, porque la mansión era enorme y tenía tantos dormitorios que no lo habría encontrado aunque lo hubiera buscado.

—Laura, esto no puede ser —dijo Olga sentándose a mi lado en un banco del jardín—. Ya estás bien, no te ocurre nada, pero te comportas como si estuvieras muy enferma.

Se tapó la cara con las manos.

—¡Estoy harta! Massimo se enfurece y se lleva a Domenico. Tú no haces más que llorar o estar tirada en la cama como un pelele. ¿Y qué pasa conmigo?

Me di la vuelta y la miré. Estaba sentada con la vista fija en mí, esperando una respuesta.

—Déjame en paz, Olga —balbucí.

—De eso nada. —Se levantó de golpe y estiró una mano hacia mí—. Vístete, nos vamos.

—Te contesto de la forma más eufemística posible: que te jodan.

Desvié la mirada y de nuevo la enfoqué en el mar. Noté que Olga hervía de rabia. El calor que desprendía su cuerpo casi me abrasaba.

—Eres una maldita egoísta.

Se levantó y se puso delante de mí. Empezó a gritarme:

—¡Me trajiste a este país, dejaste que me enamorara! ¡Es más, me he prometido! ¿Y ahora me dejas sola?

Su voz era desgarradora, estridente y me provocó profundos remordimientos.

No sé cómo lo hizo, pero consiguió arrastrarme arriba para que me pusiera un chándal. Después, me metió en el coche.

Nos detuvimos junto a una pequeña casa de Taormina. Cuando se bajó del vehículo, la miré como una imbécil.

—¡Mueve el culo, pesada! —gritó al verme aún sentada. En su voz no había ira, más bien preocupación.

—¿Me quieres explicar qué hacemos aquí? —pregunté cuando el guardaespaldas cerró la puerta del coche detrás de mí.

—Nos curamos. —Señaló el edificio con las manos—. Aquí se curan las cabezas enfermas. Al parecer, Marco Garbi es el mejor psicólogo de la zona.

Al oír eso, intenté abrir la puerta del coche para esconderme dentro, pero me apartó tirándome del brazo.

—Podemos hacerlo por nuestra cuenta o esperar a que tu apodíctico marido encuentre a un puto médico pirado que le mandará informes de todas tus visitas.

Alzó las cejas y esperó.

Me apoyé en el coche resignada. No sabía lo que quería, cómo ayudarme ni si tenía sentido hacerlo. Además, no me pasaba nada.

—No sé ni para qué me he levantado de la cama.

Suspiré, pero al final me dirigí a las escaleras.

El médico resultó ser un hombre excepcional. Esperaba encontrarme a un siciliano de cien años de pelo blanco engominado, con gafas, que me pediría que me tumbara en un diván freudiano. Sin embargo, Marco solo tenía diez años más que yo y toda la conversación tuvo lugar en la cocina. No parecía el típico psicólogo. Llevaba unos vaqueros rotos, una camiseta con parches roqueros y botas de lona. Tenía el pelo largo y rizado recogido en una coleta, y empezó la conversación preguntándome si quería tomar algo. Me pareció poco profesional, pero el especialista era él, no yo.

Cuando por fin se sentó, dejó claro que se daba cuenta de quién era mi marido y añadió que le traía sin cuidado. Me aseguró que Massimo no tenía ningún poder en su casa y que nunca se enteraría de nuestras conversaciones.

Después me pidió que le relatara con detalle el último año de mi vida, pero cuando llegué a mi accidente, me detuvo. Vio que me estaba atragantando con el llanto. Luego me preguntó qué me gustaría hacer, qué planes tenía hasta Nochevieja y qué me hacía feliz.

En realidad, fue una conversación normal con un desconocido. Al acabar, no me sentí ni mejor ni peor.

—¿Qué tal? —Olga me esperaba en el vestíbulo y se levantó de la silla al verme llegar—. ¿Cómo ha ido?

—La verdad es que no sé qué decir. —Me encogí de

hombros—. No veo cómo puede ayudarme si solo habla conmigo.

Subimos al coche.

—Además, me ha dicho que no sufro ninguna enfermedad, pero que necesito un tratamiento para comprenderlo todo. —Alcé la vista—. Opina que, si quiero, puedo seguir pasando el tiempo tumbada. —Le saqué la lengua—. Aunque no sé si quiero. —Me quedé pensativa—. Lo que he sacado en claro de esta visita es que me aburro y que ese es mi mayor problema. Creo que ha insinuado que, para empezar, debo buscarme algo que hacer, aunque no estoy segura. Lo que sea, menos esperar a que vuelva mi antigua vida. —Apoyé la cabeza en el cristal.

—Entonces, perfecto. —Olga dio un salto en el asiento y aplaudió—. Hoy mismo empezamos las clases. Te voy a recuperar, ya verás.

Me rodeó el cuello con los brazos y le dio unas palmaditas en el hombro al conductor.

—Volvemos a casa —dijo.

La miré extrañada y sorprendida, pues me preguntaba qué se traía entre manos.

Cuando nos detuvimos en el camino de acceso, vi que había más de diez coches aparcados. «¿Tenemos invitados y no me he enterado?», pensé, y miré qué llevaba puesto ese día. El chándal beis de Victoria's Secret era precioso, pero no para presentarme ante las visitas. Ante gente normal sí, pero no ante las personas con las que mi marido hacía negocios, o sea, gánsteres de todos los rincones del mundo. Por un lado, eso me importaba una mierda, pero, por otro, no quería que nadie me viera en ese estado.

Atravesamos el laberinto de pasillos y recé para que no

saliera nadie por ninguna puerta, cosa que afortunadamente no sucedió. Me tumbé aliviada en la cama y, cuando ya iba a meterme bajo la colcha, la mano de Olga me la arrebató y la tiró al suelo.

—Si crees que después de esperarte durante casi una hora donde el roquero ese voy a dejar que sigas pudriéndote entre las sábanas, es que eres más gilipollas de lo que pensaba. Mueve el culo. Tienes que vestirte y ponerte en marcha.

Olga entornó los ojos, me cogió de una pierna y tiró de mí.

Me agarré a la cabecera de la cama, intenté no rendirme con todas mis fuerzas, grité que acababa de pasar por una operación y que me encontraba mal, pero no daba su brazo a torcer. Cuando vio que nada surtía efecto, me soltó. Pensé que había terminado, pero volvió a agarrarme, esa vez de los dos pies, y empezó a hacerme cosquillas. Fue un golpe bajo, y ella lo sabía. Mis fuerzas flojearon y poco después me encontraba tirada sobre la alfombra y Olga me arrastraba hacia el armario.

—Eres cruel, despreciable, traidora… —berreé.

—Que sí, que sí, que yo también te quiero —comentó muy alegre, resoplando por el esfuerzo—. Bueno, y ahora manos a la obra —dijo cuando llegamos al vestidor.

Me quedé tumbada en la alfombra con cara de disgusto, contemplando cómo se cruzaba de brazos delante de mí. Por una parte, no me apetecía nada vestirme, sobre todo porque el pijama había sido mi único atuendo durante semanas, pero, por otra, era consciente de que Olga no se iba a rendir.

—Te lo ruego —susurró arrodillándose junto a mí—. Te echo de menos.

Eso bastó para que los ojos se me llenaran de lágrimas. La abracé con fuerza.

—Está bien, lo intentaré.

Se puso a saltar de alegría, pero le advertí levantando el dedo índice:

—A condición de que no esperes demasiado entusiasmo por mi parte.

Olga saltaba y bailaba gritando tonterías, y después se dirigió a la estantería de los zapatos.

—Botas mosqueteras de Givenchy —dijo cogiendo las botas beis—. Aún no hace un calor sofocante, así que te propongo esto y tú eliges lo demás.

Negué con la cabeza, me levanté y me acerqué a las decenas de perchas. No estaba de humor, pero esas eran mis botas favoritas. No podía combinarlas con cualquier cosa.

—No quiero complicarme la vida —comenté, y cogí un vestido corto de manga larga con forma trapezoidal. Su color era idéntico al de las botas. Saqué la ropa interior del cajón y fui al baño.

Me detuve frente al espejo y me miré por primera vez en muchas semanas. Mi aspecto era horrible. Estaba pálida, muy delgada y las raíces del pelo tenían un horroroso tono oscuro. Esa imagen me hizo torcer el gesto y me giré rápidamente para no verme.

Abrí el agua y me lavé el pelo, me afeité las piernas y todo lo demás, y luego fui a maquillarme envuelta en una toalla. Tardé más que de costumbre. No estuve lista hasta casi dos horas después, aunque tampoco es que estuviera del todo lista, porque la imagen de miseria y desesperación no había desaparecido, solo estaba un poco camuflada.

Cuando volví a la habitación, Olga estaba tumbada en la cama mirando la tele.

—La hostia, qué guapa estás —dijo soltando el mando—. Casi me había olvidado de que eres una tía buenorra. Pero ponte un sombrero, por favor, porque pareces una de esas chonis que se ponen chándal con botas blancas y llevan el pelo pintado de blanco y negro.

Alcé la vista y volví al armario a buscar un sombrero. Diez minutos después, tras meter mis cosas en un bolso claro de Prada, estuvimos listas. Me puse unas gafas redondas de Valentino y nos dirigimos a la entrada. Quería que me trajeran mi coche, pero al parecer Massimo había prohibido que saliera sola de la residencia, así que tuvimos que contentarnos con un SUV negro y la permanente compañía de dos guardaespaldas.

—¿Adónde vamos? —pregunté cuando el coche arrancó.

—Ya lo verás —contestó Olga con gesto divertido.

Minutos después nos detuvimos junto al hotel en el que estuvimos al volver de mi luna de miel, el mismo en el que me escapé de los guardaespaldas para darle una sorpresa a mi marido y pillé a su gemelo follándose a Anna sobre el escritorio. No pensé que un día recordaría esa escena con cierta nostalgia y una sonrisa en los labios, pero así fue. Prefería revivir esa experiencia que notar lo que sentía en ese momento: un enorme vacío.

Todo lo que sucedió después pareció sacado de una película en la que descongelan a un cavernícola, resucita y tienen que ponerlo en forma. Primero fuimos a ver a un cirujano estético para que eliminase las cicatrices. Mi cuerpo ya no estaba tan inmaculado como en otra época y eso también influía en mi estado de ánimo. El médico dijo que era muy pronto para emplear métodos radicales, pero que empezaríamos con las operaciones superficiales y los cosméticos, y más adelante eliminaría las cicatrices con láser.

El resto fue más agradable: tratamientos corporales, exfoliación, mascarillas, bálsamos, masajes… Luego manicura y, por último, lo más horrible: el pelo. Mi estilista estuvo varios minutos acariciándome las greñas y murmurando en italiano. Luego meneó la cabeza y me besó, hasta que al final comentó en inglés:

—¿Qué te ha pasado, pequeña?

Cruzó sus delicados brazos sobre el pecho.

—Tantos meses cuidando ese pelo rubio tan suave, ¿y ahora? ¿Dónde has estado? ¿En una isla desierta? Porque solo en un sitio así la gente no huiría al ver tus raíces.

Agarró un mechón y lo soltó con gesto de desagrado.

—He estado muy lejos, cierto.

Asentí dándole la razón.

—La última vez que nos vimos fue en Nochebuena, ¿no? —le pregunté.

Así era.

—Pues ya ves cuánto han crecido en estos tres meses.

No le gustó mi broma. Me miró sorprendido y se dejó caer sobre la silla giratoria.

—Entonces ¿qué? ¿Aclaramos y cortamos?

Negué con la cabeza.

—Me voy a morir de un momento a otro.

Se llevó la mano al pecho en un gesto muy teatral, se inclinó y fingió tener un infarto. Yo pensé en mi conversación con el psicólogo y en lo que me había dicho: que los cambios son buenos.

—Ahora quiero llevarlo largo y moreno. ¿Puedes añadirme pelo?

Se lo pensó un momento, balbució algo y al final se levantó de un salto, como si le hubiera alcanzado un rayo.

—¡Sí! —gritó—. Largo, moreno y con flequillo. —Volvió a sentarse y empezó a aplaudir—. ¡Elena, lavado!

Miré a un lado y vi que Olga estaba sentada con la boca abierta, más bien tumbada en un sillón junto a la pared.

—Joder, Laura, tú lo que quieres es acabar conmigo.

Tomó un sorbo de agua.

—Ya solo queda que un día te sientes en esa butaca y digas que quieres raparte la cabeza.

Muchas horas después, no sé cuántas, me levanté de la butaca con dolor de cabeza y cuello, tan cansada como si hubiera corrido un maratón. Olga tuvo que volver a darme la razón: mi aspecto era una locura. Me quedé de pie como hipnotizada, mirando mi maravilloso y negro pelo largo y mi maquillaje perfecto, que combinaba con el flequillo recto que me caía sobre las cejas. No podía creer que fuera tan guapa, sobre todo porque desde hacía unas semanas mi aspecto era como el vómito de un bebé. Volví a ponerme el vestido y cogí el sombrero que ya no necesitaba.

—Tengo una propuesta, y teniendo en cuenta que es fin de semana, creo que será irrechazable.

Olga levantó un dedo.

—Y si no aceptas, encontrarás la cabeza de un caballo sobre la cama.

—Creo que ya sé lo que vas a decir...

—¡Fiesta! —bramó, y me arrastró hacia el coche—. Mira, somos bellas, alegres, vamos guapísimas. Sería una lástima desperdiciar todo esto. Estás arrebatadora, delgada...

—…y llevo meses sin beber —dije suspirando.

—Exacto, Laura. Esto tenía que ocurrir algún día, el psicólogo, los cambios, todo encaja.

Al principio, los guardaespaldas no me reconocieron. Se me quedaron mirando como unos memos y me encogí de hombros. Pasé por delante de ellos y me subí al coche. Me sentía bien, atractiva, sexy y muy femenina. La última vez que me había sentido así había sido con… Nacho.

Este pensamiento me hizo notar un peso en el estómago, como si alguien me hubiera metido una piedra dentro. Tragué saliva, pero el nudo de la garganta no quería deshacerse. Veía al chico de colores y su amplia sonrisa. Se me heló el corazón.

—¿Qué te pasa, Laura? ¿Te encuentras mal?

Olga me tiró del brazo, pero yo seguía sentada con la vista fija en el asiento.

—Nada —contesté parpadeando nerviosa. La cabeza me daba vueltas.

—Dejamos la fiesta para otro día, ¿vale?

—¿Ahora que estoy arrebatadora y lista? No me fastidies.

Miré a Olga con una sonrisa fingida. No quería que lo supiera. No estaba preparada para contarle lo que sentía. «Tengo marido, le quiero», me grité mentalmente cuando mis pensamientos volvieron a atacarme con esa imagen no deseada.

—¿Para cuándo habéis planeado la boda? —pregunté para cambiar de tema y centrarme en otra cosa.

—Ay, no sé. Hemos pensado que para mayo, pero también puede ser en junio. No es tan fácil, ya lo sabes…

De la boca de Olga empezó a brotar un torrente de palabras y, aliviada, me sumergí en la conversación para compartir su felicidad.

Cuando nos bajamos del coche, aún había vehículos sospechosos aparcados delante de nuestra residencia, pero esa vez no pensaba ocultarme. Sorprendentemente, me sentía cada vez mejor. Entramos en la mansión y enseguida noté que el servicio había desaparecido. Lo normal era que al cruzar el pasillo me encontrara con alguien, pero la casa parecía abandonada.

—Voy a mi habitación —comentó mi amiga—. Nos vemos en media hora para ir a cenar. A no ser que haya algún error en mi armario… Entonces iría en busca de ayuda.

—Ven cuando quieras —contesté con una sonrisa mientras repasaba mentalmente mi vestidor.

Seguí caminando por el pasillo, agitando el bolso, que sujetaba con una mano mientras llevaba el sombrero en la otra. Cuando pasé por delante de la biblioteca, la puerta se abrió y apareció Massimo. Me quedé paralizada. Estaba de espaldas a mí y hablaba con la gente que había dentro. Segundos después, se dio la vuelta.

El corazón se me desbocó cuando cerró la puerta despacio, con evidente sorpresa. Sus ojos repasaron mi figura de pies a cabeza, pero yo estaba tan nerviosa que fui incapaz de articular palabra. Había pasado mucho tiempo desde la última vez que noté que me miraba como a una mujer. Como a su mujer. A pesar de que el vestíbulo estaba en penumbra, vi claramente sus pupilas dilatadas y escuché su respiración acelerada. Nos quedamos así unos segundos, mirándonos, hasta que mi cerebro se espabiló.

—Tienes una reunión, perdona —susurré sin el menor sentido, pero no sabía qué otra cosa decir.

«Él ha salido de la biblioteca, idiota, ¿por qué le pides perdón?», me reñí mentalmente. Di un paso hacia delante, pero se interpuso en mi camino. El pálido resplandor de las farolas que rodeaban la casa entraba por las ventanas y caía sobre su rostro. Estaba muy serio, muy concentrado y... muy excitado. Me agarró y se lanzó sobre mi boca. Penetró en ella de una forma brutal. Gemí sorprendida cuando me apoyó en la pared sin dejar de besarme, de morderme y de aplastarme. Recorrió mi cuerpo con las manos hasta que llegó al borde del vestido. Lo levantó sin parar de besarme y me agarró del culo. De su boca salió algo parecido a un gruñido cuando lo apretó despacio y empezó a quitarme las bragas. Sus hábiles dedos masajearon la delicada piel de mi trasero y noté que en su entrepierna se despertaba el deseo. Su miembro se restregaba contra mí y eso me reanimó, recuperé el control sobre mis manos y le agarré del pelo. Tiré con fuerza. A Black le encantaba esa sutil brutalidad, así que, cuando notó la sacudida, sus dientes se cerraron sobre mis labios. Gemí de dolor y abrí los ojos. Puso una sonrisa pícara sin dejar de recorrer mis labios con los dientes.

Entonces noté que las bragas me resbalaban por los muslos, por las rodillas, hasta que llegaron a los tobillos. Massimo me alzó, me sentó en sus caderas y se dirigió a la puerta de al lado. Atravesamos el umbral y cerró de una patada. Apoyó mi espalda contra la pared. Jadeaba con fuerza y sus movimientos eran nerviosos; evidentemente, tenía prisa. Me sujetó con una mano y se bajó la cremallera de la bragueta con la otra. Cuando su polla preparada y dispuesta quedó libre, me penetró sin previo aviso. Sentí que el grueso pene de mi marido se introducía en el agujero

46

que tanto lo añoraba. Grité apoyándome en él con la frente y nuestros cuerpos se unieron en un choque apasionado. Los movimientos de don Massimo eran fuertes pero muy lentos, como si se deleitara con el momento y se embriagara con las sensaciones. Me mordía los labios y los lamía mientras penetraba cada vez más en mí. Bajo mi monte de Venus se estaba formando un orgasmo potente como un huracán. Mi hombre, que seguía con el traje puesto, me follaba como un poseso y me elevaba hasta la cima del placer. Hacía mucho que no lo sentía dentro de mí y sobre todo tan cerca. En un determinado momento noté que un tremendo orgasmo atravesaba mi cuerpo y me cortaba la respiración. Traté de gritar, pero Massimo ahogó el sonido besándome y enseguida se corrió. Estaba sudoroso, le temblaban los brazos y las piernas. Durante un rato más seguí atravesada por su miembro, pero después me dejó en el suelo y se apoyó en la pared.

—Hoy estás... —susurró esforzándose por recuperar el aliento—. Laura, eres... —Su pecho se agitaba a un ritmo frenético, pero su boca no era capaz de tomar aire a la misma velocidad.

—Yo también te echaba de menos —susurré, y noté que sonreía.

Sus labios volvieron a buscar los míos y su boca se introdujo en mí antes de que pudiera pronunciar más palabras. Esta vez sus caricias fueron delicadas; lo hizo despacio y de un modo muy sensual. Entonces oímos voces. Don Massimo se quedó helado. Se llevó un dedo a los labios para indicarme que me mantuviera en silencio. Continuó con lo que estaba haciendo. Las voces del pasillo no se alejaban, pero él siguió acariciando mis labios con pasión. Sus largos dedos bajaron hasta mi clítoris, aún palpitante. Me quedé inmóvil. Después de un paréntesis tan largo, cualquier caricia era como una descarga eléctrica para mí, me paralizaba todo el cuerpo. Gemí casi sin querer y sus labios se agarraron a los míos con mayor ansia para ocultar el ruido. En el vestíbulo se oyó una puerta al cerrarse, las voces cesaron, respiré aliviada y me entregué a lo que estaba haciendo Black. Metió dos dedos en mi raja, que aún no se había saciado, y con otro me masajeó mi órgano más sensible, para lanzarme otra vez al espacio estelar.

—¡Joder! —bramó cuando su bolsillo empezó a vibrar. Sacó el teléfono, miró la pantalla y suspiró con fuerza—. Tengo que contestar.

Se llevó el teléfono a la oreja y conversó un rato sin abandonar lo que había empezado a hacer con los dedos.

—Debo irme —susurró resignado cuando terminó de hablar—. No he acabado contigo —añadió.

Esa amenaza sonó, al mismo tiempo, como una promesa y, al oírla, se me encendió un fuego entre las piernas. Pasó su lengua una vez más por mis labios y se subió la cremallera de la bragueta.

Salimos de la habitación y Massimo se agachó para recoger mis bragas del suelo, que estaban en una esquina del pasillo, ocultas en la oscuridad. Me miró a los ojos, se las guardó en el bolsillo, inspiró con fuerza varias veces y giró el picaporte. Oímos las voces que salían de la biblioteca.

La puerta se cerró; me quedé apoyada en la pared, sin comprender lo que acababa de pasar. En teoría no era nada del otro mundo, el sexo con tu marido es de lo más habitual, pero después de tantas semanas, o más bien meses, sentí como si retrocediera hasta agosto, cuando me raptó, me encerró y al final sucumbí y me enamoré de él. Lo que pasó por mi cabeza a continuación me dejó petrificada: ya no estaba embarazada, y en cualquier momento podía volver a quedarme. El miedo que se apoderó de mi cuerpo me paralizó. El torrente de ideas e hipótesis que atravesó mi mente hizo que se me formara un nudo en la garganta y que los ojos se me llenaran de lágrimas. No podía dejar que volviera a ocurrir, no cuando el destino no me había permitido tener el primero. Me puse nerviosa y me tambaleé, pero sabía que, si me quedaba allí, no iba a solucionar nada, así que fui hacia mi habitación.

Encendí el ordenador y busqué el consejo de tío Google tecleando intranquila. Aparecieron tantos resultados que me sorprendió la cantidad de pastillas de ese tipo que había en el mercado. Leí algo acerca de sus efectos y de cómo conseguirlas. En cuanto me di cuenta de lo sencillo que me iba a resultar obtenerlas, me dejé caer en la cama.

—Veo que estás preparada de puta madre, ¿eh? —comentó Olga subiendo las escaleras—. Yo no tengo bolso, pero veo que tú no tienes nada, así que ni me preocupo.

Pasó a mi lado mientras yo la seguía con la vista.

Estaba de lo más apetitosa. Llevaba un vestido corto blanco que solo se le ajustaba bajo el pecho. Incluso diría que era un vestido de niña y que el encaje de la parte superior le añadía inocencia. Miré hacia abajo y respiré aliviada: nada había cambiado. Por sus piernas subían unas botas mosqueteras negras de piel que llegaban hasta la mitad de los muslos. El conjunto parecía decir: «Soy modosita, pero dame un látigo y verás». Cerré el ordenador y la seguí.

Olga se puso a rebuscar entre los bolsos y yo me dediqué a elegir la ropa que me podría interesar. Sumergida entre las perchas, tuve una extrañísima sensación de inquietud. Me aparté de ellas y miré a Olga. Estaba de pie, con una ceja arqueada y los brazos cruzados sobre el pecho.

—Has estado divirtiéndote, ¿verdad? —afirmó con gesto alegre—. ¿Cuándo ha sido?

Alcé la vista con ostentación y volví a las perchas.

—¿Cómo se te ha ocurrido esa idea? —pregunté sacando cosas que no pegaban.

—¿Quizá porque no llevas bragas?

Al oírla, me quedé de una pieza. Miré el espejo que colgaba en la pared de enfrente. En efecto, cuando levantaba los brazos, mi corto vestido no me cubría el trasero. Fingí sentirme avergonzada, bajé los brazos y tiré del vestido hacia abajo.

—Las bragas no son tu único problema. —Se sentó en el sillón y cruzó las piernas—. También te delata el pelo y los labios hinchados por los besos. O por una mamada. Venga, cuenta.

—¡Pero si no hay nada que contar! Nos cruzamos en el pasillo y nos dejamos llevar.

Le tiré una percha.

—Deja de alegrarte y ayúdame, o se nos va a echar la noche encima.

—«Nos cruzamos en el pasillo y nos dejamos llevar» —repitió burlona.

Media hora después estaba en la puerta de casa viendo cómo Olga trataba de cruzar el empedrado del camino de acceso con los tacones de las botas. «Situación grotesca», pensé. Por desgracia, yo iba a correr la misma suerte. Llevaba unos zapatos de Louboutin con un tacón altísimo y recubiertos de cristales, así que mis probabilidades de éxito eran menores que las de mi amiga. No quería ir demasiado elegante, así que me puse unos vaqueros *boyfriend* rotos y una camiseta de tirantes muy normalita. Me eché por encima una chaqueta gris de Dior y cogí un bolso de fiesta de Miu Miu. Mi aspecto era casi el de una quinceañera, pero también el de una zorra que finge ser una santa. Mi nuevo pelo no tenía nada de infantil.

4

Ya en el coche de camino a Giardini Naxos, me di cuenta de que había olvidado decirle a mi marido que salía. Pero cuando cogí el teléfono recordé que él tampoco me contaba todo lo que hacía. Así que volví a meter el móvil en mi microscópico bolso. Además, estaba segura de que en cuanto Black se librara de sus acompañantes me buscaría y se daría cuenta de que no estaba. Este pensamiento me llevó a alzar los ojos, lo que no pasó inadvertido para Olga.

—¿Qué pasa? —preguntó girándose hacia mí.

—Tengo que pedirte un favor. —Bajé la voz para que nadie me oyera, como si hubiera alguien más que entendiera el polaco—. Quiero que vayas mañana al médico a por una receta.

Su frente arrugada y su gesto torcido me indicaron que no tenía ni idea de a qué me refería.

—Necesito pastillas para «después».

Sus ojos y su cara adoptaron una expresión de mayor sorpresa aún.

—¿De qué estás hablando? —Olga miró a los lados,

como si comprobara si alguien nos escuchaba—. Laura, estás casada.

—Pero no quiero volver a tener hijos con mi marido. —Agaché la cabeza—. Al menos ahora no.

Me dirigió una mirada de súplica.

—Preferiría no recurrir a tener otro hijo para curarme de la pérdida del primero. Además, después de tantas operaciones no debería quedarme embarazada.

Recé mentalmente para que eso fuera verdad, porque era un tema del que no había hablado con los médicos.

Olga me observó un rato con atención, hasta que al final tomó aire y dijo:

—Te comprendo y por supuesto que te ayudaré. Pero piensa qué ocurrirá después. No puedes tomar esas píldoras cada vez que hagáis el amor. ¿No quieres que pida también una receta para anticonceptivos?

—Eso era lo segundo que te iba a pedir —balbucí—. No quiero que Massimo se entere. Y no tengo intención de volver a tratar con él el tema de los hijos…

Asintió para indicar que lo entendía y miró hacia delante. Poco después, el coche se detuvo frente a la entrada de un restaurante.

—¿En serio? —Miré a Olga indignada.

—Joder, Laura, ¿dónde quieres que vayamos, si no? Los mejores locales son de los Torricelli. Y supongo que Massimo sabe que has salido, ¿no?

Me miró y me quedé con la vista fija en el asiento delantero.

—¡¿No lo sabe?! —gritó, y al momento se echó a reír—. Pues estamos bien jodidas. Vamos.

Se bajó del coche y se dirigió a la entrada. Pensar en lo

53

mucho que se iba a cabrear mi marido me pareció divertido. También sentí una extraña satisfacción.

—Espérame —grité balanceándome sobre mis zapatitos de cristal.

Nada más entrar en el restaurante pedimos una botella de champán. En teoría no había nada que celebrar, pero el hecho de que no lo hubiera también era digno de celebrarse. En cuanto el encargado del local nos vio, ordenó poco menos que nos llevaran en volandas a nuestra mesa. Después nos colmó de atenciones, mucho más de las necesarias. Nos puso a un camarero solo para nosotras, pero Olga le pidió amablemente que se retirara y le explicó que no necesitábamos un trato especial. Solo queríamos comer y luego nos marcharíamos.

Cuando por fin apareció la botella ante nosotras, sentí una malsana excitación. Por primera vez en muchos meses iba a notar el sabor del alcohol en los labios.

—Por nosotras —dijo Olga cogiendo su copa—. Por las compras, por las excursiones, por la vida, por lo que tenemos y por lo que nos espera.

Me guiñó un ojo y tomó un trago. En cuanto noté ese sabor que tanto me gustaba, vacié la copa de un tirón de la forma más chabacana. Mi astuta amiga hizo un gesto de desaprobación con la cabeza, pero alargó la mano para coger la botella y rellenar mi copa. Por desgracia, sus dedos no llegaron ni a tocar la cubitera porque el pesado del encargado se adelantó. «Genial, tenemos niñera», pensé lanzándole una mirada que equivalía a un «largo de aquí».

Mientras me comía mis mejillones al vino blanco, mi minúsculo bolso empezó a vibrar. Solo se me ocurrían dos personas que pudieran llamarme en ese momento: mi madre o Massimo. Contesté sin mirar la pantalla.

—¿Te encuentras mejor?

El tenedor que sujetaba en la mano se me cayó y golpeó el plato. Me levanté asustada y miré a Olga presa del pánico. Ella puso cara de no entender qué ocurría.

—¿Cómo has conseguido mi número? —grité saliendo a la carrera del local.

—¿Me preguntas eso después de que te raptara en una fiesta en la que te protegían un montón de guardaespaldas?

La risa de Nacho salió del teléfono como una explosión atómica. Noté que el alcohol me golpeaba la cabeza y que las piernas me flojeaban.

—Bueno, ¿cómo te encuentras? —repitió.

Me senté en un banco y uno de mis guardaespaldas bajó del coche, aparcado unos metros más adelante. Al verlo, levanté la mano y le hice un gesto para indicarle que no me pasaba nada.

—¿Por qué llamas?

Inspiré con fuerza, aún muy confundida.

—No es fácil conseguir noticias sobre ti.

Nacho suspiró cuando ignoré su pregunta nuevamente.

—Íbamos a ser amigos, y los amigos a veces se llaman por teléfono y hablan de cómo se encuentran —continuó—. ¿Y?

—Me he teñido el pelo —dije sin venir a cuento.

—Te queda bien el pelo moreno, pero ¿por qué tan largo? Porque...

Se detuvo y después murmuró unas palabras en español.

—¿Cómo sabes...? —alcancé a decir antes de que se cortara la conversación.

Miré el teléfono, que seguía en mi mano, y analicé lo que acababa de ocurrir. La cabeza me ardía por la velocidad a la que se movía en ella la sangre y temía alzar la vista por si aparecía Nacho delante de mí. Me quedé un rato con el cuerpo inclinado, hasta que me llené de valor para levantar la vista. Me erguí poco a poco y miré a los lados. Gente paseando, coches, mis guardaespaldas, nada fuera de lo común. En mi interior sentí algo parecido a una decepción. Y entonces miré al frente. Olga estaba en la puerta del restaurante bastante enfadada y golpeaba el reloj con el dedo. Me enderecé, caminé con mis incómodos zapatos de altísimos tacones, me tropecé varias veces y entré para acabarme los mejillones, ya fríos.

Lo primero que hice al sentarme fue apurar la copa de champán, que había perdido algo de fuerza.

—¿Quién te ha llamado?

Olga entrelazó las manos y los dedos empezaron a moverse a un ritmo nervioso.

—Black —contesté sin mirarla.

—¿Por qué mientes?

—Porque la verdad es demasiado compleja —dije suspirando—. Además, no sé qué decirte.

Cogí el tenedor y empecé a llenarme la boca de mejillones para no contestar a más preguntas.

—¿Qué pasó en Canarias? —insistió Olga sirviendo más champán para las dos, tras lo cual le hizo un gesto al camarero para que trajera otra botella.

Dios, cómo odiaba esa pregunta. Cada vez que la escuchaba me sentía culpable y tenía la impresión de haber hecho algo malo. Por otro lado, me costaba decir a las personas que tanto se preocupaban por mí que me lo había pasado bomba... dejando a un lado, por supuesto, el intento de asesinato y todo lo que ocurrió después.

Levanté la vista y la fijé en Olga, que estaba un poco cabreada.

—No es el momento de contarlo —murmuré echando otro largo trago—. Y, desde luego, hoy no. Estoy empezando mi recuperación y tú me haces la peor de las preguntas.

—¿Y a quién se lo contarás, si no es a mí? —Se inclinó sobre la mesa y acercó su cara a la mía—. No creo que se lo confieses a tu madre y, a juzgar por tu comportamiento, Massimo nunca debe enterarse de lo que pasó allí. Viendo lo nerviosa que estás, estoy convencida de que sería mejor que me lo contaras. No voy a insistir; si no quieres, no hables.

Se reclinó en la silla y me quedé un rato en silencio, analizando lo que había dicho. Noté que iba a romper a llorar de un momento a otro.

—Él era diferente. —Suspiré girando la copa—. El tipo que me raptó. Marcelo Nacho Matos.

En mi rostro apareció una sonrisa involuntaria. Olga palideció.

—Pero me voy a olvidar de él —añadí tratando de calmarla—. Lo sé. Aunque de momento no soy capaz.

—Joder... —soltó finalmente Olga—. Así que tú y él...

—Nada de eso. Simplemente no lo pasé tan mal como todos piensan.

Cerré los ojos y a mi mente llegaron olas de recuerdos relacionados con Tenerife.

—Era libre, casi... Y él se preocupó por mí, cuidó de mí, me enseñó, me defendió...

Sabía que mi tono de soñadora no era el más apropiado, pero no pude contenerme.

—¡Vaya, creo que te has enamorado! —me interrumpió Olga con los ojos como platos.

Me quedé bloqueada. No fui capaz de negarlo. ¿Estaba enamorada? No tenía ni idea. Quizá solo estaba encaprichada o fascinada. No en vano tenía marido, lo amaba, era maravilloso. El mejor hombre que pudiera desear. Pero ¿estaba segura?

—¡Qué gilipollez! —dije mirando a Olga con una sonrisa—. No es más que un hombre. Además, por su culpa han ocurrido muchas cosas malas. —Levanté el dedo índice—. Primero, he perdido al bebé. —Añadí el dedo corazón—. Segundo, he pasado semanas en el hospital y muchas más en casa, tratando de recuperarme. —Después uní el pulgar—. Encima, mi marido se ha alejado de mí y me trata como si fuera su enemiga, más que su esposa.

Enarqué las cejas y recé para que Olga se tragase lo que acababa de decirle. También yo quería creérmelo.

—Ay, Laura —suspiró Olga—, él no puede perdonarse por todo lo ocurrido. Huye de ti porque se siente culpable de la pérdida de vuestro hijo y, más aún, de que tuvieras que pasar por todo eso. —Agachó la cabeza—. ¿Sabías que quiso mandarte a Polonia para que nadie volviera a hacerte daño por su culpa? Estaba dispuesto a sacrificar lo que más quiere en el mundo. Deseaba que estuvieras segura.

Olga meneó la cabeza y bebió de su copa.

—Una noche me colé en la biblioteca y le oí hablar con Domenico. Estoy aprendiendo el puto italiano, pero no entiendo nada. Sin embargo, en ese momento no necesité entenderlo para saber de qué hablaban.

Levantó la vista, con los ojos ya humedecidos.

—Laura, estaba llorando, pero de una forma... Sonaba como si estuvieran matando a un animal, un rugido salvaje.

—¿Eso cuándo ocurrió? —pregunté después de inspirar con fuerza.

—La noche después de que volvieras a Sicilia —contestó tras pensarlo un rato—. Vale, dejemos estos temas y bebamos.

Repasé mis recuerdos de aquella noche. Fue cuando destrozó el vaso y comenzó nuestra soledad en pareja. Aquella noche lo cambió todo y mi marido se alejó de mí.

Terminamos la segunda botella y salimos del local tambaleándonos un poco. A esa hora, el restaurante estaba a reventar. El encargado nos abrió personalmente la puerta del coche, que el chófer había dejado casi en la entrada, con lo cual llamó la atención de los clientes que aguardaban en el exterior. Parecíamos unas estrellas de cine. Hubiera querido decir unas damas, pero como nos balanceábamos y soltábamos risotadas seguro que no dábamos esa imagen.

Con esfuerzo, nos acomodamos en los asientos. Olga dio instrucciones al conductor y arrancamos.

Eran más de las doce y en la entrada de la discoteca se arremolinaban decenas de personas. Naturalmente, también era de los Torricelli, así que no tuvimos que esperar ni un minuto para que nos permitieran entrar. Casi a la carrera, cruzamos la alfombra negra que conducía al interior, sujetándonos la una a la otra para no caernos. Dentro, nuestros guardaespaldas nos fueron abriendo camino. Tras franquear a la multitud, nos sentamos en un reservado. Estaba bastante alegre, por no decir borracha, y me dediqué a pasear la vista por el lugar. Desgraciadamente, los cuatro guardaespaldas que nos rodeaban no me dejaban ver gran cosa. Cuando Olga le dijo a Domenico que íbamos a salir de fiesta, él se encargó de organizarlo todo, incluyendo el que no tuviéramos la menor oportunidad de hablar con nadie.

El champán llegó a la mesa. Olga tomó su copa y empezó a moverse rítmicamente junto al sofá. Estábamos en el entresuelo, así que, cuando se puso a bailar apoyada en la barandilla, la gente de la planta inferior obtuvo una magnífica perspectiva de sus bragas. Cogí la copa y me puse a su lado. Estaba tan borracha que si hubiera intentado bailar seguro que me habría caído sobre la multitud de abajo. Me puse a mirar a la gente que se divertía en la discoteca hasta que, de repente, noté que alguien me observaba. No acababa de ver nítido, pues el alcohol ingerido me golpeaba la cabeza cada vez más fuerte, así que cerré un ojo para enfocar. Y entonces...

Al final de la larga barra estaba Marcelo Nacho Matos y me miraba con los brazos cruzados. Estuve a punto de vomitar. Cerré los ojos y volví a abrirlos segundos después. El lugar donde lo había visto estaba vacío. Empecé a parpadear nerviosa. Busqué con la mirada al chico de la cabeza rapada, pero había desaparecido. Me senté en el sofá estremecida y me bebí lo que quedaba en la copa. Era la primera vez que tenía alucinaciones después de beber alcohol. O a lo mejor eran los efectos secundarios de haber pasado tanto tiempo sin probar una gota. Cuando ingería grandes cantidades y, encima, de golpe, mi cerebro se rebelaba...

—¡Voy al baño! —le grité a Olga, que se retorcía al ritmo de una canción y casi colgaba al otro lado de la barandilla. Hizo un gesto con la mano y se inclinó aún más.

Le dije a uno de los guardaespaldas adónde me dirigía, así que me fue abriendo paso. Entonces volví a verlo en la oscuridad, junto a la pared en la que había una gigantesca estatua. Estaba de pie, con los brazos cruzados sobre el pecho; sonreía y dejaba al descubierto sus dientes blancos. Noté que el estómago se me cerraba y que el aliento se me atascaba en la garganta. Si mi corazón aún hubiera estado enfermo, habría perdido el conocimiento. Pero seguía de pie, firme, aunque no podía respirar.

—¡¿Desde cuándo sales sin mi permiso?! —oí de repente.

La voz de Massimo llenó mis oídos y ahogó el sonido de la música; poco después, la imponente silueta de mi marido me ocultó la visión del mundo.

Alcé la mirada y lo vi frente a mí con la mandíbula apretada. Quise decir algo, pero lo único que conseguí fue rodear su cuello con los brazos y mirar detrás de él. El chico de colores había desaparecido y me asusté aún más. Quizá no había sido buena idea mezclar con alcohol los medicamentos que seguía tomando.

Me quedé colgada del cuello del Don y me pregunté qué pasaría a continuación. ¿Me llevaría la bronca del siglo? ¿Me arrastraría hasta el coche agarrándome del pelo? Como no pasaba nada, empecé a preocuparme. Me aparté de él y descubrí, sorprendida, una leve sonrisa en sus labios.

—Me alegro de que te hayas levantado de la cama —dijo acercando su boca a mi oreja—. Ven.

Me asió de la muñeca y me llevó a la zona VIP donde habíamos estado. Me giré otra vez para mirar atrás, pero en aquel rincón de la sala ya no había nadie.

Cuando llegamos al reservado, encontramos a Domenico y a Olga en una actitud muy cariñosa, más bien erótica. Él estaba sentado, apoyado en el respaldo, y ella a horcajadas sobre él; sus lenguas eran más rápidas que los ritmos de la canción que salía por los altavoces. Por suerte, los sofás estaban a salvo de cualquier mirada indiscreta. Los clientes de la discoteca podrían haber pensado que estábamos grabando una peli porno.

Black se sentó en el sofá y, en cuanto sus nalgas tocaron la suave superficie, una camarera joven apareció de la nada con una botella de whisky y una bandeja. Lo dejó todo sobre la mesa y, después de hacer unos gestos excesivamente zalameros, se marchó. Me quedé de pie, borracha, observando cómo don Massimo se llevaba el vaso a la boca y daba el primer trago. Su aspecto era desenfadado y sensual, todo de negro, y apoyaba los brazos en el respaldo del sofá. Me miró, o más bien me cortó con la mirada, y vació el vaso. Al instante se sirvió más y se bebió la mitad, lo que me extrañó un poco. Hasta entonces no había visto a Massimo beber tanto, y menos a esa velocidad. Le empujé para que me hiciera sitio y me senté a su lado. Cogí mi copa. La música resonaba a nuestro alrededor; Domenico y Olga seguían a lo suyo, casi estaban copulando.

Massimo se inclinó y levantó la tapa de la bandeja plateada. Se me escapó un quejido al ver varias rayas blancas perfectamente repartidas sobre la brillante superficie. Don Massimo sacó del bolsillo un billete, lo enrolló, esnifó una raya y suspiró aliviado. No me gustaba nada lo que acababa de ver, pero a mi marido no pareció importarle. Daba sorbos al whisky y me miraba fijamente, pestañeando cada poco tiempo. Mi buen humor se fue al carajo. Me preguntaba si lo hacía adrede o si solo era drogadicto.

Al poco rato, entre los tres casi habían vaciado la bandeja, y se reían y bebían. Llegó un momento en que no pude más. Cogí el billete que estaba sobre la mesa, me incliné y me metí una raya por la nariz. Black me agarró las manos y tiró de ellas. Me miró enfadado.

—Todos estáis esnifando esta mierda, así que yo también —bramé.

Al instante noté un asqueroso sabor amargo que me bajaba por la garganta. Tuve la sensación de que la lengua se me hacía un nudo y la saliva se volvía extrañamente espesa.

—No respetas tu nuevo corazón, Laura —masculló Massimo.

No me interesaba su opinión, estaba demasiado ocupada haciéndole rabiar. Le dediqué una mueca y me levanté balanceándome. Me quedé de pie pensando en qué hacer, pero no se me ocurrió nada sensato, así que le enseñé el dedo corazón y fui hacia la salida del reservado. El enorme tipo que me cerró el paso miró a mi marido y, para mi sorpresa, se echó a un lado y me dejó pasar. Avancé con actitud guerrera. Entonces noté que alguien me agarraba del codo y me metía en una habitación oculta en la oscuridad del pasillo. Me liberé, me di la vuelta y casi me tropiezo con Black, que me bloqueaba la salida.

—Déjame —dije en voz baja, apenas con un susurro.

Massimo negó con la cabeza y se inclinó hacia mí. Sus ojos eran los de un extraño, parecía completamente ausente. Me agarró del cuello y me puso contra la puerta. Me asusté y eché un vistazo al interior. Las paredes eran de color negro y estaban acolchadas. En el centro había una mesita con vasos y botellas de alcohol. Black pulsó un botón en un panel que estaba empotrado en la pared. Las luces se encendieron y empezó a salir música por los altavoces.

—¿Qué pasó en Tenerife?

Las mandíbulas apretadas de don Massimo le daban un aspecto aún más inflexible.

Me quedé callada. Estaba tan borracha que no tenía fuerzas para pelear. Él siguió de pie aguardando, y de vez en cuando me apretaba el cuello con más fuerza. Como el silencio se prolongó, acabó por soltarme. Se quitó la chaqueta y se acercó al sofá. Giré el picaporte, pero la puerta estaba cerrada. Resignada, apoyé la frente en la pared.

—Vas a bailar para mí —dijo. Oí que echaba hielo en el vaso—. Y después me harás una mamada.

Me di la vuelta y vi que estaba sentado en un sillón y se desabrochaba la camisa.

—Y después de que me corra en tu boca, te follaré —comentó, y echó un trago.

Me quedé de pie mirándolo y, poco después, me di cuenta de que estaba casi sobria. Inspiré con fuerza varias veces y en mi interior surgió una sensación desconocida para mí. No comprendía por qué, pero me encontraba bien. Estaba relajada, contenta, incluso feliz. Era un sentimiento que apenas se diferenciaba del amor. «¿Así actúa la cocaína?», pensé. Entonces dejó de ser un misterio por qué a Black le gustaba tanto.

Me quité la chaqueta y me acerqué despacio a la barra, pero como después de las operaciones casi no me había movido, bailar en ella estaba descartado. Apoyé la espalda en el tubo y, poco a poco, empecé a deslizarme por él sin apartar la vista de mi hombre. Balanceé las caderas y restregué el culo contra el metal. Rodeé el tubo con una pierna. Hice un giro mientras me relamía y le dirigía a Black una mirada provocativa. Me quité la camiseta muy lentamente y la lancé hacia donde estaba sentado. Cuando vio el encaje de mi sujetador, dejó el vaso y se desabrochó la bragueta, dejando al descubierto una tremenda erección. Se agarró la polla con la mano derecha y empezó a moverla arriba y abajo. Gemí al ver lo que hacía y noté cómo la excitación crecía bajo mi monte de Venus. Me desabroché un botón de los vaqueros, luego otro y así hasta que pude bajarlos un poco para que se viera mi tanga. Massimo se mordió el labio inferior y sus movimientos se hicieron cada vez más rápidos y enérgicos. Inclinó la cabeza hacia atrás y, con los ojos entornados, observó lo que yo estaba haciendo.

Me puse de espaldas a él y, sin doblar las rodillas, me bajé los pantalones hasta los tobillos. Menos mal que seguía teniendo entera la columna vertebral y que mi cuerpo conservaba su elasticidad. Gracias a ello, mi marido disfrutaba de un panorama excepcional. Me agarré a la barra y me quité los pantalones con elegancia. En ese momento solo llevaba la ropa interior y los zapatos de tacón. Su frente se perló de gotas de sudor y, a medida que pasaban los segundos, la punta de su pene fue hinchándose y oscureciéndose cada vez. Lentamente, me bajé de la plataforma y me acerqué a él. Me incliné y metí la lengua en su boca. Tenía un gusto amargo y también sabía a alcohol, pero no me molestó. Me arrodillé delante de él y, sin dejar de mirarlo a los ojos, me aparté las bragas y, poco a poco, me fui quedando ensartada en su miembro. De su garganta salió un grito de placer y apretó los párpados, como si no pudiera soportar lo que sentía. Agarró mis caderas con sus enormes manos y empezó a moverme arriba y abajo. Gemí, y mi trasero empezó a mecerse involuntariamente al ritmo de la música que salía por los altavoces. Black respiraba con rapidez y su cuerpo estaba empapado por completo. Me quedé inmóvil, mis dedos se movieron hasta los botones de su camisa y los desabroché todos. Noté su impaciencia. Cuando terminé, me levanté y me arrodillé frente a él.

—Me gusta mi sabor —dije antes de meterme su miembro hasta la garganta.

Eso fue demasiado para él. El vaso que sujetaba se cayó y golpeó contra la alfombra, y luego llevó sus manos hasta mi nuca. Su miembro entraba y salía de mi boca y me golpeaba la garganta a un ritmo frenético. Massimo gritaba y jadeaba, y su cuerpo, mojado por el sudor, empezó a temblar. Entonces noté en la lengua las primeras gotas de esperma y al instante se corrió y me atraganté con su semen. El líquido pegajoso se deslizó por mi garganta mientras él gritaba y se agitaba, como si luchara consigo mismo. A pesar de que había terminado, no dejó de apretarme ni un momento. Se quedó inmóvil, con la vista fija en mis ojos llenos de lágrimas. Cuando empecé a ahogarme, esperó aún unos segundos, me soltó y caí sobre la alfombra.

—Con ese pelo pareces una puta. —Se levantó y se abrochó el pantalón—. Mi puta. —Se puso la camisa sin desviar la vista de mí.

—¡Creo que te olvidas de algo! —dije metiendo la mano bajo las bragas de encaje—. Tenía que bailar. —Empecé a mover los dedos lentamente—. Hacerte una mamada. —Aparté un poco la tela para que viera lo que hacía—. Y después ibas a follarme.

Me quité el tanga y lo tiré a un lado, me puse boca abajo, me arrodillé y levanté el culo.

—Aquí todo es tuyo.

No fue capaz de ignorar esa provocación. Agarró mis caderas y, antes de que me diera tiempo a tomar aliento, noté que entraba en mí. No fue delicado, lo hizo con brutalidad y rapidez, tirándome del pelo. El primer orgasmo llegó al cabo de un momento, pero Massimo, borracho y bajo los efectos de la droga, era como una ametralladora. Me corrí una segunda vez y otra más, pero él siguió penetrándome con un ritmo incansable. Después de una hora y varios cambios de posición, él también volvió a correrse, en esa ocasión encima de mí.

No era capaz de recuperarme después de semejante maratón, a pesar de intentarlo varias veces. Maldije el momento en que habíamos salido de casa, porque habría preferido estar sobre la alfombra, frente a mi chimenea.

—Vístete; nos vamos a casa —dijo Black abrochándose la chaqueta.

Me molestó el tono indiferente que había usado, pero no tenía fuerzas para enfadarme. Recogí mis cosas y minutos después volvimos a la discoteca, que rebosaba de vida y de ruido. Domenico y Olga no habían podido resistirlo y hacía mucho que habían vuelto a la mansión. Sentí envidia de ellos. El esfuerzo físico me provocó resaca y la cabeza me dolía tanto que tenía la impresión de que me iba desmayar. La última cosa que recordaba de aquella noche era que habíamos salido de la habitación de Black.

—Eres perfecta —susurró Nacho acariciándome la mejilla.

Sus delicadas manos con olor a océano tocaban mi piel desnuda. Me miró un momento con sus alegres ojos verdes, hasta que al fin me acercó su boca. Primero me besó la nariz, después pasó los labios por las mejillas, la barbilla y el cuello, y luego subió hasta la boca. La acarició con delicadeza, sin usar la lengua, pero al cabo de unos segundos la introdujo en mí. Seguí tumbada, moviendo la cadera al ritmo que marcaba su beso. Mi mano recorrió su espalda hasta que llegó a las nalgas, duras como piedras. Al notar mis dedos, soltó un leve gemido, mientras yo me deleitaba con el calor de su cuerpo. Estaba tranquilo, no tenía prisa; cada gesto, cada movimiento estaba repleto de pasión y de ternura.

—Quiero penetrarte —susurró mirándome a los ojos—. Quiero sentirte, muchacha.

Su boca se posó sobre mi frente y movió las caderas para colocarse justo ante la entrada de mi cuerpo. Respiré con fuerza esperando la acometida, pero se limitó a mirarme, como si quisiera que le diera permiso.

—Hazme el amor —le pedí, y entonces entró en mí y me metió la lengua hasta la garganta...

—Estás tan húmeda... —La voz tenía un acento británico que me resultaba familiar, y me quedé helada—. Ya me había olvidado de lo lujuriosa que eres cuando bebes.

Me costaba abrir los ojos, pues sentía millones de agujas bajo los párpados. Un punzante dolor de cabeza me quitó las ganas de despertarme, pero estaba tan desorientada que necesitaba saber cuál era mi situación. Miré hacia abajo y vi que Massimo se acomodaba entre mis piernas y pegaba su lengua a mi palpitante clítoris.

—Se te nota tan dispuesta... —susurró sumergiéndose en mí.

Gemí cuando empezó a lamer y a chupar. Poco después me di cuenta de por qué estaba tan excitada.

Todo había sido un sueño...

Me quedé tumbada, algo decepcionada y aturdida, mientras mi hombre trataba de satisfacerme con la boca. No estaba en condiciones de concentrarme en lo que hacía Massimo, porque cada vez que cerraba los párpados veía al surfero de ojos verdes. Era una tortura. Lo habitual era pasarme el tiempo esperando a que Black me tocara, pero ahora rezaba para que el orgasmo llegara cuanto antes y me dejara en paz. Sin embargo, pasaron los minutos y, a pesar de mis esfuerzos, no fui capaz de acercarme al clímax.

—¿Qué pasa? —preguntó mientras se levantaba con la frente algo fruncida.

Lo miré a la vez que buscaba una buena explicación, pero Massimo no era paciente. Esperó unos segundos más y después se dirigió al vestidor.

—Tengo una resaca espantosa —murmuré justo antes de que saliera.

En realidad, era la verdad. La cabeza me palpitaba al ritmo de la música tecno del Mayday. Podría haber corrido tras él y pedirle perdón, pero ¿qué sentido habría tenido? Además, conociendo su obstinación, no habría valido de nada.

Cuando desapareció escaleras abajo, noté un pinchazo en el esternón. Recordé lo que había dicho la noche anterior.

—¡Massimo! —grité. Se detuvo y se dio la vuelta—. Ayer dijiste que no respetaba mi nuevo corazón. ¿A qué te referías?

Me dirigió una mirada fría y al instante sentenció, sin la menor emoción:

—Te hicieron un trasplante, Laura.

Lo dijo como si hubiera pedido un bocadillo de jamón y luego se marchó.

Me di la vuelta y me envolví en la sábana, tratando de asimilar lo que acababa de escuchar. Luché contra una terrible necesidad de vomitar y al final me dormí.

—¿Estás viva? —preguntó Olga mientras se sentaba en el borde de la cama y me ponía una taza de té con leche en las manos.

—Estoy completamente muerta y, además, creo que voy a echarme la pota encima —comenté asomando la cabeza por debajo de la colcha—. Necesito beber —dije—. Black se ha cogido un cabreo de la hostia. —Di un sorbo.

—Él y Domenico se han ido hace una hora o así, pero no me preguntes adónde porque no tengo ni idea.

Al oír eso me entristecí. El día anterior todo había empezado a coger forma y yo lo había jodido con una estúpida fantasía.

—¿Por qué se ha enfadado? —preguntó Olga metiendo las piernas bajo la colcha y bajando la persiana con el mando.

—Porque no me he corrido.

Meneé la cabeza, porque ni yo podía creer lo que decía.

—Me duele la cabeza, tengo ganas de vomitar y a él se le antoja hacerme el amor. Se puso manos a la obra y, como no logró rematar la faena, se enfurruñó y se fue.

—Ajá —comentó Olga, y encendió el televisor.

La ventaja de tener resaca en una casa con servicio es que solo tienes que levantarte para ir al baño, aunque si hubiéramos querido unos orinales alguien nos los habría traído. Nos quedamos todo el día en la cama viendo películas, y cuando quisimos comer algo, lo pedimos. De no haber sido por el hecho de que mi marido estaba muy enfadado y ni siquiera cogía el teléfono, lo hubiera descrito como un día perfecto.

5

Al día siguiente me desperté casi a mediodía y descubrí aliviada que no tenía que hacer absolutamente nada y podía volver a mi ritual de compadecerme de mí misma en pijama. Estaba entre las sábanas viendo la televisión y de pronto lo tuve claro: no había razón alguna para deprimirse. Ya casi me había hecho a la idea de que había perdido a mi hijo. Por supuesto, seguía sintiendo dolor cuando pensaba en mi bebé, pero era cada vez más lejano, como un eco. Mi salud era mejor a medida que pasaban los días y apenas notaba ya los efectos de las operaciones. En Sicilia había empezado la primavera. Hacía calor y lucía el sol, y seguía siendo la asquerosamente rica y perezosa esposa de mi marido.

Despierta, aunque de un modo poco natural, me levanté de la cama y fui al baño. Me di una ducha, me peiné mis largos mechones postizos y me maquillé. Después pasé un buen rato en el vestidor, rebuscando entre kilómetros de perchas. Hacía mucho que no iba de compras, pero aún iba a tardar en hacerlo, porque el setenta por ciento de mi ropa seguía con la etiqueta puesta. Al final saqué unos *leggins* de cuero y un jersey amplio de Dolce & Gabbana que me cubría el trasero. Cogí mis botas favoritas, las mosqueteras de Givenchy, y asentí satisfecha. Toda de negro, mi aspecto era sombrío y sensual, justo como debía ser la imagen de la creadora de una nueva marca de moda.

Esa fue la idea que me hizo reaccionar mientras bebía té en la cama. Me acordé del magnífico regalo que me había hecho Massimo por Navidad, mi propia empresa. Solo había que ponerla en marcha, así que llené mi bolso negro Phantom de Celine, me puse un poncho corto negro de cuello alto de La Mania y me fui a buscar a mi colega para que me ayudara a poner en marcha mi vil plan.

—¿Por qué sigues en la cama? —le pregunté a Olga al entrar en su dormitorio.

Su mirada fue todo un poema. Se quedó con la vista fija en mí, sus ojos tenían el tamaño de un satélite en órbita alrededor de la Tierra y no cerraba la boca. Me apoyé en el marco de la puerta con indiferencia y esperé a que espabilara.

—Me cago en la hostia —soltó con su encanto habitual—. Pareces una puta. ¿Adónde vamos?

—Ese es el problema, que tengo cita con Emi.

Me quité las gafas de sol.

—Te quería preguntar si te apetece venir conmigo.

Normalmente no le habría dado a Olga la opción de elegir, pero como Emi era la exnovia de Domenico, no quería presionarla. Siguió sentada en la cama, haciendo muecas y suspirando, pero al final se levantó y dijo sin emoción:

—Por supuesto que voy. No sé cómo se te ha podido ocurrir que iba a dejarte ir sola.

Antes de que mi amiga estuviera lista me dio tiempo a empaparme de sudor y a quitarme varias veces la ropa y volver a ponérmela. Se notaba que no se estaba preparando para una salida cualquiera, sino para una guerra sin palabras en el terreno de la moda. Por eso me sorprendió aún más su elección. Tenía un aspecto… normal. Unos vaqueros *boyfriend* de Versace, una camiseta blanca y unos zapatitos de tacón de Louboutin de color rosa empolvado. Sobre los hombros se echó un abrigo de piel muy ostentoso y se puso una cadena de oro en el cuello.

—¿Nos vamos? —preguntó al pasar delante de mí, y me eché a reír.

Con sus gafas de Prada de tonos sombreados se parecía a Jennifer Lopez en el vídeo de *Love Don't Cost a Thing*. Cogí el bolso y fui tras ella.

Por supuesto, avisé a Emi para que no le sorprendiera mi visita. Le expliqué por encima el asunto que quería tratar con ella. No era algo nuevo para Emi, pues Massimo ya había hablado con ella en invierno para pedirle ayuda con la puesta en marcha de mi negocio.

Entramos en el hermoso taller y Olga gritó «hola» con ganas, pero nadie contestó. Le di un golpe en el brazo. Me pareció que un saludo tan alegre no respondía a la situación. Entonces se abrió una puerta al fondo de la habitación y Dios atravesó el umbral. Ambas miramos como hipnotizadas a un hombre con pantalón negro ancho y una taza en la mano que caminaba descalzo hacia un gran espejo. Nos quedamos petrificadas, con la boca abierta y en absoluto silencio, con la vista fija en la musculosa silueta. Su largo pelo negro caía despeinado sobre su vigoroso y bronceado cuerpo. Lo apartó con la mano, se dio la vuelta y sus ojos se posaron en nosotras. Daba sorbos al contenido de la taza y sonreía alegre. Nos quedamos inmóviles, como clavadas a la tierra con nuestros zapatos caros.

—Hola —dijo la alegre voz de Emi, y desperté de mi estupor—. Veo que ya habéis conocido a Marco. —El Adonis medio desnudo nos saludó con la mano—. Es mi nuevo juguetito —comentó Emi dándole unas palmadas en el culo—. Sentaos. ¿Queréis comer algo? ¿Os sirvo un vino? Quizá la reunión se alargue.

Me sorprendió su magnífico estado de ánimo y sobre todo su actitud hacia Olga, que era nula. Le daba absolutamente igual que Domenico hubiera elegido a mi amiga, aunque viendo a ese dios de pelo largo que de vez en cuando cruzaba la habitación me imaginé el porqué.

Tras varias horas de conversación, del aperitivo y de bebernos tres botellas de vino espumoso, Emi se recostó contra el mullido sillón y empezó a masajearse las sienes.

—Ya has elegido a los diseñadores de la Academia de Bellas Artes con los que quieres trabajar —dijo—, pero sigue pendiente el asunto del *casting*. Quizá con unos te cueste menos trabajar que con otros. Creo que la mejor prueba que les puedes poner es que creen algo que simbolice tu marca.

Hizo unos apuntes en una hoja llena de garabatos.

—Los siguientes de la lista son los de los zapatos. Pero sé que ya has pensado cómo elegirlos.

Emi sonrió y asintió. Conocía mi gran pasión por los zapatos.

—Esta semana nos reuniremos con los talleres de costura y empezaré a enseñarte de qué va todo esto, como comprobar los modelos terminados y blablablá. También habrá que viajar al continente para reunirse con los productores de telas.

Cogió su copa.

—¿Eres consciente de la cantidad de trabajo que nos espera? —preguntó sonriendo.

—¿Y tú eres consciente de lo rica que serás si nos sale bien?

—Como quiero comprarme una isla algún día, estoy dispuesta a sacrificarme.

Levantó una mano y chocamos las palmas.

Las siguientes semanas se convirtieron en el período más intenso de mi vida. Mi psicólogo tenía razón al decir que antes me aburría. A pesar de que no quedaba ni rastro de los síntomas de la depresión, seguía visitándolo dos veces por semana para hablar con él y sentirme segura.

Me entregué al trabajo. No pensé que un campo en el que casi no tenía experiencia pudiera darme tantas satisfacciones. La moda era una cosa, pero crear una empresa que debía dar beneficios era algo distinto. Una enorme ventaja de aquella situación era el hecho de que, gracias a las actividades de mi marido, era asquerosamente rica y podía desarrollarlo todo con rapidez y contratar a las personas que necesitase sin preocuparme de los costes.

A Massimo también le convenía todo eso, en especial porque odiaba mis berrinches cuando empezaba a meterse rayas de cocaína en el organismo. Ya ni siquiera se ocultaba. Bebía, se drogaba y de vez en cuando me satisfacía. No conocía esa faceta suya, aunque por las historias que había escuchado en su momento, estaba claro que había vuelto a sus antiguos hábitos.

Una noche volví a casa tan cansada que se me cerraban los ojos. Estaba convencida de que Black se había marchado. Le había oído hablar con Mario, que le insistía para que fuera a una reunión. Desde hacía tiempo vivíamos por separado y ya me había acostumbrado. Hablé de ello con mi psicólogo y este me dijo que era algo pasajero, que era la forma que tenía Massimo de digerir el dolor por la pérdida de su hijo, así que debía respetar su luto. Además, opinaba que Black seguía sin tener claro si para mí era demasiado peligroso vivir juntos. Eso para él suponía luchar contra su egoísmo. El consejo del doctor Garbi era simple: «Si quieres recuperarlo, dale libertad. Solo entonces volverá a ti tal y como era».

Gracias al trabajo, en el que me refugiaba para huir de pensamientos estúpidos, no tenía problemas con el tiempo libre, porque no existía. Aquella noche también tenía una reunión de trabajo, que para mi desgracia se celebraba en Palermo.

Entré en casa como un huracán, recorrí a toda velocidad los pasillos, atropellando a las personas con las que me encontraba. Una hora y media más tarde tenía que coger un avión. El peinado lo había arreglado en el taller, gracias a que mi querido estilista me atendía en cuanto se lo pedía. Por lo que respecta al vestido, bueno, para algo era la dueña de una firma de ropa. Una de mis diseñadoras, Elena, tenía un talento excepcional. Daba un trato preferente a sus diseños, pero se lo merecía. Eran sencillos, clásicos, delicados y muy femeninos. No exageraba nada, prefería completar la creación con complementos antes que hacer algo que ahogara el proyecto. Adoraba todo lo que salía de sus manos, desde simples camisetas hasta vestidos de cola. Precisamente ese día me iba a poner una de sus creaciones. Un atuendo sencillo, sin tirantes, con la parte superior negra, acampanado de cintura para abajo, donde pasaba a ser a rayas blancas y negras, de corte circular, con una forma amplia y espectacular, pero que a pesar de su tamaño era ligero y ondeaba al caminar. En ese momento corrí con el vestido en una percha, consciente de que tenía media hora para darme una ducha y maquillarme.

Menos mal que mi peluquero me había sujetado el pelo muy arriba porque, si se hubiera decidido por rizos ligeros, una ducha a esa velocidad me habría dejado una maraña en la cabeza. Esa vez, por suerte, mi aspecto se parecía más a una colmena que a un océano revuelto, así que todo estaba en orden. Me quité la túnica y entré en el vestidor en ropa interior, aunque por el camino me tropecé con los zapatos. Me quité las bragas y el sujetador, y después, sin dejar de correr, batí el récord del mundo de ducha veloz. Parecía una loca.

No tenía tiempo para secarme, así que decidí extender el bálsamo sobre el cuerpo mojado y que todo se secase mientras me maquillaba. Tal como lo pensé, lo hice. Casi me saco un ojo con el lápiz negro.

—Parece una broma —murmuré mientras me ponía las pestañas postizas y miraba qué hora era—. A fin de cuentas, soy Laura Torricelli. Debería ser a mí a quien esperaran, y soy yo la que tiene que salir zumbando. —Meneé la cabeza—. ¡Es absurdo!

Me puse el vestido y me quedé ante el espejo. Mi aspecto era ideal. Ya estaba un poco bronceada, había vuelto a hacer ejercicio, así que mi cuerpo de nuevo lucía sano y apenas quedaba rastro de las cicatrices de las operaciones. Quizá el láser no fuera el sistema más agradable, pero no se podía negar su efectividad. Sin embargo, lo más importante era que volvía a ser yo. Más aún, era una versión mejorada de mí misma.

Cogí un bolso de fiesta negro con incrustaciones de cristal y guardé mis cosas. Sabía que me quedaría en Palermo a pasar la noche. Oí que la puerta de abajo se cerraba. Se me había acabado el tiempo.

—¡Estoy arriba! —grité—. Coge la bolsa que está en el dormitorio, por favor.

Le hablaba al chófer, aunque no lo veía, y corrí hacia el baño a echarme un litro de perfume.

—Espero que lleguemos a tiempo, porque no puedo...

Me quedé petrificada. Massimo estaba frente a mí vestido con un esmoquin, pero no decía nada. Apretaba las mandíbulas e inspeccionaba cada centímetro de mi cuerpo. Conocía esa mirada y sabía que no tenía ganas ni tiempo para lo que él quería.

—Pensé que era el chófer —dije tratando de pasar junto a él—. ¡Tengo que coger un avión dentro de una hora! —grité irritada.

—Es un avión privado —comentó tranquilamente, pero no se apartó ni un centímetro.

—Tengo una reunión muy importante con el señor...

En ese momento, Black me agarró del cuello y me apretó contra la pared. Introdujo su lengua en mi boca, me lamió y me chupó, y noté que mi fuerza de voluntad y mi buena disposición para la reunión de negocios empezaban a flaquear.

—Te esperará hasta el año que viene, si se lo pido —dijo entre besos.

Encandilada por esa sensación tan poco habitual últimamente, pero que meses atrás era el pan nuestro de cada día, acabé por rendirme. Los finos dedos de don Massimo bajaron la cremallera y liberaron mi cuerpo del vestido, que cayó al suelo. Me alzó un poco para acabar de quitármelo y me llevó a la terraza con la poca ropa que me quedaba: el tanga y los zapatos. Estábamos en la segunda quincena de abril y fuera no hacía demasiado calor, pero tampoco frío. El mar susurraba, desde la orilla llegaba el viento salado y me pareció que retrocedía en el tiempo. Ya no me importaba la reunión, la empresa ni las negociaciones. Massimo estaba de pie delante de mí, sus pupilas inundaban sus ojos y todo lo demás me daba igual. Sus manos rodearon mi cara y volvió a fundirse conmigo en un apasionado beso. Introduje los dedos entre sus cabellos de terciopelo y me embriagué con el sabor de ese hombre extraordinario. Bajé las manos por su cuello hasta que llegué al primer botón de la camisa. Empecé a desabrocharla con manos temblorosas, pero agarró mis manos y las inmovilizó. Me cogió de la nuca con una mano y del culo con la otra y me llevó al diván. Me dejó en él y, mirándome fijamente a los ojos, se lamió dos dedos y los introdujo en mí sin previo aviso. Gemí sorprendida por una sensación dolorosa y placentera a la vez, mientras él sonreía. Poco a poco, aumentó el ritmo de la muñeca, sin apartar de mí su fría mirada. Estaba como poseído, y en sus ojos no había ni pizca de ternura. A cada momento me lamía los labios. Veía en mi mirada que sus dedos me causaban dolor y placer al mismo tiempo. Se deleitaba con su sabor cuando los sacaba y volvía a meterlos, proporcionando a sus manos un ritmo despiadado. Jadeaba y me retorcía con sus caricias y, cuando consideró que estaba preparada, me puso boca abajo y me penetró. Su polla gruesa y dura era para mí como una droga. Cuando lo sentí en mí, me corrí enseguida. Grité un buen rato mientras él me mordía los hombros, empujando cada vez más fuerte con la cadera. Levantó mi culo hasta que al final se irguió de rodillas detrás de mí. Sobre mi nalga cayó el primer azote y su eco se extendió por el jardín. No me importaba que su gente pudiera oírnos. Volví a sentirlo otra vez y me folló con su salvajismo desenfrenado. Poco después noté que su mano llegaba otra vez al mismo lugar. Grité aún más fuerte y él ahogó el sonido metiéndome los dedos en la boca. Cuando los sacó, se inclinó y untó mi palpitante clítoris con la saliva.

—Más fuerte —grité al notar que el siguiente orgasmo estaba muy cerca—. Fóllame con más fuerza.

Los dientes de Massimo empezaron a chirriar detrás de mi oreja y sus caderas, que golpeaban mis nalgas, aumentaron la velocidad. Llevó las manos hasta mis pechos y sus dedos apretaron con fuerza mis duros pezones. El dolor se mezclaba con la excitación y un sudor frío se extendió por mi cuerpo. Temblaba entera y notaba que el final estaba cerca. Entonces él explotó y me llevó al éxtasis con él. No aminoró la velocidad; siguió gritando y golpeando mi culo con su pelvis hasta que las piernas dejaron de responderle. Entonces cayó sobre mí y su cálido aliento, al rebotar contra mi cuello, hizo que sintiera el orgasmo durante un rato más.

Permanecimos tumbados varios minutos, hasta que de pronto salió de mí sin avisar y me dejó un gran vacío dentro. Se abrochó la bragueta. Esperé a ver qué hacía, pero se limitó a mirarme de pie. Disfrutaba contemplando mi cuerpo profanado por el placer.

—Eres tan delicada —susurró—. Tan bella... No te merezco.

Al oír esto, se me hizo un nudo en la garganta. Por un momento apreté la cara contra el colchón. Creí que iba a echarme a llorar. Cuando levanté la vista para mirarle, me di cuenta de que estaba sola. Me senté en el diván enfadada y dolorida. Se había marchado. Sencillamente, me había abandonado.

De nuevo me entraron ganas de llorar, pero solo por un momento, porque después se apoderó de mí una extraña sensación de tranquilidad. Me envolví en una manta que había en el respaldo de una silla y me acerqué a la barandilla. El mar negro me llamaba con su susurro y el aire olía mejor que cualquier otra cosa en el mundo. Cerré los ojos. Ante mí se apareció la imagen menos deseada, la que creí haber olvidado: Nacho, solo con los vaqueros puestos, delante de la barbacoa. Quise abrir los ojos para que la visión desapareciera, pero me sentía tan bien... No sabía explicar lo que me pasaba, pero la tranquilidad y la felicidad que me traía ese recuerdo evitaron que llegaran las lágrimas. Suspiré y agaché la cabeza.

—Laura. —Mi guardaespaldas estaba en la puerta de la terraza—. El coche aguarda y el avión también.

Asentí y me dirigí al vestidor. Tenía que encontrar mi vestido.

Era una de las atracciones que me organizaba mi marido, pero me daba igual. El sexo se había convertido en algo secundario. En primer plano estaba mi nueva pasión, mi empresa.

—Deberías leer este correo electrónico, Laura —me dijo Olga abanicándose con una hoja de papel.

Había llegado mayo y en Sicilia hacía mucho calor. Por desgracia, o por fortuna, no tenía tiempo para disfrutar del clima porque casi no salía de la oficina. Me acerqué a Olga, me apoyé en su silla y miré la pantalla del ordenador.

—¿Qué tiene de especial este correo? —pregunté, y leí la primera línea—. ¡Ay, la hostia! —grité mientras empujaba a Olga para que me hiciera sitio.

Era una invitación para una feria de moda en la ciudad portuguesa de Lagos. «¿Cómo es posible?», pensé. En el correo electrónico explicaban en qué consistía la muestra. En ella exponían diseñadores europeos, nuevas marcas de moda y productores de telas. «Una feria ideal para mí», pensé mientras aplaudía y daba saltos.

—¡Olga! —me giré hacia ella—. Nos vamos a Portugal.

—Querrás decir que te vas —tronó dándose golpecitos en la sien—. Me caso en dos meses, ¿recuerdas?

—¿Y qué? —contesté imitando la mueca que acababa de hacer ella—. ¿No estarás diciendo que los preparativos dependen de ti? ¿O que tienes que ocuparte de tu novio?

Quiso decir algo, pero me adelanté y levanté un dedo.

—¿O del vestido? —Señalé con la mano el espectacular modelo de tela blanca que estaba en un rincón vistiendo un maniquí—. ¿Tienes alguna otra excusa?

—Si no puedo follar regularmente, no sé si seré capaz de guardar fidelidad a mi marido, porque los portugueses están buenísimos —comentó riendo como si acabara de tener una revelación—. Así que, hasta que nos vayamos, me lo voy a tirar varias veces al día. Quizá así logre mantenerme a raya.

—Cállate ya, anda. Solo es un fin de semana. Además, fíjate en mi situación. Mi marido me la mete de Pascuas a

Ramos y, además, solo cuando le apetece. —Me encogí de hombros—. Aunque, claro... cuando me la mete...

Asentí entusiasmada.

—Dejad que adivine: estáis hablando de sexo, ¿verdad? —dijo Emi al entrar en la habitación.

—Sí y no. Nos han invitado a la feria de Lagos.

Me puse a bailar alegremente.

—Lo sé, lo he visto. Yo no puedo ir.

Torció el gesto y se dejó caer en su silla.

—Ay, cuánto lo siento —farfulló Olga en polaco.

La reprendí con la mirada.

—Cállate —mascullé, y me dirigí a Emi—. ¿No vienes con nosotras?

—Es que ya tengo planes para ese fin de semana. Una reunión familiar.

Levanté los ojos de manera elocuente.

—Pasadlo bien.

—¡Fiesta! —canturreó Olga—. ¡Fiesta!

Me di unos golpecitos en la sien y me senté delante del monitor para leer el resto del correo electrónico.

Los dos días siguientes se me pasaron volando. Estuve ocupada con el trabajo y los preparativos para el viaje. Elena me cosió en tiempo récord un vestido para el banquete que se iba a celebrar el sábado y varios modelos más para los tres días restantes. Quería que todos fueran del mismo tono, en colores tierra, neutros, sin dibujos ni adornos. Pero la joven diseñadora se negó en redondo y me preparó un primoroso vestido de cola de color rojo sangre sin espalda, muy escotado y con efecto arrugado por delante.

—Tetas —dije en cuanto me lo puse—. Para llevar esto hay que tener tetas.

—Tonterías —comentó riendo mientras ponía los últimos alfileres—. Te voy a enseñar algo —añadió, y sacó de un cajón una especie de tiras transparentes—. Pegaremos estos bizcochos para que se mantengan en su sitio y, además, te levanten los senos y los hagan más grandes, al menos visualmente. Aparta los brazos.

En cuanto me pegó al cuerpo esos extraños postizos, mi busto quedó perfecto. Contemplé admirada cómo el vestido se ceñía divinamente a mi cuerpo y todos sus pliegues se ajustaban a mi figura. Aunque al principio no me convencía el color, resultó que combinaba estupendamente con mi pelo, mis ojos y mi bronceado. Estaba fantástica.

—Todo el mundo se fijará en ti —dijo Elena orgullosa—. Y de eso se trata. Pero que no cunda el pánico: las demás prendas las he hecho como querías.

—Eres una descarada. —No podía creer lo bien que me quedaba—. Yo te pago y tienes que hacerme caso —comenté riendo mientras clavaba otro alfiler.

—Sí, sí, si quieres, puedo intentarlo. —Se sacó de la boca el último—. Ahora quítate el vestido, que tengo que repasar los detalles.

Una hora más tarde ya estaba lista para salir de viaje. Lo metí todo en treinta bolsas de papel. En un primer momento traté de llevarlas al coche, pero después de quince intentos me rendí y llamé al chófer, que esperaba abajo. Cuando vio las bolsas arrugadas y medio rotas, me miró y se dio golpecitos en la sien. Luego recogió los paquetes. Me encogí de hombros y fui tras él con la sensación de haber sido derrotada por varios kilos de ropa.

Tenía el vuelo por la tarde, pues el evento comenzaba a primera hora de la mañana y no quería perderme nada. Mi plan era dormir lo suficiente como para estar descansada, maquillarme como una diosa y conquistar los corazones de los empresarios europeos. Naturalmente, como viajaba con Olga también teníamos pensado ponernos hasta el culo de alcohol, porque además el clima de Lagos era ideal para las fiestas. Por eso decidí dedicar algo de tiempo a descansar. Me merecía tomarme un respiro, así que reservé el apartamento para toda una semana. Pensé incluso en informar de ello a Massimo, pero no estaba en casa. «Vaya, qué pena», pensé mientras metía los bikinis en la maleta. Durante mi aventura por el mundo de la moda resultó que yo también era capaz de diseñar ropa, pero no se podía decir lo mismo respecto a la confección. Lo que mejor se me daba era la lencería y los bañadores. Después de guardar varias decenas de conjuntos, cerré la última bolsa.

—¿Nos mudamos? —Olga estaba apoyada en el marco de la puerta del vestidor y mordisqueaba una manzana—. ¿O es que algún país pequeño necesita vestir a toda la población? —Levantó las cejas con gesto divertido mientras masticaba—. ¿Para qué cojones quieres todo eso?

Me senté a la turca, crucé los brazos sobre el pecho y la fulminé con la mirada.

—¿Cuántos pares de zapatos has cogido?

Buscó una respuesta mirando al techo.

—Diecisiete. No, veintidós. ¿Y tú cuántos?

—¿Contando las chanclas o sin contarlas?

—Con las chanclas, he cogido treinta y uno.

Olga se echó a reír.

—¡Lo ves, hipócrita!

Le enseñé el dedo corazón.

—En primer lugar, vamos a una feria de moda…

—Menos mal que solo a una —dijo Olga riendo.

—Solo a una —le confirmé—. En segundo lugar, hay posibilidades de que nos quedemos allí una semana o incluso más tiempo. Y en tercer lugar, no voy a llevar siempre lo mismo. Quiero tener la posibilidad de elegir. ¿Tan terrible es?

—Lo terrible es que me parece que yo llevo aún más equipaje. —Olga meneó la cabeza nerviosa—. ¿Nuestro avión tiene límite de peso?

—Seguramente sí, pero creo que cabremos sin problemas. —Le indiqué con el dedo que se acercara—. Ayúdame a apretar, que no puedo cerrar la maleta.

Como ya tenía experiencia, me bebí unas cuantas copas de vino y me subí al avión bien entonada. Aún no me había acomodado en mi asiento cuando la modorra alcohólica se apoderó de mí. Me quedé frita.

Medio dormida y con la boca seca por la resaca, me subí al coche que nos esperaba y me repantingué en el asiento. Olga estaba en un estado similar al mío, así que ambas nos lanzamos sobre el agua mineral que había en los reposabrazos. Aún era de noche, pero por desgracia ya no estábamos borrachas.

—Me duele el culo —murmuró Olga entre sorbo y sorbo.

—¿Por el asiento del avión? —pregunté extrañada—. Pero si se puede regular...

—De follar. Creo que Domenico quiso darme lo necesario para toda la semana.

Esta información me serenó casi por completo. Me levanté como si hubieran tirado de mí hacia arriba.

—¿Estaban en casa?

Me froté los ojos, incrédula.

—Han estado allí toda la semana, pero después se han

ido a no sé dónde. —Olga hizo una mueca—. ¿Massimo no ha ido a verte?

—No. —Negué con la cabeza—. Ya estoy harta. Se comporta como si me odiara. Desaparece durante días, no sé qué hace, coge el teléfono cuando quiere…

Miré a Olga.

—¿Sabes qué creo? Que esto no tiene arreglo —susurré. Los ojos se me llenaron de lágrimas.

—¿No podríamos hablar de esto en la playa, mientras tomamos unas copas?

Asentí y me sequé la primera lágrima que me cayó por la mejilla.

6

Me desperecé y cogí el mando de las cortinas. No quería que la luz del sol me diera en los ojos, así que pulsé el botón para abrirlas solo un poco. Por la rendija que se formó entró en la habitación un torrente de claridad y eso me permitió darme cuenta de que ya era de día. Eché un vistazo al apartamento y me sacudí los últimos vestigios de sueño. Era moderno y estiloso, con un aspecto aséptico, blanco e increíblemente frío, aunque las flores rojas que había por casi todas partes aportaban algo de calidez al interior.

Llamaron a la puerta.

—Abro.

El grito de Olga me despertó del todo.

—Es el desayuno. Mueve el culo, que es tarde.

Me fui al lavabo murmurando palabrotas y amenazas dirigidas a mi amiga, que parecía muy despierta.

—Cacao —dijo dejando el vaso delante de mí.

—Mi salvación —comenté, y bebí un sorbo—. ¡Dios mío, qué bueno está! ¿A qué hora tenemos la peluquería?

—¡Ya!

En ese momento volvieron a llamar a la puerta.

Alcé la vista, porque no me gustaban las prisas, aunque últimamente «prisa» era mi segundo nombre. Le indiqué con los dedos que me diera dos minutos y corrí a la ducha.

Dos horas y diez litros de té helado después estuvimos listas para salir. Mi pelo largo y negro me lo habían recogido en un moño descuidado del que caían mechones rebeldes. Parecía que acabara de levantarme de la cama tras una buena sesión de sexo. Me puse un pantalón blanco alto de lino y una blusa corta que dejaba ver un poco de mi musculoso vientre. Me calcé unos zapatos dorados de tacón, marca Tom Ford, y cogí un bolso de fiesta a juego que me había hecho una de mis diseñadoras. Era cuadrado, precioso y con mucho estilo. Me puse las gafas y me planté ante la puerta del dormitorio de Olga.

—El coche espera —dije con coquetería, y mi amiga lanzó un silbido.

—Pues vamos a conquistar el mercado. —Meneó las caderas y me tomó de la mano.

Pensé que seríamos las personas mejor vestidas de la feria, pero me equivoqué. Aquella mañana, casi todas las mujeres habían hecho exactamente lo mismo que nosotras. Y todas parecían salidas de *Vogue*. Imaginativos peinados, vestidos extraños y maquillaje. La chica que me había invitado al evento nos guio y nos presentó a diversas personas, con las que intercambié observaciones y tarjetas de visita. Mi apellido causaba gran impacto, sobre todo entre los italianos. Pero me traía sin cuidado, porque era consciente de que sus estúpidas sonrisitas querían decir: «Es el chochito del gánster ese». Pasé de ellos. No podía negar que mi despegue debía agradecérselo a mi marido, pero si estaba ascendiendo era gracias a mi determinación. Este pensamiento me dio fuerzas.

Vimos varios pases de modelos, anoté los nombres de tres diseñadores y se nos hizo mediodía. Estábamos un poco cansadas por los glamurosos vapores que desprendía el esnobista mundo de la moda, así que decidimos tomar el aire. El día era maravillosamente cálido, y el largo paseo marítimo que se extendía junto a la orilla del océano invitaba a pasear.

—Vamos a dar una vuelta —le dije a Olga mientras le daba una palmada en la espalda. Se encogió de hombros, pero al final me siguió.

Naturalmente, Massimo no habría sido él mismo si no hubiera enviado a sus guardaespaldas, así que los trogloditas con gomina en la cabeza habían viajado en coche diez horas para acompañarnos. Caminamos hablando de tonterías y contemplando a los atractivos portugueses. Recordamos los viejos tiempos, cuando éramos libres y Olga comía bollos casi con lágrimas en los ojos.

Al final llegamos a un lugar de la playa donde se había arremolinado la gente. Nos llamó la atención y nos detuvimos a mirar apoyadas en el muro. En el mar se celebraba una fiesta o algún tipo de competición deportiva. Me quité los zapatos y me senté sobre la pared de piedra que nos separaba de la arena. Entonces vi algunas cabezas que sobresalían del agua. Había gente sentada en tablas de surf que esperaba las olas. Otros nadaban o se relajaban en la playa. Era una competición de surf. Sentí un peso en el estómago y mi corazón empezó a acelerarse cuando me acordé de Tenerife. Apoyé la barbilla en las rodillas y sonreí, negando levemente con la cabeza. Entonces llegó hasta mí una voz en inglés que salía de un megáfono y se me cortó la respiración.

—Recibamos al actual campeón, Marcelo Matos.

Tragué saliva, pero tenía demasiado poca, así que durante un momento me dio la sensación de que iba a vomitar. Me quedé de piedra y, al borde del pánico, recorrí con la mirada el gentío que había a unos metros de mí. Y allí estaba: el chico de colores entró corriendo en el agua con su tabla y sus pantalones reflectantes brillaron al sol como un faro. La cabeza me daba vueltas. Noté un hormigueo en los dedos. Sé que Olga me dijo algo, pero solo oía un silencio sordo y únicamente lo veía a él. Su cuerpo tatuado cayó sobre la tabla. Marcelo empezó a remar en dirección a las olas. Quise huir de allí, pero mis músculos dejaron de responderme, así que me quedé sentada contemplándolo.

Cuando saltó en la primera ola fue como si alguien me golpeara en la cabeza. Era perfecto. Sus movimientos seguros y dinámicos conseguían que la tabla hiciera lo que él quería. Parecía que el océano entero le pertenecía y que el agua ejecutaba todas las órdenes que le daba. Santo Dios, ojalá todo fuera un sueño y, de un momento a otro, abriera los ojos en otra realidad… Pero, por desgracia, era real. Menos mal que unos minutos después todo había terminado. En la orilla, la gente le dedicó una ovación.

—Vámonos —murmuré, y me enredé con mis propias piernas, lo cual me hizo caer de espaldas con estrépito.

Olga me miró con una expresión estúpida y se echó a reír.

—¿Qué haces, idiota?

Se quedó de pie a mi lado y me senté en la acera, apoyada en el muro para ocultarme tras él.

—¿El tipo del pantalón reflectante ha salido del agua?

Olga miró en dirección al mar.

—Está saliendo ahora. —Dio unos besos al aire—. Buen material.

—Cielo santo, joder —balbucí sin poder moverme.

—¿Qué te pasa? —volvió a preguntar, esa vez algo asustada, y se arrodilló a mi lado.

—Es... es... —tartamudeé—. Ese es Nacho.

Sus ojos parecían dos monedas y su diámetro era cada vez mayor.

—¿El tío que te raptó? —Lo señaló con el dedo, pero le agarré la mano y se la bajé.

—¿Y si agitas una bandera para que nos vea?

Oculté el rostro entre las manos.

—¿Qué hace? —susurré como si temiera que nos oyera.

—Está saludando a una chavala. La abraza y la besa. Dios, cuánto lo siento.

Noté el sarcasmo en su voz.

—¿Es muy joven?

Sentí como si me hubiera pateado el vientre. «Pero ¿qué me pasa?» Me esforcé por levantarme y mirar al otro lado del muro. Era cierto, Nacho abrazaba a una esbelta rubia que daba alegres saltos. Entonces la chica se dio la vuelta y respiré aliviada.

—Es Amelia, su hermana.

Volví a dejarme caer sobre la acera. Olga se sentó a mi lado e hizo un gesto como si estuviera pensando en algo.

—¿Conoces a su hermana? —preguntó extrañada—. ¿Y a otros miembros de su familia?

—Tenemos que salir de aquí —susurré.

Miré a mis guardaespaldas, que no sabían qué hacer, y

me pregunté cómo demonios se había producido ese encuentro.

Mi querida amiga me observó con expresión acusadora, pero no se me ocurría nada inteligente que decirle. Entornó los ojos y escarbó con un palo en las rendijas que quedaban entre las piedras sobre las que estábamos sentadas.

—Te acostaste con él —dijo con voz firme.

—¡No! —grité ofendida.

—Pero lo deseaste.

La miré.

—Quizá… Durante un momento… —contesté en un gemido, y apoyé la frente en el muro que nos protegía—. Dios mío, Olga, está aquí.

Oculté la cara entre las manos.

—Eso es evidente. —Se quedó pensando un buen rato y al final dijo—: Vámonos ya, no se fijará en nosotras. Después de todo, no sabe que estás aquí.

Recé para que tuviera razón. Me calcé y levanté un poco la cabeza para mirar hacia la playa. No estaba. Mi amiga me agarró de la mano y, ocultándome con su cuerpo, me llevó al coche.

Hasta que no estuve sentada en el vehículo no me sentí a salvo. Inspiré hondo y noté cómo me caían gotas de sudor por la espalda. Mi aspecto debía de ser realmente malo, porque mi guardaespaldas me preguntó si todo iba bien. Dije que era por el estrés y el calor, y le hice una señal para que arrancara. Luego me giré hacia la ventanilla. Lo busqué entre la multitud de la playa, quería verlo una vez más.

Entonces se oyó un claxon, el coche frenó y casi clavé los dientes en el asiento del copiloto. El conductor le gritó algo a un taxista que se le había cruzado y este se bajó del coche agitando los brazos. En ese momento vi a Nacho y mi mundo se detuvo. Me mordí los labios y vi que se acercaba a su coche. Se inclinó y sacó un teléfono de la guantera. Miró algo en la pantalla, la discusión le llamó la atención y alzó la vista. Nuestros ojos se encontraron y me quedé petrificada. Me miraba como si no se pudiera creer lo que veía. Se le aceleró la respiración. ¿Y yo? No era capaz de volver la cabeza, así que seguí mirándolo fijamente. Empezó a caminar hacia nosotras, pero en ese momento mi coche arrancó y él se detuvo a medio camino. Lo observé con la boca entreabierta y, cuando desapareció, me di la vuelta y miré por la luneta trasera. Se quedó parado, con los brazos caídos. Poco después, lo ocultó otro coche.

—Me ha visto —susurré, pero Olga no lo oyó.

«Madre mía, sabe que estoy aquí.»

Dios era un niño malo si había querido mandarme a ese sitio justo en ese momento, cuando por fin mi vida empezaba a parecer normal. La presencia de Nacho provocó que todo dejara de tener sentido; ya nada importaba, y los demonios del pasado abrieron de par en par la puerta de mi mente.

—Bueno —dijo Olga cuando el camarero puso sobre la mesa una botella de champán—. Vamos a emborracharnos y después quiero escuchar toda la historia, no solo lacónicas gilipolleces.

—Tienes razón, emborrachémonos.

Cogí la copa.

Después de dos horas y varios hectolitros de alcohol, se lo conté todo con detalle. Lo del plato que rompí, cómo me salvó, la casa en la playa, las clases de natación, el beso y la muerte de Flavio. Después ya solo expliqué tonterías y le confesé lo que sentía y lo que pensaba, mientras ella escuchaba claramente asustada.

—Te lo diré de este modo —balbució dándome unas palmadas en la espalda—: yo estoy como una puta cuba, pero tú lo tienes más que jodido.

Asintió, y el alcohol le hizo torcer el gesto.

—Huir del fuego para caer en las brasas. Cuando no es un amante siciliano, es un español tatuado.

—Canario.

Balanceé la copa al tiempo que me mecía levemente en la silla.

—Menudo cabrón —comentó agitando la mano. El camarero pensó que le estaba llamando, pero cuando se acercó Olga lo miró sorprendida.

—¿Y a ti qué te pasa? —balbució en polaco y yo esbocé una sonrisa tonta.

—¿Qué desean las damas?

Contuve la respiración para contener la risa.

—Las damas desean que jueguen con ellas en la cama. Si no es en la cama, no es divertido jugar a las damas —dijo Olga y lo miró muy sonriente.

Pero el camarero permaneció con gesto serio, así que mi amiga dijo en inglés:

—Otra botella y una caja de Alka-Seltzer. —Y lo despachó con un movimiento de cabeza—. Laura —comentó cuando el camarero se alejó—, mañana tenemos un banquete, que es importante, pero te digo ya mismo que vamos a parecer dos mojones empapados. Ya sabes, como esos que flotan en la piscina cuando un niño pequeño se caga.

96

Me eché a reír como una loca, pero ella levantó el dedo índice.

—Ese es el primer asunto —dijo—. El segundo es que después de beber soy una chica fácil y no se me ocurre nada mejor que follar.

Se dejó caer sobre la mesa y los vasos que había encima saltaron con estrépito.

Eché un vistazo alrededor y vi que todo el mundo nos miraba. Tampoco me extrañó, porque estábamos montando un buen circo. Traté de sentarme erguida, pero cuanto más me apretaba contra el asiento, más me resbalaba hacia abajo.

—Tenemos que subir a la habitación —susurré inclinándome hacia ella—. Pero no me siento capaz. ¿Me llevas?

—¡Sí! —gritó alegremente—. Si tú me llevas a mí.

En ese momento, el joven camarero se acercó a la mesa y abrió otra botella. Aún no la había inclinado para servir, cuando Olga la agarró, se levantó y se dirigió a la salida. No lo hizo en línea recta, porque retrocedía más que avanzaba. Tras varios minutos de bochorno y de luchar con un espacio que daba vueltas, llegamos al ascensor. A pesar de la borrachera, tuve un destello de lucidez y fui consciente de los grandes sufrimientos que me esperaban al día siguiente. Al pensar en ello, lloriqueé en voz baja.

Entramos en el apartamento, o más bien nos precipitamos en él, porque nos tropezamos con la alfombra de la entrada. «Solo faltaba romperme la cabeza», pensé antes de golpearme con la mesita con flores que había en el centro del salón. Olga se puso histérica y rodó por el suelo hasta que se topó con la puerta de su dormitorio. Se arrastró al interior y me hizo alegres gestos con la mano mientras se retorcía como una lombriz. La miré con un ojo al tiempo que sujetaba la botella de champán, salvada de milagro. Cuando abrí el otro ojo me di cuenta de que veía triple, así que preferí volver a percibir la realidad como un tuerto.

—Vamos a morir —murmuré—. Y empezaremos a descomponernos en este lujoso apartamento.

Caminé como si arrastrara los pies descalzos; me había quitado los zapatos en el restaurante.

—Nos encontrarán cuando empecemos a apestar —balbucí.

Me dejé caer en la cama y me metí bajo la colcha. Ronroneé alegre cuando estuve a gusto entre las sábanas.

—Nacho, querido, apaga la luz —dije mirando la figura sentada en el sillón.

—Hola, muchacha.

Se levantó y se acercó a la cama.

—Tengo unas alucinaciones alcohólicas cojonudas —comenté muy contenta—. Aunque seguramente ya duermo y eres un sueño, lo cual significa que ahora haremos el amor.

Me retorcí alegremente sobre la cama y él se quedó de pie frente a mí, sonriéndome con sus blancos dientes.

—¿Quieres hacer el amor conmigo? —preguntó mientras se tumbaba a mi lado. Le hice sitio.

—Mmm… —murmuré sin abrir los ojos—. Fantaseo con ello y llevo casi medio año haciendo el amor contigo en sueños.

Traté de quitarme el pantalón, que me apretaba, pero no lo conseguí.

Los esbeltos dedos del Calvo apartaron la colcha. Luego agarraron el botón contra el que estaba luchando. Después deslizó el pantalón por mis piernas y lo dobló con cuidado.

Levanté los brazos, dándole a entender que debía quitarme la parte de arriba. Encontró la cremallera en la espalda y me liberó del estrecho top. Di varias vueltas y froté el culo contra el colchón, como invitándole a divertirse, pero se limitó a dejar la ropa doblada sobre la cómoda.

—Sé como siempre —susurré—. Hoy necesito tu delicadeza, la he echado de menos.

Sus labios tocaron primero mi hombro y después mi clavícula. Fue solo un roce, pero el cálido tacto de Nacho me hizo sentir un hormigueo por todo el cuerpo. Agarró la colcha y me cubrió con ella.

—Aún no, muchacha. —Me besó en la frente—. Pero será dentro de poco.

Suspiré desilusionada y metí la cabeza entre las mullidas almohadas. Me encantaban esos sueños.

La resaca mañanera me reventó la cabeza y vomité cuatro veces después de abrir los ojos. A juzgar por los ruidos que llegaban del otro baño, a Olga le pasaba lo mismo. Me di una ducha y me tomé un paracetamol que encontré en mi equipaje, con la esperanza de que me aliviara.

Me detuve frente al espejo y solté un gemido al ver mi reflejo. Decir «Tienes mal aspecto» habría sido un piropo. Era como si alguien me hubiera picado, hubiera hecho una hamburguesa conmigo, me hubiera comido y me hubiera defecado. A veces olvidaba que ya no tenía dieciocho años y que con el alcohol no ocurría como con el agua, que se debe beber al menos tres litros diarios.

Volví a la cama con temblor de piernas y me tumbé a la espera de que la pastilla hiciera efecto. Traté de recordar los acontecimientos de la noche anterior, pero mi cerebro se había detenido en el restaurante, donde nos habíamos portado como unas auténticas verduleras. Escarbé en lo más recóndito de mi memoria para encontrar algo que me consolara, como el recorrido hasta la habitación completado con éxito. Pero fue en vano.

Frustrada por mi propia irresponsabilidad, cogí el móvil para retrasar una hora mi cita con el peluquero. En la pantalla apareció un mensaje de un número desconocido: «Espero que hayas soñado lo que deseabas».

Hice una mueca y analicé el significado del mensaje sin perder de vista la pantalla. De repente, como si se tratara de un puzle, se formó en mi mente la imagen del canario sentado en el sillón. Miré a la izquierda asustada: la butaca estaba pegada a la cama. Mi dolor de cabeza tomó fuerza. Observé la cómoda donde estaba mi ropa doblada. Noté que el agua que me había bebido un rato antes me volvía a la garganta. Salí corriendo hacia el baño. Después de vaciar una vez más el estómago, regresé aterrada al dormitorio. Sobre mi pantalón blanco había un llavero en forma de tabla de surf.

—No fue un sueño —susurré.

Las piernas se me doblaron y caí de rodillas entre la cama y la cómoda.

—Estuvo aquí.

Me sentía muy asustada, aún peor que quince minutos antes. Traté de recordar qué dije e hice, pero mi cerebro parecía haber decidido protegerme de esa imagen y no me dejaba abrir el baúl de los recuerdos. Me tumbé en el suelo y me quedé mirando el techo.

—¿Has muerto? —Olga se inclinó sobre mí—. No me

hagas eso. Massimo me matará si mueres por una intoxicación etílica.

—Pues sí, me quiero morir —murmuré y cerré los ojos con fuerza.

—Lo sé, yo también. Pero en lugar de agonía te propongo ingerir grasa.

Se tumbó a mi lado y nuestras cabezas se tocaron.

—Tenemos que comer cosas con mucha grasa y así se nos pasará la borrachera.

—Voy a echarte la pota encima.

—Tonterías, dentro no te queda nada. —Me miró—. He pedido el desayuno, con mucho té helado.

Nos quedamos tumbadas sin poder movernos, y yo no dejaba de darle vueltas a la idea de si debía contarle lo que había ocurrido la noche anterior. Unos golpes en la puerta me sacaron de mis divagaciones, pero ninguna de las dos se movió.

—Hay que joderse —soltó Olga.

—Lo mismo digo —asentí dolorida—. Yo no me levanto. Además, eres tú la que quiere desayunar, así que tira.

Nos costó horrores comernos el desayuno, sobre todo porque Olga había pedido salchichas, beicon, huevos fritos y cereales, una bomba de hidratos de carbono y grasas. Di gracias al destino por que las reuniones empezaran por la tarde, porque de otro modo el día habría sido absolutamente improductivo. En ese momento solo valíamos para tumbarnos en la terraza, tomar el sol desnudas y beber té helado en cantidades industriales. Esa era una de las incuestionables ventajas de nuestro apartamento: la terraza con vistas al océano y a los surfistas. Era cierto que, desde el piso en el que nos encontrábamos, parecían puntitos repartidos a boli sobre una hoja de papel, pero me excitaba saber que él podía estar allí.

Me preguntaba cómo me había encontrado, cómo había entrado y por qué demonios no había hecho nada. No se podía ocultar que esa noche estaba más predispuesta que nunca. Con haberme quitado las bragas habría bastado.

Recordé nuestra discusión en la casa de la playa, cuando dijo que solo quería echarme un polvo. Entonces tenía la esperanza de que estuviera mintiendo. En ese momento ya estaba completamente segura. No podía dejar de pensar en lo borracha que iba. Pero lo que más me cabreaba era que por fin hubiera estado tan cerca y yo no hubiera hecho nada. Aunque en cierto modo sí lo hice: permití que me desvistiera y me viera casi desnuda.

—¿En qué piensas? —preguntó Olga protegiéndose los ojos del sol—. Meneas el culo por el cojín como si quisieras follártelo.

—Porque estoy follando —comenté despreocupada.

A las siete, el equipo de estilistas abandonó la habitación y nosotras, hidratadas y recuperadas gracias a una caja de pastillas, nos plantamos en medio del salón y nos miramos satisfechas. Estábamos listas. Me había puesto el impresionante vestido rojo sangre y Olga, un modelo color crema sin hombros. Ambos eran de mis diseñadoras; si no, no habría tenido sentido, porque el evento de ese día era el último en el que podía deslumbrar con el talento de mi gente a un buen grupo de figuras influyentes del ramo.

Mi móvil empezó a vibrar dentro de mi pequeño bolso y una voz al otro lado de la línea me avisó de que el coche esperaba. Corté y volví a mirar la pantalla porque el teléfono emitió un breve tono. Se me estaba acabando la batería y no tenía cargador. Maldije mentalmente y volví a meter el móvil en el bolso.

Bajamos hasta el coche e introdujimos nuestros elegantes traseros en la limusina que nos iba a llevar al lugar donde se celebraba el banquete.

—Me apetece una birra —balbució Olga cuando le entregué la invitación a un hombre que había en la entrada—. Una birra bien fría —insistió mirando a los lados.

—Una jarra de cerveza combinaría de manera ideal con tu vestido —comenté fulminándola con la mirada.

Olga contestó mostrándome el dedo corazón y luego se fue corriendo al bar.

Mi tutora portuguesa me asaltó como lo haría una leona hambrienta con un antílope. Me agarró de la mano y me arrastró entre la multitud. Me extrañó un poco su comportamiento, porque se ocupaba de nadie como de mí, a pesar de que había invitado a otras personas. Aunque traté de no pensar en ello, en el fondo tenía la convicción de que mi marido había metido sus esbeltos dedos de gánster en el asunto.

Dos horas después ya conocía a todas las personas que merecían la pena: fabricantes de telas, dueños de talleres de costura, diseñadores y unas cuantas estrellas con Karl Lagerfeld al frente, que asintió con admiración al ver mi vestido. Pensé que iba a desmayarme o a ponerme a saltar y a gritar como una adolescente, pero mantuve la compostura y contesté inclinando la cabeza.

Mientras trataba de construir mi imperio, mi amiga vaciaba una cerveza tras otra y charloteaba alegremente con el guapísimo portugués que le servía. El chico era un bombón y quien lo puso al otro lado de la barra había realizado una magnífica estrategia de marketing. Por desgracia, la presencia permanente de Olga junto a la barra dio como resultado que en menos de tres horas estuviera completamente borracha.

—Laura, este es Nuno. —Señaló con el dedo al hombre, que inclinó la cabeza con amabilidad y me sonrió, dejando ver unos maravillosos hoyuelos en las mejillas—. Como no me saques de aquí, Nuno, que termina de trabajar dentro de una hora, me va a follar en la playa —farfulló en polaco, y me di cuenta de que realmente iba a acabar así la cosa.

Le dirigí una encantadora sonrisa al desilusionado portugués y arrastré el indolente cuerpo de mi amiga hasta la salida. Cuando mi guardaespaldas vio lo que ocurría, acudió con discreción para ayudarme a llevar a Olga hasta el coche. Por desgracia, después de entrar, tuvo una repentina recuperación y quiso volver al bar.

—Creo que me voy a tomar otra —murmuró tambaleándose y enredándose con el vestido.

—¡Sube al coche, petarda! —le ordené empujándola hacia la puerta abierta.

Pero Olga no tenía la menor intención de meter su culito respingón en el coche. Mi guardaespaldas la agarró y la sujetó entre los brazos mientras ella sacudía coces. Me miró esperando alguna indicación. Meneé la cabeza resignada.

—Sube detrás con ella y no la sueltes, porque, si no, saltará del coche en marcha —dije suspirando—. Aún tengo que hablar con varias personas.

—Don Massimo no ha dado su permiso para que te quedes sin protección.

—No te preocupes, aquí no corro peligro.

Abrí los brazos para mostrarle lo que nos rodeaba: playa, palmeras, mar tranquilo.

—Llevadla a casa y volved a buscarme.

Me di la vuelta y me dirigí a la puerta del local, desde la cual varias personas sorprendidas observaban el espectáculo que habíamos montado.

Me dejé agasajar por los invitados que me detenían a cada paso y bebí champán. No me apetecía demasiado, pero, a pesar de la resaca, el sabor del Moët & Chandon Rosé tenía un efecto tranquilizante en mí.

—¿Laura? —dijo una voz que me resultó familiar.

Me di la vuelta y vi que Amelia corría hacia mí.

Noté un dolor en el pecho y el champán que acababa de beber me golpeó la cabeza. Me tambaleé, pero la chica me tomó en brazos y me estrechó entre ellos.

—Llevo una hora observándote, pero hasta que no he visto a tu guardaespaldas no he tenido la certeza de que eras tú. —Mostró una sonrisa radiante—. Estás guapísima.

—No se puede negar…

El sonido de esa voz me dejó petrificada y sin aliento.

—Es cierto que tu aspecto es espectacular —afirmó Nacho saliendo de detrás de su hermana como si fuera un espíritu.

Él también estaba divino, con un traje gris claro, una camisa blanca y una corbata de color idéntico al de la chaqueta. Su cabeza afeitada relucía un poco y su piel bronceada hacía que sus ojos verdes brillaran como lucecitas de Navidad. Estaba serio y rodeaba con el brazo la cintura de su hermana, que no paraba de hablar, aunque no sabía acerca de qué, porque el mundo entero desapareció cuando él se plantó frente a mí fingiendo ser un duro mafioso.

Ya había visto esa pose el día que me dispararon. Amelia seguía cotorreando sin descanso y los dos nos mirábamos fascinados.

—Bonita corbata —dije sin demasiado sentido, interrumpiendo a Amelia.

La chica se quedó de piedra, con la boca abierta. Luego la cerró e hizo una mueca de desagrado cuando se dio cuenta de que estaba de más.

—Perdonadme un momento —dijo, y se dirigió al bar.

Seguimos mirándonos fijamente, aunque manteniendo una distancia prudencial. No queríamos llamar la atención. Entreabrí la boca para tomar aliento con fuerza. Nacho tragó saliva.

—¿Has dormido bien? —preguntó tras otro minuto de silencio.

Su mirada delataba cierta alegría, pero se esforzaba por mantener una expresión seria. Me mareé al recordar lo que había sucedido la noche anterior.

—No me encuentro bien —susurré, y me volví en dirección a la puerta que conducía a la terraza.

Me recogí el vestido y salí casi a la carrera. Llegué a la barandilla y me apoyé en ella. Segundos después, estaba a mi lado. Me cogió el bolso y puso dos dedos sobre mi muñeca para tomarme el pulso.

—Ya no tengo un corazón enfermo —comenté jadeando—. Es uno de los beneficios de mi estancia en Tenerife. Me han puesto uno nuevo.

—Lo sé —dijo mirando el reloj.

—¿Cómo lo sabes?

Me quedé muy sorprendida. Aparté la mano, pero me la volvió a coger y me reprendió con la mirada.

—¿Has hablado del tema con tu marido? —preguntó después de soltarme. También él se apoyó en la barandilla, de espaldas.

No quería hablarle de mis problemas matrimoniales, sobre todo porque no le incumbía el hecho de que llevara varias semanas viendo a Massimo de una forma esporádica. Por eso no deseaba contarle lo que comentaba con mi marido.

—Lo estoy hablando contigo y quiero conocer tu versión.

Suspiró y agachó la cabeza.

—Lo sé porque... fui yo quien te consiguió el corazón.

Me miró, y mis ojos se agrandaron por la sorpresa.

—Y a juzgar por la expresión de tu cara, no tenías ni idea. Mis médicos opinaban que no tenías muchas opciones de vivir sin un nuevo órgano, por eso...

Se detuvo, como si tuviera algo que ocultarme.

—Por eso tienes uno nuevo —concluyó sin cambiar de expresión.

—¿Debería saber cómo llegó hasta mí ese corazón? —pregunté insegura, levantándole la barbilla para que me mirara.

Sus ojos verdes se pasearon por mi rostro y su lengua humedeció un poco los labios secos. «Dios, ¿lo hace adrede?», pensé, y se me olvidó la pregunta que acababa de hacerle. El olor a chicle de menta y a colonia fresca me embriagó. Nacho tenía una mano en el bolsillo y con la otra acariciaba mi bolso y me miraba. El mundo se había detenido, todo estaba inmóvil, solo existíamos él y yo.

—Te he echado de menos —dijo.

Al oír esas palabras, me quedé sin aliento y mis ojos se llenaron de lágrimas.

—Estuviste en Sicilia —susurré recordando todas mis alucinaciones.

—Estuve —confirmó con voz seria—. Varias veces.

—¿Por qué? —pregunté, pero en mi interior conocía la respuesta.

—¿Por qué te he echado de menos, por qué viajé tantas veces o por qué quería verte?

—Por qué haces esto.

Los ojos se me pusieron vidriosos por las lágrimas. Deseaba huir antes de que contestara a la pregunta.

—Quiero más.

En ese momento, en el hermoso rostro de Nacho apareció la amplia sonrisa que había estado sofocando desde que se había acercado a mí. Alzó las cejas muy contento y su cuerpo se relajó.

—Quiero más de ti, quiero enseñarte a surfear y mostrarte cómo se pesca un pulpo. Quiero viajar contigo en moto y enseñarte las laderas nevadas del Teide. Quiero...

Levanté la mano para interrumpirlo:

—Tengo que irme. —Me di la vuelta y me puse a andar sujetándome los lados del vestido.

—Te llevo —gritó siguiéndome.

—Mis guardaespaldas lo harán.

—Tus guardaespaldas están persiguiendo a Olga por el hotel, así que no lo creo.

Me di la vuelta enérgicamente y ya iba a preguntarle cómo lo sabía cuando recordé que lo sabía todo. Incluso mi talla de sujetador.

—Gracias, pero prefiero coger un taxi —dije, y entonces miré su mano derecha, en la que llevaba mi bolso, que agitaba en dirección a mí.

Parecía muy contento y, a pesar de que yo llevaba unos tacones altísimos, me sacaba un par de palmos. Quise quitarle el bolso, pero lo levantó aún más y meneó la cabeza mientras chasqueaba la lengua.

—Mi coche está aparcado delante del hotel. Vamos —replicó, y se dirigió a la salida pasando a mi lado.

De no haber sido porque en el bolso llevaba el teléfono, que ya debía de estar sin batería, habría pasado de Nacho, pero no podía hacerlo. Estaba enganchada al móvil. Lo seguí a una distancia prudencial hasta que salimos a la calle. Entonces me agarró de la muñeca y me llevó a una zona oscura. Un escalofrío atravesó mi cuerpo cuando sus dedos tocaron mi piel. Debió de notarlo, porque se detuvo y me miró extrañado.

—No hagas eso —susurré oculta en la noche.

Su mano soltó mi muñeca, pero la colocó en mi espalda y con la otra me sujetó por la nuca. Me acercó a él e, inconscientemente, eché la cabeza hacia atrás para facilitarle el acceso a mi boca. Permanecimos abrazados, jadeando, mirándonos. No se movía, no hacía nada, solo me observaba. Sabía que no era una buena idea, que más me valdría huir de allí, pasar del teléfono y volver al hotel aunque fuera a pie. Pero no pude. Allí estaba, por fin, real, a mi lado, y el calor de su cuerpo me inundaba.

—Te mentí cuando dije que solo quería echarte un polvo —susurró.

—Lo sé.

—También mentí cuando dije que quería ser tu amigo.

Suspiré con fuerza temiendo oír lo que iba a decir a continuación, pero guardó silencio y me soltó.

Pulsó la llave del coche y las luces parpadearon. Abrió

la puerta del copiloto y esperó. Me recogí el vestido y subí. Una vez más, estaba sentada en un extrañísimo y a la vez fabuloso coche que sin duda no era de nuestra época. Por lo que pude comprobar a la débil luz de las farolas, era azul con dos franjas blancas centradas en el capó delantero. El interior me gustó mucho. «Esto es un coche normal —pensé—, no una nave espacial.» Tenía tres indicadores y cuatro interruptores, y en el volante de madera no había botones. Genial. La única pega, e incluso defecto, era que no tenía techo.

—Estoy segura de que este no es el coche en el que fuimos a Tenerife —comenté cuando se sentó a mi lado y me dejó el bolso sobre las rodillas.

—Tu perspicacia me sorprende —contestó con una amplia sonrisa—. En Tenerife tengo un Corvette Stingray y este es un Shelby Cobra. Pero apuesto a que ni siquiera los distingues de los Ferrari de mierda.

Se rio con ironía y encendió el motor.

—Un coche debe tener alma, no solo un precio alto.

Cuando arrancó, por los altavoces sonó *Lords of the Boards*, de Guano Apes. El potente sonido de la música me hizo rebotar en el asiento. Nacho se rio.

—Este tema nos irá mejor —dijo alegremente al tiempo que enarcaba las cejas.

Entonces pulsó un botón del modesto tablero de mandos y las sutiles notas de *My Immortal* de Evanescence llenaron el espacio. Primero el piano, después la delicada pero profunda voz de la cantante, que hablaba de lo cansada que se sentía de estar ahí, ahogada por sus miedos infantiles...

Cada palabra de la canción, cada fragmento, parecía que lo estuviera cantando yo. ¿Nacho había elegido esa canción adrede o era una casualidad?

«Tu rostro aparece en mis sueños, antaño agradables, y tu voz ha expulsado de mí toda cordura.» La vocalista cantaba con una voz cada vez más fuerte. Mis ojos se llenaron de lágrimas de pánico mientras recorríamos despacio y sin hablarnos las calles casi vacías de Lagos, alejándonos de la playa. «He tratado con todas mis fuerzas de convencerme de que te has ido. Y aunque aún estés conmigo, durante todo este tiempo me he sentido sola...»

Al llegar a ese punto, no aguanté más.

—¡Detente! —grité cuando noté que estaba a punto de estallar—. ¡Para el puto coche!

Me puse a chillar y aparcó junto a la acera. Me miró con ojos asustados.

—¡Cómo pudiste!

Abrí la puerta y salí corriendo del coche.

—¡Cómo pudiste hacerme eso! Era feliz, todo iba como la seda. Él era ideal hasta que apareciste tú...

En ese momento, Nacho me agarró de los brazos y me apoyó contra la pared de la casa junto a la que nos encontrábamos. No luché con él, no podía. No me defendí, ni siquiera cuando acercó sus labios a los míos, despacio, como pidiendo permiso. Pero seguía esperando, y yo no era capaz de esperar más. Le agarré con fuerza la cabeza y pegué mi boca a la suya. Las manos del canario subieron poco a poco desde mis caderas, por mi cintura, por mis brazos, hasta que al final llegaron a mi cara. Nacho mordió con delicadeza mis labios, los acarició, los lamió y después los separó con la lengua y me besó profundamente.

La canción estaba en bucle y sonaba de nuevo, mientras nosotros seguíamos unidos por algo inevitable. Nacho era cálido, delicado y terriblemente sensual. Sus labios suaves no eran capaces de separarse de los míos y su lengua penetraba cada vez más hondo, casi me cortaba la respiración. Me sentía tan bien que me olvidé de todo.

Entonces se hizo un silencio que nos devolvió a la realidad. La música se detuvo y el mundo se derrumbó sobre dos cuerpos unidos. Ambos lo notamos. Cerré la boca para darle a entender que se apartara. Se retiró un poco, apoyó la frente en mi sien y bajó los párpados con fuerza.

—He comprado una casa en Sicilia para estar cerca de ti —susurró—. Velo por ti constantemente, porque me doy cuenta de lo que pasa, muchacha.

Levantó un poco la cabeza y me besó en la frente.

—Cuando te llamé la primera vez, estaba en el mismo restaurante que tú. En la discoteca tampoco aparté la vista de ti, sobre todo porque ibas muy borracha. —La boca de Nacho recorrió mi mejilla—. Sé cuándo pides que te lleven el almuerzo al trabajo y lo poco que comes. Sé cuándo vas al psicólogo y que, desde hace semanas, Torricelli y tú no os entendéis demasiado bien.

—Déjalo ya —susurré cuando sus labios volvieron a acercarse a los míos—. ¿Por qué lo haces?

Alcé la vista y lo aparté un poco de mí. Tenía que enderezarse. Lo observé. Gracias a la luz de las farolas vi que sus ojos verdes reflejaban alegría y concentración a la vez, y que los rasgos de su hermoso rostro se suavizaban cuando sonreía.

—Creo que me he enamorado de ti —dijo como de pasada, dándose la vuelta y dirigiéndose al coche—. Vamos.

Se detuvo junto a la puerta abierta del copiloto y esperó. Sin embargo, pegué la espalda a las ásperas piedras del muro que rodeaba la casa junto a la que estábamos.

También yo aguardaba. Esperaba recuperar el control sobre las piernas, que había perdido tras lo que Nacho acababa de decir. En teoría, era evidente para mí, o al menos no me sorprendió, sobre todo después de lo que trató de decirme cuando nos dirigíamos a la residencia de su padre y nos detuvimos a contemplar Los Gigantes. Nos miramos y pasaron unos segundos, quizá minutos. Al final, el sonido del móvil desde el interior del bolso me trajo de vuelta a la Tierra. Nacho me lo pasó y se me cortó la respiración al ver que en la pantalla aparecía el nombre de Massimo. Tragué saliva y, cuando ya iba a pulsar el botón verde, mi móvil lanzó su último suspiro y se quedó sin batería.

—¡Mierda! —mascullé—. Estoy bien jodida.

—No diré que me preocupe que don Torricelli se cabree un poco.

A Nacho pareció hacerle gracia que mirase fijamente la pantalla.

—Enseguida podrás cargarlo.

Me dio la mano y me ayudó a subir al coche.

7

Llegamos a la verja y Nacho pulsó un mando a distancia. Con todo lo sucedido en los últimos treinta minutos, había olvidado por completo que iba a acercarme a mi hotel.

—No me alojo aquí —dije echando un vistazo al precioso jardín.

—Gran error.

Las comisuras de sus labios se levantaron mucho y dejaron al descubierto una fila de dientes blancos.

—Tengo un cargador para tu teléfono —comentó mientras apagaba el motor—. También vino, champán, vodka, hoguera y *marshmallows*. No necesariamente en este orden.

Esperaba a que yo bajara, pero no me moví.

—Hay unos siete kilómetros hasta la casa más cercana. —Se rio—. Te he vuelto a raptar, querida, y te invito a entrar.

Desapareció tras la puerta de la casa.

No me sentía raptada, sabía que bromeaba y que, si le insistía, me llevaría a mi hotel. Pero ¿prefería quedarme? Al pensar en lo que podía ocurrir esa noche, una bandada de mariposas empezó a revolotear en mi vientre. Era miedo mezclado con alivio y con el deseo que, desde hacía meses, me abrasaba el cuerpo.

—Dios, dame fuerzas —susurré.

Me bajé del coche y entré.

El interior estaba casi a oscuras. El estrecho pasillo conducía a un salón grande y perfecto. Estaba iluminado por varias lámparas que colgaban de las paredes. Al fondo vi la cocina, abierta al salón y separada por una enorme isla sobre la que colgaban un montón de cuchillos, sartenes y ollas. Se podía echar carreras alrededor de ella. Seguí caminando. Vi un despacho estiloso, todo en madera, con motivos náuticos. Estaba modestamente amueblado, pero tenía una inmensa ventana que ocupaba toda una pared. Ante ella solo había un escritorio oscuro, rectangular, y un gigantesco sillón de piel.

—A veces tengo que trabajar —susurró Nacho, y noté el calor de su aliento en el cuello—. Por desgracia, tras la muerte de mi padre me convertí en el jefe.

Ante mi cara apareció una copa de vino tinto.

—Me gusta mi trabajo, o más bien, me gustaba —comentó. Seguía detrás de mí y yo me deleitaba con su presencia y el suave sonido de su voz—. A todo se puede uno acostumbrar, en especial si te lo tomas como un deporte.

—¿Consideras que matar y secuestrar gente es un deporte? —pregunté desde el umbral, mirando fijamente el gran escritorio negro.

—Me encanta que la gente tiemble al oír mi nombre.

Su voz tranquila, unida a las palabras que acababa de pronunciar, hizo que un escalofrío recorriera mi piel.

—Y ahora, en vez de tumbarme en un tejado con un fusil o disparar a alguien a la cabeza, me planto ante él, cara a cara, me siento tras el escritorio y dirijo el imperio de mi padre.

Suspiró y me abrazó por la cintura.

—Pero tú nunca tuviste miedo de mí...

Miré sorprendida cómo mis caderas estaban rodeadas por un brazo de colores. Me di cuenta de que Nacho se había desnudado, porque cuando bajó del coche llevaba el traje. Tenía miedo de darme la vuelta, convencida de que estaba desnudo a mi espalda y de que no sería capaz de contenerme al ver su esbelto cuerpo.

—Lo siento, pero no me asustas. —Di un trago de vino—. Aunque sé que lo has intentado varias veces.

Me di la vuelta y me liberé de su abrazo.

Vi que solo llevaba el pantalón. Iba descalzo y, al contemplar mis ojos fijos en él, su respiración se aceleró.

—Voy a poner el mundo entero a tus pies, muchacha.

Acarició mi hombro desnudo y siguió con la mirada el movimiento de sus dedos.

—Te voy a mostrar lugares que no puedes ni imaginar.

Se inclinó y besó el fragmento de piel que estaba acariciando.

—Quiero que veas un amanecer en Birmania mientras volamos en globo.

Su boca se trasladó a mi cuello.

—Que te emborraches en Tokio mientras ves las luces de colores de la ciudad.

Cerré los ojos cuando los labios de Nacho acariciaron mi oreja.

—Harás el amor conmigo sobre una tabla de surf en la costa de Australia. Te voy a mostrar el mundo entero.

Me aparté de él. Noté que mi voluntad flojeaba. Sin decir

nada, crucé una puerta abierta que había en la parte de atrás del monumental salón y llegué a la terraza, que daba casi a la playa. Me quité los zapatos y pisé la arena, que seguía caliente, sobre la que mi vestido dejaba una estela. No tenía ni idea de lo que hacía. Estaba engañando a mi marido con su mayor y peor pesadilla. Para eso, mejor hubiera sido que le clavara un cuchillo en la espalda y contemplar cómo sufría mientras lo retorcía en su cuerpo. Me senté y di un largo trago mientras escuchaba el ritmo de las olas.

—Puedes huir de mí —dijo sentándose a mi lado—, pero ambos sabemos que no huirás de lo que tienes en la cabeza.

No sabía qué contestar. Por un lado, tenía razón, pero, por otro, no deseaba cambiar nada. No entonces, no cuando mi vida por fin tomaba forma. Pensé en Massimo y tuve una trágica revelación.

—Dios mío, el móvil —gemí aterrorizada—. Su gente llegará enseguida. Tengo instalado un localizador y sabe dónde estoy incluso cuando me quedo sin batería.

—Aquí no —contestó tranquilamente mientras yo me levantaba de golpe—. La casa posee sistemas que bloquean cualquier dispositivo de rastreo, micrófonos y toda esa mierda.

Me miró con ternura.

—Has desaparecido, muchacha, y puedes permanecer invisible todo el tiempo que quieras.

Me senté en la arena, pero los pensamientos y las emociones se agitaban de forma desesperada en mi interior. Una parte de mí quería volver al hotel; la otra soñaba con que Nacho me poseyera sobre la arena húmeda. Me estremecía al notar su cercanía, mi corazón latía desbocado y mis manos temblaban al pensar en su calor.

—Tengo que irme —susurré apretando los ojos.

—¿Estás segura? —preguntó tumbándose boca arriba y estirándose.

—Dios... Lo haces aposta.

Dejé la copa y me apoyé para levantarme. Nacho me sujetó de las manos, tiró de mí y quedé tumbada sobre su cuerpo. Sonreía mientras lo hacía, como si temiera que fuera a escaparme. Cuando notó que no oponía resistencia, cruzó las manos bajo la cabeza.

—Quiero llevarte a un sitio —dijo, y su rostro se iluminó como si fuera un niño ante una chocolatina—. Cerca de aquí, un amigo tiene un circuito de carreras y motos.

Al oír esas palabras, puse los ojos como platos.

—Por lo que sé, sabes montar en moto, o al menos tienes carnet.

Asentí.

—¡Pues perfecto!

Se retorció sobre la arena. Como me sujetaba, acabé tumbada debajo de él.

—Te invito mañana a correr una carrera. Puedes traer a Olga y yo llevaré a Amelia. Pasaremos un rato juntos, comeremos y después podemos ir a navegar.

—¿Hablas en serio?

—Por supuesto. Además, sé que has reservado el apartamento para una semana, así que tenemos tiempo de sobra.

No podía creer lo que oía. La perspectiva era tentadora, pero sabía que no conseguiría escapar otra vez de mis guardaespaldas, que iban a vivir una pesadilla cuando Massimo se diera cuenta de que no podía localizarme.

—Nacho, necesito tiempo —susurré.

Su sonrisa se amplió.

—Te puedo decir a qué conclusiones llegarás, pero antes rodéame con fuerza con los muslos.

Me extrañó su petición, pero la cumplí. Se levantó cargando conmigo y se sentó, y mi punto más sensible se encontró exactamente sobre su ardiente erección.

—En algún momento te darás cuenta de que tu marido ya no es la persona que conociste, solo una imitación del hombre que querías ver en él. Cuando te independices de él, lo abandonarás porque, en mi opinión, no satisface tus necesidades.

—¿De verdad?

Crucé los brazos sobre el pecho para crear una distancia entre nosotros. Entonces Nacho elevó un poco la cadera. Solté un leve gemido cuando rozó mi clítoris con su duro bulto.

—¡De verdad! —afirmó con una amplia sonrisa.

Volvió a rodearme la cintura con una mano y me agarró de la nuca con la otra. Apretó mi cuerpo contra el suyo y elevó aún más la cadera, para que notara mejor lo que ocurría entre sus piernas.

—Me deseas, muchacha, pero no porque tenga tatuajes de colores y sea rico.

De nuevo empujó, y eché la cabeza hacia atrás de forma involuntaria.

—Me deseas porque estás enamorada de mí, igual que yo lo estoy de ti.

Las caderas de Nacho no tenían compasión. Poco después, mis manos se acercaron a su cara, áspera por la barba, y empezaron a acariciarla.

—No quiero follarte como lo hace tu marido. No quiero poseer tu cuerpo.

Sus labios empezaron a acariciar los míos con delicadeza.

—Quiero que vengas para estar cerca de mí. Quiero que desees sentirme dentro de ti porque no estar más cerca el uno del otro te resulte imposible de soportar.

Me besó con suavidad y le permití que me hiciera lo que quisiera.

—Te voy a adorar; cada pedazo de tu alma será sagrado para mí, te libraré de todo lo que te quita la paz.

La lengua del canario volvió a introducirse en mi boca y empezó a jugar con la mía.

De haber observado alguien esta escena, no habría dudado de que hacíamos el amor. Yo empujaba las caderas contra Nacho y él contra mí. Nuestras manos sujetaban la cara del otro y la dirigían para facilitar que nuestras lenguas llegaran a los lugares adecuados. Poco después noté que en mi bajo vientre se formaba una potente ola de orgasmo. Nacho también lo notó; traté de huir de él, pero me detuvo.

—No luches conmigo, querida.

Los dedos de una mano se enredaron en mi pelo y la otra bajó hasta la nalga para apretarme con más fuerza.

—Quiero darte placer, quiero darte todo lo que desees.

Tras esas palabras alcancé el clímax y me corrí lanzando un sonoro gemido, frotándome cada vez más rápido contra su bragueta. La delicada lengua de Nacho imprimía un ritmo tranquilo a sus besos, y sus alegres ojos verdes, abiertos y fijos en mí, reflejaban una felicidad plena. No sabía si las circunstancias habían tenido ese efecto en mí, si era porque hacía semanas que no practicaba el sexo con mi marido o porque Nacho estaba conmigo, haciendo realidad una de mis fantasías... Aunque en ese momento no me importaba qué había provocado ese orgasmo tan intenso.

—¿Qué estamos haciendo? —dije recuperando un poco el sentido. Sus caderas dejaron de moverse y su boca se apartó de la mía.

—Estamos destrozando tu vestido.

Su sentido del humor era contagioso.

—Ahora tengo un enorme problema, porque lo único que se puede hacer con mis pantalones es lavarlos, como tu vestido.

Me aparté de él y vi una mancha oscura en sus pantalones claros. Él también había alcanzado el orgasmo. Resultaba increíble, incluso místico, que se hubiera corrido al mismo tiempo que yo a pesar de que no hubiéramos hecho el amor.

—La última vez que no fui capaz de controlar una eyaculación estaba en primaria. —Nacho se rio y cayó sobre la arena.

—Vuelvo al hotel —dije soltando una risita tonta, y me levanté.

—Te llevo. —Me imitó y se sacudió la arena a mi lado.

—De eso nada, Marcelo. Llamaré a un taxi.

—No me llames así. —Su tono era serio, pero se notaba que trataba de ocultar una sonrisa—. Además, tienes una enorme mancha en el vestido.

Miré hacia abajo y vi que tenía razón. No estaba segura de si era una mancha de semen o si la había provocado yo con mi humedad. Suspiré resignada y fui hacia la puerta.

—Déjame un secador de pelo —dije, y froté la mancha con un paño mojado que encontré en la encimera de la cocina.

—Yo no necesito secador de pelo. —Nacho se acarició la calva y se rio burlón—. Te dejaré algo de Amelia para que te cambies —comentó, y se fue al salón.

Lo seguí y vi que, mientras se dirigía a las escaleras, se quitaba los pantalones sucios, bajo los cuales no llevaba nada. La imagen de su culo tatuado me hizo gemir en voz muy baja.

—Lo he oído —soltó antes de desaparecer en el piso de arriba.

Me puse un pantalón de chándal gris que se me caía un poco, una camiseta de tirantes blanca y unas Air Max rosas, y esperé a Nacho delante de su casa. No quiso escuchar ningún argumento, a pesar de que insistí en que no podía llevarme porque no sabíamos quién vigilaba el lugar donde me hospedaba. Acordamos que me dejaría a unas decenas de metros del hotel y luego seguiría a pie.

—¿Está usted lista, señorita? —preguntó al tiempo que me daba una palmada en el culo.

Era descarado de un modo encantador, tierno y varonil a la vez. Continuaba apoyada en la puerta, pero no pude evitar que mi mirada se posase en Nacho. Mi secuestrador se había puesto un chándal negro con chaqueta de cremallera y estaba arrebatador. Cuando se acercó al coche y se agachó, vi una pistolera.

—¿Corremos peligro? —pregunté preocupada, señalando con la cabeza las correas de cuero.

—No.

Me miró sorprendido y después dirigió la vista hacia el objeto que yo observaba.

—Ah, ¿lo dices por esto? Siempre llevo un arma. Es una costumbre, me gusta.

Se apoyó en el coche y se fijó en mi camiseta entornando los ojos.

—A veces soy tan genial que tengo envidia de mi propio

intelecto —comentó con expresión divertida—. Tus pezones puntiagudos nos harán el viaje mucho más grato.

Levantó las cejas y sonrió de manera que sus dientes brillaron en la oscuridad. Miré hacia abajo y vi que mis hinchados pezones se marcaban claramente en la camiseta que me había prestado. La última vez que me había encontrado en una situación similar me había atacado con su boca, a diferencia de que entonces yo iba completamente mojada y en ese momento solo había humedad entre mis piernas.

—Dame tu chaqueta —grité sofocando la risa mientras me tapaba el pecho con los brazos.

Viajamos despacio. De vez en cuando nos lanzábamos miradas, pero no intercambiamos ni una palabra. Pensé en lo que iba a ocurrir en ese momento, en lo que debería hacer y en si sería capaz de concentrarme en algo. Sopesé su propuesta de encontrarnos al día siguiente. Por un lado, soñaba con pasar el día con él, pero, por otro, sabía que Massimo se enteraría a la velocidad del rayo y nos mataría. Cuando Olga supiera que planeaba reunirme con Nacho, le daría un infarto y yo tendría un cadáver más en mi conciencia. Un torbellino de ideas giraba en mi cabeza y me producía una presión insoportable. Volví la cara a la izquierda y miré a Nacho. Iba sin camiseta, y sobre su torso de colores colgaban dos enormes pistolas. Se sujetaba la cabeza con la mano izquierda, el codo apoyado en la puerta, mientras que con la derecha sujetaba el volante. A veces canturreaba la canción que salía por los altavoces.

—¿Quieres que te rapte? —preguntó cuando entramos en la parte de la ciudad que ya conocía. Poco después nos detuvimos.

—He pensado en ello —repliqué volviéndome hacia él mientras me quitaba la chaqueta—. Me facilitarías la decisión.

—Más bien la tomaría yo por ti —comentó, y se echó a reír.

—Por otro lado —continué—, nunca conseguiría superar el pasado ni cerrar una puerta que sigue abierta.

Suspiré y me cubrí el rostro con las manos. «Tengo que pensar bien todo esto y ordenar mis ideas.»

—Te he esperado todos estos meses y, antes, toda mi vida. Si es necesario, esperaré años.

—No puedo encontrarme contigo mañana ni pasado... ¡Ahora quiero que desaparezcas!

—Vale, muchacha. —Suspiró y me besó en la frente—. Estaré cerca.

En cuanto me bajé del coche y empecé a caminar por la acera, sentí un dolor insoportable en mi nuevo corazón. Noté sus latidos y los ojos se me llenaron de lágrimas. Quería darme la vuelta, pero sabía que entonces lo vería e iría hacia él, le echaría los brazos al cuello y dejaría que me secuestrara. Me ahogaba con el nudo que se me había formado en la garganta y rezaba a Dios que me diera fuerzas para afrontar lo que me esperaba.

Crucé la entrada del hotel y me dirigí al ascensor. Con todo el lío había olvidado coger el bolso y la bolsa con el vestido del coche de Nacho. Maldije en voz baja y fui a la recepción para pedir una copia de la llave del apartamento. En el ascensor todavía notaba en mí el maravilloso aroma del surfero canario. Estaba en todas partes: en el pelo, recogido en un descuidado moño, en la boca, en el cuello. No podía soportar que la nostalgia se apoderara de mí cuando no hacía ni quince minutos que nos habíamos separado. «¿Qué estoy haciendo?», murmuré al entrar en la habitación.

Me acerqué a la cómoda, saqué el teléfono del bolsillo y lo conecté al cargador.

—¿Dónde has estado? —bramó una voz que conocía muy bien. Se encendió una pequeña lámpara que había junto a la cama—. ¡Contesta, joder! —gritó Massimo levantándose del sillón.

Hostias...

Mi marido se acercó a mí y su expresión anunciaba problemas.

—No des voces, que despertarás a Olga.

—Está tan borracha que no la despertaría ni una explosión nuclear. Además, está con Domenico.

Me agarró de los hombros.

—¿Dónde has estado, Laura?

Sus ojos ardían de ira, tenía las pupilas dilatadas y el movimiento rítmico de sus mandíbulas hacía que se le marcaran los pómulos. Estaba muy enfadado, nunca lo había visto tan cabreado.

—Necesitaba pensar —afirmé mirándolo a los ojos—. De todas formas, ¿desde cuándo te interesa tanto lo que hago?

Me libré de sus manos.

—¿Te pregunto yo con quién y adónde vas cuando desapareces mucho tiempo? La última vez que te vi fue hace más de diez días, por la noche, cuando decidiste meterme la polla.

Grité y sentí que una ola de rabia se apoderaba de mí y se extendía por todo mi cuerpo.

—¡Ya estoy harta de ti y de cómo eres desde hace casi medio año! Fui yo quien perdió al niño y quien tuvo que recuperarse tras las operaciones.

Le di una bofetada.

—¡Y tú me abandonaste, puto egoísta!

Massimo se quedó de pie con los puños cerrados y casi podía oír cómo su corazón le aporreaba el pecho.

—Si crees que vas a abandonarme, te equivocas.

Agarró mi camiseta, la rajó por la mitad y empezó a mordisquearme los pezones. Grité y traté de oponerme, pero me sujetó y me lanzó sobre la cama.

—Dentro de un momento voy a recordarte por qué me quieres tanto —bramó, y se quitó el cinturón.

Quise huir, pero me agarró de la pierna y me arrastró hasta el suelo, tras lo cual se sentó sobre mí a horcajadas y me inmovilizó. Con gran habilidad y mediante un método solo por él conocido, me ató las muñecas con el cinturón y después lo enganchó al moderno bastidor de la cama. Me retorcí y chillé cuando se levantó y empezó a desnudarme poco a poco. Por las mejillas me caían lágrimas de rabia y las manos me ardían por la fuerza con que me las había sujetado. Mi marido me miraba con satisfacción y en sus ojos se atisbaba furia.

—Massimo, por favor —susurré.

—¿Dónde has estado? —repitió la pregunta mientras se desabrochaba la camisa.

—He ido a airearme. Tenía que pensar.

—Mientes.

Hablaba en voz baja, con tranquilidad. Me asusté.

Colgó la camisa en el respaldo de una silla y se quitó el pantalón, dejando al descubierto su polla tiesa: estaba preparado. Su cuerpo musculoso era más grande y escultural de lo que recordaba, y la erección era realmente espectacular. En circunstancias normales estaría hirviendo de excitación y, antes de que me tocara, explotaría como fuegos artificiales. Pero ese día no. Mis pensamientos giraban en torno al cuerpo tatuado del canario, que probablemente seguía donde lo había dejado. La ventana estaba abierta y el aire del océano entraba en la habitación. Si hubiera gritado su nombre, me habría oído y hubiera venido en mi ayuda. Un torrente de lágrimas me inundaba la cara y daba alivio a mis pensamientos, pero mi cuerpo se puso tenso cuando Massimo, completamente desnudo, se inclinó sobre mí.

—Abre la boca —dijo arrodillándose sobre mi cabeza, que meneé expresando negación—. Cariño, no seas ingenua. —Se rio de manera burlona mientras me acariciaba la mejilla—. Lo voy a hacer de todas formas, ambos lo sabemos, así que sé obediente.

Mi boca seguía cerrada.

—Veo que hoy tienes ganas de sexo duro de verdad.

Me agarró la nariz y esperó a que me faltara el aire en los pulmones.

Cuando empecé a marearme, abrí los labios y penetró hasta mi garganta con toda la fuerza de sus caderas.

—Así me gusta, pequeña —susurró entrando brutalmente—. Justo así.

Aunque me esforzaba por no hacer nada, el interior de mi boca lo ocupó la gruesa polla de mi marido. Minutos después se levantó, se inclinó sobre mí y me besó intensamente.

Noté peste a alcohol y el sabor amargo de la droga. Estaba totalmente colocado y resultaba imprevisible. En ese momento me asusté aún más, y el miedo se mezcló con la confianza que siempre había sentido hacia él. A fin de cuentas, era mi querido marido, mi defensor, el hombre que me adoraba, el que me había imaginado. Pero en ese momento yacía junto a él completamente indefensa y me preguntaba cuándo iba a causarme dolor.

Su boca fue descendiendo, me lamió el cuello, llegó a los pechos, se metió un pezón en la boca y empezó a chuparlo y a mordisquearlo con fuerza, mientras apretaba el otro con sus esbeltos dedos. Me retorcía y le rogaba que se detuviera, pero ignoró mis sollozos. Descendió aún más hasta llegar a los muslos, que yo mantenía cerrados con fuerza, pero con un movimiento los abrió y, sin avisar, empezó a lamer mi coño, a morderlo y a follarlo con los dedos.

—¿Dónde tienes el vibrador? —preguntó levantando la vista hacia mí.

—No lo tengo —dije sollozando.

—Vuelves a mentirme, Laura.

—No lo he traído, está en casa, en el cajón de la mesilla de nuestra cama.

Resalté la palabra «nuestra», creyendo que tendría algún efecto. Pero una ira aún mayor llenó sus ojos y de su boca salió un rugido.

Estaba arrodillado frente a mí, me levantó las piernas y se las puso sobre los hombros, tras lo cual me penetró con su polla erecta lo más profundo posible. Grité al sentir un dolor agudo en el bajo vientre.

—Entonces... ¿cómo... demonios... —preguntó entre dientes, separando las palabras, mientras me follaba hecho una furia— has tenido... un orgasmo?

Sus caderas me golpeaban y yo gritaba amortiguando su sonido.

—¿O debería preguntar quién te ha ayudado con eso?

El ritmo frenético y el dolor no me dejaban pensar con claridad. Abrí los ojos llorosos y lo miré. En ese momento lo odié con toda mi alma por lo que me estaba haciendo. Pero, a pesar de ello, noté que llegaba al clímax. No lo deseaba, pero no era capaz de controlar el placer que me proporcionaba ese hombre desequilibrado. Al instante el orgasmo se apoderó de mi cuerpo, me tensé y de mi garganta salió un tremendo grito.

—¡Eso es! —bramó Black, y noté que su esperma se derramaba por mi interior—. ¡Eres mía!

Se corrió con los dedos clavados en mis tobillos, pero yo ya no sentía dolor, solo la ola del potente tsunami que me atravesaba.

Unos delicados besos en la nuca me despertaron y acabaron con un sueño en el que Nacho volvía a estar junto a mí y en el que todos los acontecimientos de la noche anterior no eran más que una pesadilla. Suspiré, abrí los ojos medio dormidos y miré delante de mí. Me encontré con el rostro de mi marido.

—Buenos días —dijo sonriente, y tuve ganas de vomitar.

—¿Cuánto bebiste anoche? —grité, y desapareció la alegría de su cara—. ¿Y qué coño te metiste?

Me incorporé, me senté y se le congeló la mirada cuando vio mi cuerpo desnudo lleno de cardenales. Las muñecas estaban moradas a causa del cinturón con el que las había tenido atadas hasta bien entrada la mañana, y en las manos y el vientre se veía el efecto de sus dedos.

—Dios —susurró, y empezó a observarme nervioso.

Me quedé petrificada bajo su mirada y él notó mi miedo, lo que le hizo apartarse hasta el otro extremo de la cama y ocultar la cara entre las manos.

—Laura… querida.

Cuando don Massimo se fijó en mi piel amoratada, sus ojos se llenaron de lágrimas. Sabía que la noche anterior no era él mismo, pero hasta que no vi su reacción no comprendí que no era consciente de lo que me había hecho. Suspiré con fuerza y me tapé para que no viera todo ese daño.

—Al parecer, tienes más en común con tu hermano gemelo de lo que pensabas —comenté con desdén.

—Dejaré de beber y no volveré a tomar drogas —dijo con voz firme, extendiendo la mano hacia mí.

—Tonterías —repliqué en tono burlón—. Si me vuelves a encontrar en el estado en que estabas ayer, harás lo mismo.

Se levantó de la cama, se acercó a mí y cayó de rodillas; llevó mi mano hasta su boca y la besó.

—Lo siento —susurró—. Lo siento…

—Tengo que viajar a Polonia —mascullé, y él me miró con ojos asustados—. O me aparto de ti o me das espacio para que pueda pensar.

Abrió la boca para decir algo, pero levanté una mano.

—Massimo, estoy a un paso de pedir el divorcio. Nuestra relación murió cuando lo hizo nuestro hijo. Intento encajarlo con orden y tú no haces más que ponerme obstáculos. Tu luto también tiene que acabar.

Me levanté de la cama, pasé a su lado y cogí la bata.

—O vas a terapia, dejas de beber y vuelves a mí tal y como te conocí hace casi un año, o se acabó lo nuestro.

Me acerqué a él y lo amenacé levantando el dedo índice:

—Y si pretendes controlarme en Polonia, o envías a tus gorilas para que me sigan o, aún peor, si vienes tú, te prometo que me divorcio y no vuelves a verme jamás.

Me di la vuelta y me metí en el baño. Me detuve frente al espejo y me quedé mirando mi cara; no podía creer que me hubiera atrevido a decir todo eso. Mi fuerza me asustó y mi firmeza, cuya existencia había olvidado, me sorprendió. En el fondo sabía los motivos y qué me daba esa fuerza, pero esa cuestión también era demasiado dolorosa para que en ese momento, y tras lo sucedido, pudiera considerarla.

—No me vas a dejar, no te lo permitiré.

Alcé la vista y en el espejo vi a Massimo, que estaba de pie detrás de mí. Su voz era firme, no admitía réplica, pero sus ojos fingían indiferencia.

Me quité la bata y dejé que cayera al suelo. Me quedé ante él desnuda y amoratada, mirándole a la cara. Tragó saliva y suspiró con fuerza. Clavó la vista en sus pies.

—Mírame —dije, pero no reaccionó—. ¡Mírame, Massimo, joder! Puedes encerrarme y violarme, puedes volver a cambiar mi vida, pero, ¿sabes qué?, no tendrás mi corazón ni mi cabeza.

Di un paso adelante y él retrocedió.

—No te abandono, pero quiero ordenarlo todo.

Se produjo un largo silencio. Me miró con indiferencia, tratando de evitar los moratones.

—El avión está a tu disposición, y te prometo que no apareceré en tu país.

Se dio la vuelta y salió del baño. Me dejé caer sobre los fríos azulejos y sollocé. No tenía ni idea de qué hacer, pero las lágrimas me aliviaron.

Ya era más de mediodía cuando salí de la habitación. Durante horas ignoré a Olga, que trató a toda costa de sacarme de la cama. No quería explicarle lo que había ocurrido ni mostrarle lo que me había hecho mi marido, porque lo habría destrozado con sus propias manos. Sin embargo, me daba la impresión de que Domenico lo sabía, porque se la llevó a la ciudad para que se distrajera y me dejara en paz.

Me puse una túnica clara y fina de manga larga, un sombrero enorme, unas gafas de sol y mis adoradas zapatillas de lona con cuña de Isabel Marant, y salí del hotel. Caminé por la acera mirando el océano y por mi cabeza cruzaron miles de pensamientos. Qué hacer, cómo comportarme, dejar a Massimo, arreglar las cosas con él. Todas las preguntas quedaban sin respuesta y, además, hacían surgir otras nuevas. ¿Qué pasaría si Nacho también fuera un monstruo? Me parecía que mi marido no siempre lo había sido, pero su comportamiento de la noche anterior me hizo perder la fe en todo.

En una esquina vi un precioso bar portugués y decidí parar a comer algo, beber una copa de vino y relajarme. Un simpatiquísimo anciano me tomó el pedido y cogí el móvil para llamar a mi madre y anunciarle mi llegada. Cuando desbloqueé la pantalla, vi que tenía un mensaje: «Mira a tu derecha». Volví la cabeza y noté que una ola de llanto inundaba mis ojos, ocultos tras los cristales oscuros. Nacho estaba en la mesa de al lado y me observaba. Llevaba una gorra, gafas de sol y una camiseta de manga larga que cubría sus tatuajes.

—Siéntate de espaldas a la calle —dijo sin levantarse de la silla—. Te ha seguido al menos un coche.

Me levanté despacio y me cambié de sitio fingiendo que me molestaba el sol. Miré al frente, pero con el rabillo del ojo vi un coche aparcado a la izquierda.

—Massimo está en Lagos —susurré sin desviar la vista de la pantalla del móvil.

—Lo sé. Me enteré una hora después de dejarte en el hotel.

—Nacho, me hiciste una promesa —suspiré, y noté que las lágrimas me caían por las mejillas.

—¿Qué ha pasado, muchacha?

Por su voz me di cuenta de que estaba preocupado, pero seguí callada.

El anciano camarero se acercó a mi mesa y dejó una copa de vino frente a mí. Cuando fui a cogerla, la manga de mi túnica se retiró un poco, dejando al descubierto unas líneas moradas.

—¿Qué tienes en las manos? —El tono de voz de Nacho empezó a sonar como el zumbido de un motor—. ¿Qué te ha hecho ese hijo de puta?

Volví la cabeza hacia él y vi que en sus ojos había un ardiente deseo de matar. Rompió las gafas que sujetaba en la mano y los cristales cayeron al suelo.

—En un momento me voy a levantar —advirtió—. Mataré a tus guardaespaldas, iré a buscar a ese cabronazo y también me lo cargaré.

Se levantó de la silla.

—No lo hagas, te lo ruego —murmuré, y di un trago largo.

—Entonces te vas a levantar, vas a pagar tu cuenta y te encontrarás conmigo dos calles más allá. Ve a la izquierda y después métete por la segunda callejuela a la derecha. —Le hice una señal al camarero—. Pero antes termínate el vino.

Caminé por una estrecha callejuela entre filas de casas. De pronto noté que alguien me agarraba y me hacía entrar por una pequeña puerta. Nacho me levantó la túnica con un movimiento rápido y contempló mi cuerpo maltratado, mientras yo agachaba la cabeza. Me quitó las gafas de sol y vio que tenía los párpados hinchados.

—¿Qué ha pasado, Laura? —preguntó mirándome a los ojos. Traté de apartar la vista—. Mírame, por favor.

En su voz había determinación y rabia, pero trató de ocultarlas con ternura.

—Quería follar... Yo... Me preguntó dónde había estado y...

Me eché a llorar, él me rodeó con un brazo y me estrechó contra su cuerpo.

—Mañana por la mañana me voy a Polonia —dije—. Tengo que reflexionar lejos de vosotros dos.

Se quedó callado, abrazándome; su corazón latía a un ritmo frenético. Levanté la vista y lo miré. Estaba concentrado, con expresión fría y seria, totalmente ausente.

—Bueno —comentó, y me besó en la frente—. Llámame cuando te aclares.

Me soltó y sentí un vacío. Cruzó la puerta sin mirar atrás y desapareció. Me quedé allí unos minutos más, atragantándome con mis lágrimas. Al final, volví al hotel.

Cuando estaba haciendo la última maleta, Olga entró despeinada en la habitación.

—¿Habéis vuelto a pelearos? —preguntó sentándose en la alfombra.

—¿Por qué lo preguntas?

La miré adoptando el tono más indiferente que fui capaz de imitar.

—Porque Massimo ha alquilado un apartamento debajo del nuestro en vez de quedarse aquí contigo. Después de todo, Domenico y yo dormimos al lado.

Me taladró con una mirada interrogante.

—Laura, ¿qué pasa?

—Me marcho a Polonia —murmuré cerrando la cremallera—. Debo alejarme de toda esta mierda.

—Ah, vale, entiendo. Pero ¿de Massimo, de Nacho o de mí?

Se apoyó en la pared y cruzó los brazos sobre el pecho.

—¿Y qué pasa con la empresa? Con todo lo que nos hemos sacrificado los últimos meses...

—Nada. Allí también hay internet. Además, Emi y tú os las arreglaréis sin mí durante unos días. —Suspiré—. Olga, tengo que marcharme. Esta situación me supera, necesito hablar con mi madre, no nos hemos visto desde Navidad... Hay muchas razones.

—Ve —dijo levantándose—. Pero no te olvides de mi boda.

Estaba ante la puerta de la habitación de Massimo y no era capaz de decidirme: «¿Llamo o no?». Al final, el sentido común y el amor vencieron. Oí el ruido de la llave y apareció Domenico, que al verme suspiró y sonrió ligeramente antes de dejarme pasar.

—¿Dónde está? —pregunté cruzando los brazos sobre el pecho.

—En el gimnasio. —Hizo un gesto con la cabeza para indicarme la dirección.

—Pensé que mi habitación era grande, pero veo que,

como siempre, los mejores apartamentos están reservados para el «Don».

Resoplé con ironía y fui pasando por las diferentes habitaciones. Descubrí, sorprendida, que el apartamento de mi marido ocupaba media planta.

Del fondo llegaban gritos y extraños ruidos que ya conocía. Crucé una puerta y vi que Massimo le estaba dando puñetazos a uno de sus guardaespaldas. Sin embargo, esta vez no había una jaula ni se trataba de un combate. Un enorme italiano estaba de pie con unas manoplas de boxeo en las manos y Black las golpeaba furiosamente con los pies y las manos. El otro le daba indicaciones y él las ejecutaba con todas sus fuerzas.

No reparaban en mi presencia, así que carraspeé. Massimo se detuvo y le dijo algo a su hombre, que se quitó las grandes manoplas de las manos y se marchó. Luego cogió una botella de agua, se bebió casi la mitad y se acercó a mí.

De no ser por lo ocurrido la noche anterior, habría pensado que en ese momento su cuerpo era la imagen más sexy del planeta. Los ceñidos *leggins* deportivos que llevaba hacían que sus largas piernas parecieran aún más esbeltas, y su pecho sudoroso y ondulante por el esfuerzo me hacía la boca agua.

—Hola —dijo. Sus ojos eran negros y sensuales—. Entonces, ¿te vas?

—Quería... —Viéndolo allí, olvidé por completo lo que quería.

—¿Sí?

Se acercó a mí peligrosamente y aspiré su maravilloso aroma. Cerré los ojos y me sentí igual que varios meses atrás, cuando lo deseaba más que a nada en el mundo.

—¿Qué querías, nena? —volvió a preguntar, pero seguramente yo tenía el aspecto de haberme dormido de pie.

—Despedirme —balbucí abriendo los ojos. Vi que se inclinaba hacia mí—. No, por favor —susurré cuando sus labios se detuvieron a un centímetro de los míos. Incluso me agaché.

—Me tienes miedo.

Tiró la botella contra la pared.

—Laura, por Dios, cómo puedes...

En ese momento levanté la manga, que ocultaba las marcas moradas, y se calló.

—No se trata de que me follaras —dije tranquila—. Se trata de que lo hiciste en contra de mi voluntad.

—Por Dios, lo he hecho cientos de veces en contra de tu voluntad. En eso consistía la diversión.

Me cogió la cara entre sus manos.

—¿Cuántas veces te he follado mientras me decías que parara porque no te habías duchado, porque te iba a arrugar el vestido o porque te iba a estropear el peinado? Pero luego me rogabas que no me detuviera.

—¿Y cuántas veces dije ayer que no te detuvieras?

Black se mordió el labio inferior y se apartó.

—¡Exacto! Ni siquiera recuerdas lo que hiciste, no te acuerdas de cómo me caían lágrimas de dolor por las mejillas, no recuerdas cómo te rogaba que pararas.

Sentí que en mi interior explotaba la rabia.

—¡Me violaste!

Por fin lo había dicho, pero al oír esas palabras me sentí mal.

Massimo se quedó de piedra, tomando bocanadas de aire. Estaba furioso, resignado y desesperado.

—No tengo manera de justificarme —dijo haciendo un esfuerzo, de pie frente a mí—. Quiero que sepas que hoy he hablado con un psicólogo.

Creo que en ese momento mi rostro adoptó una expresión muy extraña.

—En cuanto vuelva a Sicilia, empiezo la terapia —continuó diciendo—. Voy a enclaustrarme y no volveré a tocar esa mierda blanca. Haré todo lo posible para que no temas mis caricias, como antes.

Le cogí de la mano. Quería infundirle ánimos y mostrarle que lo apoyaba en esa decisión.

—Y después tendremos una niña, y así me volveré completamente loco —añadió con una sonrisa, y le di un leve golpe en un costado.

Justo entonces era un hombre maravilloso, sonriente y casi relajado, aunque yo sabía que era una pose.

—Lo que venga después, ya lo veremos —dije dándole la espalda.

Me tomó de la mano, pero lo hizo con más delicadeza y afecto que de costumbre. Me apoyó contra la pared y detuvo su rostro casi pegado al mío, como si esperara que le diera permiso.

—Quiero meter mi lengua en tu boca y sentir mi sabor favorito —susurró, y al oír su voz me puse caliente—. Deja que te bese, Laura, y te prometo que no iré a Polonia y que te daré toda la libertad que necesites.

Tragué saliva ruidosamente e inspiré hondo. En ese momento, el mayor problema era que mi marido parecía un dios al que era difícil resistirse.

—Sé... —gemí, pero no me dejó terminar la frase y penetró en mi boca.

Fue asombrosamente delicado y tierno, me trató como si fuera de cristal y cualquier roce me pudiera romper. Despacio, recorrió mi lengua con la suya, explorando cada milímetro de mi boca.

—Te amo —susurró al final, y me dio un beso en la frente.

8

No quería guardaespaldas, chóferes ni ningún otro elemento del circo que me acompañaba desde hacía meses. Pero a pesar de que antes del viaje Massimo me había prometido que nadie viajaría conmigo, sabía que no era del todo posible. Crucé la terminal VIP y vi a Damian sonriente, apoyado en su coche.

—¡No me lo creo! —grité, y me colgué de su cuello.

—Hola, Laura —dijo levantándose las gafas de sol—. No sé qué ha ocurrido en Sicilia durante los últimos meses, pero tu marido ha llamado a Carlo y le ha pedido que te cuide personalmente.

Me reí para mis adentros cuando me abrió la puerta del Mercedes. Sabía por qué don Massimo se había decidido por esa opción. Por un lado, quería mostrarme que confiaba en mí, pero, por otro, sabía que no podía romper la palabra dada y solo de esa forma podía protegerme sin seguridad.

—¿Adónde vamos? —preguntó el Guerrero girándose hacia mí desde su asiento—. Pero antes dejemos clara una cosa: no pienso ponerme gorra de chófer.

—Llévame a casa —contesté riéndome.

El viaje no era muy largo, así que minutos después aparcamos en el garaje. Le propuse que pidiéramos comida a domicilio y charláramos, y él aceptó alegremente mi propuesta.

—Oí lo que ocurrió —dijo dejando en el plato un muslo de pollo sin terminar—. ¿Quieres hablar del tema o fingimos que nunca ha pasado?

—¿Qué grado de lealtad le debes a mi marido y a Carlo?

—Menor que a ti —contestó sin pensárselo dos veces—. Si te refieres a si estoy aquí para sacarte información, la respuesta es no, para nada. Tu marido me paga un pastizal, pero no puede comprar mi lealtad. —Se recostó en el sofá—. Tienes preferencia.

—¿Recuerdas la última vez que hablamos por Skype?

Asintió.

—Claro que sí.

—Ese día, poco después de nuestra conversación, conocí al hombre que me raptó y cambió mi vida.

Tardé casi dos horas en relatarle la historia. Yo hablaba y él escuchaba; a veces se reía, otras meneaba la cabeza como gesto de desaprobación. Hasta que llegué a las últimas cuarenta y ocho horas. Por supuesto, omití los detalles del encuentro con Nacho en Lagos y de cómo me corrí sobre sus rodillas. Tampoco le conté que mi marido me había tomado por la fuerza.

—Hay algo en tu relato que no encaja —comentó mientras me servía otra copa de vino y él se echaba agua en el vaso—. Ese tipo español.

—Canario —le corregí.

—Exacto, a ese me refiero. Te preocupas de una manera extraña y, cuando hablas de él, te brillan los ojos.

Al oír sus palabras me asusté.

—¿Lo ves? Ahora que te he descubierto, tienes una expresión como si quisieras que te diera un patatús. Así que cuéntame lo que te has callado.

Me rasqué la cabeza muy nerviosa y busqué una buena explicación para mi comportamiento, pero después de tomarme una caja de tranquilizantes para aguantar el viaje en avión y de media botella de vino, mis reflejos eran limitados.

—Él es la razón por la que estoy aquí, sin Olga y sin Massimo. —Suspiré—. Ha provocado un caos en mi cabeza, supongo que porque se lo he permitido.

—¿Y no crees que ese caos se debe a que no eras tan feliz como creías?

Se calló, pero siguió observándome.

—Mira, si estás segura de algo, nada te puede alejar de ello ni puede destruir la sólida construcción de tus sentimientos. —Alzó un dedo como si fuera un maestro—. Pero si tienes la menor sombra de duda y los cimientos sobre los que se levanta no son firmes, basta soplar y todo se viene abajo.

—Dices eso porque no te gusta mi marido.

—Que le den a tu marido. Se trata de ti.

Se rascó la barba de varios días.

—Tomémonos a nosotros como ejemplo, tú y yo hace unos años. Yo era un idiota y no me atreví a arriesgarme. Aunque me parece que no es un buen ejemplo.

—Exacto —comenté riéndome—. Pero creo que sé a qué te refieres.

A la mañana siguiente tenía que ir a ver a mis padres, pero en cuanto abrí los ojos se me ocurrió una idea diabólica. Me fui bailando alegremente al baño. Una hora después ya estaba lista y busqué las llaves en el cajón. Estábamos en mayo y el tiempo en Polonia era maravilloso: todo florecía y se despertaba a la vida, igual que yo. Sonó el telefonillo y le dije a Damian que enseguida bajaba. Cogí el bolso. Mi aspecto era de lo más apetitoso, con mis deportivas Louis Vuitton, unos vaqueros cortos rotos casi blancos y una camiseta fina que dejaba el vientre al descubierto. Parecía una adolescente, pero la idea que me había golpeado la cabeza como un tren a toda velocidad tampoco era muy madura.

—Hola, gorila —dije acomodándome en el asiento.

—Pero qué buena estás, tía —comentó Damian girándose hacia mí—. ¿A casa de tus padres?

Negué con la cabeza.

—Al concesionario de Suzuki.

Sonreí de oreja a oreja y él se quedó a cuadros.

—Tener protección no significa que no te pueda pasar nada —replicó.

—Al concesionario de Suzuki —repetí asintiendo.

Señalé con el dedo una GSX-R 750 y el vendedor se mostró muy satisfecho.

—Esta —dije sentándome en la moto, y vi que Damian enrojecía de rabia.

—Laura, no te lo puedo prohibir, pero recuerda que dentro de un momento tendré que llamar a Carlo y él a Massimo —comentó apenado.

—¡Llama! —grité recostándome sobre el depósito.

—La potencia máxima es de ciento cincuenta caballos de vapor, con más de trece mil revoluciones por minuto —empezó a explicar el joven vendedor—. La velocidad máxima...

—Está en la tarjeta, puedo leerlo sola —dije para acabar

con su sufrimiento—. ¿Tenéis la misma pero en negro? —El joven se frotó los ojos y continué con expresión divertida—: Y un mono de motorista también negro, a poder ser de Dainese; he visto uno que me gusta. Y unas botas Sidi con estrellas rojas a los lados. Las tenéis allí. —Me levanté de la moto—. Le enseñaré cuáles son. En cuanto al casco, quizá sea lo más difícil.

El pobre chico caminaba a mi lado emocionado, y de vez en cuando miraba a Damian. Seguramente se preguntaba si estaba hablando en serio y si iba a conseguir la mejor venta de la temporada.

Cuando lo elegí todo, salí del probador aprisionada por el estrecho mono de cuero, los guantes y las botas. El casco lo llevaba en las manos.

—Perfecto —afirmé mirando a los dos hombres, que se quedaron atónitos—. Me lo llevo todo. Haga que me dejen la moto en la entrada.

—Hay un problema, señora Laura —balbució el vendedor retorciéndose los dedos—. Para que pueda irse de aquí en la moto, debe estar registrada, pero la moto que ha elegido es nueva...

—¿Qué me quiere decir? —Me volví hacia él entornando un poco los ojos.

—Que si le corre prisa, esta moto no puede ser. —Se dirigió hacia la puerta—. Pero tenemos una versión de prueba. Las características son las mismas, pero no es totalmente negra, sino rojinegra. Y tiene ya unos cientos de kilómetros hechos en paseos de prueba.

Me lo pensé un rato mientras me mordía el labio inferior; Damian parecía muy contento ante la idea de que mi abyecto plan no tuviera éxito.

—El rojo combinará con las estrellas de las botas. Me la llevo.

Le entregué mi tarjeta de crédito al vendedor y mi gorila se golpeó la frente con la mano.

—Prepare los documentos.

Encendí el motor y los ciento cincuenta caballos rugieron. Sonreí, me puse el casco y bajé la visera.

—Me va a despedir —se quejó Damian de pie a mi lado.

—Qué dices, no es posible. Además, cogerá tal cabreo que querrá matarme a mí, no a ti. —Metí la primera y arranqué.

Hacía tanto que no sentía un motor debajo de mí que en un primer momento noté una malsana excitación mezclada con miedo. Sabía que llevaba mucho tiempo sin ir en moto y que tenía que acostumbrarme a conducir ese monstruo antes de hacer locuras.

Por Varsovia me movía con tranquilidad. Notaba tras de mí el aliento de mi guardaespaldas y ahora también una vibración en el bolsillo del mono. «Vaya, Massimo ya se ha enterado de mi compra», pensé girando el puño del acelerador. Había bastante tráfico, pero después de media hora recordé por qué adoraba ese deporte. La calzada recta y amplia de la autovía animaba a probar la máquina, así que aceleraba en cuanto tenía ocasión.

—Mi nueva burra es cojonuda —dije dándole unas palmadas a la moto cuando aparqué frente a la casa de mis padres.

Poco después apareció el Mercedes S, pegó un frenazo y Damian bajó del coche con la cara pálida.

—Menudos gritos pega, la hostia —dijo dando un portazo—. Ni te imaginas por lo que he tenido que pasar.

—Te ha llamado mi marido —afirmé con voz divertida.

—¿Que si me ha llamado? He tenido una interminable videoconferencia con él, durante la cual me ha gritado en al menos tres idiomas.

—Ay, ay, ay —dije cuando mi bolsillo empezó a vibrar otra vez y en la pantalla apareció «Massimo»—. Buenos días, marido mío —saludé alegremente en inglés.

—¡¿Qué clase de comportamiento es ese?! ¡Me voy a Polonia! —bramó con tal potencia que tuve que apartarme el móvil de la oreja.

—Recuerda nuestro acuerdo —contesté—. Si vienes, me divorcio.

Se calló, pero yo continué:

—Antes de conocerte ya iba en moto y tengo la intención de seguir haciéndolo. ¿Qué me lo impide? —Suspiré—. A veces, nuestra relación me parece más peligrosa que viajar en lo que ahora tengo entre las piernas.

—¡Laura! —bramó Black.

—¿Me equivoco, don Torricelli? Durante veintinueve años no me pasó nada, pero en los últimos meses me han disparado, he perdido a mi hijo, me han secuestrado...

—Eso es un golpe bajo, pequeña —refunfuñó.

—Es la verdad. Y deja de pagarlo con Damian, porque él estaba de tu parte. —Le guiñé un ojo a mi ex—. Y ahora tendrás que perdonarme, pero sudo un montón con el mono.

Se produjo un silencio.

—Y deja de hacer tonterías; volveré sana y salva.

—Si te llegase a pasar algo...

—¿Qué? ¿A quién matarías esta vez? —lo interrumpí irritada.

—A mí... Porque la vida sin ti no tiene sentido.

Se calló y al instante colgó.

Miré la pantalla negra y sentí respeto por su autocontrol y su arte para negociar.

—Solucionado —le dije a Damian, que estaba apoyado en el coche—. Ahora ya puedes volver a la capital, porque pasaré aquí unos días.

—Me quedo. Tengo habitación en un hotel a dos manzanas de aquí. Así que no te enfades por tener que vigilarte... Ya sabes cómo es Massimo.

Se encogió de hombros; le mostré el pulgar indicando que aceptaba sus condiciones y entré en la finca de mis padres. Damian llevó las maletas hasta el porche y desapareció.

Delante de la casa encendí el motor y aceleré al máximo sin meter ninguna marcha. Era tal el ruido que a los pocos segundos salió mi padre muy asustado.

—Y ahora muérete de envidia —le dije.

Me bajé de la moto y me colgué de su cuello.

—¡Pequeñaja! —Me abrazó con fuerza, pero enseguida puso toda su atención en la máquina—. ¿Te has comprado una moto? ¿Estás pasando por una crisis? Tu madre cree que este tipo de juguetes se compran cuando uno quiere demostrar algo...

—¡Laura!

Hablando del rey de Roma. La voz de Klara Biel penetró con tal fuerza en mi cabeza que me entraron ganas de volver a ponerme el casco.

—Hija, ¿te has vuelto completamente loca?

—Hola, mamá.

Me bajé la cremallera del mono y le di un abrazo.

—Antes de que empieces a gritar, debo decirte que mi marido ya me ha echado la bronca, pero lo he amansado, así que tengo práctica.

—Hija, ya tengo bastante con que tu padre me provoque un infarto varias veces al año, como para que ahora vengas tú con las mismas —comentó afligida.

Mi padre arqueó las cejas con expresión divertida.

—Y, además, ¿qué llevas en la cabeza?

Me pasé la mano por el pelo y recordé que la última vez que mis padres me habían visto iba de rubia.

—Necesitaba un cambio después de... —Tragué saliva—. Han sido unos meses muy duros, mamá.

El gesto de su cara se dulcificó, como si acabara de recordar lo que había sucedido en mi vida durante ese período.

—Tomasz, trae vino de la nevera. —Mi madre miró a mi padre, que seguía riéndose a su espalda—. Y tú quítate ese uniforme, que vas a ahogarte en sudor.

—Ya voy toda sudada.

Mi padre trajo la botella más rápido de lo habitual, y después de darme una ducha y ponerme un chándal, me senté en el cómodo sofá del jardín.

—Estamos a más de veinte grados... ¿Por qué llevas una camiseta de manga larga? —preguntó mi madre señalando mi ropa.

Puse los ojos en blanco al pensar en lo que diría si viera mis moratones en las muñecas y cambié de tema:

—Es parte de mi nueva colección. ¿Te gusta?

La miré alegre.

—¿Te has puesto ya las cosas que te mandé la última vez?

Asintió.

—¿Y qué tal?

—¡Son magníficas! Estoy muy orgullosa de ti. Pero me interesa más saber cómo te encuentras, querida.

—Creo que me he enamorado. —Me quité de encima el mayor peso que llevaba y mi madre casi se atragantó con el vino.

—¡¿Qué?! —gritó.

—Pues verás...

Empecé a contarle la historia mientras ella encendía un cigarrillo con manos temblorosas.

—Cuando estuvimos en Tenerife, conocí a un hombre que resultó ser uno de los mayores competidores de Massimo.

Mi subconsciente acababa de pegarse un tiro, pues había urdido una nueva mentira.

—Mi marido no tenía demasiado tiempo para mí, pero a Nacho le sobraba. Me enseñó a surfear, me llevaba de excursión...

«Dios, qué memeces digo», pensé mientras tomaba un trago.

—Me presentó a su familia. En general, me causó muy buena impresión y... me besó.

En ese momento, mi madre empezó a atragantarse con el humo.

—Eso no habría sido importante de no ser por el hecho de que Massimo cambió mucho después de perder al bebé. Se alejó de mí y se refugió en el trabajo. Tengo la impresión de que nunca volveremos al punto del que salimos. —Suspiré—. Yo sufro, él sufre...

—El bebé... —comentó mi madre apagando el cigarrillo—. No voy a decir «te lo dije», pero el año pasado traté de hacerte ver que todo iba demasiado rápido.

Sirvió el vino que quedaba en la botella.

—En mi opinión, el bebé provocó la boda.

«Oh, Dios, qué equivocada estás», pensé.

—Y la pérdida del bebé hizo que el matrimonio ya no tuviera sentido. —Klara se encogió de hombros—. Así que, si ahora se ha cruzado en tu camino alguien interesante, no me extraña que te hayas fijado en él. ¿Qué habrías hecho en esa situación si Massimo no hubiera sido tu marido, sino tu novio, y tú hubieras estado en Polonia y no en Sicilia?

—Lo habría dejado —contesté después de pensarlo un instante—. No habría soportado que mi novio me ignorara y que, a menudo, me tratara como si fuera su enemigo.

—¿Así, sin más?

—¿Cómo que sin más? —repliqué indignada—. Mamá, llevo meses luchando por esta relación y no he conseguido arreglar nada. ¿Cuánto tiempo más tengo que perder? Dentro de unos años me despertaría junto a un hombre al que no conocería en absoluto.

En el rostro de mi madre apareció una sonrisa sincera aunque algo triste, y luego asintió.

—Pues ya lo ves, tú misma te has contestado a la pregunta con la que has llegado aquí.

Me quedé sin habla. Hasta que alguien no me obligó a decir qué quería, qué esperaba y qué necesitaba, no me di cuenta de que tenía derecho a todo lo que sentía. Tenía derecho a cometer errores, a equivocarme y, sobre todo, a ser feliz.

—Querida, voy a darte un consejo de oro gracias al cual, creo yo, llevo casi treinta y cinco años de matrimonio.

Me incliné hacia ella.

—Tienes que ser egoísta.

«Uy, esto va en serio», me dije.

—Si pones tu felicidad en un primer lugar, harás todo lo posible para que dure, así que también cuidarás de la relación, pero de una que no destruya tu vida. Recuerda, una mujer que vive solo para su marido siempre será infeliz, se sentirá oprimida y, en consecuencia, se quejará. Y a los hombres no les gustan las mujeres quejicas.

—Ni las que no se maquillan —comenté asintiendo.

—Eso nunca, por Dios. Incluso aunque no tengas novio, debes cuidarte para ti —dijo apoyando mis palabras.

Sí, en esa cuestión mi progenitora era una experta incuestionable. Su siempre impecable peinado y su rostro maquillado, independientemente de la hora del día, parecían gritar: «He nacido para ser bella».

Esa noche nos emborrachamos. Me gustaba estar con mi madre porque se mostraba divertida y, en consecuencia, relajada.

Los siguientes días fueron bastante parecidos. Salía a pasear con mi padre, por las noches bebía vino con mi madre e intentaba comprender el funcionamiento del telescopio. El pobre Damian me seguía a todas partes y Olga se esforzaba por evitar que la empresa se viniera abajo durante mi ausencia. Nos comunicábamos por Skype para elegir los patrones y discutir acerca de los proyectos. Y Massimo… callaba. Se tomaba mis prohibiciones tan en serio que durante los diez días que pasé en Polonia solo me llamó una vez para echarme la bronca por comprarme la moto. Le echaba de menos, pero también extrañaba a Nacho. Mi mente enferma rayaba en la locura: unos días soñaba con el mafioso siciliano y otros con el mafioso canario. Ambos se disputaban mi amor, y eso me estaba destrozando, como si me golpease la cabeza contra un muro. Entonces decidí llamar a mi psicólogo.

—Hola —dijo Marco cuando contacté con él por Face-Time.

—Casi me acuesto con Nacho —solté de sopetón, y él lanzó un silbido de admiración—. Pero al final no lo hice.

—¿Por qué?

—¿Porque no quería engañar a mi marido?

—¿Por qué? —repitió la pregunta.

—¿Porque a lo mejor le quiero?

—¿Por qué «a lo mejor» y a cuál de los dos te referías?

Todas las conversaciones con Marco eran parecidas. Yo decía algo y él me ponía pegas en los momentos que consideraba más interesantes, lo cual me llevaba a conclusiones que yo ya conocía. Disipaba mis dudas de un modo natural y llegaba a las soluciones por mí misma.

Decidí permitir que la vida siguiera su curso y limitarme a observarla pasar. No quería influir en mis decisiones o juicios; necesitaba que toda la situación se desarrollara al margen de mí. Estaba dispuesta a aceptar con humildad cualquier final, ya que todos eran buenos para mí, al menos en teoría.

Aquel fin de semana le propuse a mi padre salir de excursión. Se mostró encantado. Sacó su Chopper del garaje y se puso su chupa de cuero con flecos. Viajamos por carreteras que conocíamos y, por el camino, fuimos saludando a otros motoristas que habían decidido disfrutar del buen tiempo. Me sentía tranquila, feliz y seguía sin saber qué hacer.

Nos detuvimos en la plaza mayor de Kazimierz Dolny.

Me quité el casco y agité la cabeza de un modo muy sexy. Mis largos cabellos cayeron sobre los hombros. Como en las películas, solo me faltaba la cámara lenta y llevar debajo del mono únicamente un sujetador que comprimiera unas tetas enormes. Por desgracia, no había pechos ni un sostén provocador, sino una camiseta negra normal y corriente.

La plaza de ese pequeño pueblo era el punto de encuentro favorito de los moteros. Las máquinas aparcadas en fila hacían que los turistas apartaran la vista de los antiquísimos edificios y observaran algo más actual.

—Como en los viejos tiempos... —dijo mi padre emocionado mientras me rodeaba la cintura con el brazo—. ¿Limonada?

Señaló con la cabeza nuestro bar favorito, que estaba muy cerca, y, cuando asentí, fuimos hacia allí.

Íbamos abrazados y parecíamos un mecenas y su querida, pero me importaban una mierda las miradas burlonas de los chicos que había en el bar cuando pasé ante ellos cogida a mi padre.

—¿Cómo lo llevas con mamá? —pregunté después del primer sorbo—. A mí me pone de los nervios a los dos días, pero tú la aguantas a diario.

—Pequeñaja —contestó con una sonrisa tierna—, la quiero, y si me las supe apañar con su embarazo, más fácil aún me será afrontar su menopausia.

Me eché a reír al pensar en mi madre embarazada y en sus accesos de ira, en las regañinas injustificadas a mi padre y en él llevándole todo lo que a ella se le antojara porque lo quería ya. Me gustaba la compañía de mi padre. Era comprensivo, pero no solo sabía escuchar, sino que también le encantaba hablar, así que yo no tenía que hacerlo.

Tras una hora ya habíamos abordado todos los temas, desde las cilindradas hasta el alcohol, pasando por la inversión inmobiliaria. Mi padre hablaba, yo escuchaba, luego hablaba yo y él me demostraba que no tenía razón. Me dio algunos consejos relacionados con mi empresa y con la manera de tratar a la gente.

—Ya sabes, querida, el principal objetivo de un negocio como ese es sacar beneficios...

El ruido de un motor a unos tres metros de nosotros lo interrumpió y ambos nos giramos. Una fabulosa Suzuki Hayabusa amarilla acababa de cruzar el empedrado de la plaza. Solté un gemido al ver esa maravillosa moto. Soñaba con tener una, pero nunca había tenido la ocasión de llevar semejante monstruo. El conductor apagó el motor y se bajó con elegancia. Me quedé con la boca entreabierta, mirando hechizada ese prodigio amarillo aparcado ante nuestras narices. Entonces el hombre del mono negro se quitó el casco, lo colgó del manillar y se volvió hacia nosotros. Mi corazón se desbocó y se me tensó todo el cuerpo. Dejé de respirar cuando Nacho, dando literalmente tres pasos, se detuvo ante mí.

—Laura. —Sonrió de oreja a oreja y no apartó de mí sus ojos verdes, ignorando por completo a mi padre.

—Santo Dios —susurré en polaco. Tomasz Biel se mostraba aún más sorprendido.

—Soy Nacho Matos —dijo cuando se volvió hacia mi padre y le dio la mano, de la que acababa de quitarse el guante—. Su hija tardará un poco en recuperarse de la impresión, así que mejor me siento con vosotros.

Los ojos se me salieron de las órbitas al oírle hablar en polaco.

—Tomasz Biel. Entiendo que os conocéis, ¿no? —dijo mi padre mientras le indicaba una silla vacía.

—Santo Dios —repetí.

El canario ocupó su sitio y se puso unas gafas de sol.

—Somos amigos, pero vivo bastante lejos, por eso su hija se ha sorprendido al verme.

Nacho me miró y tuve la impresión de que alguien me había golpeado la cabeza por detrás con un bate de béisbol.

Mi padre, desconcertado, nos miraba sucesivamente a mí y al intruso, que ya había pedido un té helado.

—Preciosa máquina —dijo Tomasz girando un poco la cabeza—. ¿Es el modelo del año pasado?

—Sí, la versión más nueva…

Se pusieron a charlar y a mí me entraron unas ganas tremendas de levantarme y salir corriendo hasta que las piernas se me cayeran a pedazos. Estaba allí, de nuevo sentado frente a mí, y yo miraba nerviosa a un lado y a otro. Entonces vi un Mercedes negro y volví a quedarme sin aliento.

—Ahora vengo —dije, y me fui a hablar con Damian.

No tenía ni idea de si conocía el aspecto de Nacho ni si mi marido le había dado instrucciones respecto a los hombres que trataban conmigo, así que decidí marcarme un farol.

—Guerrero —le dije cuando bajó la ventanilla—, ¿quieres tomar algo? Te lo puedo traer.

—Tengo todo lo necesario. —Me enseñó una botella de agua y sonrió—. ¿Quién es ese tío?

Me di la vuelta y miré en dirección a la mesa donde los dos hombres conversaban animadamente, supongo que sobre el monstruo amarillo.

—Un conocido de mi padre. —Me encogí de hombros y

suspiré con alivio, porque esa pregunta significaba que Damian no sabía de quién se trataba.

—Menuda moto tiene. —Asintió con admiración.

—Eso mismo pienso yo. —Me giré para volver a la mesa—. Si necesitas algo, dímelo.

Justo cuando me acercaba a la silla, mi padre se levantó, me besó en la cabeza y dijo:

—Querida, tu madre se está volviendo loca. Cree que nos hemos convertido en donantes de órganos, así que me vuelvo para tranquilizarla.

Le dio la mano a Nacho.

—Encantado de conocerte. Y recuerda lo que te he dicho de la grasa.

—Gracias, Tomasz, es un buen consejo. Hasta la vista.

Mi padre desapareció y yo me dejé caer en la silla. Dirigí a Nacho una mirada fulminante.

—¿Qué leches haces aquí? ¿Y cómo es que le hablas de tú a mi padre?

Nacho se recostó contra el respaldo, se quitó las gafas y las dejó encima de la mesa.

—Estoy probando las carreteras polacas y tengo algunas observaciones.

Su cautivadora sonrisa era contagiosa.

—Y tu padre es un tío muy majo. Él me ha propuesto que nos hablemos de tú.

—Te pedí que me dieras tiempo. Massimo lo comprendió, pero tú...

—Precisamente por eso he podido presentarme aquí. No tienes protección, muchacha, aparte del luchador del Mercedes.

Alzó las cejas con expresión divertida.

—La última vez me abandonaste y te fuiste.

Se me llenaron los ojos de lágrimas al recordar cómo había desaparecido y me había dejado sola en la entrada.

Nacho suspiró y agachó la cabeza. Apretó los puños con tanta fuerza que la sangre dejó de llegarle a los dedos.

—Temí que volviera a castigarte por desobedecerle; entonces habría tenido que matarle.

Nacho me dirigió una mirada gélida.

—Y entonces te habría perdido a ti...

—¿Por qué ahora me hablas en inglés?

Cambié de tema porque no tenía ganas de seguir hablando de él, de Massimo y de mí.

—¿Desde cuándo sabes polaco? —le pregunté.

Se estiró sobre la silla, cruzó las manos detrás de la cabeza y en su boca apareció una sonrisa. Dios, adoraba esa sonrisa.

—Conozco muchos idiomas, ya lo sabes. —Su mirada se paseó por mi rostro—. Estás preciosa con ese mono. —Se relamió y volví a sentir en la cabeza el bate de béisbol, que me golpeó con tal fuerza que temí caerme redonda bajo la mesa.

—No cambies de tema. ¿Desde cuándo sabes polaco?

—Tampoco lo domino. —Se inclinó y cogió el vaso—. Llevo dos años yendo a clases, pero desde hace unos seis meses me lo estoy tomando más en serio.

Se acercó el vaso a la boca y me miró con expresión burlona. Sabía que se estaba cachondeando de mí.

—Eres insoportable.

No pude aguantar más, y en mi rostro también apareció una sonrisa.

—¿A qué has venido? —pregunté algo más tranquila y con menos agresividad.

—No lo sé. —Se encogió de hombros—. Quizá para ver cómo haces rabiar a tu marido.

Su mirada era dulce y alegre.

—O para ver cómo empiezas a vivir tu propia vida. Estoy orgulloso de ti, muchacha.

Se inclinó hacia mí.

—Te sientes realizada, vuelves a hacer lo que te apetece y cada día que pasa eres más feliz. —Se sentó erguido de nuevo y se puso las gafas—. ¿Echamos una carrera? —preguntó, y yo me reí con ganas mientras negaba con la cabeza.

—Estás de broma, ¿no? Tienes al menos setenta caballos más que yo. Además, si no llevas limitadores, puedes ir casi dos veces más rápido. Eso por no hablar de que seguramente tú conduces mejor.

Nacho se rio de una forma extraña y meneó la cabeza al escucharme.

—Me impresionas —comentó casi en un susurro—. ¿Qué mujer sabe lo que son los caballos de potencia?

—¡Me tomas el pelo y te burlas de mi inteligencia! —grité con ira fingida—. Llevas entre las piernas mi sueño, por el que siento un gran respeto, así que no vas a provocarme para que pierda.

—¡Con qué facilidad reconoces que me deseas!

Puso los ojos como platos y entreabrió la boca.

Entonces me di cuenta de lo que acababa de decir y noté un pinchazo en el bajo vientre. Alcé la vista y la clavé en sus ojos verdes. Por mi cabeza pasó todo un desfile de deseos salvajes. Soñaba con que me subiera a su máquina amarilla o al menos que se levantara de la silla y me besara. Pero lo que más me apetecía era que volviera a raptarme y me escondiera del mundo en la casita de la playa.

—Laura. —Me llamó en voz baja al ver que no le contestaba—. Ven. —Acercó su mano hacia mí y, cuando la agarré, tiró de mí con suavidad—. Ponte el casco —dijo mientras el suyo cubría su cabeza pelada y la visera negra ocultaba sus ojos.

Pasó una pierna por encima de su moto y volvió a cogerme de la muñeca para ayudarme a subir.

Miré hacia el Mercedes. Damian, desconcertado, arrancó y trató de dar la vuelta. En ese momento, debajo de mi trasero, sentí cómo se despertaba el poder del motor de cuatro cilindros. Las manos del canario agarraron las mías, las pasó alrededor de su cintura y, cuando me sujeté las muñecas, la máquina salió disparada. Noté en el vientre una bandada de mariposas que echaron a volar cuando la moto se fue alejando de las callejuelas y al final salió a la carretera. Miré hacia atrás y vi a Damian adelantando a otro coche. Por desgracia para él, su Mercedes no era capaz de alcanzar a la rápida moto, así que minutos después me di cuenta de que estábamos solos. Apoyé la cabeza en las anchas espaldas de Nacho y disfruté de cada kilómetro. Cuando aminoraba, agarraba mis manos y las apretaba con fuerza, como si me indicara que me sentía y que se alegraba de tenerme con él.

Tras unas decenas de kilómetros, giró por un camino forestal y se detuvo; me dio la impresión de que la Hayabusa no era una moto de motocross. «¿De qué conocerá este sitio?», me pregunté mirando la casa junto al lago, oculta entre los árboles. Apagó el motor y se quitó el casco.

—¿Llevas el teléfono? —preguntó serio cuando me quité el mío.

—No, se ha quedado en la alforja de mi padre.

—¿Crees que llevas algún otro transmisor?

Se volvió hacia mí. Negué con la cabeza.

—Perfecto. Entonces tenemos toda la noche para nosotros.

Al oír esas palabras suspiré con fuerza, pero mi miedo se mezclaba con una malsana excitación. Me apoyé en sus fortísimos hombros y me bajé de la moto antes de quitarme los guantes.

Nacho aseguró la Hayabusa con la pata de cabra, se bajó y colgó el casco del manillar. Con sus esbeltos dedos, agarró el tirador de la cremallera del mono, la abrió y dejó al descubierto su pecho tatuado. Tragué saliva y observé lo que haría a continuación. Se quitó la parte de arriba y se volvió hacia mí. Entonces, sin decir palabra y sin mirarme a los ojos, bajó la cremallera de mi mono, metió la mano y me liberó del cuero que llevaba pegado al cuerpo. Noté su aliento en mi hombro y el tacto de su mano me hizo sentir sacudidas eléctricas.

—Muchacha, ¿cómo es que siempre que nos vemos me siento como si alguien me disparara?

Levantó la vista y sus ojos verdes se encontraron con los míos. Se quedó esperando.

Su piel bronceada estaba un poco sudorosa y sus labios húmedos por la lengua brillaban e incitaban a besarlos.

—Siento lo mismo —susurré cuando nos quedamos a unos milímetros de distancia—. Tengo miedo... —Agaché la cabeza.

—Estoy aquí —murmuró empujando mi barbilla hacia arriba.

—Eso es lo que más miedo me da.

Los dedos del canario subieron hasta mi mejilla. El pulgar rodeó el mentón y lo levantó. Me acercaba inevitablemente a sus labios. No tenía intención de luchar, huir ni oponer resistencia. En mi cabeza resonaban como un mantra las palabras de mi madre sobre ser egoísta y hacer lo que tuviera ganas. La boca de Nacho pasó junto a la mía y se adhirió a mi clavícula desnuda, luego subió al cuello y de ahí pasó a la oreja. Yo jadeaba y mi cuerpo pedía más. Me rozó el pómulo, la nariz, y cuando ya estaba convencida de que enseguida tocaría mis labios, se detuvo.

—Quiero que comas algo —susurró, y entrelazó sus dedos con los míos. Fuimos hacia la casa.

«Dios —me dije—, comer es lo último que me apetece en este momento.» Todo mi cuerpo se sentía atraído hacia él y cada célula de mi cerebro deseaba que me poseyera. Pero él metió la llave, abrió la puerta y me dejó entrar. Miré a mi alrededor y, cuando oí el ruido de la cerradura, me quedé petrificada.

—Toma —me dijo dándome un teléfono—. Llama a tus padres y diles que hoy no irás a dormir. —Me dejó sola y se fue por un pasillo, al final del cual estaba la cocina.

Me pregunté qué debía hacer a continuación, aunque no era capaz de centrarme. Pensaba en cómo iba a explicarle a Klara Biel que no iría a cenar. Me di la vuelta y crucé la primera puerta que me encontré, que llevaba al salón. Las paredes eran de color verde oliva y los sofás marrones combinaban muy bien con la cornamenta de ciervo que colgaba sobre la chimenea. Había también una mesa para ocho comensales, alrededor de la cual había pesadas sillas de madera con tapicería burdeos. Parecía una casa rural muy exclusiva.

Tras un breve altercado con mi madre y otro millón de

mentiras, dejé el teléfono sobre una encimera de piedra y me senté en un taburete alto.

—Mi burra se ha quedado en la plaza.

Nacho se dio la vuelta. Llevaba una sartén en la mano y me miraba con cara de no entender nada.

—Mi moto —le aclaré— sigue donde la dejé aparcada.

—No es así —replicó sonriéndome—. Yo tampoco viajo solo, muchacha. Quizá no sea tan ostentoso como Torricelli, pero allá donde voy me siguen mis hombres. Tu burra está en un parking a unos cientos de metros de casa de tus padres.

Dejó dos platos delante de él y sirvió en ellos unas gambas que olían muy bien. Abrió el horno y poco después tenía ante mí unas tostadas con queso, aceitunas y una botella de vino.

—Come —me ordenó clavando un tenedor.

—¿Cómo sabes que me quedo? —pregunté masticando el primer bocado de aquella deliciosa comida.

—No lo sé —contestó sin mirarme—. Aunque es lo que espero.

Alzó la vista hacia mí y su mirada reflejó un miedo similar al mío.

—¿Qué me harás si me quedo?

Seguí hablando con voz juguetona. Lo captó a la primera.

—Te daré placer.

Se quedó parado con el tenedor en el aire, me miró sin sonreír y digerí el sentido de sus palabras.

—Guau —gemí conmovida, y me quedé en silencio.

Decidí no volver a hablar hasta terminar de comer. Me bastaba con que nos miráramos, porque en el aire flotaba un deseo electrizante.

Cuando acabé, Nacho metió los platos en el lavavajillas y bebió un trago de cerveza de una botella.

—Arriba, en el primer dormitorio de la izquierda —comentó mirándome con tranquilidad—. Encima de la cama hay una bolsa. Puedes darte una ducha y cambiarte. Yo tengo que llamar a Amelia, porque lleva una hora dándome la lata.

Cruzó la cocina, me besó en la frente y salió a la terraza. Volvió a dejarme sin habla. Era delicado, pero a la vez firme y varonil.

Escondí la cara entre las manos y me pregunté qué debía hacer, y si no debía salir de allí, subirme a la moto y escapar. Pero no sabía dónde estaba ni cómo volver a casa; además, ninguna parte de mi cuerpo quería volver a huir de Nacho. Me levanté despacio y seguí las indicaciones que acababa de darme.

Tal y como había dicho, en el primer dormitorio de la izquierda había una bolsa encima de la cama y dentro estaba la ropa que ya conocía del armario de su piso en Tenerife. No era ropa de marca, ni mucho menos. Cogí un bóxer rosa de algodón y una camiseta blanca de tirantes, y me fui a la ducha.

9

—¿Conseguiste lo que habías venido a buscar? —me preguntó Damian la última noche que pasamos juntos. Estábamos cenando en el restaurante de Carlo.

—No —contesté de manera lacónica, y seguí masticando el jugoso filete.

—¿Y te vuelves? —se extrañó.

—Sí. Egoístamente, he decidido no hacer nada y dejar que todos mis problemas se resuelvan solos.

—Recuerda, muñeca, que si necesitas ayuda, siempre estaré aquí.

—Lo sé. —Le abracé y Carlo me amenazó con el dedo. Eran las once cuando me subí al pequeño cascarón que conocemos con el nombre de «avión» y me senté en el asiento un poco aturdida por los calmantes. Miré por la ventanilla. Estaba tranquila, serena y muy enamorada. Tras la noche con Nacho tenía mucho en lo que pensar, así que ni siquiera me di cuenta del despegue. Esa vez no me dormí, solo cerré los ojos y me puse a recordar los excepcionales momentos que habíamos pasado juntos.

Salí de la ducha y bajé vestida con algo más parecido a un pijama que a un atuendo, digamos, formal. En una percha, junto a las escaleras, colgaba una sudadera que olía a él, así que me la puse y aspiré profundamente su maravilloso aroma. Pasé muy despacio al salón y vi que Nacho estaba viendo la televisión sentado en el sofá, con los pies apoyados en una banqueta. Me quedé durante un rato de pie detrás de él y miré sus hombros de colores, que sobresalían por encima del respaldo.

—Sé que estás ahí —susurró, y le quitó el sonido al televisor—. Cada vez que te acercas a mí siento un hormigueo.

Movió la cabeza como si relajara el cuello.

—Igual que siento el océano. Siempre que viene una ola grande, pero aún no la veo, noto el mismo tipo de excitación.

Bajó las piernas de la banqueta, se levantó y se volvió hacia mí.

Yo estaba apoyada en la pared, con una pierna detrás de la otra, llevaba el pelo recogido en un moño y los dedos sobresaliendo de las mangas de la sudadera, que me quedaba grande.

—Jamás estarás tan bella como en este momento —dijo después de inspirar con fuerza.

Se me acercó despacio y noté que se apoderaba de mí un miedo paralizante. Llevaba el pecho desnudo y un pantalón de chándal fino con las perneras anchas. Sus pies descalzos casi tocaron los míos cuando se detuvo a escasos centímetros de mí. Nos miramos, pero ninguno sabía qué hacer.

—Ven conmigo —susurró. Pasó las manos bajo mis nalgas y me levantó hacia él.

Rodeé sus caderas con los muslos y dejé que me llevara hasta la encimera de la cocina. Sus esbeltos dedos recorrieron mis hombros y brazos, y me quitaron la sudadera por las mangas. No tenía prisa; observaba mis reacciones constantemente, como si no quisiera cometer errores. Cada uno de sus movimientos parecía decir: «Si me dices para, esperaré». Pero yo no quería que parase. Cuando la sudadera cayó al suelo, me acercó aún más a él.

—Quiero sentirte.

Su boca pronunció esto a pocos milímetros de la mía.

—Solo sentirte, muchacha.

«Dios mío, me voy a correr ya», pensé cuando su voz grave se coló en mi cabeza.

Enganchó los pulgares al bajo de mi camiseta y empezó a levantarla, dejando a la vista el vientre, las costillas, el pecho. Yo jadeaba un poco asustada, pero sus alegres ojos verdes se paseaban por mi rostro y me tranquilizaban. Levanté los brazos para darle a entender que podía desnudarme del todo. Cuando la camiseta cayó al suelo, Nacho estaba tan cerca que sus tatuajes de colores se podrían haber pegado a mí. No miraba hacia abajo, no quería ver a la mujer indefensa sentada a su lado. Necesitaba sentirme. Volvió a pasarme las manos bajo el trasero y me levantó. Me pegué a él.

—Dios —gimió, y sus esbeltos dedos rodearon mi cabeza y la llevaron bajo su mentón—. Te siento.

Cruzó el salón, subió las escaleras conmigo y entró en un hermoso dormitorio oscuro. Sobre una enorme cama de madera había almohadas y mantas de colores. Se arrodilló, me dejó en la cama y se puso encima de mí. Mi corazón se desbocó y el aliento se me atascó en la garganta. Dios, era justo lo que quería que hiciera.

Me abrió los brazos a los lados y cruzó sus dedos con los

míos. Sus ojos verdes se quedaron fijos en mi cara y se pasó la lengua por los labios carnosos. No aguanté más y me levanté un poco, enganché sus labios con los míos, solté mis manos, le cogí la cabeza y la acerqué a mí. Lo deseaba con avidez, pero él me besó lento y, de vez en cuando, me chupaba el labio inferior.

—Esta noche no te voy a dar ese tipo de placer, Laura —dijo apartándose. Me quedé boquiabierta—. Quiero que te entregues a mí cuando puedas pensar solo en mí, no mientras tengas en la cabeza la promesa que hiciste ante Dios.

Al decirlo, en un primer momento deseé pegarle un tiro en la cabeza y largarme, pero tras unos segundos comprendí a qué se refería. No quería ser el amante, sino el hombre al que yo amara. Apreté la cabeza contra la almohada y lo miré resignada.

Cogió una manta y nos tapó. Después se quitó los pantalones y volvió a colocarse entre mis piernas. Mi rostro debía de reflejar mi angustia, porque lo que Nacho hacía era justo lo contrario de lo que decía.

—Hoy no voy a hacer el amor contigo, voy a conocerte.

Bajé las manos por su espalda y, al llegar al culo, descubrí sorprendida que llevaba el bóxer.

—No me lo voy a quitar; tú tampoco te quites las bragas. —En su rostro apareció una radiante sonrisa—. Voy a conocer tus deseos, pero el momento de satisfacerlos llegará más adelante.

Se inclinó y me besó de nuevo, aunque esta vez aceleró un poco el ritmo. Gemí sorprendida por ese cambio de táctica y le clavé los dedos en la espalda. Mis uñas dejaron marcas en su piel.

—Veo que te gusta el sexo duro, muchacha —susurró, y me mordió el labio. Involuntariamente, froté las caderas contra su miembro erecto—. Pero ¿duro o muy duro? —preguntó al tiempo que presionaba con fuerza su polla contra mi palpitante clítoris.

—¡Muy duro! —grité, y eché la cabeza hacia atrás al notar su intenso movimiento.

Nuestros cuerpos ondeaban entrelazados y las manos de Nacho me apretaban para que solo nos separara la piel. Ambos jadeábamos; nuestras bocas se encontraban a cada momento y después se perdían para buscar los hombros, el cuello, las mejillas. El empuje de su cadera era cada vez más potente y tenía la impresión de que me iba a hacer estallar.

—Nacho —susurré; él bajó el ritmo y me miró, como si comprobara que todo estaba en orden—. ¿Y a ti qué te gusta? —pregunté relamiéndome de un modo algo vulgar para provocarlo—. ¿Te gusta el sexo duro?

Agarré su cadera con las manos y, con un movimiento decidido, la apreté contra mi raja.

—¿Profundo?

Volví a apretarlo contra mí y sus ojos verdes se empañaron.

Nunca había visto a un hombre con semejante autocontrol. Eso me excitaba, pero a la vez me lo tomaba como un desafío. Metí la mano derecha dentro de las bragas de algodón. Dios, estaba tan húmeda que seguramente la tela debía de ser ya transparente. Jugueteé un rato con los dedos sin apartar los ojos encendidos de él, y después le metí los dedos mojados en la boca.

—Para que sepas lo que te pierdes.

El canario cerró los párpados y los chupó, los mordisqueó, hasta que de su interior salió un fuerte gemido.

Pegó sus labios a los míos y su cadera empezó otra vez a frotarse contra la mía a plena potencia. Me hacía el amor intensamente, aunque no estaba dentro de mí. Pero no era necesario, casi podía notar que su pene destrozaba mi interior.

—Dios —susurró, y se detuvo mientras apoyaba su rostro en mi cuello—. Sueño con lamerte entera y acariciar cada centímetro de tu dulce coño. Joder, qué bien huele —gimió, y un escalofrío atravesó su cuerpo—. Adoro y odio a la vez el poder que tienes sobre mí.

Se levantó y me lanzó una mirada juguetona.

—Tengo que ir a darme una ducha.

—Pero si te acabas de duchar… —Entorné los ojos extrañada.

—Me he corrido. —Me besó en la nariz al levantarse—. Dentro de nada, los dos estaremos pegajosos.

Lo detuve antes de que fuese al baño.

—Pues que así sea. —Alcé las cejas con gesto divertido y apreté los muslos alrededor de su cintura para inmovilizarlo—. Seamos unos guarros.

Sonreí de oreja a oreja, y él se quedó estupefacto.

—Nada de eso, muchacha.

Grité cuando me apartó, se levantó y entró en el baño arrastrando de mí. Se metió en la ducha y abrió el agua fría. Pegué un chillido y salté a un lado. Quise escapar, pero me sujetó riéndose a carcajadas mientras yo le daba puñetazos.

—¡Suéltame, loco! —chillé, aunque al mismo tiempo no podía evitar reírme, ya que el agua helada me cortaba el aliento.

—Nos hará bien a los dos, así nos enfriaremos.

No era mala idea, pero para que tuviera sentido, nos duchamos dándonos la espalda. Salí la primera y me envolví en un albornoz. Luego mi mirada se posó en su culo tatuado.

—No voy a darme la vuelta mientras sigas ahí de pie —dijo girando un poco la cabeza hacia mí.

—No hace falta, la imagen que tengo ahora es mucho mejor que la de la parte delantera —dije riendo sarcástica.

—¿Estás segura?

En ese momento se giró y me mostró una impresionante erección. Tenía delante de mí la polla más hermosa y más recta que había visto en mi vida. Me quedé boquiabierta. Ya había tenido ocasión de ver su pene, pero entonces no estaba tieso y además hice lo posible por apartar la vista. En cambio, en ese momento no había poder alguno que me hiciera retirar la vista de esa maravilla, en cuya punta había un pendiente. Gemí y me mordí los labios de forma involuntaria. Nacho, apoyado en la pared con una mano, se reía.

—¿Qué decías? —preguntó mientras yo trataba de recuperarme del *shock*—. Me da la impresión de que, mentalmente, ya te estás arrodillando ante mí.

Se secó el agua de la cabeza con una mano y vino hacia mí.

Estaba tan cerca que sus genitales desaparecieron de mi campo de visión. Hice una mueca de desilusión y fruncí los labios como una niña pequeña. Él cogió una toalla y se la enrolló en la cintura.

—¡A la cama! —gritó riendo mientras me empujaba hacia la puerta.

En efecto, esa noche no me hizo el amor, y para no tentar a la suerte, ni siquiera me besó. Charlamos tumbados, nos reímos, nos peleamos como niños y nos abrazamos, yo en bragas y en camiseta y él en calzoncillos. Ya era de día cuando me quedé dormida acurrucada contra él. Me desperté a primera hora de la tarde; me preparó el desayuno, me subió en la moto y me llevó al parking donde su gente había dejado mi burra. Antes de ponerme el casco, me cogió la cara entre las manos y me besó con tal ternura que me entraron ganas de llorar.

—Siempre estaré cerca de ti —dijo al encender el motor de su monstruo amarillo.

No me preguntó qué iba a pasar ni qué pensaba hacer. No preguntó nada. Solo me dio la oportunidad de conocerlo y desapareció.

Volví a casa. Encontré a Damian junto a la verja muy cabreado; agitaba los brazos y gritaba, pero me daba igual lo que tuviera que decirme.

—¿Le has llamado? —le pregunté cuando por fin se calló.

—No. Tu madre dijo que estabas segura y que no era asunto mío.

—Muy bien dicho. —Asentí con el dedo y me dirigí hacia la casa.

Sorprendentemente, con mis padres tampoco hubo grandes discusiones. Klara Biel vio mis ojos risueños y suspiró meneando la cabeza. Era algo poco habitual en ella: ninguna pregunta, ninguna explicación por mi parte. Increíble.

—Señora Laura, hemos llegado —dijo el capitán del cascarón volante mientras se inclinaba hacia mí.

—Me he quedado frita. —Me desperecé y parpadeé nerviosa.

Me puse las gafas de sol y bajé a la pista de aterrizaje por la pequeña escalerilla. Alcé la vista, que ya se había acostumbrado a la luz, y vi a Massimo.

Mi marido estaba apoyado en el coche y me sonreía. Tenía un aspecto fabuloso: llevaba un traje ligero de color gris claro y una camisa blanca. La brisa agitaba ligeramente su pelo. La chaqueta, de corte ideal, se ceñía a sus musculosos brazos, y tenía sus largas manos metidas en los bolsillos, lo cual le hacía parecer muy seguro en sí mismo. Sentí que me quedaba sin saliva.

—Hola, pequeña. —Los ojos de Black recorrieron mi cuerpo y se mordió el labio inferior.

Permanecimos un rato así, mirándonos, pero ninguno de los dos tenía intención de ser el primero en moverse. Yo no, porque estaba completamente desconcertada. ¿Y él? Sus ojos reflejaban cierto miedo por lo que yo pudiera hacer si me tocaba.

—Ven, te llevo a casa —dijo mientras abría la puerta del coche.

Dios, era algo de lo más extraño, todo parecía muy oficial y desapasionado. Su actitud hacia mí era más conservadora que durante los primeros días después del secuestro. Me subí y cerró de un portazo, rodeó el coche y entró por el otro lado. El chófer nos llevó hasta la entrada de la terminal. La cruzamos a pie y nos dirigimos a un Ferrari aparcado junto a la acera. «Es un Ferrari de mierda», pensé sonriendo al recordar las palabras de Nacho. Pero cuando estuvimos más cerca me di cuenta de que no era uno de los coches que ya conocía. No podía ser un Ferrari, porque las puertas se abrían hacia arriba, no hacia los lados. Miré sorprendida a mi marido, que seguía sonriendo y esperaba a que ocupara mi asiento.

—¿Es nuevo? —pregunté contemplando aquel bólido negro y brillante.

—Me aburría. —Massimo se encogió de hombros con cara de pícaro.

—Tu tedio ha debido de costar un montón de dinero, ¿no? —comenté mientras me subía al coche.

Don Massimo se puso al volante y encendió el motor pulsando un botón que parecía el interruptor del asiento eyectable. Pisó el acelerador y el Lamborghini Aventador arrancó con tal fuerza que me aplastó contra el respaldo. Condujo con seguridad, concentrado, tal y como solía hacer, aunque a veces notaba que me miraba. Pero no dijo ni una palabra. Entonces vi que pasábamos de largo nuestro desvío y seguíamos en dirección a Messina. Tragué saliva ruidosamente. No había estado en esa casa desde hacía medio año, desde el día que vi a Nacho por primera vez.

Massimo aparcó junto a la puerta y yo me pregunté si tenía ganas de entrar.

—¿Para qué hemos venido aquí? —le dije volviendo la cabeza hacia él—. Quiero ir a la mansión, ver a Olga y descansar.

—Olga y Domenico se han ido a Ibiza a distraerse un poco y yo tengo la única llave de la verja, así que puedes darte por secuestrada. —Levantó las cejas con gesto alegre y abrió la puerta de la nave espacial—. Y deja el bolso, no necesitarás su contenido.

Me miró.

—En especial, el teléfono.

—¿Y si no quiero que me secuestres? —pregunté al salir del coche, antes de que le diera tiempo a dar la vuelta para ayudarme.

—En eso consiste un secuestro, pequeña.

Su tono sosegado me asustó.

—En retener a alguien en contra de su voluntad.

Me besó en la frente, o más bien la rozó con los labios, y entró en la casa.

Di varias patadas al suelo y murmuré unas cuantas palabrotas en polaco, tras lo cual también crucé la puerta.

El interior parecía diferente a como lo recordaba y resultaba aún más espectacular sin el enorme árbol de Navidad. Black dejó las llaves encima de la mesa de la cocina y cogió una botella de vino.

—Hay alguien esperándote.

Dejó dos copas en la mesa y cogió el sacacorchos sin dejar de mirar la botella.

—En el comedor —dijo tranquilamente, y una sonrisa apareció en su boca.

Curiosa, me dirigí a un lugar que asociaba únicamente con el folleteo y di un salto de alegría al ver que había un perrito sobre un gran almohadón, junto a la mesa de madera.

Pegué un chillido y me incliné hacia aquel pequeño y maravilloso perrito, que al verme empezó a revolcarse sobre su cama. Era el ser más delicioso que había visto en mi vida, parecía un peluche, un osito. Lo abracé y casi lloré de alegría.

—¿Te gusta? —preguntó Massimo dándome la copa llena.

—¿Que si me gusta? Es maravilloso y tan pequeñito... Apenas cabe en mi mano.

—Y te pertenece por completo, igual que yo.

La voz serena de Massimo atravesó mi corazón.

—Si no le dispensas muchos cuidados, seguramente morirá. Como yo.

Se arrodilló ante mí y me miró a los ojos.

—Sin ti, moriré. Todos estos días… —Se apartó el pelo con la mano—. ¿Qué digo días? Horas, minutos, sentía que… —Sus ojos estaban llenos de tristeza—. Ni sé ni quiero vivir sin ti.

—Massimo, es el colmo de la hipocresía. —Suspiré y estreché al perrito entre mis brazos—. Tú me dejaste sola durante muchos más días.

—Exacto. —Me interrumpió y me cogió la cara entre las manos—. Hasta que no me dejaste, no comprendí que te perdía. Cuando ya no tenía control sobre ti ni podía tenerte, me di cuenta de lo importante que eres para mí. Lo más importante.

Me soltó y su cabeza cayó sobre el pecho con expresión triste.

—Lo he jodido todo, Laura, pero te prometo reparar cada uno de los malos momentos que has pasado por mi culpa.

Miré su cara de resignación y el arrepentimiento que ardía débilmente en sus ojos. No había en ellos ni rastro del hombre al que había dejado unos días antes. No quedaba rastro de brutalidad ni de ira, solo tristeza, preocupación y amor.

Dejé el peluche blanco en el suelo, me senté en sus rodillas y lo estreché contra mí. Él me apretó aún más, como si quisiera esconderse en mi cuerpo, con tanta fuerza que podía notar cada músculo de sus brazos.

—Pequeña —susurró—. Te quiero tanto...

Por mis mejillas corrieron torrentes de lágrimas. Apreté los párpados y en ese momento vi a Nacho divirtiéndose alegremente conmigo. Recordé cómo me besaba y me abrazaba con ternura. Todo el contenido del estómago se me subió a la garganta. ¿En qué demonios pensaba cuando hice eso? Di gracias a Dios por el sentido común del canario, que dos noches antes no había dejado que me entregara a él.

Metí los dedos entre los cabellos de Black y le aparté el rostro.

—¿Cómo se llama? —pregunté, pero al ver que no me entendía, señalé la bola de pelo—. El perrito. ¿Cómo se llama?

Massimo se irguió y sonrió débilmente mientras cogía el animalito.

—Aún no tiene nombre. Te estaba esperando.

Esa imagen me enterneció. Mi hombre, grande y fuerte, abrazaba a un ser que no era más grande que su mano.

—Givenchy —dije muy segura, pero Black puso los ojos en blanco—. Como la marca de mis botas favoritas.

—Querida —comentó entregándome el peluche—. Un perro debe tener un nombre formado por dos sílabas, para que sea cómodo llamarlo.

—No necesitaré llamarlo porque siempre estará conmigo —repliqué tratando de ocultar mi sonrisa—. Entonces, Prada, como mi marca de bolsos preferida.

Massimo meneó la cabeza y dio un trago a la copa.

—Pero Mario Prada era un hombre y esto es una perrita.

—Olga tuvo una vez una gata que se llamaba Andrzej, así que yo puedo tener una perrita que se llame Prada.

Besé a la bola blanca, que empezó a retozar alegremente entre mis manos.

—¿Ves? Le gusta.

Massimo se sentó sobre la alfombra con la espalda apoyada en la pared y observó cómo me divertía con el nuevo miembro de nuestra familia mafiosa. Durante ese tiempo contestó a dos llamadas, pero no me quitó la vista de encima ni por un segundo. Me extrañaba verle durante tanto tiempo y sentir muy en el fondo que nada podría sacarlo de esa habitación. Estaba tranquilo y relajado.

—¿Qué tal va la terapia? —pregunté alentada por la copa de vino recién vaciada, pero enseguida me mordí la lengua porque sabía que mi falta de tacto podía provocar su ira.

—No lo sé, creo que deberías preguntárselo a mi médico. —Su tono era sorprendentemente dulce—. Además, solo han pasado dos semanas, es decir, cuatro visitas, así que no esperes milagros.

Se levantó y fue a la cocina. Volvió al cabo de unos minutos con dos platos.

—Y lo que he estropeado a lo largo de treinta años no se arregla en un momento. —Se encogió de hombros—. Maria ha preparado pasta con marisco.

Dejó los platos sobre la mesa y me tendió la mano.

—Ven, come algo, porque si no te vas a emborrachar tanto que tendré que cargar contigo.

—Y tú dijiste que no ibas a beber —afirmé en un tono algo acusador cuando dejó su copa sobre la mesa.

—No bebo —contestó alegremente—. Esto es zumo de guindas y uvas negras. ¿Quieres un poco? —Cogí su copa y bebí. Descubrí, sorprendida, que no mentía.

—Perdona —murmuré. Me sentí un poco avergonzada.

—Tranquila, pequeña. Te prometí que no iba a beber ni a drogarme. Es un precio muy pequeño por recuperarte.

Me miró con sus ojos negros mientras acercaba a su boca el tenedor con pasta.

—Y si deseo algo, al final siempre lo consigo. Esta vez también será así.

Se irguió y puso cara de pícaro.

«Este es mi Don: fuerte, varonil y seguro de sí mismo, pero sin perder el control de sus actos.» Esa visión me hizo retorcerme en la silla, lo que no le pasó desapercibido.

—Ni lo pienses —susurró—. Ninguno de los dos está preparado. Primero tengo que arreglarlo todo y solo entonces tomaré lo que es mío.

El sonido de esas palabras y su significado hicieron que un torbellino atravesara mi cuerpo.

—Lo cual no significa que no sueñe con penetrarte lentamente y sentir cada centímetro de tu coñito.

Tragué ruidosamente lo que tenía en la boca en ese momento.

En aquel instante mi alma se encontraba en los más oscuros abismos. Me agitaba y peleaba conmigo misma. Por un lado, respetaba su decisión de mantener el autocontrol, pero, por otro, el desafío que me había lanzado era evidente y solo estaba esperando a que yo recogiera el guante.

—Estoy húmeda —dije sin pensar, y su tenedor cayó sobre el plato.

—Eres cruel. —Suspiró apartando la comida sin terminar.

—¿No quieres sentir ese sabor, querido?

Levanté una ceja para provocarlo.

Massimo estaba sentado delante de mí, con sus ojos terriblemente negros clavados en los míos, mientras sus dientes se alternaban para mordisquear sin piedad el labio inferior y el superior.

—Acabas de venir de viaje, refréscate. Tengo que trabajar.

Apartó la silla de la mesa, recogió mi plato vacío y se marchó.

Me quedé allí sentada, estupefacta y realmente impresionada por la gran autodisciplina que mostraba.

—Me cago en la hostia —maldije retirando mi silla con ímpetu—. De repente, todos se controlan y nadie quiere follarme.

Tomé la bola de pelo entre los brazos y subí a nuestro dormitorio para, con ayuda del agua, eliminar de mi piel los restos del día.

Tras ducharme, me puse una camiseta de encaje y un tanga a juego y fui a buscar a mi ocupado marido. Naturalmente, la elección de la lencería no fue casual. Sabía qué le gustaba. No hay nada peor para una mujer que un hombre que afirma no querer o no poder poseerla. Entonces se despierta en nuestro interior algo que nos empuja a hacer cosas sin sentido cuyo objetivo es demostrarle que quiere y puede.

Con Prada en brazos, fui recorriendo diferentes habitaciones, pero no lo encontré. Al final entré en la cocina, dejé a la perrita encima de la mesa y me serví otra copa de vino. Con el rabillo del ojo me di cuenta de que algo se movía en el jardín y me asusté. No había visto guardaespaldas alrededor de la casa, así que los que merodeaban por la terraza no podían ser los hombres de Massimo. Cogí a la perrita, pues tenía miedo de que se cayese si la dejaba encima de la mesa, y me dirigí a la ventana.

En el césped de detrás de la casa, mi marido, vestido solo con un pantalón amplio, agitaba un palo en el aire. Tenía el pecho y el pelo empapado en sudor, y todos los músculos en tensión y cubiertos de venillas. Parecía estar luchando con un adversario invisible, como si tuviera una espada entre las manos. Salí por la puerta y mi blanco compañero de patas cortas salió corriendo hacia él.

—¡Prada! —grité asustada al pensar que Massimo pudiera pisarla sin querer.

Black se quedó inmóvil y, cuando la perrita llegó corriendo alegremente hasta él, la cogió, la levantó y vino hacia mí.

—Con que no ibas a necesitar llamarla, ¿eh? —dijo con una sonrisa irónica mientras se apoyaba en el palo.

Lo miré embelesada, pensando en lo hermoso que era su cuerpo. Mi libido me golpeó en la cabeza y me empujó hacia él.

—¿Qué es eso? —pregunté señalando el palo cuando me entregó a la perrita.

—Es un *jō*, un palo de lucha.

Se retiró el pelo con la mano y noté que su aroma me arrollaba con la velocidad de un tren a gran velocidad.

—He vuelto a los entrenamientos, me sosiega.

Giró unas cuantas veces el palo de madera.

—Es *jōjutsu*, una versión moderna del esgrima japonés, el arte de la defensa personal. Mira. —Volvió a ejecutar varios movimientos con el palo adoptando unas posturas muy sexis—. Se creó hace más de trescientos años, como resultado de la unión de las técnicas más importantes del *kenjutsu*, es decir, el arte de la espada, el *sōjutsu*...

Interrumpí esa explicación tan increíblemente excitante besándolo con avidez.

—Me importa un pepino lo que sea —comenté, y él soltó el palo y me agarró con fuerza.

—¿Y si se tratara de mi pepino? —murmuró, y sentí una ola de deseo.

Mi marido, mi frío mafioso, mi defensor, el amor de mi vida, había vuelto a mí. Levantó mi cuerpo, lo apoyó en su cadera y se dirigió hacia la puerta. Dejó a la perrita sobre su lecho con delicadeza y siguió hacia el dormitorio sin dejar de besarme.

Estábamos como poseídos. Nuestras manos no dejaban de acariciarnos y las lenguas se retorcían a un ritmo frenético. Cuando llegamos a nuestro destino, don Massimo se sentó en la cama y yo me quedé inmóvil sobre sus rodillas. Con un movimiento rápido, me quitó la camiseta y se lanzó sobre mis abultados pezones. Le tiré del pelo mientras él los chupaba y los mordía.

—No puedo —dijo de repente al tiempo que se apartaba de mí—. No quiero hacerte daño.

—Pero yo sí puedo hacértelo a ti.

Me bajé de sus rodillas y tiré del pantalón, que ya se le había bajado un poco. Poseída por un deseo salvaje, casi se lo arranqué del cuerpo y después caí de rodillas y me metí en la boca su polla empalmada. Massimo soltó un grito salvaje cuando su pene llegó hasta mi garganta. Las manos de Black se posaron sobre mi cabeza y los dedos agarraron mi pelo con fuerza.

—Tienes que decírmelo —susurró—. Tienes que decirme si te duele. Tienes que...

—Calla, Don —repliqué, y volví a atrapar su miembro con mi boca.

Lo devoré con placer, saboreando cada centímetro. A

pesar de que mi marido controlaba el ritmo de los movimientos de mi cabeza, se mostraba mucho más delicado que de costumbre. Notaba que se dominaba y que no se entregaba del todo al momento. Lo saqué de mi boca, me levanté y me senté sobre los muslos de Black. Mis piernas rodearon su cintura, aparté el tanga de encaje y me ensarté en su duro pene.

Massimo se quedó inmóvil con la boca abierta, emitiendo un grito sordo. No se movía, solo miraba. Su pecho subía y bajaba mientras sus ojos, llenos de deseo y de miedo, recorrían mi cuerpo.

—Quiero follar contigo —murmuré agarrándole del pelo y tirando de él hacia mí.

—¡No! —gritó.

Se dio la vuelta sin salir de mí, me dejó sobre la cama y me cubrió con su cuerpo. Siguió sin cambiar su expresión.

—¡Massimo! —le recriminé, pero su gélida mirada me atravesó.

—No —dijo dando el primer golpe de cadera.

Giré la cabeza a un lado y gemí al sentir cómo alcanzaba mis puntos más sensibles.

—Por favor, pequeña —susurró moviendo lentamente la cadera.

—No, Massimo. —Agarré sus nalgas y las apreté contra mí para que penetrara más—. Soy yo quien te lo pide por favor.

Durante un momento me observó con resignación, como si estuviera meditando algo, y poco después metió brutalmente su lengua en mi boca. Sin embargo, sus movimientos en mi coño seguían siendo sutiles, casi imperceptibles, aunque sus labios follaban los míos como una ametralladora.

Al instante noté que su cuerpo se tensaba y en mi interior estallaba un géiser de esperma. Massimo separó su boca de la mía, apoyó su cara en mi cuello y un espasmo atravesó su cuerpo.

—¡Lo has hecho aposta! —Mi tono acusador cortó el aire como el cuchillo de un carnicero—. Don, ¿cómo has podido?

Traté de quitármelo de encima, pero me aplastó con su peso. Poco después me di cuenta de que temblaba de risa.

—Pequeñaja. —Se incorporó un poco y se apoyó en los codos—. ¿Qué le voy a hacer, si tu cuerpo me vuelve loco?

Lo miré fijamente muy enfurecida, pero al cabo de unos segundos también me pareció una situación divertida.

—Creo que voy a tener que buscarme un amante.

Le saqué la lengua.

—¿Un amante? —preguntó entornando los ojos—. ¿En esta isla? —Asintió con admiración—. Cuando lo encuentres, me gustaría conocer al más valiente de los hombres.

Soltó una carcajada, me levantó y me colgó de su hombro.

—Te compensaré. Pero antes, a la ducha.

Me dio unas palmadas en el culo y me llevó al baño.

Y realmente me compensó: me lamió durante casi una hora y me provocó un montón de orgasmos.

10

Pasamos los siguientes días encerrados en el mundo de nuestros desafíos. Él se esforzaba por no follarme y yo trataba a toda costa de provocarlo para que lo hiciera. Entrenaba mucho. A veces me preocupaba que le pasase algo, porque, cuando parecía que por fin iba a entregarse a mí, se iba a hacer ejercicio. «Como siga así, se va a convertir en culturista», pensé al verlo ponerse una vez más el pantalón de chándal. Era una noche muy cálida y agradable, ideal para meternos en el *jacuzzi* y follar apasionadamente.

—¡Quítate el pantalón! —grité mientras dejaba a Prada en su perrera. Después tiré de la pernera de Massimo.

—¡Suelta! —gritó lanzándome sobre el sofá sin parar de reír—. Te harás daño.

Agarró mis manos, que no paraban de moverse, y al final las inmovilizó sujetas entre cojines.

—¡Para ya, Nacho! —grité, y me quedé helada cuando oí el sonido de mi voz.

Las manos de Massimo apretaron mis muñecas con tanta fuerza que al poco rato hice una mueca de dolor. Me estaba triturando los huesos.

—Me haces daño —susurré sin mirarle.

Me soltó y se levantó. Se fue al comedor, volvió con un jarrón con flores y lo tiró contra la pared.

—¡¿Qué has dicho?! —Su grito parecía un rugido; la habitación se transformó en una gran caja de resonancia—. ¿Cómo me has llamado?

Estaba hecho una furia. Me pareció ver que su ropa quedaba reducida a cenizas por las llamas que despedía su cuerpo.

—Lo siento —gemí asustada.

—¡¿Qué ocurrió en Tenerife?!

Como no contesté, vino hasta mí, me agarró de los brazos y me levantó hasta que mis pies dejaron de tocar el suelo.

—¡Contesta, joder!

Lo miré a los ojos.

—Nada —murmuré—. En Tenerife no pasó nada.

Me observó con atención durante un momento y, cuando se convenció de que decía la verdad, me soltó. Normalmente no mentía y eso me permitió mantenerme fuerte. En Tenerife no había sucedido nada, pero en Polonia fue demasiado, tanto como para que en los momentos de felicidad y diversión mi mente se acordara del canario.

—¿Por qué has dicho su nombre? —preguntó con una calma pavorosa mientras apoyaba las manos en la repisa de la chimenea.

—No lo sé. Últimamente sueño a menudo con Nochevieja.

Mi subconsciente debió de aplaudir con admiración al oír una mentira tan perfecta.

—Quizá porque, de forma inconsciente, no dejo de revivir lo que pasó en Canarias.

Me senté en el sofá con la cara entre las manos, de manera que Massimo no podía ver mi expresión.

—Sigue estando dentro de mí...

—Y de mí —susurró, y salió a la terraza.

No quería ir tras él, me daba miedo. Sobre todo por lo que yo había dicho. Todo empezaba a ir muy bien y yo lo había jodido con una sola palabra. Durante un momento me pregunté qué debía hacer, pero no tenía fuerzas para otra discusión, así que cogí a la perrita y me fui al dormitorio. Me acosté vestida y jugué un rato con Prada. Al final me dormí.

Me despertó un débil ladrido agudo. Abrí los ojos, pero la luz de la lámpara de la mesilla me obligó a cerrarlos de nuevo.

—Te folló.

El sonido sosegado de esas palabras me dejó helada.

—Reconócelo, Laura.

Me giré hacia el lugar del que procedían las palabras. Vi a Massimo desnudo, con un vaso de whisky en la mano. Estaba sentado en el sillón que había junto a una mesita, sobre la que descansaba la botella vacía.

—¿Lo hizo como te gusta?

Esa pregunta formó un nudo en mi garganta, como si alguien me estrangulara.

—¿Te penetró por todos los agujeros? ¿Se lo permitiste?

El zumbido de su voz era tan espantoso que cogí en brazos a la perrita, la abracé con fuerza y pregunté:

—¿Hablas en serio?

Recé para que Dios me diera fuerzas para afrontar lo que podría ocurrir.

—Me ofendes si piensas que...

—Me importa una mierda lo que tengas que decirme —me interrumpió brusco. Se levantó y se acercó—. Dentro de un momento yo también voy a entrar en tus agujeros.

Se terminó la copa y dejó el vaso.

—Sobre todo en el culo.

Por mi cabeza pasaron las escenas de Lagos como si fuera una película. No tenía ganas de repetirlo. Sujeté con fuerza a Prada y salí corriendo. Crucé el umbral y di un portazo. Corrí como una loca, pero oía sus pasos tras de mí. En ese momento se oyó un tremendo estruendo por toda la casa. No tenía intención de comprobar qué había pasado. Llegué a la cocina casi cayéndome por las escaleras y cogí las llaves del coche del lugar donde él las había dejado tres días antes. Corrí descalza por el camino de acceso y me subí al Lamborghini.

—No tengas miedo, perrita —susurré, aunque en realidad lo decía para darme ánimos.

Pulsé el botón, pisé el acelerador y arranqué.

El coche avanzó con tal potencia que me asusté. Entonces algo golpeó la luna. Massimo, semiinconsciente, trataba de alcanzarme. Los ojos se me llenaron de lágrimas, pero sabía que, si conseguía volver a meterme en la casa, me provocaría un dolor tan intenso como el que sentía él. La verja se abría muy despacio y empecé a golpetear nerviosa sobre el volante mientras miraba por el retrovisor.

—¡Venga, hostias! —grité y casi me di con la cabeza en el volante.

Cuando la abertura fue lo suficientemente grande para que pasara el bólido negro, salí a la calle quemando neumáticos.

Miré el asiento del copiloto y vi que mi bolso estaba en el suelo. Di gracias a Dios por que Massimo me hubiera ordenado dejarlo allí. Lo abrí y saqué el teléfono, conectado a la batería portátil. Estaba casi descargado. Marqué el número de Domenico y esperé. Fueron los tres tonos más largos de mi vida.

—¿Qué tal os sienta el reencuentro?

Su voz sonaba alegre y despreocupada. De fondo se oía a Olga, que gritaba al teléfono muy contenta.

—¡Quiere hacerlo de nuevo! —grité presa del pánico, aunque me costaba hablar—. He huido, pero me persigue. Si manda a sus hombres, me llevarán con él. Y lo volverá a hacer.

Domenico se quedó callado. Estaba casi segura de cuál era la razón. Junto a él estaba mi amiga, que seguía convencida de que mi marido era ideal.

—Dile que tengo problemas para elegir el vino para la cena.

Domenico seguía callado.

—¡Díselo, joder, y aléjate de ella!

Oí cómo fingía estar alegre y le decía las palabras que yo había ideado. Olga no dijo nada más.

—¿Qué pasa? —gritó Domenico.

—Se ha vuelto a emborrachar y ha tratado... —Me detuve—. Otra vez ha intentado...

Rompí a llorar.

—¿Dónde estás?

—Voy por la autopista en dirección a Catania.

—Muy bien. Ve al aeropuerto, el avión te estará esperando. Súbete y yo llamaré a sus hombres para anular la orden, porque si Massimo no está completamente borracho, ya los habrá enviado a buscarte.

Al oír esas palabras empecé a ahogarme.

—Laura, no tengas miedo, yo me encargo —me tranquilizó Domenico.

—¿Adónde tengo que viajar? —grité sollozando.

—Te traerán aquí, a Ibiza. Pero deja que primero lo solucione todo.

El coche iba a toda velocidad, pisaba los pedales con los pies descalzos, mientras mi compañero blanco se acurrucaba en el asiento de al lado. Me lo puse sobre las rodillas, se acomodó y enseguida se durmió.

Cuando me senté en el avión, una azafata me trajo una manta y me la eché por encima.

—¿Tenemos vodka? —pregunté consciente de mi aspecto: descalza, en chándal y con el maquillaje corrido.

—Por supuesto —contestó, y me dejó en el suelo unas zapatillas de un solo uso.

—Tráigame uno con hielo y rodajas de limón —susurré.

La chica asintió y sonrió con amabilidad.

No solía beber licores fuertes, pero tampoco estaba acostumbrada a que mi marido quisiera violarme. Cuando el vaso apareció ante mí, tomé primero unos calmantes que, gracias a Dios, estaban en el bolso, y después me bebí el vodka en tres tragos.

—¿Me vas a decir qué ha pasado? —preguntó Domenico cuando abrí los ojos.

—¿Dónde estoy?

Me aparté del colchón con los pies, tratando de incorporarme.

—Tranquila. —Se levantó de su asiento, se sentó en la cama y me sujetó por los hombros.

Sus enormes ojos oscuros me miraban con tristeza, y sentí que la desesperación se apoderaba de mí. No pude contener las lágrimas y me abracé a su cuello; sus acogedores brazos me rodearon.

—Hablé con él anoche. —Resopló burlón—. Bueno, hablar, lo que se dice hablar, no hablamos, pero por lo que entendí se trataba de Tenerife.

Me sequé los ojos con la colcha.

—Estábamos haciendo el tonto y sin querer le llamé «Nacho».

Agaché la cabeza y esperé una dura réplica, pero no llegó. Domenico permaneció en silencio.

—No sé por qué lo dije, en serio. Después me desperté en mitad de la noche. Él estaba sentado en el dormitorio desnudo, borracho y creo que colocado. Me pareció que en la mesilla había una bolsita con droga.

Alcé los ojos y lo atravesé con una mirada llena de dolor y desilusión.

—De nuevo quería violarme.

Las lágrimas dejaron de rodar, porque la rabia sustituyó al dolor.

Domenico no cambió de expresión, no movió los ojos. Fue como si alguien hubiera detenido el tiempo.

—¡Joder! —gritó finalmente con gesto de enfado—. Tengo que volver a Sicilia. Ayer envié a los hombres a buscar a Massimo y había destrozado la casa. —Meneó la cabeza, como si ni él pudiera creerse sus palabras—. Él es el «Don», el cabeza de familia, no podemos encerrarlo bajo llave. Pero cuando se serene, se subirá a un avión y vendrá. Y entonces…

—Entonces lo abandonaré —terminé la frase—. Se acabó.

Me levanté de la cama y fui hacia la ventana.

—Se acabó, de verdad. Quiero el divorcio.

Mi voz era tranquila y decidida.

—¡Laura, no puedes hacerle eso!

—¿Que no puedo? Ya lo verás.

Me acerqué a Domenico.

—¿Cómo te imaginas mi vida con él después de todo esto? He huido de mi marido descalza y con una perrita bajo el brazo. Y suerte que esta vez he podido escapar. Aún sigo teniendo los moratones de la otra vez y él ya quería hacerme unos nuevos.

Negué con la cabeza.

—¡No hay vuelta atrás, díselo! —Agité las manos ante la cara de Domenico—. Ni su dinero, ni su poder, ni vuestra maldita mafia conseguirán que me quede con un hombre que me trata como si fuera una bolsa para esperma.

—Está bien. —Suspiró—. Pero sabes que no voy a ser capaz de detenerlo si quiere encontrarse contigo, ¿verdad? Además, lo del divorcio deberías decírselo tú.

—Por supuesto. —Asentí para dar a entender que estaba de acuerdo—. Se lo diré, pero a su debido tiempo. De momento te doy argumentos para que lo convenzas de que me deje tranquila un tiempo.

—No sé si eso lo detendrá. —Meneó la cabeza con incredulidad—. No creo que vuelva a calmarse, pero quién sabe.

Me dio un vaso de agua.

—Olga sabe que has venido por otra discusión. Dile lo que quieras, no me voy a meter. —Cruzó la puerta—. La mansión es de la familia, tenéis todo lo que necesitáis. Olga aún duerme. Haz lo posible para que no quiera matarme cuando despierte —dijo, y se marchó.

Me di una ducha y abajo, en la cocina, encontré un transportín para perros. Dentro estaba Prada. Me arrodillé y la estreché contra mí, dando gracias a Dios por que la perrita siguiera conmigo. Había conseguido llevármela, pero no sabía cómo habría acabado si no lo hubiera conseguido.

—¡Dios, qué preciosidad!

El chillido de Olga me hizo dar un salto. Casi ahogo a la perrita del susto.

—¡Dámelo, dámelo! —Olga pataleó como una niña.

—Pero qué tonta eres.

Le di la perrita y me senté en un taburete mientras ella la abrazaba.

—Y ahora no me tomes por gilipollas y cuéntame lo que pasa.

—Quiero el divorcio. —Suspiré—. Y antes de que empieces con tu palabrería, escúchame.

Olga dejó a Prada en el transportín y se sentó a mi lado.

—Me fui a Polonia porque Massimo… —La palabra seguía sin poder salir de mi garganta—. En Lagos… —balbucí—. Estaba drogado y borracho, volví del banquete algo tarde y entonces… —Inspiré con fuerza—. Me violó.

Olga se quedó paralizada.

—Sé cómo suena —continué—, a fin de cuentas, estamos casados. Pero cuando se hace de un modo brutal y en contra de tu voluntad, se mire como se mire es una violación. Algunos moratones aún no han desaparecido. —Me encogí de hombros—. Ahora, al volver a Sicilia, todo era maravilloso, fabuloso, incluso diría que ideal, hasta que lo llamé «Nacho»…

—¡No me lo puedo creer! —gritó, y después tomó aliento—. ¿Qué dices? ¿De verdad se lo dijiste?

—¿Cómo? ¿Eso es lo único que te ha asustado de todo lo que he dicho?

—Bueno... —comentó con cara de tonta—. No veo cómo puede haber violación dentro del matrimonio. Pero, por supuesto, te escucho. Y lo entiendo. Pero lo que le dijiste fue un golpe bajo.

—Lo sé, pero se me escapó. Me lo pasé tan bien con él en Polonia...

—¿Cómo? —Olga volvió a chillar y yo di un bote en el taburete—. ¿El español ese ha estado en Polonia?

—Canario —balbucí resignada—. Esa historia es más larga de lo que piensas.

Olga me miró como si me acabara de caer de la Luna. Suspiré.

—Bueno, vale. Te lo contaré todo.

De nuevo tuve que desplegar ante ella la imagen de mi pintoresca vida. Cuando terminé de explicarle lo ocurrido la noche anterior y empecé a justificar la repentina partida de Domenico, Olga me detuvo.

—La situación es la siguiente —dijo, y pensé: «Aquí llega la nueva adivina Casandra»—. Tu marido es un drogadicto impulsivo y brutal, y, además, alcohólico...

Asentí sin estar convencida del todo.

—Y Nacho es un secuestrador seductor, delicado y con tatuajes de colores. —Dio un sorbo al café—. Tu relato es muy poco imparcial, ¿lo sabes? Ya no quieres estar con Massimo, y no me extraña. Pero recuerda que antes él tampoco era como ahora.

Las comisuras de los labios de Olga se combaron hacia abajo. Puso cara de disculpa.

—¿Recuerdas cuando viajaste a Polonia y me hablaste de él? Tu corazón se volvió loco, Laura, y te referías a Massimo como si fuera un dios sobre la Tierra. No olvides que a la gente la conocemos mejor en las situaciones de crisis.

Tenía razón. No conocía a Nacho ni tampoco podía estar segura de si, con el tiempo, sus demonios no lo dominarían. A fin de cuentas, durante más de medio año no sospeché que mi marido pudiera hacerme daño y llevarme a la situación en la que me encontraba en ese momento, por la que había huido de él.

—Todo esto me agota, Olga. —Apoyé la frente en la mesa de cristal—. Ya no tengo fuerzas.

—No digas gilipolleces, anda. Mira dónde estamos.

Abrió los brazos y dio una vuelta completa.

—Un paraíso de fiestas, y encima tenemos una mansión impresionante, coches, un barco, motos de agua... Y sin guardaespaldas. —Balanceó un dedo—. Somos libres y bellas, y estamos casi delgadas.

—Quizá tú. —Me reí—. Yo estoy tan esquelética que me duele el culo. Oye, ¿por qué no hay guardaespaldas?

—Bueno, ya sabes. —Olga levantó una ceja—. Domenico es mi guardaespaldas. Además, él no es tan paranoico como Massimo.

Tomó aliento para decir otra frase, pero en ese momento mi teléfono, que estaba cargando sobre la mesa, empezó a vibrar.

—Es él. —Miré asustada a Olga.

—Vale, pero ¿por qué pones esa cara? No puede salir por el teléfono.

Quitó el sonido, pero la pantalla seguía parpadeando.

—No es más que un hombre, Laura. Si quieres, desaparecerá de tu vida, como cualquier otro. Ni es el primero ni será el último. Además, no tienes que cogerlo si no quieres.

—¡No quiero! —grité pulsando el botón rojo—. Tengo que ir de compras, que he venido en pijama.

Entonces volvió a sonar el teléfono. Tomé aire y rechacé la llamada.

—Será así todo el día.

Me dejé caer sobre la mesa, resignada.

—Soy una maga y te voy a librar del problema.

Olga cogió el teléfono, que volvía a vibrar, y lo apagó.

—¡Tachán! —dijo alegremente mientras dejaba el móvil sobre la mesa—. Y ahora vamos. Nos vestimos y en marcha. Estamos en la capital europea de las fiestas, el tiempo es muy bueno y el mundo nos espera —gritó mientras tiraba de mí, aunque casi me hizo clavar los dientes en la mesa.

No tener ni siquiera unas bragas no me importaba, porque siempre podía ir sin ellas. Pero no contar ni con un par de zapatos era un drama. Por suerte, Olga usaba el mismo número que yo, y en su colección para putas al final encontré unas sandalias de plataforma de Giuseppe Zanotti. Suspiré aliviada, escogí unos *shorts* con talle alto que dejaban al descubierto medio culo y un top amplio por encima del ombligo. Cogí un bolso claro de Prada y poco después, con la perrita en brazos, estaba lista para salir.

—¿Paris Hilton? —preguntó Olga con una sonrisa, señalándome mientras cogía las llaves del coche—. Entre el estilo *celebrity* y el perro... —Se partía de risa.

—¿Y qué puedo hacer con Prada? ¿Dejarla aquí? —Torcí el gesto—. Se aburriría. Ir de compras con nosotras es un placer, incluso para un perro. —Le dirigí una amplia sonrisa y empujé la puerta.

La mansión era completamente diferente a la de Taormina: formas modernas, el cristal dominando el conjunto y todo tan aséptico como un quirófano. Nada de colores acogedores. Por todas partes, blanco, azul frío y gris. El enorme salón abierto daba a una terraza, de la que la separaba una pared de cristal. Después había un acantilado y el mar. Delante de la casa había palmeras, arena blanca y un Aston Martin DBS Superleggera Volante cabrio de color rojo sangre.

—No me mires así —comentó Olga cuando puse los ojos en blanco al ver su nuevo coche, ostentoso a más no poder—. También tenemos un Hammer. ¿Preferirías ir en un carrito de helados? —Señaló con la cabeza un horrible vehículo negro aparcado algo más adelante. Puse cara de asco y corrí al asiento del copiloto.

—¿Sabes cuál es la incuestionable ventaja de este coche? —preguntó cuando me acomodé sobre la blanca tapicería de cuero—. Mira. —Señaló el cuadro de instrumentos, muy sencillo, elegante y sin complicaciones—. Esto es un coche, no una nave espacial ni un avión con millones de botones. Es un coche que cualquier mujer es capaz de manejar.

Mi sorpresa fue mayúscula cuando vi las tiendas de esa pequeña isla. Todo lo que necesitaba estaba al alcance de mi mano, y mis remordimientos por malgastar el dinero de mi marido, que normalmente no me dejaban en paz, se diluyeron como el humo del cigarrillo de Olga.

Bañadores, túnicas, zapatillas, gafas y bolsas de playa, y después zapatos y vestidos. Victoria's Secret, Chanel, Christian Louboutin, Prada —la perrita decidió marcar su terreno haciendo pis—, Balenciaga y Dolce & Gabbana —donde compré todos los modelos de vaqueros que tenían.

—No cabrá todo, joder. —Olga negó con la cabeza al ver el maletero hasta los topes, después de que un atractivo chico vestido de marinero nos trajera las últimas bolsas—. Teníamos que haber cogido el tanque.

—Me he dejado llevar. —Me encogí de hombros.

—Pues a mí me da que lo has hecho a mala leche y con premeditación. Como si a Massimo le importara cuánto te gastas. Pero ni siquiera se dará cuenta. —Se puso las gafas—. Absurdo.

—Lo que resulta absurdo es tirar tanto dinero en ropa y zapatos —dije balanceándome nerviosa.

—Pero ¿qué coño dices? ¿Es tu dinero? ¡No! Entonces ¿por qué te preocupas? —Olga se puso al volante—. Creo que, si te compraras un avión, quizá le interesase, pero no porque fuera caro, sino porque tendrías uno propio.

Volvimos a casa y sacamos las compras. A continuación diseñamos un plan de acción y minutos después reunimos fuerzas ante la puerta de la terraza.

—¡A la aventura! —grité corriendo en dirección a la playa, donde había unas motos de agua y una lancha en una pequeña cala.

—No recuerdo la última vez que te vi tan contenta —comentó Olga poniéndose el chaleco.

—Yo tampoco, pero es una sensación estupenda, así que no pienso cambiar mi estado de ánimo.

Arranqué la moto y me puse en marcha. Ella me siguió.

Nos divertimos navegando por la costa y observando a la gente medio desnuda. En Ibiza no se llevaba lo de no estar a la moda, tener la piel pálida o mostrar las marcas del bikini en el bronceado. Allí casi todos eran guapos, estaban drogados o iban borrachos, algo increíble. Se lo pasaban en grande, como si el resto del mundo hubiera dejado de existir y solo importara la fiesta. Nos fuimos mar adentro y nos detuvimos a varios cientos de metros de la playa para mirar el agua. Las motos se mecían y deseé que el tiempo se detuviera.

—¡Hola! —gritó una voz de hombre. Después llegó hasta mí un torrente de palabras incomprensibles.

—En inglés, por favor —dije mientras me protegía los ojos del sol.

Unos españoles venían hacia nosotras en una enorme lancha motora.

—La Virgen —comentó Olga cuando aparecieron seis macizorros con bañadores ajustados.

Sus cuerpos musculosos y bronceados estaban cubiertos de aceite y parecían espejos que reflejaban los rayos del sol. Los bañadores de colores ceñían sus pequeños y atléticos culos y noté que, involuntariamente, me relamía al verlos.

—¿Os unís a nosotros? —preguntó uno asomando por la borda.

—Ni hablar —murmuró Olga asustada.

—¡Claro que sí! —grité con una radiante sonrisa—. ¿Y exactamente a qué nos tenemos que unir?

—Idiota —me recriminó mi amiga con su delicadeza natural—. Me voy a casar dentro de nada.

—No te digo que te los folles —contesté sin apartar la vista del español—. ¿Y? —le dije en inglés al macizo lanzándole una mirada seductora.

—Hotel Ushuaia, a medianoche —respondió—. Hasta luego.

La lancha salió disparada y me volví hacia Olga con una alegre sonrisa. Venía hacia mí despacio, como una nube de granizo.

—¿Te has vuelto completamente gilipollas? —Me empujó y me caí al agua.

—¿Qué? —pregunté riéndome mientras me subía de nuevo a la moto—. ¿No íbamos a divertirnos? ¿Querías hacerlo sola?

—Domenico me matará.

—¿Lo ves por aquí? —Hice un gesto con el brazo abierto, señalando lo que había a nuestro alrededor—. Además, está ocupado calmando a mi esposo-furioso. Y si pasa algo, me echas la culpa y se acabó.

Le hice una mueca y arranqué.

Decidí echar una cabezada antes de la cena. Cuando desperté, ya era de noche. Fui al salón, donde Olga veía la tele con la perrita.

—¿Sabías que en todas nuestras casas y apartamentos se puede ver la televisión polaca?

—¿Y qué tiene eso de sorprendente? —pregunté sentándome a su lado. Aún estaba atontada por la larga siesta—. Lo extraño habría sido lo contrario.

—¿Sabes cuántas residencias tenemos? —Se volvió hacia mí cuando me acomodé en el sofá blanco para despejarme un poco.

—No tengo ni la menor idea. Y, para serte sincera, me da absolutamente igual.

Me quedé mirando la tele como embobada.

—Olga, sé que no te crees lo que te he contado —comenté—. Pero quiero divorciarme de Massimo.

—Te comprendo, pero no creo que le resulte fácil asumirlo.

—¿Tenemos algo de beber? —Cambié de tema, me di la vuelta y la miré fijamente.

—Por supuesto, tan solo di cuándo.

—¡Ya!

Dos horas y una botella de Moët Rosé después estuvimos listas para salir. Solo conocía Ibiza por lo que me habían contado y por lo que salía en internet, pero me bastaba para saber que no exageraban en las descripciones y que el color dominante era el blanco. Por eso opté por un conjunto diseñado en ese color por Balmain y unos zapatos de tacón de Louboutin. Lo llamo «conjunto», pero de eso tenía poco. La parte de delante estaba muy recortada y parecía más un bikini, unida al pantalón por una fina tira de tela; en cambio, por detrás parecía que fuera en topless. Combinaba de una forma ideal con mi pelo largo y casi negro, que había lavado y alisado. El maquillaje, muy negro, me aportaba ferocidad, y el tono neutro de los labios suavizaba el conjunto. Olga, por su parte, había decidido cocerse en un vestido corto de lentejuelas de color crema que apenas le cubría el trasero y dejaba al descubierto la espalda, y que se plegaba con elegancia sobre las nalgas.

—¡El coche nos espera! —gritó mientras guardaba sus cosas en el bolso.

—No llevamos guardaespaldas, ¿no?

—No tenemos, pero cuando Domenico se ha enterado de que salíamos me ha dado un ultimátum, así que he tenido que prometerle que no vamos a movernos en taxi.

Asentí para mostrar mi admiración por lo cuidadoso que era Domenico y por su deseo de darnos libertad.

—Pero parece que nadie nos vigilará dentro. —Olga me miró—. Parece.

Delante del Ushuaia se arremolinaban cientos, o más bien miles de personas que trataban de entrar. Nos acercamos a la entrada para vips. Olga le dijo algo al hombre que la custodiaba y otro tipo nos condujo a un reservado.

El gentío era increíble. Nunca había visto nada semejante. La gente llenaba cada pedazo de parqué. Mi subconsciente le dio gracias a Dios por el dinero de mi marido, porque me permitía estar allí segura. Por desgracia, mi claustrofobia también aparecía entre la multitud, así que si hubiera tenido que meterme allí, me habría dado un ataque de pánico. Pedimos una botella de champán carísima y nos acomodamos en el mullido sofá.

—Creo que no nos conocemos...

Mi corazón se detuvo y el trago de champán que me acababa de llevar a la boca salió despedido hacia la mesa. Me atraganté y lo expulsé como si fuera un géiser.

—Hola, soy Nacho —dijo el canario inclinándose hacia Olga—. Hola, muchacha —me dijo a mí.

Nos quedamos clavadas mientras él se sentaba junto a mí y me dirigía una amplia sonrisa.

—Te dije que estaría cerca.

Al cabo de unos segundos aparecieron en nuestra mesa los seis macizos y yo casi me desmayé de la emoción.

—A los chicos los conocisteis en el agua. —Nacho sonrió señalando hacia los bombones que se sentaron con nosotros. Hizo una señal al camarero y poco después la mesa estaba llena de bebidas—. Hueles muy bien —me susurró al oído mientras pasaba la mano por detrás de mi cabeza, sobre el respaldo.

Creo que si alguien hubiera estado viendo la escena, habría pensado que éramos idiotas o que teníamos un derrame cerebral. Nos quedamos con la boca abierta, sin decir nada ni comprender qué ocurría.

Me volví hacia el canario.

—Te preguntaría qué haces aquí, pero tus inesperadas apariciones allá donde voy ya no me sorprenden. —Traté de parecer seria y de fingir descontento. Nacho daba la impresión de estar la mar de contento—. Pero al menos dime si me están siguiendo.

—Sí —replicó sin cambiar la expresión, y me quedé helada—. Pero esta vez mis hombres te protegen.

Abrió mucho los ojos y movió las cejas arriba y abajo.

—Si me permitís que os interrumpa... —Olga se inclinó hacia nosotros—. Sabéis que las vamos a pasar putas por lo que está pasando aquí, ¿no? —Señaló con la mano la mesa y a todos los hombres que se divertían allí—. Cuando Domenico se entere...

—Está viajando hacia aquí —comentó Nacho sin dejar de sonreír, pero a mí casi me da un infarto—. Solo. —Me lanzó una mirada significativa—. Pero acaba de despegar, así que tenemos unas dos horas.

—¡¿Estás seguro?! —gritó Olga, y miró a Nacho con los ojos muy abiertos—. Joder, como me vea con estos gánsteres españoles, anula la boda. —Cogió el bolso y se levantó—. ¡Vamos!

—Canarios —la corrigió Nacho, y se puso algo serio—. Un coche te llevará donde quieras, pero Laura se queda conmigo.

Olga abrió la boca para decir algo, pero no le dio tiempo, porque Nacho se levantó, le cogió la mano y la besó.

—Estará segura, incluso más que con los sicilianos, porque esta es una isla española.

Se miraron desafiantes y yo me pregunté si mi opinión contaba para algo, pero al cabo de un rato pensé que no tenía nada contra esa «inhabilitación», así que cerré la boca, porque la había abierto demasiado pronto. Olga se calmó cuando el Calvo le dedicó una radiante sonrisa y volvió a sentarse.

—Creo que voy a beber algo. Lo necesito —murmuró ella sin dejar de mirarlo—. ¿Y tú? —Se inclinó hacia mí y me habló en polaco—: Sé que estás cabreada con Massimo por lo que intentó hacerte hace dos días, pero…

—Dios. —Lancé un suspiro porque sabía que Nacho la estaba entendiendo.

—¿Y qué intentó hacer? —preguntó muy serio el canario, y el sonido de nuestro idioma materno en su boca hizo que Olga se quedara atónita.

—¡Mierda! —Apoyó la espalda en el respaldo y se echó a la boca casi todo el contenido de la copa—. ¡Habla polaco! —Me miró y yo, contrariada y con la vista fija en la mesa, asentí.

—¿Qué quiso hacer? —El sonido furioso y penetrante me taladró el oído izquierdo—. Te hablo a ti, muchacha.

Cerré los ojos y escondí la cara entre las manos. No me apetecía hablar y, desde luego, no sobre eso.

—Creo que me voy ya, tengo que darme una ducha. ¿Te las apañas sola? —preguntó Olga tratando de escapar de la escena del crimen. No reaccioné—. Bueno, vale, ya sé que estás segura. Entonces me largo a tomar por culo de aquí. Hasta luego.

Cuando levanté la vista, ya se había ido. También habían desaparecido dos de los seis acompañantes del Calvo. Intenté fingir que él no estaba allí, pero agarró mi barbilla con delicadeza y la giró hacia él.

—¿Me vas a decir algo, niña? —preguntó, y sus ojos verdes, inquietos y furiosos, analizaron mi rostro.

Solo había una cosa que pudiera hacer para que dejase de preguntar. Estiré los brazos, lo sujeté por las mejillas, lo acerqué hacia mí lentamente y lo besé con delicadeza. La reacción fue inmediata: me rodeó por la cintura y tiró de mí para que nuestros labios se unieran con pasión. Su hábil lengua penetró en mi boca cuando la abrí para darle mi mudo consentimiento a que continuara lo que había empezado. Poco después se apartó y apoyó su frente en la mía.

—Ha sido un buen intento, pero no ha funcionado —dijo serio.

—Hoy no, por favor —repliqué suspirando—. Quiero emborracharme, divertirme y no pensar.

Lo miré.

—O mejor aún, quiero que tú te emborraches.

Sus sorprendidos ojos verdes me observaron atentamente.

—¿Cómo? —Soltó una carcajada y cruzó las manos en la nuca—. ¿Para qué?

—Ya te lo explicaré en otro momento. Pero prométeme que te vas a emborrachar.

Mi tono desesperado y suplicante le sorprendió. Se lo pensó un momento y al final me cogió de la mano.

—Vale, pero no aquí. —Se levantó y dijo algo a los hombres que se divertían a nuestro lado. Después cruzamos el club.

Casi corría abriéndonos paso y sus dedos, entrelazados con los míos, me ofrecían seguridad. Salimos del hotel y nos subimos a un Jeep que estaba aparcado en la calle. Era la primera vez que veía que el canario no conducía su coche.

—¿Adónde me llevas? —pregunté algo jadeante.

—Primero iremos a la mansión de los Torricelli y después te entregaré un paraíso privado y me tendrás borracho.

Sonreí al oír esas palabras y me recosté en el asiento. Mi plan era sencillo: emborracharlo hasta tal punto que no supiera lo que hacía ni lo que pasaba a su alrededor, y después sacarlo de quicio y ver qué ocurría. Corría un riesgo enorme, pero, como dice mi madre, las palabras de los ebrios son los pensamientos de los sobrios. Y necesitaba saber a toda costa si no estaba cometiendo otra vez el mismo error. Además, el champán que me había bebido me daba la fuerza suficiente y me sentía poco menos que como la Power Ranger amarilla.

—Toma —dijo dándome una botella de agua—. Si yo tengo que estar borracho, tú debes estar sobria. Si ninguno de los dos está sobrio, podemos hacer alguna tontería de la que nos arrepintamos después.

Cogí la botella y di un sorbo.

Entré en la mansión como un tornado, pasé junto a una consternada Olga y fui corriendo al dormitorio para meter en una bolsa lo primero que encontré.

—¿Qué leches haces? —preguntó de pie en el umbral.

—Joder, es demasiado pequeña. ¡Déjame tu maleta! —grité, y empecé a escoger las cosas con cuidado.

No era Massimo, sino el surfero de colores. No necesitaba los zapatos de tacón de Louboutin. Cogí unos bañadores, pantalones cortos, túnicas y un montón de cosas más. Olga trajo su maleta, pero no parecía nada contenta.

—¿Estás segura de que sabes lo que haces? —preguntó preocupada.

—Si no lo intento, no lo sabré. —Cerré la cremallera—. Adiós. —Corrí hacia la puerta arrastrando un gigantesco equipaje.

—¿Qué le digo a Domenico? —gritó Olga.

—Que me he marchado. O invéntate algo, improvisa.

11

La lancha iba muy deprisa, pero me daba completamente
igual lo que ocurriera alrededor.

Nacho estaba conmigo. El chico de colores me rodeaba
con el brazo y me estrechaba con fuerza. La noche era maravillosa, las luces de la isla iban desapareciendo y eso hacía
que las estrellas lucieran tanto que parecían estar al alcance
de la mano. Un momento después apareció otra costa en el
horizonte, inmóvil en la oscuridad.

—¿Adónde vamos? —pregunté pegando los labios a su
oreja.

—A Tagomago, una isla privada.

—¿Cómo puede ser privada una isla? —comenté.

Se echó a reír y me besó en la frente.

—Ahora verás.

En efecto, la isla era privada y en ella había una sola
casa, más bien una mansión, preciosa, lujosa y con todas las
comodidades. Entramos seguidos por el hombre que primero había sido nuestro chófer y después el patrón que mane-
jaba la motora.

—Soy Iván —se presentó tras dejar mi maleta—. Cuido de

este chaval. —Señaló con la mano a Nacho, que acababa de encender la luz de la piscina—. Y ahora también de ti, porque Marcelo me ha dicho lo que esperas hoy de él.

Me quedé a cuadros. ¿Tenía que cuidar de mí porque quería que el Calvo se emborrachara?

—Matos no bebe a menudo. Es decir, bebe —rectificó—, pero no se emborracha. Creo que nunca lo he visto borracho, y eso que lo conozco desde que era un niño.

Eso era bastante creíble, porque Iván tenía más o menos la edad de mi padre. El pelo entrecano y la piel bronceada lo envejecían, pero en sus ojos azules había algo que me hacía olvidar su edad. No era demasiado fornido, de estatura media, pero a juzgar por los bíceps que sobresalían de su camiseta de manga corta, debía de estar bien entrenado.

—Toma. —Me entregó un objeto que parecía un pequeño mando. Tenía un solo botón—. Es un dispositivo antiatracos. Si lo pulsas, oiré una alarma.

Lo pulsó y salió un sonido estridente del aparato que sujetaba.

—Ya es suficiente.

Apagó el dispositivo.

—Si pasa algo, pulsa el botón y vendré. Suerte.

Se volvió y salió.

Me quedé mirando el mando y me pregunté si llegaría a usarlo. Al recordar que había tenido que huir de un Massimo enfurecido y borracho, la saliva dejó de pasarme por la garganta... Pero ahora no se trataba de él.

—¿Preparada? —preguntó Nacho con una botella de tequila en una mano y una fuente de limones en la otra—. ¿Dónde lo hacemos? —quiso saber muy alegre, y yo sentí algo similar al pánico.

—Tengo miedo —susurré.

Dejó la fuente y la botella en una mesita, me acercó a él, se sentó y me puso sobre sus rodillas.

—¿De qué tienes miedo, muchacha? ¿De mí? —Negué con la cabeza—. ¿De ti? —De nuevo dije que no—. ¿Entonces?

—Tengo miedo de desencantarme —susurré.

—Eso también me asusta a mí. Nunca me he emborrachado tanto como me pides. Ven.

Me senté junto a la piscina, en un banco pequeño, y él dejó la botella y los limones y se fue.

Al rato volvió con una cerveza sin alcohol para mí y un salero.

—Manos a la obra —comentó, y se bebió el primer chupito. Mordió una rodaja de limón—. ¿Iván te ha dado la alarma?

Asentí.

—¿La tienes aquí?

Sus alegres ojos se clavaron en los míos mirándome de manera provocativa.

—¿Para qué la necesito? —pregunté moviendo el objeto en la mano.

—En realidad, para nada, pero he pensado que, como has tenido malas experiencias a causa del alcohol, con este dispositivo te sentirás más segura.

Se bebió otro chupito.

—¿Me vas a decir de qué hablaba tu amiga?

Me lo pensé un momento. Al final me levanté y fui hasta mi maleta. Nacho no me siguió, sino que se sirvió otro tequila.

«Bueno, a fin de cuentas estoy en una isla y aquí solo hay una casa —pensé—. ¿Adónde podría huir?»

Saqué unos *shorts* y una camiseta. Cuando me cambié, volví y me senté junto a él.

—Te lo voy a decir, pero no ahora, porque quiero ver cómo bebes.

Nos pusimos a charlar, esa vez sobre mí. Le hablé de mi familia y de por qué no me gustaba la cocaína. Le conté que me encantaba bailar, pero, según pasaban los minutos, veía que sus ojos se volvían cada vez menos verdes y más turbios. Su voz era más lenta y balbuciente, y tuve la sensación de que alguien me había tirado una piedra al estómago.

Después empezó a cantar en español. Sabía que nos acercábamos al momento en que quizá necesitara pulsar el botón.

Nacho ya se tambaleaba y al final se cayó sobre la tumbona y me dirigió una mirada semiinconsciente. Farfullaba palabras incomprensibles, así que pensé que había llegado el momento. Lo dejé unos minutos diciéndole que iba a por agua, entré en la cocina y cogí su teléfono, que estaba sobre la mesa. Encendí la cámara y empecé a grabar.

—Nacho, perdona por lo que estoy haciendo, pero necesito saber cómo te comportas después de beber si intento ponerte furioso. Sé que es una canallada, pero cuando te serenes te diré por qué lo he hecho. Mírate.

Giré el teléfono en dirección al ebrio canario.

—Dijiste que no sabías cómo eras borracho. Pues ahora ya lo sabes. —Sonreí—. Y recuerda que todo lo que vas a oír dentro de un momento es mentira.

Me acerqué a él, le ayudé a sentarse y me puse a horcajadas sobre sus rodillas. Olía a alcohol y a chicle.

—Haz el amor conmigo —susurré, y empecé a besarlo con suavidad.

—Nada de eso —murmuró apartando la cabeza—. Me has emborrachado y quieres aprovecharte.

Traté de llevar mi mano hasta su bragueta, pero la sujetó y la inmovilizó.

—Déjalo, por favor —balbució. Su cabeza se balanceaba a un lado y a otro y los párpados estaban cada vez más caídos.

—Te contaré lo que ocurrió en Sicilia, ¿quieres?

En ese momento, sus ojos se abrieron de golpe y su verde mirada se clavó en mí, esperando a que continuara.

—Habla —farfulló y se relamió.

—Mi marido me folló con tanta fuerza que me corrí cada varios minutos. —Mentí, y le di gracias a Dios porque al día siguiente Nacho no se acordaría de nada—. Me poseyó como un salvaje y le pedí más.

Su rostro se tensionó y sus manos soltaron las mías. Noté que su corazón se desbocaba. Me bajé de él y miré el mando que estaba sobre la mesa. El canario no apartaba la vista de mí, esperaba el resto de la historia.

—Me entregué a él y me tomó como le vino en gana. Lo sentí en cada punto de mi cuerpo.

Puse las manos entre las piernas. Empecé a masajearme con suavidad.

—Aún sigo notando su enorme polla. Nunca estarás a su altura, Nacho, ningún hombre puede compararse con mi marido.

Me reí con tono burlón.

—Cualquiera a su lado es un don nadie.

Puse mi mano sobre su cara, apreté con fuerza los dedos y la giré hacia mí para que me mirara.

—Un don nadie, ¿entiendes?

Apretó las mandíbulas y el perfil de su rostro se hizo casi triangular. Inspiró con fuerza y bajó la cabeza con los codos apoyados en las rodillas. Yo aguardaba, pero no dijo nada, aunque respiraba muy deprisa.

—Eso es todo. Quería decirte que follé con mi marido.

—Comprendo —susurró, y levantó hacia mí sus ojos verdes.

A punto estuvo de partírseme el corazón. De uno de sus ojos surgió una lágrima, una sola, grande y triste, que no pensaba secarse.

—Massimo es el amor de mi vida, tú solo has sido una aventura. Lo siento.

El canario se tambaleó al levantarse y, como no se tenía en pie, volvió a caerse en la tumbona.

—Iván te llevará de vuelta al hotel —susurró cerrando los ojos—. Te quiero...

Yacía como muerto, con la cara tapada por un brazo de colores. Yo me quedé sentada y sentí que un torrente de lágrimas llegaba a mis ojos. No pasó nada, no hizo nada, a pesar de que le infligí el mayor de los sufrimientos, creo. Simplemente se encerró en sí mismo y se durmió. Lo peor fue que justo en esa situación decidiera declararme su amor...

—¡Iván! —Llamé a la puerta del dormitorio del guardaespaldas, que abrió de inmediato.

—¿Qué ocurre? —preguntó.

—Nada. ¿Me ayudas a llevarlo al dormitorio? —Sonreí algo arrepentida. Él meneó la cabeza y fue hacia la piscina.

Era asombrosamente fuerte. Cargó con Nacho y dejó su cuerpo inerte en la cama.

—Con lo demás me las arreglo sola, gracias —dije.

Él agitó la mano a modo de despedida y se marchó.

Me senté junto al chico de colores y empecé a llorar. No podía parar. Sollocé maldiciendo mi egoísmo. Le había hecho daño a un hombre que, en el peor momento vivido junto a mí, me había confesado que me quería. El sentimiento de culpa me corroía. Me di asco, igual que me asquearon las mezquindades a las que me había empujado mi enfermo ego.

Tomé una ducha, llevé la enorme maleta a la habitación y me puse un tanga. Miré a Nacho, que estaba encogido; de vez en cuando un potente escalofrío sacudía su cuerpo. Me acerqué a él y empecé a desabrocharle el pantalón, rezando para que llevara calzoncillos. Por desgracia, no fue así. En cuanto le abrí la bragueta, me saludó la deseada imagen de sus dulces pelos. «Dios, dame fuerzas para que no me aproveche de este hermoso hombre borracho.» Bregué como pude con el peso de su cuerpo y conseguí liberarlo de los vaqueros agujereados. Después lo cubrí con una manta, porque ver su polla me empujaba a hacer estupideces. Fui a la cocina y saqué una botella de agua de la nevera. La puse en la mesilla de noche, me metí en la cama y me acurruqué junto a Nacho.

Me despertó un fuerte deseo que crecía en mi interior. Abrí los ojos lentamente y la imagen que vi al otro lado de la pared de cristal me dejó boquiabierta. Ante nosotros se extendía una vista que quitaba el aliento, el panorama de Ibiza, el mar y el sol asomando por el horizonte. Inspiré profundamente y noté que me mordisqueaban un pezón. Levanté la colcha y me encontré con la mirada de Nacho, medio dormido pero contento.

—Estoy trompa —dijo—. Y muy cachondo.

Su boca rozó el esternón y se pasó al otro pecho. Colocó todo su cuerpo entre mis piernas.

—Pero no he perdido nada de mi agilidad felina —añadió, y siguió chupando.

—¿De verdad? —pregunté sonriendo, aunque tratando de ocultar mi excitación—. ¿Llamas agilidad a revolcarte sobre mí? Resucitarías a un muerto.

Sonrió con picardía y se incorporó apoyado en las manos. Su rostro quedó frente al mío.

—¿Los muertos llevan bragas?

Levantó la mano derecha, en la que sujetaba mis bragas y las agitó.

—¿Y?

Los ojos verdes del canario me lanzaron una sonrisa.

—¿Has olvidado quién soy, muchacha? En cuanto se me pase este horrible estado en el que me has dejado, te demostraré algo.

Se metió bajo la colcha y yo me quedé inmóvil, asustada al pensar que no llevaba ropa interior. El Calvo notó que mi cuerpo se tensaba y volvió a mirarme.

—¿Conseguiste lo que querías? —preguntó poniéndose serio, y a mí me entró el pánico. ¿Recordaría algo?

—Quiero que hablemos —contesté mientras me esforzaba por juntar las piernas y echarlo a un lado.

Sus largos brazos de colores se introdujeron bajo la sábana, me agarró y me arrastró hacia la oscuridad.

—¿En serio? —preguntó, y pasó sus labios por los míos. El olor de su chicle me desarmó.

Cerré la boca, consciente de que era por la mañana y que no me había lavado los dientes. Noté que sonreía y que su mano izquierda cogía algo que estaba fuera de la cama. Poco después me lo introdujo en la boca: era un chicle. Empecé a masticar nerviosa la pequeña gragea, dando gracias a Dios por que el hombre que estaba entre mis piernas fuera tan previsor.

—¿De qué quieres hablar? —preguntó al tiempo que pegaba su pene erecto contra mi muslo—. ¿Sobre lo de anoche?

Volvió a hacerlo, pero esa vez además restregó la rodilla contra mi clítoris. Solté un gemido.

—¿O sobre lo mucho que te gusta el sexo con tu marido?

Puse los ojos como platos y casi me da un infarto, a pesar de tener un corazón nuevo.

—Nacho, yo… —fue lo único que me dio tiempo a decir antes de que su lengua penetrara en mi boca y empezara a luchar con la mía. Nunca me había besado de esa manera, dejándome sin poder de reacción. Sentí que ocurría algo malo, que en ese momento Nacho no era como solía ser. Moví la cabeza a los lados para liberarme de su boca, pero me sujetó.

—Si yo no soy más que una aventura, quiero que la recuerdes como la mejor de tu vida. Y me despediré de ti como te mereces.

Sus palabras me dejaron abatida. No sé cómo encontré fuerza suficiente en mi interior para quitármelo de encima, pero poco después estaba tirado en el suelo con la colcha.

—¡Era mentira! —grité, y me encogí cuando me di cuenta de que estaba desnuda—. ¡Quería hacer una prueba! —Los ojos se me llenaron de lágrimas. Rompí a llorar y me hice una bola—. Necesitaba estar segura de que, cuando te emborrachases, no me harías daño. No sería capaz de aguantarlo otra vez.

Nacho se levantó, me envolvió con la colcha y me puso sobre sus rodillas.

—¿Otra vez? —preguntó muy serio—. Laura, o me cuentas lo que ocurrió o me enteraré, y no sé qué será peor.

Sus brazos me apretaron con fuerza y noté que el corazón le latía con fuerza.

—¿Qué prefieres? ¿Que me entere aquí, en una isla desierta, o con una pistola en la mano?

—No ocurrió nada. Escapé.

Tomó aliento, pero siguió en silencio.

—Volví de Polonia a Sicilia y todo fue bien. Él quería arreglar lo nuestro y yo necesitaba darle una oportunidad. De otra forma, nunca habría estado segura de si había hecho lo correcto.

Empezó a respirar más deprisa.

—Un día estábamos haciendo el tonto y le llamé «Nacho»...

El pecho del canario se detuvo y tragó saliva ruidosamente.

—Más tarde me desperté en medio de la noche y me lo encontré sentado junto a mí. Quería... quería... —balbucí—. Quería volver a demostrarme a quién pertenezco. Entonces cogí a la perrita y hui. Después Domenico me trajo aquí.

Me liberé del fuerte abrazo y me recosté en la cabecera de la cama. Vi su furia, cómo Nacho se transformaba en un tornado y cómo cada fragmento de su cuerpo de colores se volvía duro como el acero.

—Necesito salir —dijo con calma, aunque entre dientes. Cogió el teléfono y dijo en inglés—: Iván, prepara las armas.

Me descompuse, la sangre no me llegaba a la cabeza. «Dios, lo va a matar.»

—Por favor —susurré.

—Vístete y ven conmigo. No necesitas coger nada.

Se levantó y se puso los vaqueros rotos sin calzoncillos. Estiró el brazo para cogerme de la mano. Me puse los *shorts* y la camiseta, me calcé y Nacho me llevó fuera de la mansión.

Frente a la entrada principal había una mesa plegable y sobre ella varios tipos de armas.

—¿Sabes qué es lo bueno de los espacios privados? —preguntó, pero, como no contesté, me lo dijo él—. Que aquí se puede hacer lo que a uno le plazca.

Me dio unos prismáticos.

—Mira allí.

Me señaló la dirección con el dedo y vi a lo lejos una diana con forma de hombre.

—No apartes la vista de él —me pidió.

Cogió una carabina de la mesa y se tumbó sobre una esterilla negra colocada en el suelo. Reguló algo en el arma y luego efectuó varios disparos. Todas las balas dieron en la cabeza de cartón. Se levantó y se acercó a mí.

—Esta es mi ocupación y así me relajo.

Sus ojos parecían fríos y furibundos.

Cambió de arma, la cargó y disparó contra otra diana que estaba más cerca. Repitió varias veces esta operación mientras yo me quedaba como hipnotizada y contemplaba con miedo la escena de desesperación que representaba Nacho.

—¡Hostia puta! —bramó dejando sobre la mesa la carabina—. No funciona. Me voy a nadar.

Entró en la casa. Al rato salió con el bañador puesto y se dirigió al mar.

Permanecí de pie unos momentos preguntándome qué demonios debía hacer. No se me ocurría nada, así que entré, fui a la cocina, cogí el móvil de Nacho y llamé a Olga.

—¿Cómo está la situación? —pregunté cuando por fin contestó.

—Tenemos aquí un tifón llamado Massimo —comentó, y oí que salía al exterior—. ¿Qué tal ahí?

—¡Dios! ¿Ha venido? —gemí apoyándome en la pared.

—Cuando anoche Domenico no quiso pasarte el teléfono, se subió al avión y desde esta mañana está destruyéndolo todo. Menos mal que no te llevaste ninguna de tus cosas, porque, por lo que entendí, en la mitad de ellas llevas transmisores. —La oí encender un cigarrillo y dar una calada—. Mejor no vengas. Y no llames—. Dio otra larga calada—. Se ha montado un follón de la hostia, ¿verdad? —preguntó o más bien afirmó en tono divertido.

—¿Esto te hace gracia? —grité sin dar crédito a lo que oía.

—¡Pues claro que sí! Tendrías que verlos ahora. La casa está llena de señores tristes y han traído unos aparatos. Algo traman. Y yo no tengo dónde comer porque tu «Don» ha destrozado toda la vajilla contra la pared. Menos mal que he encontrado un vaso de plástico y he podido tomarme un café.

—¿Sabes qué te digo? Que no puede martirizaros a todos por mi culpa. Pásale el teléfono.

Mi voz era firme y segura, pero al otro lado de la línea se hizo el silencio.

—Olga, ¿me oyes?

—¿Estás segura? Viene hacia aquí.

—Pásamelo —dije.

Oí los gritos de Black.

—¿Dónde cojones estás?

Inspiré profundamente.

—Quiero el divorcio.

Al decirlo, casi pierdo el conocimiento. Me deslicé hasta sentarme en el suelo.

Massimo se quedó callado, pero noté que hervía de furia. Di gracias a la providencia por que mi amiga fuera la futura esposa de su hermano. Si no, la cosa habría podido acabar mal para ella.

—¡Jamás! —bramó de tal modo que di un bote—. Te encontraré y te llevaré a Sicilia, y no volverás a salir sin mí.

—Si vas a gritarme, cuelgo y ya solo hablaremos a través de nuestros abogados. ¿Es lo que quieres?

Apoyé la espalda en la pared.

—Hagamos esto de una manera civilizada —dije.

—Vale, hablemos. Pero no por teléfono.

Su voz era tranquila, pero noté que por dentro estaba hirviendo.

—Te espero en la mansión.

—De eso nada —me negué categórica—. Solo en lugares públicos.

—¿Crees que así estarás más segura? —Resopló con ironía—. Te recuerdo que fuiste secuestrada en mitad de la calle. Pero como quieras, de acuerdo.

—Massimo, no quiero discutir. —Suspiré ocultando la cabeza entre las rodillas—. Me gustaría divorciarme de mutuo acuerdo. Te he querido y he sido muy feliz contigo. Pero esto no va a ninguna parte.

Oí su fuerte respiración en el móvil.

—Tengo miedo de ti, pero no como al principio. Ahora temo que vuelvas a...

La voz se me cortó, porque, cuando levanté la cabeza para apoyarla en la pared, vi a Nacho empapado de pie junto a mí. El agua goteaba de su cuerpo y, a juzgar por el tamaño del charco que había a sus pies, debía de llevar allí mucho tiempo. Me quitó el teléfono con calma y lo tocó con el dedo para interrumpir la llamada.

—¿Divorcio? —preguntó dejándolo en la mesa, y yo asentí.

—Está aquí —susurré—. Ha llegado esta mañana y quiere encontrarse conmigo.

—¿Divorcio? —Cuando repitió esa palabra, en sus ojos brillaron chispas.

—No quiero estar con él. Pero eso no significa que quiera estar contigo. —Me reí mientras le amenazaba tristemente con el dedo.

El canario se acercó a mí, se arrodilló, y su cuerpo se introdujo entre mis rodillas, que estaban algo separadas. Me colocó sobre sus pantalones mojados y se quedó inmóvil, con un brazo alrededor de mi cintura y la otra mano en mi nuca. Me miraba a los ojos, apenas a unos centímetros de mí, y supe lo que iba a ocurrir. Los labios salados de Nacho se acercaron a los míos y se detuvieron a escasos milímetros, de modo que solo notaba su aliento mentolado. Entonces su rostro adoptó una expresión de felicidad absoluta y su amplia sonrisa fue lo último que vi antes de que su lengua penetrara con ansia en mi boca. Me besó con tal pasión y avidez que parecía haber dado por fin rienda suelta a su deseo. Me levantó y me dejó sobre la fría mesa. Cogió mi camiseta, me la quitó del tirón y me agarró los pechos.

—Dios —gimió paseando sus manos por mi cuerpo.

—Haz el amor conmigo. —Me levanté enérgicamente y lo rodeé con los muslos.

—¿Estás segura? —preguntó mientras se retiraba un poco y me miraba fijamente.

No estaba segura. ¿O sí? En ese momento, nada me parecía igual que un día antes. Pero eso carecía de importancia. Por fin hacía lo que quería y no lo que debía.

—¿Y si digo que no? ¿Eso te detendrá? —Debió de notar el tono divertido de mi voz—. No llevo bragas.

Me mordí el labio inferior y le hice un gesto significativo con la cabeza.

—Tú te lo has buscado, muchacha.

Me bajó de la mesa, me cogió y me llevó al dormitorio.

—¿Con vistas al exterior o sin ellas? —preguntó cuando me dejó delicadamente sobre la cama y me desabrochó el botón de los *shorts*.

—En este momento podría estar tumbada en medio de la calle principal de Varsovia, Marszałkowska. Me daría igual —susurré retorciéndome con impaciencia—. Llevo casi medio año esperando esto.

Nacho se rio y tiró al suelo mis pantalones cortos.

—Quiero mirarte.

Sus ojos verdes repasaron cada centímetro de mi cuerpo y una vergüenza injustificada se apoderó de mí. Junté un poco los muslos y me encogí.

—No te avergüences —dijo, y su bañador cayó hasta los tobillos—. Te he visto tantas veces desnuda que ya nada de tu cuerpo me sorprende. —Levantó las cejas con expresión divertida mientras se acercaba a mí desde los pies.

—¿De verdad? —Retuve su frente con la mano, pero siguió sonriendo de oreja a oreja—. ¿Cuándo? —grité fingiendo indignación.

—La primera noche, ya te lo dije. —Agarró mi muñeca y apartó la mano para seguir adelante—. Bajo el vestido no llevabas ropa interior. —Me besó suavemente un pezón—.

Hoy, cuando te he quitado las bragas con los dientes...
—Llevó su boca hasta el otro—. ¿Quieres discutir algo más o puedo probar por fin cómo sabes? —Se detuvo sobre mí fingiendo seriedad.

—Tienes un vídeo en el móvil, es la prueba de que todo lo que dije ayer era mentira.

—Lo sé —comentó deslizándose hasta mi vientre—. Lo vi antes de despertarte, pero como querías comprobar mi reacción, yo también he querido comprobar la tuya.

Su lengua rozó delicadamente mi ombligo.

—Además, de otro modo no me habrías contado lo que pasó en Sicilia.

En ese momento, su cálida boca se pegó a mi clítoris y lo chupeteó.

—Dios... —susurré hincando la cabeza entre los cojines.

Abrió mucho sus labios y abarcó todo el coño con ellos, como si quisiera devorarlo. Besaba cada pliegue y noté que la impaciencia me hacía estar cada vez más húmeda. Las manos de colores pasaron por los muslos y por el vientre hasta llegar a mis pechos, que rozó con delicadeza. Lo deseaba tanto que me daba igual lo que hiciera. Cuando mi impaciencia alcanzó su cénit, pareció notarlo y clavó su lengua en mi clítoris. El chillido que salió de mi garganta atravesó la casa como un disparo, y Nacho empezó a torturar con dulzura el punto más sensible de mi cuerpo. Lo hacía con calma y acompasadamente, pero a la vez con ardor y pasión. La manera en que me lamía me hizo retorcerme y revolver las sábanas. No quería que parara ni por un momento, no quería que terminara lo que sentía. En lo que hacía no había ni pizca de brutalidad, pero aquella tremenda excitación no me dejaba ni respirar.

—Abre los ojos —dijo deteniéndose. Cuando logré hacerlo, vi que su cara estaba justo sobre la mía—. Quiero ver.

Con una rodilla, apartó a un lado una de mis piernas.

—Mírame, por favor —susurró cuando la otra rodilla hizo lo mismo con la otra pierna y noté que se acercaba.

Entrelazó sus dedos con los míos y después me subió las manos por encima de la cabeza.

—Te adoraré.

Su pene se apoyó sobre mi húmeda raja y a duras penas pude recobrar el aliento.

—Te protegeré.

Cuando el primer centímetro penetró en mí ya estaba dispuesta a correrme en ese instante.

—Y jamás te haré daño de forma consciente.

La cadera de Nacho hizo un fuerte movimiento y noté que su pene estaba totalmente dentro de mí. Gemí y torcí la cabeza a un lado con los ojos cerrados. Era demasiado.

—Muchacha —susurró, y empezó a moverse dentro de mí despacio y de forma rítmica—. Mírame.

Giré la cabeza y me esforcé por hacer lo que me pedía. Entonces su cadera aumentó la potencia. No lo hacía deprisa, pero sí con tal precisión y pasión que llegaba a todos los rincones de mi interior.

La boca del canario enganchó mis labios con la mirada fija en mí. ¡Me estaba haciendo el amor! Empujé con la cadera hacia arriba y gimió al penetrarme aún más. Inclinó la cabeza y empezó a besar mi barbilla, mi cuello, a morderme los hombros. No pude aguantar más inmovilizada, así que liberé mis manos y lo agarré con fuerza de las nalgas tatuadas. Sus brazos me rodearon.

—No quiero hacerte daño —susurró. Noté preocupación en su voz.

—No me lo vas a hacer. —Lo acerqué más a mí con su trasero entre mis manos.

Algo pareció estallar en sus ojos. Se volvieron casi de color pistacho y aún más salvajes. Aceleró y, al hacerlo, noté que el tornado de mi interior empezaba a girar más deprisa. Su polla me embestía cada vez menos acompasadamente y sentí que un orgasmo tan potente como un tsunami se acercaba a mi cuerpo.

—Eso es justo lo que quiero ver —comentó sin apartar sus ojos de los míos—. Quiero ver cómo te corres para mí, muchacha.

Esas palabras fueron como un golpe en la nuca. Empecé a alcanzar el clímax y todos los músculos de mi cuerpo se tensaron y se inmovilizaron. Estaba tiesa como una tabla y el palpitante golpeteo en mi interior traía sucesivas olas de placer. Sus ojos verdes se enturbiaron y supe que enseguida sentiría lo mismo que él. Y entonces explotó en mí con tal potencia que casi pude notar cómo se alargaba su pene. De la garganta de Nacho solo salían jadeos cuando, dominado por el placer, se corrió al mismo tiempo que yo.

Bajó el ritmo para que nos tranquilizáramos, pero yo ya deseaba que empezara de nuevo. La última vez que había tenido sexo había sido en Lagos, pero en aquel momento no experimenté ni una mínima parte de lo que sentía ahora.

Cayó sobre mí, posó su cabeza junto a mi cuello y le acaricié la espalda mojada.

—Ya no podía aguantar más —susurró al tiempo que me mordisqueaba el lóbulo de la oreja—. Sentía dolor físico por no poder penetrarte, así que ahora no pienso salir.

Se incorporó y se apoyó en las manos.

—Hola —susurró, y me besó en la nariz.

—Hola —contesté con la voz ligeramente ronca—. Pero sabes que en algún momento tendrás que hacerlo, ¿no?

—Soy Marcelo Nacho Matos, no tengo que rendir cuentas ante nadie. Y como ya he obtenido lo que quería, ni a base de chantajes pueden obligarme a hacer lo que no me apetece.

Sonrió y volvió a meter la lengua en mi boca.

—¿Te vienes de viaje conmigo? —preguntó de improviso interrumpiendo el beso.

Metí la cabeza entre las almohadas. No estaba segura de si entendía a qué se refería.

—¿Tengo que hablar contigo sobre el futuro mientras tu palpitante pene aún me distrae?

—Gracias a eso tengo ventaja sobre ti.

Movió las caderas con gesto divertido y gemí al sentir cómo me presionaba.

—¿Qué decides?

—Es injusto —susurré tratando de salir de aquel abismo del placer—. Las declaraciones durante el sexo no tienen fuerza vinculante.

Me quedé callada. Él suspiró y se tumbó a mi lado.

—¿Se trata de él? Entonces ¿no estás segura?

Nacho fijó la vista en el techo y le miré con tristeza.

—Tengo que reunirme con él para hablar y solucionar esto como Dios manda —murmuré girándome hacia un lado.

—Sabes de sobra que te llevará a Sicilia. —Volvió la cabeza para mirarme—. Te encerrará en algún sitio y, antes de que yo pueda encontrarte, te hará cosas que...

—No puede tenerme cautiva toda la vida.

De la boca de Nacho salió una risa burlona.

—Pero qué ingenua eres, muchacha. Bueno, si te empeñas en encontrarte con él, no te lo puedo prohibir, no tengo derecho, pero acepta mi ayuda y hagámoslo a mi manera. Como intente secuestrarte, lo mataré sin dudarlo.

Los dedos de su mano derecha se entrelazaron con los míos.

—Ahora te pertenezco entero y no concibo que vuelvas a desaparecer.

—De acuerdo —suspiré y apreté sus dedos.

—Estupendo —comentó levantándose—. Y ahora, para que ese pedazo de cabrón no nos joda este hermoso día, tengo algunas diversiones para ti.

—Pero yo tengo que...

—No va a pasarle nada por esperar un día.

Nacho me agarró de la barbilla y me besó.

—Estoy dando pruebas de una gran comprensión y de un gran autocontrol en relación con el que pronto será tu exmarido, así que, muchacha, no estires demasiado la goma o agarro la carabina y le pego un tiro para no volver a oír que le tienes miedo...

Suspiró profundamente.

—De todas formas, sé que no me dices toda la verdad. Pero, si no quieres hacerlo, no voy a obligarte.

—Sencillamente creo que algunos temas no te afectan y debo enfrentarme a ellos sola.

—Desde hoy no tienes que enfrentarte a nada sola, Laura —replicó, y se fue a la cocina.

12

Estaba sentada junto a la isla de la cocina con una cinta vendándome los ojos. Habíamos estado discutiendo sobre nuestros conocimientos de cocina española, tras lo cual me hizo prisionera y me obligó a hacer una cata.

—Bueno, empecemos por algo sencillo —dijo Nacho a poca distancia. Poco después me metió en la boca algo de comida—. Haremos tres rondas. Si lo aciertas todo, podrás pedirme que haga lo que quieras. Si gano yo, aceptarás lo que yo proponga. ¿Vale?

Asentí mientras masticaba la carne, porque sin duda era carne. Me la tragué y afirmé:

—Ofendes a mi inteligencia y a mi sentido del gusto. Es chorizo.

—¿O sea? —preguntó, y besó mi hombro desnudo.

—Se trataba solo de reconocerlo, no de hacer una descripción detallada —dije enfadada—. Es un embutido español.

Se rio y me dio el siguiente manjar.

—Dios, ¿en tan baja estima me tienes? Esto es jamón serrano.

Me comí con placer el trozo de fiambre salado.

—Pero dentro de un momento serás pobre. Dame la tercera cosa.

—Ahora es algo dulce —avisó en tono divertido, y yo abrí la boca—. Preferiría meterte algo que no fuera comida —añadió riendo.

No pasó ni un segundo y noté su aliento mentolado y después su lengua, que entraba con delicadeza.

—No te vas a librar —balbucí sacándolo de mi boca—. Dame lo último.

Empecé a masticar despacio la siguiente porción que me había preparado y me descolocó por completo. No tenía ni idea de lo que era. Mastiqué y mastiqué hasta que el sabor desapareció. Parecía una mezcla de piña, fresa y mango. Me quedé allí sentada, contrariada, rebuscando en todos los rincones de mi mente.

—¿Quién es ahora el pobre? —preguntó plantado detrás de mí—. ¿Qué has comido, muchacha?

—Es injusto —murmuré—. Era una fruta, eso seguro.

—¿Y su nombre?

Seguí callada.

—¿Te rindes?

Me quité la venda de los ojos y le miré.

—Seguramente querrás verlo, porque, si no has identificado el sabor, significa que nunca lo habías probado.

Abrió la mano. En ella sujetaba algo que parecía una piña piñonera verde y abombada. Giré la fruta entre los dedos, la olí, la toqueteé, pero tenía razón: nunca había visto nada igual.

—Es una chirimoya —dijo sonriendo—. ¿Cumplirás tu palabra con honor o te vas a echar atrás? —Cruzó los brazos sobre el pecho, como si me retara.

Me lo pensé un momento y, al recordar lo que había ocurrido una hora antes, llegué a la conclusión de que mi derrota tendría unas consecuencias muy interesantes.

—¿Qué deseas que haga?

—Que vengas de viaje conmigo. —Abrí la boca para protestar, pero levantó una mano—. No estoy diciendo que te vengas a vivir conmigo, sino que te quedes un tiempo a mi lado.

Su arrasadora sonrisa me derritió igual que el sol de primavera derrite el último carámbano. Pero había otra cosa que tenía en común con ese carámbano: delante de Nacho estaba tan húmeda como el agua que produce el hielo.

—Ha sido una treta.

El canario asintió confirmando mi sospecha.

—Eres calculador, interesado...

—... y un asesino despiadado que está desnudo ante una mujer y le introduce comida en la boca para conseguir algo de su tiempo —añadió—. Ese soy yo. —Abrió los brazos.

Me hizo gracia lo que dijo, pero decidí luchar un poco más.

—¿Necesitas tener control sobre mí? —Me bajé del taburete, me acerqué a él y pasé la mano por su pecho de colores—. ¿Quieres esclavizarme? ¿Ponerme grilletes en los pies? —Sus ojos verdes llenos de pánico me indicaron que se había tomado en serio mis palabras, mientras que yo me estaba divirtiendo de lo lindo—. ¿Raptarme y encerrarme? ¿Eso es lo que quieres?

—¿Es así como te sientes? ¿Cautiva? —Hábilmente, me hizo una zancadilla, pero antes de caer al suelo me agarró de la mano y me dejó tumbada con suavidad—. En ese caso, ¿cómo te sientes ahora? —preguntó poniéndose encima de mí.

Entornó los ojos y entonces supe que había descubierto mi juego.

Me levantó los brazos por encima de la cabeza de manera que quedaron completamente estirados y entrelazó sus dedos con los míos.

—¿Dónde está Iván? —pregunté. Notaba el suelo gélido en mi cuerpo desnudo.

—Creo que en Ibiza, o en el yate con los chicos, pero si quieres, puedo comprobarlo. Estamos completamente solos aquí, muchacha —susurró, y sus dientes mordieron delicadamente mi barbilla—. Si te has acostumbrado a que haya un gran número de personas a tu alrededor, conmigo te vas a desacostumbrar. —Giró mi cabeza en dirección a la suya y atrapó con los labios el lóbulo de mi oreja. Ronroneé de satisfacción—. Aprecio la soledad. En mi trabajo es muy importante. —Su lengua jugueteó por mi cuello—. Tengo que estar concentrado y ser escrupuloso. Pero desde finales de diciembre me faltaba algo. —Inclinó a un lado mis muslos y me penetró. Grité—. Siempre había algo que me distraía. —No dejaba de hablar, y yo lo sentía dentro de mí mientras giraba las caderas—. Dejé de ser preciso. —La pelvis de Nacho se movía despacio, lo que le hacía llegar muy dentro de mí—. Empecé a cometer errores... ¿Quieres que siga?

—Es muy interesante, no pares —dije, y mi cuerpo empezó a responder a sus movimientos.

—Cada día era una tortura. —Su lengua acariciaba mis labios—. Tenía la impresión de estar dando vueltas en círculos. —Se movía cada vez más deprisa y gemí—. Me da la sensación de que te aburro.

—Aún no, estoy esperando el desenlace —susurré, y atrapé con los dientes su labio inferior.

—Maté a unas cuantas personas, gané algo de dinero, pero no me causaba placer.

Jadeaba llena de impaciencia por oír el final de una historia cuyo sentido escapaba por completo a mi comprensión.

—Eso es terrible —dije por impulso, y él penetró aún más. Mi espalda formó un arco y se despegó del suelo.

—También lo creía yo. Por eso empecé a buscar la causa. —Los movimientos cada vez más rápidos de Nacho hicieron que me desconectara un poco—. ¡No me estás escuchando! —gritó con gesto divertido.

—Tonterías. —Abrí los ojos e inspiré profundamente—. Bueno, ¿y cuál es el final de la historia?

—Fui a buscar lo que había perdido. —Sus labios se unieron a los míos y su lengua se deslizó en mi boca. Me daba largos besos y saboreaba cada parte de mi lengua y de mi paladar—. Al final lo encontré y, como ya sé qué me faltaba, no voy a permitir que desaparezca.

Se calló y sus caderas aceleraron de manera implacable. Sus movimientos eran acompasados, como los disparos de un fusil. De nuevo hacía el amor conmigo, sin embargo, aunque era delicado, notaba que en ese hombre de colores se ocultaba una gran fogosidad. Traté de liberar las manos, pero cerró con más fuerza sus dedos entre los míos.

—No permitiré que esto desaparezca —susurró, y volvió a besarme.

—Voy a correrme enseguida —gemí cuando el orgasmo empezó a despertarse en mi bajo vientre.

—Lo noto. —Se separó de mí y miró cómo el placer me dejaba sin aliento—. Dios. —Suspiró ruidosamente y se acercó a mí.

Sus manos soltaron las mías. Lo agarré del culo y tiré de él hacia mí clavándole las uñas. Eché atrás la cabeza con tanta fuerza que casi me rompo la columna y de mi boca salió un alarido. El clímax que alcancé fue colosal y poco después, cuando sus caderas se detuvieron, empecé a calmarme.

—La forma en que te corres... —dijo jadeando y poniéndose otra vez en marcha—, hace que no pueda mantener el control.

—Eso es terrible. —Suspiré. Mi cuerpo cayó inerte y los brazos se deslizaron hasta el suelo.

—Si te vas a burlar de mí, te llevaré al orgasmo tantas veces que no podrás mantenerte de pie en la tabla.

—¿Cómo? —Lo miré con los ojos muy abiertos—. Pero si aquí no hay olas.

—No hay, pero quiero ver si eres capaz de agitar adecuadamente los brazos. Además, al principio practicaremos en un monopatín. —En sus ojos volvió a aparecer esa alegría infantil—. Quiero observar qué tal se te da balancear el cuerpo.

—Puedo hacerte una demostración ahora mismo —repliqué mientras hacía movimientos circulares con las caderas—. Soy bailarina, no surfera.

—Eso también lo comprobaremos —dijo en tono alegre mientras me levantaba.

Cuando salí de la ducha, él estaba terminando de hablar por teléfono. Me acerqué a él y me abracé a su espalda.

—Es la segunda vez que te corres hoy dentro de mí. ¿No tienes miedo de que me quede embarazada?

—En primer lugar, sé que tomas anticonceptivos. Si quieres, puedo decirte cuáles, lo tengo apuntado en el teléfono. —Se dio la vuelta y me abrazó—. En segundo lugar, para los hombres de mi edad ya es un buen momento. —Sonrió y le golpeé en el pecho.

—Ni siquiera Massimo sabe que los tomo. —Meneé la cabeza resignada—. ¿Hay algo que no sepas de mí? —pregunté mirándolo fijamente.

—No sé lo que sientes por mí —contestó algo más serio—. No tengo ni idea de qué lugar ocupo en tu cabeza. —Aguardó un momento para ver si respondía a esa pregunta no formulada, y como seguí callada, añadió—: Pero creo que, con el tiempo, tú misma me dirás si estoy en tu cabeza o en tu corazón. —Me besó en la frente y se quedó un momento quieto—. ¿Lista para un poco de movimiento? —Asentí contenta—. Pues ponte las bragas y ven.

—¿Las bragas? ¿Y el neopreno?

—Solo vas a mover los brazos tumbada boca abajo. He pensado que querrías broncearte. —Me mostró una sonrisa radiante—. Ya te he dicho que aquí no hay olas, niña. Ponte las bragas más pequeñas que tengas y vámonos.

En una pequeña playa tiró sobre la arena dos tablas y empezó a estirar los músculos. Hice lo que me indicó sin rechistar, aunque sin poder ocultar mi expresión divertida. A pesar de llevar solo la microscópica parte de abajo del bikini, me sentía muy a gusto. Di gracias a Dios por no darme unos pechos del tamaño de melones, porque me habría roto los dientes al agitar los brazos.

—Suficiente —dijo casi serio—. ¿Cuál es tu pierna de ataque? —Lo miré como si me estuviera haciendo una pregunta de física cuántica.

—¿Qué? —Puse cara de mema.

—¿Practicas *snowboard*? —Asentí—. ¿Qué pierna pones delante?

—La izquierda —contesté con seguridad.

—Entonces esa es tu pierna de ataque. —Suspiró—. ¡Túmbate!

Me colocó sobre la tabla y me desplazó para que quedara en el centro, con los pies en un extremo. Después se tumbó en la suya, que estaba justo delante, de forma que nos mirábamos a la cara.

—Así se rema. —Sus largos brazos de colores empezaron a realizar los movimientos que yo tendría que ejecutar en el agua. Los músculos tensos de sus hombros atrajeron toda mi atención y me distrajeron de tal forma que empecé a babear—. ¿Me estás escuchando? —bramó con gesto divertido.

—¿Cómo? —pregunté dirigiendo la vista hacia él.

—Te estaba hablando sobre los tiburones. —Entornó un poco los ojos.

—¿En serio? —Me levanté de un salto y me puse a su lado—. ¡¿Qué tiburones?!

—Túmbate y escúchame de una vez. —Soltó una carcajada.

Aprender a mantenerme de pie en la tabla sobre la arena fue un poco friki, pero sabía que algún día me sería útil. Nacho me gritaba cada dos por tres para que le hiciera caso, pero me resultaba difícil concentrarme en los ejercicios porque su culo respingón me distraía constantemente. No entendí mucho de lo que me explicó, pero al menos me quedó claro que me tenía que levantar, dijéramos, en tres fases: primero, estirar los brazos; después, levantar la pierna de atrás y, al final, levantarme. En teoría, muy sencillo.

En el agua resultó que el mero acto de remar ya me daba problemas. Después de caerme varias veces al agua, llegué a la conclusión de que, cuando tuviera que enfrentarme a las olas, hasta la más pequeña me derribaría.

Después de media hora, alcancé un nivel de experta en el arte de agitar los brazos, que fue más o menos cuando dejé de sentirlos. Tumbada sin fuerzas sobre la tabla, miré a mi compañero, que se revolcaba alegremente en el mar. Parecía despreocupado, muy diferente a Massimo, que casi siempre estaba serio. Nacho era mayor que el siciliano, a pesar de lo cual a veces se comportaba como un niño. Me quedé con la cara pegada a la tabla, observando sus tonterías y pensando en lo que habíamos hecho por la mañana. Por un lado, lo anhelaba tanto que casi podía notar que el deseo me derretía la piel. Por otro, seguía teniendo marido, no por mucho tiempo, y en teoría la decisión ya estaba tomada, pero la situación aún no estaba clara. Rebosaba de alegría, pero al mismo tiempo me sentía intranquila y no podía dejar de preguntarme si meterme otra vez en la misma mierda era una buena idea.

—¿En qué piensa mi chica? —quiso saber al tiempo que se acercaba navegando.

Sus palabras me golpearon como una pelota de tenis a más de cien por hora.

—Nacho… —empecé a decir insegura, incorporándome un poco—. Sabes que no estoy preparada para una relación, ¿verdad? —Sus alegres ojos se ensombrecieron—. No quiero comprometerme, no quiero obligaciones y, desde luego, no quiero enamorarme.

La sorpresa y la desilusión que se dibujaron en su rostro fueron para mí como un jarro de agua fría. Esa era yo: una experta en joder las cosas incluso en los momentos más románticos, una creadora de problemas eternos y una reina de la indecisión. Cuando no ocurría nada, pero el corazón ordenaba a la razón que se callara, esta siempre necesitaba armarse de valor, mostrarse sincera y soltar unas frases que dejaban el ambiente pesado y espeso como el alquitrán. Además, las palabras que salían de mi boca eran una completa idiotez. En el fondo sentía una enorme necesidad de estar con Nacho. Pensar en la posibilidad de separarme otra vez de él, y no verlo durante meses después de todo lo ocurrido, me desgarraba el corazón.

El canario me miró un momento.

—Esperaré —dijo, y empezó a remar hacia la orilla.

Suspiré con fuerza y me di varios golpes en la cabeza para castigarme por las tonterías que salían de mi boca. Después le seguí.

No sé si Nacho necesitaba desfogarse o si siempre tenía la misma forma de nadar, pero llegó mucho antes que yo y salió del agua. Tiró la tabla a la arena y se quitó los pantalones mojados, tras lo cual se enrolló en una toalla. Cuando se volvió para ver dónde estaba, me di cuenta de su cabreo. Su hermoso rostro no sonreía y sus rasgos angulosos se afilaron tanto que hubieran podido cortar. No sabía qué hacer. Quizá sería mejor no llegar a la orilla, pero no podía quedarme en el agua toda la eternidad.

Salí a la playa y dejé la tabla al lado de la suya. Me planté delante de él y, con valentía, miré sus furiosos ojos verdes. Me quedé callada, porque ¿qué podía decir en esa situación?

Su mano agarró el cordoncillo lateral de mi bikini y tiró de él. El lazo se deshizo lentamente, pero la prenda siguió en su sitio. Repitió la acción por el otro lado y la tela mojada cayó a la arena. Me quedé con la boca medio abierta, tomando aire nerviosa.

—¿Tienes miedo de mí? —susurró. Se relamió sin dejar de mirarme.

—No —contesté sin dudarlo—. Nunca te he tenido miedo.

—¿Y quieres empezar ahora? —Sus ojos verdes se volvieron color esmeralda oscuro—. El miedo te pone, reconócelo. —La mano del canario se cerró levemente alrededor de mi cuello y yo noté una bofetada de calor—. ¿Me amas solo cuando, a toda la gama de sentimientos, añado este? —Me agarró y me tiró sobre la toalla, para después tumbarse sobre mí—. Pues entonces haré que así sea.

La lengua de Nacho penetró brutalmente en mi boca, con pasión, y yo le agarré con fuerza del cuello. Me lamió, me besó, me mordió mientras sus robustos brazos me estrechaban y trituraban. Se quitó la toalla de la cintura y la tiró a un lado.

—Di que no me deseas. —Sus ojos se clavaron en los míos—. Di que no quieres que esté a tu lado. —Sus manos agarraron mis muñecas y las apretaron muy fuerte, dejándome inmovilizada. Gemí—. Di que si te dejo no me vas a seguir. —Como no dije nada, me penetró sin avisar—. ¡Habla! —gritó. Noté su polla en mi interior y este sentimiento me hizo perder la razón; no era capaz de emitir ni una palabra—. Lo que pensaba. —Se rio con malicia.

Al instante salió de mí y me volteó de manera que quedé boca abajo. Me separó las piernas con las rodillas, me agarró del pelo y tiró de mí hasta que quedé arrodillada. Me sujetaba de la coleta como lo haría un jinete con las riendas de su caballo. Casi no podía respirar de la emoción. Ese hombre delicado nunca había sido tan brutal conmigo. No sabía lo que ocurría mientras me besaba y mordisqueaba mis hombros, mi nuca, mi espalda. Estábamos solos en una isla desierta y él me iba a follar en la playa. El agua salada goteaba de mis cabellos cuando su mano alcanzó mi clítoris. Sus dedos empezaron a frotar mi zona más sensible y gemí esclavizada por su tacto.

Noté que su pene erecto se apoyaba sobre la entrada del coño y la rozaba con suavidad. Saqué con fuerza la cadera y me acerqué a él, como señal para que empezara. Pero él no se movió, permaneció quieto y poco después me penetró, al tiempo que tiraba aún más de mi pelo.

La pelvis de Nacho rebotaba contra mis nalgas a un ritmo frenético y su mano se apartó de mi clítoris y me agarró de un costado. Me estaba follando exactamente como yo quería, con destreza, con ritmo, con fuerza y con ruido. Los sonidos que salían de mi garganta le hacían estar seguro de que me causaba placer.

—Entonces ¿no me quieres? —me preguntó deteniéndose a tres segundos de mi orgasmo—. ¿Y no quieres enamorarte de mí? —La mano del Calvo soltó mi pelo—. En ese caso, esto tampoco lo necesitas. —Sus caderas empezaron a separarse de mí, pero se lo impedí.

—¿Bromeas? —dije resoplando, y él se rio en plan burlón, pero siguió apartándose.

Se inclinó hacia mí, dejando en mi interior solo la punta, y se quedó encima de mi oreja.

—¿Eres mi chica? —preguntó, y en ese momento empujó las caderas hacia delante para ensartarme. De mi garganta se escapó un gemido—. ¿Lo eres? —Sacó su pene y lo volvió a meter.

—¡Sí! —grité, y él agarró mi culo por ambos lados y volvió a imprimir un ritmo desenfrenado a su cuerpo.

Otra vez nos corrimos casi al mismo tiempo y al instante cayó sobre mí y me aplastó contra la blanda arena.

—O sea, somos pareja —afirmó sin apenas recuperar el aliento.

—Eres terrible —comenté riéndome cuando por fin se apartó a un lado—. Ya te he dicho que todo lo que sale de mi boca cuando estás en mi interior carece de fuerza vinculante.

Me giró hacia él, me rodeó con una pierna y sus brazos tiraron de mí.

—¿No quieres ser mi chica? —preguntó desencantado, poniendo cara triste.

—Quiero, pero...

—Pues ahora no estoy dentro de ti —dijo, y antes de que me diera tiempo a terminar la frase, me metió la lengua en la boca.

Estaba sentada en la cocina, viendo cómo preparaba la comida. Normalmente, las mansiones vienen con cocinero incorporado, pero Nacho no quería que hubiera nadie en las inmediaciones de la cocina y la nevera. Ni siquiera yo. Cuando siguiendo un primer impulso quise ayudarle, me subió a la mesa y por cuarta vez ese día me llevó al orgasmo.

—Muchacha —dijo en tono serio mientras retiraba mi plato—, mañana vamos a hacer lo siguiente... —Le dirigí una mirada asustada y se sentó ante mí—. Tienes que saber que Massimo intentará raptarte, se ha traído un pequeño ejército. Yo también puedo traer más gente, pero no veo la necesidad de competir con él. —Oculté la cara entre las manos y suspiré con fuerza—. Pequeña...

—¡No me llames así! —bramé levantándome de golpe—. Jamás... me... llames... así. —Separé cada palabra con una furia salvaje mientras le amenazaba con el dedo.

Los ojos se me llenaron de lágrimas. Tenía ganas de huir de allí. Me di la vuelta y salí al exterior. Me detuve junto a la piscina. Mi respiración parecía un caballo desbocado y tuve la sensación de que el exceso de emociones iba a hacerme saltar por los aires. Quería llorar, pero no podía, porque el nudo que sentía en la garganta tampoco desaparecía.

—No necesitas encontrarte con él —dijo parado detrás de mí—. Es tu decisión. Solo quiero garantizar tu seguridad. Así que no salgas corriendo y habla conmigo, por favor.

Me di la vuelta y tomé aliento para gritarle, pero cuando lo vi allí descalzo, con las manos en los vaqueros rotos y con mirada de preocupación, me calmé de golpe. Bajé la cabeza y el nudo de la garganta desapareció.

—Será así: mañana volveremos a la isla, irás a un restaurante que yo te indicaré y te sentarás exactamente en el sitio que te diga. —Me cogió de la barbilla y me levantó la cara—. Esto es muy importante, Laura, tienes que hacerlo como yo te diga. —Me miraba con ojos llenos de concentración—. Torricelli también deberá sentarse en un sitio concreto. Y en realidad eso es todo. —Sacó el móvil del bolsillo—. Mañana, cuando suene el teléfono, contesta y pon enseguida el manos libres. —Me lo entregó y me estrechó contra su cálido pecho de colores—. Pero si algo fuera mal —su voz se entrecortó y me entró el pánico—, recuerda que te encontraré y te rescataré.

—Nacho… —Levanté la cabeza y le acaricié la cara—. Tengo que hablar con él. No sabría vivir sin solucionar este asunto.

—Te entiendo y, como te he dicho, no puedo prohibirte nada, pero sí hacer todo lo posible para que estés a salvo. —Me besó en la frente—. Y cuando lo solucionemos, volveremos de inmediato a Tenerife. Amelia preparará una fiesta de bienvenida. —Puso los ojos en blanco, sonrió y resopló con suavidad—. Casi se ha vuelto loca de alegría cuando le he dicho que vendrás conmigo.

«Dios, ¿qué voy a decirle a mi madre esta vez? —pensé abrazándome a él—. ¿Que he decidido vivir en las Canarias con un hombre al que apenas conozco? También debería decirle que en casa de su padre estuve a punto de morir a manos del cuñado de mi nuevo amor.»

—¿Quieres dormir sola hoy? —preguntó al notar la tensión de mi cuerpo. Asentí—. Al lado de la habitación en la que hemos dormido hay otra. Yo estaré ahí, por si me necesitas. —Me besó en la frente y entró en la casa.

Massimo se sentó delante de mí y me clavó unos ojos casi muertos. Puso las manos sobre la mesa y esperó. Sus mandíbulas se apretaban rítmicamente y eso no auguraba nada bueno, y su mirada indiferente dirigida hacia mi boca presagiaba problemas.

—Si crees que vas a dejarme, te equivocas —comentó entre dientes—. Te digo lo mismo que la última vez. ¿Quieres a tus padres y a tu hermano? ¿Te gustaría que siguieran a salvo? Pues levántate y ve al coche sin rechistar. —Indicó la dirección con la cabeza y me entraron ganas de vomitar.

—¿Y después qué? —bramé—. ¿Pretendes encerrarme y violarme? —Me levanté y apoyé las manos en la mesa—. Ya no te amo, amo a Nacho, y puedes follarme de todas las formas posibles, pero ten presente que siempre estaré pensando en él.

La rabia se apoderó de él, me agarró del cuello y me tiró

sobre la mesa de madera. Los vasos que había encima se cayeron con gran estruendo. Miré a los lados, estábamos completamente solos en el restaurante.

—¡Dios! —gemí asustada, y de un tirón me arrancó las bragas.

—Veremos si eres capaz de aguantar —dijo desabrochándose los pantalones mientras sujetaba mis manos con firmeza.

—¡No quiero, no! —chillé, y me revolví tratando de liberarme—. ¡No, por favor!

—¡Muchacha, querida! —oí que me decían en voz baja, y abrí los ojos—. Laura, estabas soñando. —Los brazos de colores me estrecharon contra su cuerpo musculoso.

—¡Madre mía! —Suspiré, y las lágrimas rodaron por mis mejillas—. Nacho, ¿y si vuelve a amenazar a mi familia? —Levanté los ojos llorosos hacia él.

—Tu familia ya tiene protección —dijo con voz tranquila mientras me acariciaba el pelo—. Desde ayer, mis hombres se encargan de ello. Tu hermano trabaja para Massimo y, por lo que sé, se ocupa de una parte de los negocios que tu marido no puede permitirse perder. Por eso me parece que Jakub está a salvo, sobre todo porque ha triplicado los beneficios que obtienen los Torricelli de esas compañías. —Se encogió de hombros—. Pero, por si acaso, también lo vigilamos.

—Gracias —susurré cuando volvió a abrazarme bajo la colcha—. Quédate conmigo. —Le tiré del brazo y su cuerpo desnudo se pegó al mío—. ¿Quieres penetrarme? —pregunté con una voz apenas audible, empujando mi culo contra sus caderas.

—Realmente tienes una forma muy curiosa de reaccionar al estrés, muchacha. Duerme —comentó antes de sonreír y acariciarme el pelo.

Un hermoso y soleado día amaneció sobre Tagomago, pero fui incapaz de tranquilizarme. Nacho se fue a nadar y yo preparé el desayuno, me di una ducha e incluso estaba dispuesta a limpiar —a pesar de que no tenía que hacerlo— con tal de no pensar. «Ojalá todo hubiera pasado ya», pensé de camino al dormitorio.

Durante un momento me entristecí al darme cuenta de que no me había llevado ni un par de zapatos de tacón, pero enseguida comprendí que eso me importaba un pimiento. «Ya no tengo que vestirme elegantemente para mi marido.» Entré en la habitación y contemplé el penoso estado en que se encontraba mi maleta.

—En silencio no seré capaz de hacerlo —dije, y puse música.

Cuando me envolvió la canción *Run the Show*, de Kat DeLuna y Busta Rhymes, sentí que volvía a la vida. Sí, era justo lo que necesitaba: muchos bajos, mucho ritmo y música. Mientras bailaba, me puse unos microscópicos *shorts* azul marino de Dolce & Gabbana, unas deportivas de tela de Marc by Marc Jacobs y una camiseta sanforizada muy corta, gris, con una calavera. «Esto lo matará», pensé al tiempo que me ponía unas gafas oscuras de aviador y empezaba a girar al ritmo de la música.

De repente se oyó un piano por todas partes y después la delicada voz de Nicole Scherzinger y su *I'm Done*. Me quedé a cuadros.

—No sé bailar temas rápidos —dijo Nacho acercándose

a mí—. Pero me gusta mucho verte menear el culito. —Me cogió de la mano y me la besó.

Me abrazó con fuerza. De golpe, todas mis inquietudes desaparecieron, y con ellas el estrés, y eso que desde por la mañana trataba de sofocarlo en mi interior.

«¿Ha preparado una canción para cada momento?», pensé al escuchar la letra y comprender que trataba sobre mí. *No quiero enamorarme, solo quiero divertirme un poco. Pero llegaste, me abrazaste y ahora estoy perdida...,* cantaba Nicole. Sabía que él lo sabía, era consciente de que sentía lo que había en mí. Sin embargo, me daba la impresión de que, mientras yo no lo dijera en voz alta, estaría a salvo y que el afecto que le tenía no sería verdadero. Se balanceaba, besaba mis hombros. Tenía una mano puesta en mi nuca y la otra en mi trasero. Al contrario de lo que había dicho, mostraba un perfecto sentido del ritmo. Empecé a sospechar que me había mentido al decir que no sabía bailar.

—¿Preparada? —preguntó sonriendo triunfalmente.

—No —repliqué, y me acerqué al panel que controlaba el sonido—. Ahora yo te voy a poner un tema.

Rítmicos golpes volvieron a llenar el espacio y él soltó una carcajada al escuchar *I don't Need a Man*, de The Pussycat Dolls.

—¿En serio? —preguntó con fingida seriedad cuando empecé a menear el culo delante de él.

Un poco de samba y de rumba, un poco de hip-hop. Nacho contempló muy contento el espectáculo que le preparé, mientras yo canturreaba que no necesitaba a ningún hombre.

—Ahora estoy preparada —afirmé cuando acabó la canción.

—Ahora te vienes conmigo a la ducha, que voy a enseñarte lo mucho que necesitas a un hombre.

Tuve que peinarme y maquillarme de nuevo. Por suerte, me había quitado la ropa en el momento adecuado, así que podía volver a ponérmela tranquilamente. Nacho estaba de pie junto a la mesa, bebía zumo y hablaba en español. Sobre su culo llevaba unos vaqueros claros, rotos, y el tórax estaba ceñido por una camiseta negra. Miré hacia abajo y sonreí: tenía unas chanclas. Un mafioso asesino en chanclas. Apuró el último sorbo del vaso, se volvió hacia mí y terminó la conversación.

—¿El teléfono que te di ayer funciona? ¿Tiene la batería cargada? ¿Lo llevas en el bolso? —preguntó poniéndose las gafas.

—Sí, lo he comprobado dos veces. Escucha, Nacho... —Tomé aliento para hablar.

—Ya me lo dirás en el avión cuando regresemos a casa, muchacha. Ahora vámonos.

13

Llegué con media hora de antelación al restaurante que había elegido Nacho. Tenía que aparecer allí antes que Black para asegurarme de que nos sentábamos en los sitios adecuados. Massimo se enteró de los detalles —dónde, a qué hora— quince minutos antes del encuentro. Había que hacerlo así; de lo contrario, habría enviado allí a decenas de gorilas y, antes de llegar a la mesa, ya me habría raptado.

No era capaz de calmar mi corazón desbocado, así que pedí una copa para serenarme. Normalmente a esa hora el Cappuccino Grand Café estaba desierto, porque la mayoría de la gente agonizaba en la playa tras los excesos alcohólicos nocturnos. Esa vez no era una excepción.

El local se hallaba en una bahía. Desde allí tenía una magnífica vista del monte, el barrio viejo y el puerto. De pronto el teléfono, que estaba encima de la mesa, emitió el sonido de la llegada de un mensaje. Pegué un bote y casi me caí de la silla. Desbloqueé la pantalla y leí el SMS: «Te estoy viendo, casi puedo oír tu corazón desbocado. Serénate, muchacha».

—Serénate. Qué fácil es decirlo —murmuré, y al momento llegó otro mensaje: «No olvides que entiendo el polaco». Puse los ojos como platos. ¡Me podía oír!

Bebí un trago de mojito animada al saber que Nacho estaba cerca todo el tiempo.

—Pequeña.

El sonido que cruzó el aire fue como el golpe de una catana de samurái, rápido y cortante.

Giré la cabeza a punto de perder el sentido y vi que mi marido, vestido con un traje negro y una camisa del mismo color, estaba de pie junto a la mesa. Llevaba gafas negras, así que resultaba difícil saber de qué humor venía, aunque noté la ira que emanaba de él.

—¿Divorcio? —preguntó tras sentarse y desabrocharse la chaqueta.

—Sí —repliqué sin más. Sentí que su aroma empezaba a golpearme los sentidos.

—¿Qué ocurre, Laura? —Dejó las gafas sobre la mesa y se volvió hacia mí—. ¿Es un manifiesto? ¿Una prueba? —Frunció el ceño—. ¿Y qué llevas puesto? ¿Te rebelas?

Me quedé en silencio. Por fin había llegado la conversación que yo quería, pero resultó que no tenía nada que decirle. El camarero dejó ante él un café, mientras yo me tragaba la bilis que seguía subiéndome a la garganta.

—Ya no sé vivir contigo —dije, e inspiré profundamente—. Ni sé ni quiero. Me mentiste y, sobre todo, por segunda vez quisiste… —Me detuve al recordar que Nacho oía lo que decía—. Lo que sucedió hace unos días en Messina fue la gota que colmó el vaso de nuestra relación —afirmé con voz resuelta.

—¿Te extrañas? —Cambió el tono a uno más acusador—. Me llamaste por el nombre de ese mierda que me dejó sin descendiente.

—Sí. Y eso te dio una magnífica razón para volver a drogarte, ¿no? —Me quité las gafas para que pudiera ver mi mirada de odio—. Massimo, me dejaste abandonada durante casi medio año, permitiste que cayera en una depresión porque no eras capaz de afrontar lo que nos había ocurrido. —Me incliné un poco hacia él—. ¡¿No se te ocurrió pensar que iba a necesitarte, maldito egoísta?! ¿Que podíamos pasar esto juntos? —Los ojos se me llenaron de lágrimas—. No quiero alargar esto. —Solté un gemido y volví a ponerme las gafas—. Los guardaespaldas, el miedo, el control, los transmisores… —Negué con la cabeza—. No quiero tener miedo cada vez que te lleves un vaso a los labios o te encierres en la biblioteca. No quiero despertarme por las noches para comprobar si estás a mi lado. —Lo miré—. Déjame ir, no quiero nada de ti.

—No. —Esta breve respuesta me golpeó como un coche a toda velocidad—. Hay varios motivos por los cuales te quedarás conmigo. Primero, porque no concibo que otro hombre posea algo que me pertenece. Segundo, porque me encanta estar dentro de ti. —Soltó una risa burlona—. Además, opino que todo en la vida se puede arreglar, esto también. Y ahora bébete tu copa y coge tus cosas. Volvemos a Sicilia.

—Tú vuelves, yo me quedo —comenté con determinación levantándome de la silla—. Si no firmas los papeles del divorcio…

—¿Qué me harás, Laura? —Se levantó también y su rostro quedó muy por encima del mío—. Soy el padrino de la familia Torricelli, ¿y pretendes amenazarme?

Alargó la mano para agarrarme del hombro y en ese momento su taza estalló en mil pedazos. Miré asustada los fragmentos de porcelana que acababan de quedar esparcidos por todas partes, y justo después mi móvil empezó a vibrar sobre la mesa. Cogí la llamada y puse el manos libres.

—Ella no va a amenazarte —dijo la potente voz de Nacho—, pero yo sí. Siéntate, Massimo, o la siguiente bala dará en el blanco.

Black permaneció de pie, muy cabreado, y al instante el azucarero quedó hecho añicos.

—¡Siéntate! —bramó el canario, y Massimo volvió a su asiento.

—Debes de ser muy valiente o muy tonto para atreverte a dispararme —comentó en tono indiferente.

—No te he disparado a ti, sino a los objetos de la mesa —dijo, y noté cómo sonreía—. Si hubiera querido darte, ya estarías muerto. Y ahora vamos al grano. Dentro de un momento Laura saldrá del restaurante y se subirá al coche que está aparcado frente a la entrada. Y tú, Massimo, aceptarás el hecho de que no quiere estar contigo y la dejarás marchar. De lo contrario, te demostraré que puedo dispararte desde muchos lugares de tu isla.

—Querida, has contratado a un asesino. —Me miró y se echó a reír—. Mi propia esposa. —Empezó a chasquear la lengua y a negar con la cabeza—. Recuerda, Laura, que si sales de aquí no habrá marcha atrás.

—Muchacha, levántate y ve al Mercedes negro que está aparcado frente al local. Iván te está esperando.

—¿No te vas a presentar? —preguntó Massimo a la voz que salía del móvil cuando me levanté—. Para que sepa a quién debo agradecer mi vuelta a la soltería…

—Marcelo Nacho Matos.

Esas tres palabras hicieron que el poderoso cuerpo de Black se tensara como la cuerda de un arco justo antes de disparar.

—Ahora ya está todo claro —dijo con aire burlón—. Maldita zorra, ¡¿cómo has podido hacerme esto?!

—Frena, Torricelli, o te reviento la cabeza —gritó Nacho—. Laura, al coche ya —me dijo.

Cuando pasé junto a Massimo, las piernas me temblaban como flanes. De repente me agarró y se ocultó del canario sujetándome con fuerza de los brazos. «Dios, no lo vamos a conseguir», pensé.

—Massimo, mira tu hombro derecho —comentó tranquilamente Nacho—. Hay muchos tiradores. —Black hizo lo que le decía y vio que sobre su traje negro había un pequeño punto rojo que procedía de un láser—. Te destrozaré si no la sueltas antes de que cuente hasta tres. Uno…

Los ojos de Massimo se quedaron mirando fijamente los cristales oscuros de mis gafas y, como no podía ver nada a través de ellos, me las quitó.

—¡Dos! —contó el canario mientras mi marido me miraba como hipnotizado. Se inclinó y me besó, pero yo ni me inmuté. ¡Dios, qué bien olía! Ante mí pasaron todos los meses en que estuvimos juntos y, por desgracia, también todos los momentos maravillosos.

—¡Tres! —Las manos de Black me soltaron y crucé corriendo el local, aunque las piernas apenas me sostenían.

—Hasta la vista, pequeña —dijo poniéndose bien la chaqueta, y volvió a sentarse.

Salí corriendo al exterior, donde, en efecto, había un coche aparcado, ante el cual esperaba Iván. Miré en la otra dirección y vi a Domenico apoyado en un SUV negro. Meneó la cabeza con tristeza y me entraron ganas de llorar.

—Sube, deprisa —dijo Iván abriéndome la puerta. Cuando estuve dentro, ocupó el asiento del conductor.

—¿Dónde está? —pregunté con la voz quebrada—. ¡Llévame con Nacho! —A duras penas podía tomar aire mientras notaba que se acercaba un ataque de histeria.

—Tiene que quedarse un rato más en su puesto y jugar a los comandos.

El coche giró en la siguiente calle y avanzó a toda velocidad.

—No le pasará nada ni matará a nadie —dijo Iván.

—Eso espero —repliqué.

El corazón me empezó a palpitar con fuerza y espasmos nerviosos me atravesaban el cuerpo. A pesar de que en la calle hacía calor, de repente sentí un frío penetrante. Me acurruqué en el asiento trasero con las rodillas pegadas al pecho.

—¿Te encuentras bien, Laura? —preguntó Iván preocupado—. Si tanto lo deseas, te llevaré con él, pero primero tengo que preguntarle si puedo hacerlo.

—Dame el teléfono, yo le llamo.

Cogí el móvil esforzándome por contener el llanto. Escuché en tensión los sucesivos tonos. «Dios, por favor, que conteste», rezaba para mis adentros presa del pánico.

—¿Iván? —La voz de Nacho interrumpió las señales acompasadas.

—Te necesito —gemí, y él se quedó callado.

—Pásame al conductor.

Estiré el brazo y le di el teléfono.

Diez minutos después aparcamos entre las calles del casco viejo. Me incorporé, me senté y me sequé los ojos llorosos. Contemplé las pintorescas vistas que había tras la ventanilla y esperé. Finalmente apareció. Caminaba tranquilo, con las chanclas y los vaqueros algo caídos. Llevaba unas gafas y una extraña bolsa a la espalda. Abrió el maletero, metió el bulto y se sentó a mi lado.

—Ya sé por qué no debo llamarte «pequeña». —Mostró una sonrisa radiante—. Y te prometo que no volveré a hacerlo.

Lo miré fijamente con la espalda pegada al respaldo y sin tener ni idea de a qué se refería.

—Espero que ya nunca nadie te llame «pequeña». Ven aquí. —Abrió los brazos y caí en ellos—. Lo conseguimos, muchacha —susurró, y me besó en la cabeza—. Ahora solo hay que contar con que sea más inteligente que obstinado. Le he hecho una propuesta que no podrá rechazar. —Se rio con ironía—. A pesar de que normalmente son los sicilianos los que las hacen.

—¿Te he salido muy cara? —pregunté a la vez que me incorporaba y lo miraba.

—Demasiado poco —replicó quitándose las gafas—. Vales mucho más, niña. ¿Qué querías decirme en casa? —De nuevo tiró de mí y me estrechó entre sus poderosos brazos.

—Nada, ya nada —susurré—. ¿Adónde vamos?

—Tengo que encontrarme con los muchachos y tú tienes que visitar cierto sitio antes de marcharnos. —El pecho de Nacho empezó a agitarse por la risa.

Me senté en mi asiento y lo miré cuando clavó en mí sus ojos verdes al tiempo que sonreía de oreja a oreja.

—¿Qué has metido en el maletero?

Su rostro se ensombreció.

—La carabina —contestó sin vacilar.

—¿Has disparado tú a la taza?

Asintió.

—¿Cómo sabías que darías en el blanco?

Soltó una carcajada y se acercó a mí para abrazarme de nuevo.

—Querida, si hubieras hecho tantos disparos como yo, serías capaz de acertarle a un grano de azúcar. Además, no estaba lejos, así que era muy sencillo. Antes de que llegara, vi por el visor cómo palpitaba tu arteria carótida. Sabía que estabas nerviosa.

—Yo también quiero aprender a disparar así —murmuré, y me abrazó aún más fuerte.

—Es suficiente con que yo sepa hacerlo.

El coche se detuvo ante una preciosa peluquería y miré extrañada a Nacho.

—¿Es una tapadera para ocultar un rincón de citas? —susurré en tono conspirativo.

—No —contestó echándose a reír—. Es una peluquería, te dejaré aquí.

—¿Y eso? —Lo observé sorprendida y él tiró de mi brazo y me sacó del coche.

Entramos en el establecimiento y una preciosa morena se acercó a él y lo besó en la mejilla. Su aspecto era deslumbrante, no muy alta, y sus brazos y su escote estaban adornados con tatuajes de colores. Se quedó demasiado cerca de él y le sonreía con excesiva lascivia. Me puse celosa, como si alguien me hubiera dado con una tabla en la cabeza. Carraspeé, lo agarré con fuerza del brazo y me puse delante.

—Soy Laura —dije interrumpiendo su gorjeo.

—Sí, lo sé, hola —saludó con una sonrisa radiante—. Yo soy Nina, y estos son tus postizos.

Sujetó mi pelo con los dedos y meneó la cabeza.

—Dame una hora, Marcelo.

Me quedé alelada. Los miraba a los dos sin entender qué ocurría. Me giré hacia Nacho, que ya se preparaba para irse.

—Muchacha, nunca me inmiscuyo en tu forma de ser. —Me acarició la mejilla—. Pero, por el amor de Dios, no soporto saber que ese pelo no es tuyo.

Solté una carcajada al comprender por fin de qué se trataba.

—De todas formas me los iba a quitar, me ponen nerviosa. —Lo besé delicadamente—. Era parte de la terapia, pero ya no los necesito. Nos vemos dentro de una hora. —Me despedí y fui con Nina, que me esperaba junto a la butaca.

Cuando me quitó todos los mechones postizos, descubrí sorprendida que mi pelo era ya bastante largo. Una vez más, tal y como tenía por costumbre, un cambio de vida venía acompañado de un cambio de peinado. Le pedí a Nina que me aclarara el color del pelo y, como Nacho llamó para decir que su reunión se alargaba, tuve más tiempo para hacerme unos cambios espectaculares.

—¿Cómo de claro? —preguntó detrás de mí. En la mano tenía un cuenco en el que mezclaba algo.

—Quiero que sea de color avellana —contesté.

—Por lo que me has dicho, a menudo cambias radicalmente el color del pelo. No te garantizo que no vayas a salir calva de aquí —dijo, y empezó a extender el tinte.

—¿Dónde está mi chica? —gritó Nacho al entrar en el local, y todas las clientas casi se desmayaron de la emoción al ver su cuerpo tatuado—. ¿Dónde está la dueña de mi corazón?

Lo miré levantando la vista de la revista. Me hizo gracia que ni siquiera mirara hacia mí y me reí.

—¿Y no le gustaría tener a una nueva? —pregunté dejando a un lado la lectura. Su boca entreabierta indicaba que se había llevado una pequeña sorpresa—. ¿Cuánto tiempo llevan juntos? —Me acerqué a él y le agarré de la camiseta para estirarla hacia abajo—. Voy a intentar romper esa relación y quedarme con usted. —Me reí con expresión coqueta.

—Querida señora —dijo abrazándome y mirándome entusiasmado—. Mi chica es insustituible. Además, he esperado mucho hasta que ha aparecido. —Me mostró una sonrisa radiante—. Pero puedo comprobar cómo es besarse con una surfera.

Su delicada lengua se deslizó dentro de mi boca sin prestar atención a las mujeres que nos miraban con envidia. Al rato se apartó de mí.

—Gracias, Nina. —Saludó con la mano a la chica de colores y me sacó de la peluquería casi a rastras.

Nos subimos al Mercedes Gelende plateado. Nacho arrancó y salimos a todo trapo.

—¿Llegamos tarde a algún sitio? —pregunté muy alegre mientras trataba de abrocharme el cinturón.

—Ahora sí —contestó sin apartar la vista de la carretera.

Entramos en la pista de aterrizaje del aeropuerto y casi pierdo el sentido al ver el avión. Era aún más pequeño que el de Massimo. Parecía una carretilla con alas en la que no cabría ni un enano. Me quedé mirando fijamente la muerte amarilla y blanca con alas aparcada varios metros más adelante. «Se ha vuelto gilipollas si piensa que voy a subir ahí», pensé. Por la cabeza me pasaron millones de dudas. Miré nerviosa en el interior de mi bolso y descubrí aterrada que no llevaba tranquilizantes.

—Sé que te da miedo volar —comentó mientras íbamos hacia eso que él llamaba «avión»—. Pero esta vez ni siquiera sabrás que estás volando.

Se dio la vuelta y se quedó parado con una bolsa negra al hombro.

—Siéntate delante. —Sonrió—. Si me lo pides, te dejaré pilotar. —Se volvió y subió al aparato por una pequeña escalerilla.

Levanté las cejas y miré el cascarón metálico que tenía ante mí. «Me dejará pilotar», repetía mentalmente. ¿Es que pretende manejar él este cacharro? Me sentía dividida. La curiosidad y la convicción de que era una tía cojonuda, reforzada por mi nuevo peinado, me empujaba hacia la carretilla con alas; el miedo y el inminente ataque de pánico hacían que tuviera ganas de largarme de allí.

—¡Madre mía! —gemí, y me dirigí hacia el aparato agarrando el bolso con fuerza.

Al entrar, ni siquiera eché un vistazo. Me daba pánico morir de miedo si veía el microscópico interior. Giré a la izquierda y entré en un sitio que parecía una jaula.

—Me muero —comenté al ocupar el asiento junto al de Nacho, que se había puesto unos auriculares y apretaba millones de interruptores—. Me está dando un infarto, un ataque de pánico, estoy histérica…

Se inclinó y me besó, y sus suaves labios me hicieron olvidar dónde me encontraba. No recordaba mi nombre, dónde vivía ni cómo se llamaba mi amiga de la infancia.

—Lo pasarás bien —me aseguró y se separó de mí—. Ponte los auriculares y prepárate para algo mejor que… —Se detuvo y me miró sonriendo—. Iba a decir «mejor que el sexo», pero el sexo conmigo es lo mejor, así que… —Se encogió de hombros a modo de disculpa y por los auriculares se oyeron unos sonidos.

Una voz de hombre decía algo completamente incomprensible, pero el canario le contestaba sin dejar de pulsar los botones. Nacho empujaba palancas, apretaba interruptores, miraba los relojes y yo lo observaba hechizada. ¿Había algo que ese hombre no supiera hacer?

—¿Qué es esto? —pregunté señalando uno de los indicadores.

—El asiento eyectable —contestó con seriedad sin mirarme—. Si durante el vuelo pulsas el botón rojo que hay al lado, me lanzarás por los aires.

En un primer momento quise contestar solo asintiendo con la cabeza, pero al poco mi mente asustada comprendió que me estaba tomando el pelo.

—Tendrías que haber visto la cara que has puesto. —Soltó una carcajada—. Es el indicador del combustible, muchacha. Y ahora comprobaremos si funcionan el timón y los *flaps*.

Después de quedar como una completa ignorante, decidí no preguntar más y limitarme a contemplar lo bien que se las apañaba mi hombre. «Mi hombre», me repetí mirándolo. Aún no había roto del todo con el anterior y ya tenía uno nuevo. Meneé la cabeza con la vista al frente. Mi madre habría tenido varias cosas que decir en ese asunto. Empezaría por: «Yo no te he educado así»; después vendría: «Piensa bien lo que haces, hija», y terminaría con: «Pero es tu vida». Es decir, que no me habría ayudado demasiado. Suspiré profundamente al pensar en una conversación que de todas formas no podría evitar.

Los motores empezaron a rugir y comencé a sentirme mal. Qué más daba si tenía delante un cristal o el interior del avión, si solo me concentraba en el miedo...

—Nacho, no seré capaz —murmuré cuando nos pusimos en marcha—. Déjame en tierra, te lo ruego. —Cada vez estaba más histérica.

—Necesito que me vayas indicando los valores que aparezcan en este monitor. —Lo señaló con el dedo—. Lo que se muestre aquí. ¿Podrás? —Me miró con preocupación, pero empecé a leer lo que ponía.

Por la pantalla se iban sucediendo cifras sin sentido, pero yo, absolutamente concentrada, se las iba indicando una a una. De repente noté que el aparato se elevaba en el aire.

—Nacho... Joder... —balbucí sin poder tomar aliento.

—Las cifras —dijo con expresión divertida.

Seguí leyéndolas.

Después de varios minutos recitando números, noté que me miraba. Giré la cabeza y vi que el canario tenía sus ojos clavados en mí y sonreía.

—Ya puedes parar. De todas formas, ahora ya no te puedes bajar.

Miré por la ventanilla y solo vi nubes debajo de nosotros y el sol en el horizonte. Estábamos solos y en absoluto silencio. Seguía sintiéndome un poco mal, pero la felicidad al mirar el cielo que nos rodeaba me hizo olvidar el miedo.

—¿Sabes lo que acabo de pensar? —Negó con la cabeza sin cambiar la expresión de su cara—. Que no me has dado la posibilidad de probar cómo sabes. —Sus dientes se apretaron, igual que sus labios, que formaron una línea estrecha. Apoyé la cabeza en el respaldo y cerré los ojos—. Quiero ver cómo te corres cuando solo yo te doy placer.

—¿En serio pensabas en eso cuando mirabas las nubes? —preguntó extrañado—. Me preocupas, muchacha. ¿Sabes que las nubes son una aglomeración de gotitas de agua o de cristales de hielo…?

—No cambies de tema —repliqué sin levantar los párpados—. Quiero hacerte una mamada, Nacho.

—Joder, chica —soltó, y lo miré con cara divertida—. ¡¿Y me lo dices cuando estamos a miles de metros del suelo?!

Se relamió y dirigí la vista a su bragueta.

—Pero veo que la idea no te disgusta, ¿eh? —Volví a cerrar los ojos—. A juzgar por tu reacción… —añadí, y seguí disfrutando del viaje.

14

Aterrizamos en el aeropuerto sur de Tenerife. A la salida de la terminal estaba aparcado el coche más extravagante del mundo. Nacho abrió la puerta y, justo cuando estaba subiendo, me agarró del cuello con los brazos y me puso contra la carrocería. No lo hizo con brutalidad, más bien con firmeza y excitación.

—Estoy empalmado desde que me dijiste que querías probar mi sabor —murmuró entre dientes con una sonrisa, y restregó su miembro erecto contra mi pierna. Me besó con delicadeza en la nariz y me soltó.

Era un maestro de la provocación. Me quedé inmóvil, con una pierna dentro del coche, y me planteé si no debería solucionar ese asunto cuanto antes.

—Quiero hacerte una mamada —le susurré al oído, y me subí al coche. La sonrisa triunfal desapareció de su rostro.

—Pues vas a quedarte con las ganas —comentó dando un portazo, y luego rodeó el bólido negro—. Ya te he dicho que Amelia prepara una fiesta de bienvenida. —Se sentó al volante y encendió el motor—. Y después imagino que no te quedarán fuerzas para jueguecitos. —Sonrió y se puso las gafas.

—¿Qué te apuestas? —pregunté cuando arrancó quemando rueda.

Su risa contagiosa cruzó el aire. No necesitaba decir nada más. Supe que había aceptado el desafío.

Entramos en el garaje del apartamento, pero, aunque el coche se detuvo, no fui capaz de bajarme. Me sentía extraña, incómoda, como si hubiera retrocedido en el tiempo, con la diferencia de que la última vez que estuve en ese lugar, medio año antes, era una mujer feliz, casada y embarazada. Aunque ¿fue así? Sin duda estaba embarazada, casada entonces y ahora. La pregunta era si lo que sentía en diciembre se podía llamar «felicidad». Mi mente me enviaba señales contradictorias. Por un lado, sentía mucho que la relación con Massimo hubiera acabado así, pero, por otro, el chico de colores que estaba a mi lado era un sueño hecho realidad. Y esa era otra duda más que me carcomía por dentro: ¿no estaría tratando de convencerme de que eso era lo que sentía? Quizá solo era curiosidad y fascinación, y yo había destruido el maravilloso sentimiento que me unía a mi marido…

—Si no quieres estar aquí, puedo llevarte a un hotel —dijo Nacho muy serio tras parar junto a la puerta—. Laura, sé que lo que ocurrió aquí es muy doloroso para ti, pero…

—No lo es —afirmé con voz firme, y salí del coche—. ¿Vamos?

No tenía ganas de recordar. Además, la cabeza me estallaba por la acumulación de ideas. Quería emborracharme, divertirme y no pensar. Al mismo tiempo, era consciente de que en esa isla me iba a enfrentar a más de un recuerdo horrible.

Crucé el umbral del apartamento y, sorprendentemente, me sentí como si hubiera vuelto a casa. Todo estaba tal como lo recordaba, a diferencia de que en ese momento quería estar allí, no me obligaban a hacerlo.

Nacho se portó como si hubiéramos entrado en su casa miles de veces. Tiró la bolsa que llevaba y abrió la nevera. Sacó una botella de cerveza pequeña, marcó un número en el teléfono y se lo llevó a la oreja. No sé si me estaba dando tiempo o si solo se sentía cómodo, pero no quería molestarle y subí a mi habitación.

Abrí el armario y descubrí, sorprendida, que estaba vacío. «Genial», pensé. Empecé a preguntarme dónde podía estar mi maleta de Ibiza. Nacho no la había metido en el coche, pero en el avión estaba, seguro. Me quedé mirando las baldas pensando qué iba a hacer sin unas miserables bragas.

—Te has equivocado de dormitorio —me dijo el canario abrazándome por la espalda—. Es la primera puerta a la derecha, justo después de las escaleras.

Me besó en la nuca y salió.

Me di la vuelta y lo seguí. Abrí la puerta de su habitación y vi que había cambiado por completo. Eran otros muebles, el color de las paredes había pasado de blanco a gris, y en la cama habían puesto columnas. Seguía siendo moderna, tenía estilo, pero las barras metálicas que sobresalían de cada esquina parecían presagiar algún plan oscuro.

—Tus cosas están en el vestidor. —Abrió una puerta y apareció otra habitación—. Amelia te ha comprado algunas prendas. Dijo que si lo hacía yo, irías todo el día vestida con *shorts* y chanclas. —Se encogió de hombros—. Si necesitas…

—¿Quieres atarme? —pregunté. Nacho se dio la vuelta y clavó sus verdes ojos en los míos—. ¿Por qué una cama como esta tiene esas barras? Además, ¿por qué has cambiado la habitación? —Entorné los ojos y me acerqué a él.

—Te amenacé aquí con un arma —contestó agachando la cabeza, y luego suspiró—. No quería que te trajera malos recuerdos. Si quieres, podemos ir a otro sitio, nunca he invertido en inmuebles, pero he mirado y hay algunos lugares interesantes que...

Volví a interrumpirle pegando mis labios a los suyos. Le introduje la lengua y empecé a acariciarlo con delicadeza. Nacho dobló las rodillas, se agachó y me cogió la cara entre las manos.

—Sí, quiero atarte —susurró, y me quedé de piedra—. Para que no huyas nunca. —Sonrió de manera encantadora mientras señalaba la cama—. En esos tubos hay altavoces. No planeo orgías, sino que haya buena sonorización. Nos vendrá bien cuando te torture por las noches con películas. —Me besó en la nariz—. O con música. Y ya que hablamos de eso... —Se dio la vuelta y cogió una tableta que había en un moderno armario que colgaba de la pared—. Me encantaría ver cómo mueves el culo.

Pulsó un botón y de los tubos de hierro salieron unos largos altavoces negros. De pronto, la habitación quedó sumida entre sonidos claros. Justin Timberlake cantaba *Cry Me A River*. Me reí al pensar en el tiempo que hacía que no escuchaba ese tema.

Nacho parecía muy contento y, cuando aparecieron los bajos en la canción, comenzó a bailar imitando al cantante. Abrí la boca y, sin ocultar mi sorpresa, observé cómo se movía por la habitación y hacía el tonto. Empezó a tararear el tema y cogió un sombrero que colgaba en el vestidor, lanzándoselo de una mano a la otra. Estaba encantada y sorprendida por la interpretación, me divertía mucho. En un momento dado se acercó a mí, me agarró de la cadera por detrás y empezó a bailar conmigo. Era genial, se movía de forma armoniosa al ritmo de la música, y yo con él. Ya en Ibiza me pareció que sabía bailar, pero no me imaginaba que lo hiciera tan bien.

—Eres un mentiroso —murmuré cuando terminó la canción y oí las primeras notas de la siguiente—. ¡Dijiste que no sabías bailar!

—Que no sabía bailar temas lentos. —Se rio y se quitó la camiseta—. Recuerda que los surferos tienen un magnífico sentido del equilibrio. —Me guiñó un ojo y fue por el pasillo hasta el baño meneando las caderas.

Iba a seguirlo, pero me di cuenta de que la cosa acabaría con media hora de juegos previos y luego vendrían varios minutos de coito bajo la ducha, así que pasé.

Por primera vez tenía que aparecer ante sus amigos como la chica del jefe. Hostias, claro, ahora era el cabeza de familia. Desmoralizada, me dirigí a mi parte de la habitación y empecé a rebuscar entre decenas de perchas. Al cabo de un rato descubrí aliviada que tenía qué ponerme. No había camisetas de colores ni vaqueros, sino vestidos, túnicas y zapatos deslumbrantes.

—Gracias, Amelia —dije en voz alta pasando las prendas. De repente me agobié: si volvía a ponerse unos *shorts*, a su lado parecería una imbécil. Me senté en la alfombra y empecé a mirar al frente sin pensar en nada.

—¿Acertó con las compras? —preguntó Nacho al pasar a mi lado secándose la cabeza con una toalla.

«Dios, ayúdame», gemí cuando su culo tatuado estuvo a unos centímetros de mí. Me sorprendió mi autocontrol cuando observé inmóvil cómo cogía de la percha unos pantalones grises de lino.

—Muchacha, te he preguntado si Amelia eligió bien la ropa que compró para ti —repitió al ver que no reaccionaba. Asentí mecánicamente—. Me alegro. En teoría, no es una fiesta oficial, pero ya sabes… Desde que soy el jefe, no puedo tener siempre el aspecto de un jovenzuelo.

Se puso el pantalón y respiré aliviada: lo que no se ve no tienta igual. Cogió una camisa azul marino y se subió las mangas, que por dentro eran del mismo color que el pantalón. «Dios, qué bueno está, bronceadito, suave y tatuado.» Se puso unos mocasines del mismo color que la camisa. Cuando se estaba abrochando el reloj, me miró.

—Querida, parece que te ha dado un telele y, espera…
—Se acercó a mí y me secó la comisura de los labios—. ¡Se te cae la baba! —Se echó a reír, me agarró de los hombros y me levantó—. ¡Al baño!

Me dio unas palmadas en el culo y me fui a la ducha meneando la cabeza. Siguiendo mi costumbre, me di una ducha de agua fría por si acaso, poniendo cuidado en no arruinar mi peinado. Nina solo me había atusado un poco el pelo para que pareciera aparentemente desordenado, lo cual le daba una apariencia sexy. De pie frente al lavabo, descubrí que los armarios estaban llenos de cosméticos. ¡Querida Amelia! Me pinté mucho las pestañas y en la cara me di un poco de polvo con limaduras de oro. Mi aspecto era fresco, natural y, sobre todo, estaba limpia. Cuando entré en el dormitorio Nacho ya no estaba. Casi me alegré, porque así podía elegir tranquilamente la ropa con la que me presentaría ante sus amistades. Me decidí por un vestido corto color arena, de tirantes, sin espalda, para el cual encontré unas sandalias con una cinta alrededor de los tobillos que combinaban a la perfección. Para completarlo escogí un pequeño bolso de fiesta azul oscuro y me puse en el brazo un ancho brazalete dorado. Estaba lista.

Bajé las escaleras y vi a Nacho inclinado sobre el ordenador. Cuando me oyó apagó el monitor, se dio la vuelta y se quedó atónito. El vestido no era estrecho, más bien amplio, y bañaba mi cuerpo de un modo sensual.

—Siempre serás mía —dijo con una sonrisa radiante.

—Ya veremos —contesté apartándome el pelo despreocupada.

Se rio, se acercó a mí y su brazo de colores levantó mi cuerpo del escalón y me dejó en el suelo. Me observó con los ojos entornados y al final rozó mis labios entreabiertos con la lengua.

—Nos vamos.

Cogió las llaves, entrelazó sus dedos con los míos y fue hacia la puerta.

—Has bebido —comenté en tono acusador—. ¡¿Tienes intención de conducir?!

—Muchacha, era solo una cerveza pequeña, pero si quieres, puedes conducir tú.

—¿Y si nos para la policía? —Mi tono era un pelín agresivo.

—¿Sabes qué? —preguntó restregando su nariz por mi cara—. Si lo deseas, te consigo un convoy policial. ¿Así te calmarás? —Enarcó las cejas con expresión divertida—. Te lo vuelvo a decir, soy Marcelo Nacho Matos y esta es mi isla. —Abrió los brazos y soltó una carcajada—. Y ahora, si no tienes más dudas, vámonos, porque Amelia me va a gastar la batería del móvil de tanto llamarme. Y hablando de teléfonos... —Sacó del bolsillo un iPhone blanco y me lo dio—. Tu nuevo teléfono, con tu lista de contactos copiada y un número oculto. —Se encogió de hombros a modo de disculpa—. No he podido recuperar todo lo demás, tu ropa, tu ordenador y lo que se quedó en Sicilia. —Me atravesó con su mirada de decepción.

—Solo son cosas —le dije guardando el teléfono—. Tengo asuntos más importantes de los que preocuparme —añadí. Se quedó atónito y se acercó a mí.

—¿Cuáles? —Frunció el ceño al no saber a qué me refería—. ¿Qué te preocupa?

Suspiré.

—Olga, su boda, mi divorcio, mi empresa. —Meneé la cabeza—. ¿Sigo?

—Ya tengo solución para la mayoría de ellos. —Detuvo sus labios en mi frente—. Lo único que no puedo planear es cómo acudirás a la boda, pero ya lo discutiremos en otra ocasión. Vamos.

Cuando llegamos a los terrenos propiedad de los Matos sentí que el contenido de mi estómago se me subía a la garganta. No imaginé que volver allí fuera a provocarme una reacción tan emocional. En teoría, sabía dónde íbamos, pero cuando llegamos tuve unas ganas irresistibles de vomitar. Las imágenes de aquel día pasaron por mi cabeza como *flashes* de una película a cámara rápida. «No es más que un lugar, un edificio», me dije.

—Querida. —La voz del canario se incrustó en mí como un clavo en una tabla y me sacó de mis desagradables divagaciones—. Vuelve a parecer que te haya dado un telele —comentó preocupado. Cuando el coche se detuvo, me agarró de la mano.

—No es nada, pero esta casa... —Me detuve y miré el palacio que tenía delante—. Recuerdo cómo me pegó...

—¡Joder! —gritó, y yo di un bote en el asiento—. Todos los días pienso en ello y me entran ganas de destrozarme por lo que tuviste que sufrir por mi culpa. —Su rostro se volvió frío y su mirada se llenó de odio—. Muchacha, voy a protegerte de todo el mundo, lo prometo; perdóname, por favor. —Agachó la cabeza—. Ahora no es momento de hablarlo, pero debes saber que pronto mantendremos esta conversación.

—¡Laura! —El grito de Amelia rompió el incómodo silencio que siguió a sus palabras.

—No espero de ti una declaración, ya he escuchado muchas —dije bajándome del coche. Casi en ese instante la preciosa rubia se echó a mis brazos—. ¡Hola, jovencita! —Le di un beso y ella me abrazó con fuerza—. Estás divina —comenté apartándola un poco.

—Tú también —gritó alegremente, y agarró a su hermano del brazo cuando se acercó a nosotras—. Entiendo que ya sois una pareja, que por fin tengo una hermana y Pablo una tía, ¿no? —Ambos nos miramos en silencio—. Sé lo que va a decir Marcelo, pero me interesa más tu opinión. ¿Vais a volver a engañarme?

Me quedé observándola hasta que al final cogí la mano de Nacho, pasé su brazo por encima de mis hombros y lo besé en la boca despacio, con delicadeza. El canario no apartó la vista de mí y el mundo volvió a dejar de existir. Nos quedamos así un rato, hipnotizados.

—Vamos a intentarlo —dije con la vista clavada en él—. Pero no garantizamos ningún resultado. —Levanté las cejas como señal de que mi respuesta era más para él que para ella.

—Dios mío, estáis maravillosamente enamorados —chilló Amelia juntando las manos como si fuera a rezar—. Pero para mí es suficiente. Hay que beber algo. Además, Iván quiere hablar contigo cuando tengas un momento, Marcelo. —Me agarró del brazo y me llevó hacia la entrada.

Cuando crucé el umbral, me quedé extrañada y sorprendida. La casa no estaba como la recordaba. Cierto que solo había estado allí un rato, pero los lugares en los que te han torturado se te suelen quedar grabados. Caminamos por un largo pasillo. Nacho iba delante de mí, con las manos en los bolsillos y una sonrisa radiante. Me solté del brazo de su hermana y rodeé la cintura de mi hombre para estrecharme contra él.

—¿Habéis hecho cambios? Me da la impresión de que era menos moderno y...

—Todo —contestó sonriendo—. Hemos cambiado la casa entera, aunque solo viste una pequeña parte. Después del accidente. —Asintió en dirección a Amelia, que teóricamente no sabía que su malogrado marido fue quien me torturó y que todo el asunto fue un intento de asesinato, no un accidente—. He mandado reformar toda la residencia. Estaba destrozada, y yo tampoco tenía buenos recuerdos.

—Marcelo ahora es el jefe —dijo muy contenta la chica rubia—. Y la familia por fin entrará en una nueva era.

—Amelia, no tengas tanto interés por saber dónde entramos y por qué, ¿vale? —la regañó en tono serio, y ella puso los ojos en blanco—. Ocúpate de educar a tu hijo. Por cierto, ¿dónde está mi ahijado?

—En su habitación, con sus cuidadores, perros y gatos. —Amelia me miró—. Marcelo opina que, si los niños se crían con animales, se desarrollan mejor. —Se dio unos golpecitos en la sien con un dedo—. ¡Pero él manda! —añadió con una sonrisa radiante.

—¡Exacto! —gritó Nacho estrechándome contra él—. No lo olvidéis. —Me miró—. ¡Ninguna de las dos!

Llegamos al final de un laberinto de pasillos y ante mis ojos apareció la parte trasera del jardín. Una piscina enorme de tres niveles en forma de círculos unidos entre ellos se extendía sobre la ladera pedregosa. Alrededor había cenadores de madera con toldos, tumbonas y sillas, y unos sofás colocados en cuadrado, además de una fogata en medio. Al lado había una maravillosa barra de bar, larga, iluminada, y unos metros más allá, sobre un suelo de hormigón en medio de la hierba, una mesa para unas treinta personas. El problema era que había bastantes más, principalmente hombres, aunque también algunas chicas que se divertían en el agua o bebían de sus copas tranquilamente. Todos eran jóvenes, se les veía despreocupados y tenían poco aspecto de gánsteres.

—¡Hola! —gritó Nacho levantando las manos al cielo, y todos los presentes nos miraron.

Se oyeron gritos, bravos, silbidos y vítores. El canario me abrazó con fuerza y saludó a los reunidos, que al cabo de un rato se callaron. Cuando la música se detuvo, Amelia le pasó a su hermano el micrófono que acababa de cogerle al DJ.

—Voy a hablar en inglés, porque la dueña de mi corazón acaba de empezar a aprender español —explicó, y yo agaché la cabeza, aturullada al ver que todos me miraban—. Os agradezco que hayáis tenido ganas de venir al culo del mundo, aunque espero que la cantidad de alcohol que hemos preparado os compense el esfuerzo. —Los invitados volvieron a gritar y a silbar—. Los que no quedéis satisfechos, podréis llevaros unas cuantas botellas a casa. Ahora quiero presentaros a Laura, que me ha conquistado a mí y a mi corazón. Lo siento, estimadas señoras. Gracias por la atención y a divertirse. —Al terminar, lanzó el micrófono a uno de sus amigos y me besó con sus cálidos labios. Todo el mundo alzó su copa y de nuevo gritaron bravos y exclamaciones.

Dios, qué vergüenza pasé. Toda esa parafernalia no era necesaria, pero para él resultaba de lo más natural. Esa era la forma de ser del canario, y yo no tenía derecho a criticarlo por comportarse así. El beso duró varios segundos y noté que la gente empezaba a mirar hacia otro lado. La lengua de Nacho recorrió mi boca durante un rato, hasta que al final volvió a sonar la música y los invitados retomaron la diversión.

—¿Era necesario? —le pregunté cuando se apartó de mí lentamente.

—Hoy tienes un aspecto demasiado arrebatador —comentó levantando las cejas—. Tenía que marcar el terreno antes de que alguno de mis amigos se pegara a ti y me viera obligado a matarlo. —Sonrió, y yo puse los ojos en blanco.

—No parecen peligrosos. —Me encogí de hombros al tiempo que miraba a la multitud.

—No todos lo son. Algunos son surferos, hay también amigos de Amelia y un pequeño grupo de gente que trabaja para mí.

—Pero ¿todos saben quién eres? —pregunté, y me mordí un labio. Asintió—. Entonces ¿ningún hombre querrá hablar conmigo?

Se encogió de hombros con una sonrisa de pícaro.

—Quizá alguno por educación o si es abiertamente homosexual. —Me llevó con Amelia, que daba saltitos por los nervios—. Vamos a tomar algo.

Observé a Nacho en su medio natural y descubrí aliviada que con los demás se comportaba exactamente igual que conmigo. No fingía, se reía, bromeaba y hacía el tonto. Al cabo de un rato empecé a diferenciar a los amigos de los empleados, aunque no era fácil. El Calvo se rodeaba de gente muy similar entre sí. Los surferos tenían el pelo largo, tatuajes y un bronceado poco natural; por su parte, los empleados eran tipos enormes como toros o muy delgados y con una mirada sospechosa. Pero todos daban la impresión de ser personas normales, despreocupadas, que se conocían y se lo pasaban en grande.

Como de costumbre, Nacho tomaba una cerveza, mientras yo me bebía una copa de champán tras otra. No quería emborracharme, sobre todo porque Olga no estaba a mi lado, que era mi tope de seguridad en las fiestas. Al pensar en ella me entristecí. Amelia encajaba de maravilla como amiga, pero nadie podía sustituir a Olga. «Debo llamarla», pensé, y me di la vuelta para alejarme un poco.

—¿Qué pasa? —preguntó Nacho agarrándome por la cintura y besándome en la oreja.

—Tengo que hablar con Olga —comenté con un gesto demasiado triste.

—Invítala. —Esta breve afirmación hizo que una bandada de mariposas echara a volar en mi vientre—. Si Domenico se lo permite, que venga mañana. Yo me ocupo de todo.

Me besó en la frente y me soltó. Me lo quedé mirando fijamente.

¡Bum! En ese momento me enamoré. Si aún tenía dudas sobre mis sentimientos hacia ese hombre, desaparecieron por completo. Se puso a hablar con sus amigos, pero yo no era capaz de dar un paso, como si algo se hubiera roto en mi interior. Agarré las faldas de su camisa y, sin importarme que fuera a interrumpir su conversación, tiré de él hasta que sus labios se encontraron con los míos. Los hombres que estaban junto a él se sorprendieron, pero al rato se echaron a reír cuando empecé a besarlo con avidez y cierta vulgaridad. Me sujetó del culo con una mano y de la nuca con la otra. Era ideal, perfecto, magnífico y mío.

—Gracias —susurré separándome de él, y en su boca apareció una sonrisa.

—¿Qué decía? —preguntó con gesto divertido al volver con sus amigos. Cuando me di la vuelta, me dio una palmada en el trasero. Entré en casa y me senté en el sofá del *hall*. Saqué el teléfono y marqué el número de Olga.

—Hola —dije cuando contestó. Se quedó en silencio unos segundos.

—¿Te ha pasado algo? —preguntó casi en un susurro.

—No. ¿Por qué tendría que haberme pasado algo?

—Joder, Laura… —Suspiró—. Cuando Massimo volvió a casa, estuvo a punto de matarnos a todos. Domenico me contó lo que había ocurrido. Tu Nacho está como una puta regadera. Entiendo lo que ha sucedido, pero mira que dispararle al «Don»… —Oí que caminaba.

—Ay, Olga, no le disparó a él, solo al azucarero. —Me callé, pero al instante solté una carcajada por lo que acababa de decir—. Quiso asustarlo y creo que lo consiguió.

—Lo que consiguió fue cabrearlo —replicó firme, alzando la voz—. Bueno, he salido de casa, porque aquí nunca sé si me están escuchando. Cuenta.

—¿Te vienes? —De nuevo se quedó sin habla—. Estoy

en Tenerife. —Tomó aire para decir algo—. Pero te prometo que esta vez no te voy a proponer a un nuevo amante. Por favor. —Sonó patético, aunque no me sentía así. Era consciente de que solo la compasión podía persuadirla de que tratara el tema del viaje con Domenico.

—¿Sabes que me caso en dos semanas? —preguntó en un tono que indicaba que se lo estaba pensando.

—¡Exacto! ¿No deberías pasar tiempo con la madrina para prepararlo todo? El vestido ya lo tienes, pero debemos hablar de la empresa. Aunque en realidad no sé si aún es mía… Deberíamos tomar algunas decisiones, pero no por teléfono. Domenico lo entenderá. —Hice una mueca al pensar en lo que acababa de decir, porque si yo estuviera en el lugar del joven italiano, jamás la dejaría ir.

—Joder, siempre tienes alguna idea genial. —Sabía que estaba negando con la cabeza—. Vale, hablaré con él mañana.

No supe si formularle la pregunta que me rondaba la cabeza, pero finalmente me pudo la curiosidad.

—¿Qué tal está él? —murmuré. Me entró un absurdo sentimiento de culpa.

—¿Massimo? No lo sé. Desapareció después de vaciar el cargador sobre una moto de agua que después explotó. Incluso Domenico dijo que pasaba de él y no lo acompañó. Nosotros volvimos a Sicilia; Black creo que se quedó en Ibiza. Te lo contaré todo cuando vaya, porque ahora estoy viendo la ardiente mirada de Domenico y esto tiene pinta de acabar en mamada.

—Te quiero. —Solté una risotada.

—Yo también a ti, perra. Llámame mañana por la noche o mándame tu número y te llamo yo en cuanto hable con él.

Cuando regresé al jardín, volví a oír bravos y gritos. Vi

que Nacho estaba sobre el escenario y trataba de acallar el vocerío haciendo gestos con las manos.

—Siempre me hacéis lo mismo —dijo muy alegre—. Bueno, venga, como habéis hecho un largo viaje para verme, voy a tocar. Pero solo un tema.

¿Tocar? ¿Toca un instrumento? Me detuve junto a la puerta y observé lo que ocurría. Al canario no le costó encontrarme, porque estaba apartada del gentío, y clavó en mí sus ojos verdes.

—Será algo sencillo. —Fingió avergonzarse y dirigió la vista a sus pies—. Hace un tiempo cierta mujer escribió el libro *Cincuenta sombras de Grey* y después alguien decidió adaptarlo al cine. Es la tonta historia sobre un imbécil intransigente adicto al sexo y al control. Pero seguro que todos conocemos a alguien como él, así que es un relato realista. —Su mirada volvió a atravesarme—. Conozco personalmente al menos a uno. —Meneé la cabeza con una sonrisa burlona—. Pero, en fin, los italianos también tienen derecho a existir. —La gente se echó a reír y se oyeron aplausos—. Perdona, Marco, tú eres legal. —Señaló con el dedo a uno de sus amigos y este hizo un gesto con la mano, como pidiéndole que lo dejara tranquilo—. Volviendo a la música. —En ese momento, Amelia subió a la tarima y le entregó un violín a su hermano—. Un tal Robert Mendoza hizo un arreglo para violín de la canción *Love Me Like You Do* que aparece en esa película. —Nacho se apoyó el instrumento en el hombro—. Ahora os presentaré mi lado sentimental —dijo, y la gente aplaudió.

El DJ puso un delicado fondo musical y Nacho empezó a tocar sin apartar la vista de mí. La boca se me abrió más que para hacer una mamada. ¡Ese hombre sabía hacer de todo! Se movía suavemente a través de los sonidos, fundiéndose con la melodía. Balanceaba el cuerpo y sus hábiles dedos se desplazaban por las cuerdas. El arco bailaba en su mano derecha y yo sentía explotar cada uno de mis miembros. Sus fuertes brazos sujetaban el moderno instrumento de madera con delicadeza, y en el rostro de mi hombre se reflejaba la felicidad que sentía en ese momento.

Poco después, mis pies empezaron a caminar por su cuenta; no podía aguantar la cercanía de Nacho ni un momento más. Tocaba y observaba cómo me acercaba a él. El violín estaba conectado a un cable, lo cual le impedía moverse del sitio. Pero eso no me importaba lo más mínimo, como tampoco que un centenar de personas desconocidas me miraran como a una bruja a la que había que quemar. Andaba atraída y dirigida por los ojos de Nacho, mientras que cada vez más rostros se volvían hacia mí. Por fin llegué al escenario y me quedé a un metro de él. Me sentía hechizada y completamente aturdida. La música subió de tono, la pieza llegó al estribillo y sonreí de oreja a oreja. No era capaz de hacer nada más. Era feliz. Mi hombre tocaba para mí y, aunque todas las mujeres de la fiesta pensaran lo mismo, lo sabía. Nacho interpretó los últimos acordes, dejó el violín y el arco y esperó. Los reunidos también esperaron. Corrí, salté sobre él y lo rodeé con los muslos. Me abrazó, y los invitados empezaron a aplaudir de nuevo. Supuse que mi corto vestido no me cubría el trasero en ese momento, pero cuando Nacho me besaba de aquella manera hubiera podido quedarme desnuda en medio de la multitud.

—Sabes tocar el violín —susurré. Le sonreí—. ¿Qué más sabes hacer? ¿O debería preguntar qué no sabes hacer?

—No sé hacer que te enamores de mí. —Sus alegres

ojos verdes me miraron con atención—. Y no soy capaz de controlar la erección cuando tengo tu culo entre las manos. —Me sonrió y le respondí de la misma forma—. Tengo que dejarte en el suelo; todos me observan y temo que mi pene empalmado no pase desapercibido. —Me depositó con delicadeza sobre la tarima y levantó la mano para despedirse de la gente, porque su actuación había terminado. El DJ puso otra canción y los invitados siguieron divirtiéndose.

—Ven.

Tiré de su mano y lo llevé hacia la entrada de la casa. Corrí por los pasillos mientras él se reía al seguirme.

—¿Sabes adónde vas? —preguntó.

—No tengo ni idea, pero sé qué quiero hacer —repliqué mirando a los lados.

Nacho me agarró por la cintura, me echó sobre su hombro y caminó en la dirección opuesta. No puse objeción. Trataba de facilitarme la tarea y sabía adónde teníamos que ir. Subió despacio por unas escaleras monumentales hasta el primer piso. Abrió una de las muchas puertas. La cerró de una patada y me bajó en medio de la oscuridad.

—Quiero hacer el amor —dijo levantándome los brazos.

Pegó sus labios a los míos con ansia. Me acarició con la boca mientras me sujetaba con fuerza por las muñecas. Me excitaba, pero el alcohol que corría por mis venas me empujaba hacia algo muy diferente a la sumisión.

Sabía que él sería tierno y sutil, pero mi lado oscuro exigía satisfacción. Mordí el labio inferior del canario y oí un tenue siseo. Se quedó inmóvil y se apartó un poco de mí.

—No vamos a hacer el amor —susurré liberando mis muñecas de sus manos.

—¿No? —preguntó con expresión divertida. Permitió que me soltara y lo apoyara contra la puerta cerrada.

—No —confirmé, y empecé a desabotonar su camisa.

La habitación estaba a oscuras, pero yo sabía qué tenía delante. A medida que mis manos descendían, el pecho de colores subía y bajaba a un ritmo cada vez más rápido. Su aliento olía a chicle y hacía que cada vez me costase más tragar la saliva. Algunas mujeres sienten las feromonas, otras adoran el aroma de la colonia, pero a mí me excitaba el olor a menta del hombre que tenía frente a mí. Le quité la camisa y mi boca recorrió despacio su cuerpo, acariciando cada centímetro de piel. Olía a océano, a sol y a él mismo. Le mordí un pezón y de su garganta salió un sonido que hasta entonces nunca había oído, un grito que era a la vez un suspiro y una confirmación de que le gustaba lo que estaba haciendo. Apreté un poquito más, chupando al mismo tiempo, y sus manos se movieron hasta mi nuca.

—Muchacha, no me provoques para que haga eso, por favor. —Su voz, apenas audible, era como una advertencia.

Lentamente, me desplacé hasta el otro pezón e, ignorando lo que acababa de decirme, apreté los dientes aún más. De la boca de Nacho salió un sonido que auguraba excitación y sus manos me sujetaron de la nuca. Mis dientes arañaron su vientre y descendí más y más hasta que me arrodillé. Sus largas manos seguían sujetando mi cuello cuando desabroché su bragueta sin dejar de lamer su cuerpo tatuado.

—Quiero hacerte una mamada —susurré.

Lo agarré de las perneras del pantalón y tiré de ellas hacia abajo.

—Eres vulgar —murmuró.

—Aún no —repliqué, y me lo tragué de golpe.

El sonido que llenó el aire fue como un alivio. La voz grave del canario me hizo sentir su excitación y placer. No hice caso a sus manos, que apretaban cada vez más mi cuerpo, y me metí todo su miembro en la boca. Lo hice con fuerza y muy rápido. Ya no podía esperar más para conocer su sabor. Nacho no me ayudaba, más bien me molestaba; intentaba ralentizar el movimiento de mis labios alrededor de su polla. La resistencia que oponía, unida al alcohol que corría por mis venas, provocó que, por razones desconocidas, quisiera ser agresiva con él. Agarré las manos que sujetaban mi nuca y las puse contra la puerta para dejarle claro que no las moviera de ahí. Después cogí su miembro por la base y empecé a lamer la punta con lujuria.

—No te muevas, Marcelo —murmuré, y volví a meter todo su pene en mi boca.

—Dios, cómo odio ese nombre en tus labios —exclamó.

Follaba su polla con la boca, notaba cómo Nacho se retorcía apoyado en la puerta y por su vientre comenzaron a caer las primeras gotas de sudor. Farfulló en español, en polaco y creo que en alemán, pero yo disfrutaba de cada segundo de la tortura con que le estaba obsequiando. Pasé por detrás de él la mano que me quedaba libre y hundí las uñas en su duro y tatuado culo. Gritó y golpeó la superficie de madera con los puños, y esta tembló por el golpe. Volví a acelerar y su boca a duras penas podía coger aire.

De repente, la habitación se iluminó. Me quedé algo desconcertada, con su polla en la boca, y miré hacia arriba. Los ojos de Nacho estaban clavados en mí y su mano volvió a bajar desde el interruptor que acababa de pulsar.

—Necesito verte —murmuró—. Necesito...

No me interesaba lo que tuviera que decirme. Sin dejar

de mirarlo, continué mi tarea, como una puta, imprimiéndole una velocidad trepidante. Le lamía, le mordía y le lanzaba las miradas más lascivas que tenía en mi repertorio. Sus manos querían apartarse de la puerta, pero en cuanto lo intentaban, me detenía y volvía a golpear la madera con ellas, resignado. Cuando estuve segura de que en breve sentiría las primeras gotas de esperma en la lengua, me agarró, me levantó y me dejó delante de él.

—Necesito entrar en ti —gimió, y me atravesó con una mirada salvaje.

—Quieto, no te muevas —grité. Le sujeté del cuello y golpeé la puerta con su cabeza.

—No —dijo entre dientes. Llevó su mano hasta mi cuello y lo apretó con fuerza.

Nos quedamos agarrados, midiéndonos con la mirada. Ambos jadeábamos. El canario dio un paso adelante y, aunque traté de oponer resistencia, me empujó al interior de la habitación. Retrocedí sin tener ni idea de lo que había detrás de mí, hasta que mis nalgas se apoyaron en algo blando. Nacho soltó mi cuello, me cogió de los brazos y me tiró sobre una cama enorme. Antes de que mi espalda tocara el colchón, me agarró de los muslos y tiró de mí de manera que casi podía apoyar los pies en el suelo. Se quitó la camisa, cayó de rodillas desnudo y pegó sus labios a mi húmedo coño. Grité y lo sujeté de la cabeza pelada. Su boca recorrió con avidez cada rincón de mi zona más sensible. No me quitó las bragas, sino que las apartó a un lado y se fue introduciendo cada vez más en mí. Me retorcía y le acariciaba el cuello mientras él atacaba el clítoris con más fuerza, de una forma brutal.

—Quiero conocer tu sabor —gemí cuando los finos dedos del canario se deslizaron en mi interior.

—Y lo conocerás, te lo prometo. —Se había apartado para prometérmelo, pero al instante continuó el dinámico movimiento dentro de mí.

Su lengua era perfecta y encontraba puntos tan sensibles que, al cabo de un instante, me tenía al borde del orgasmo. Entonces, inesperadamente, se detuvo, me puso boca abajo y, de un tirón, me quitó el tanga. Me sorprendió la decisión y el temperamento de un hombre que nunca había usado la fuerza conmigo, bueno, a excepción de una vez en la playa. Me arrancó el vestido, me dejó las sandalias y se pegó a mi espalda. Entrelazó sus dedos con los míos y me levantó los brazos por encima de la cabeza. Estaba arrodillada en el suelo, con el vientre apoyado en las suaves sábanas. Nacho separó mis muslos con los suyos e hincó sus dientes en mi nuca.

—Laura, ¿sabes quién soy? —preguntó con una voz grave y gélida.

—Lo sé —susurré con el rostro hundido en la cama.

—Entonces ¿por qué me provocas para que te trate con brutalidad? ¿Tengo que demostrarte que soy capaz de poseerte?

—Quiero... —Mi voz, apenas audible, quedó casi completamente ahogada por su fuerte respiración.

La mano del canario agarró mis cabellos. Se levantó un poco. Los enrolló alrededor de la muñeca y tiró de mi cabeza hacia arriba. Solté un grito cuando me penetró de golpe. No era él, o al menos yo no conocía ese lado suyo. Se transformó de tal modo que la imagen de Massimo me vino a la mente. Quise pedirle que parara, pero no era capaz de hablar. Me follaba, y al cabo de un rato me dio un azote con la otra mano, sin detener el movimiento de sus caderas y sin soltarme el pelo. Segundos después me volvió a pegar y luego otra vez más. El dolor se mezclaba con el placer, y yo ya no sabía qué sentía en ese momento. Por un lado, lo estaba haciendo como me gustaba, pero, por otro, me entraron ganas de llorar al recordar lo que me había pasado días antes.

De repente, Nacho soltó mi cabeza, como si notara que algo no iba bien. Me puso boca arriba encima de la cama. Me cogió la cara entre las manos y empezó a besarme con delicadeza, pero a la vez de forma apasionada. Noté que su miembro volvía a entrar en mí, pero esta vez con calma y mucha ternura.

—¿Es eso lo que quieres, muchacha? —preguntó sin detener el movimiento de las caderas—. Puedo ser como desees, pero necesito saber que confías en mí y que cuando estés harta me lo dirás. No quiero hacerte daño. —Sus labios rozaron mi nariz, mis mejillas y mis ojos—. Adoro cada pedacito tuyo y, si necesitas sentir dolor, te lo daré, pero debes saber que solo lo hago por amor. —De nuevo su boca encontró la mía y noté ese maravilloso sabor a menta—. Te amo… Y ahora vas a correrte para mí. —Sus tranquilos ojos se encendieron con un fuego vivo y sentí que su polla crecía en mi interior.

De nuevo entrelazó sus dedos con los míos y situó nuestras manos detrás de mi cabeza. Sus movimientos se hicieron más rápidos y fuertes. Sabía que yo llegaba al clímax enseguida. No sé cómo, pero siempre notaba que me acercaba al orgasmo. Sus ojos verdes, sus tatuajes, su ternura, su capacidad para convertirse en un bestia contra su voluntad… Todo en ese hombre me excitaba. Bajó la cabeza y me mordió un labio, lo que me hizo gemir. Volvió a hacerlo con más fuerza y después desplazó la boca y empezó a morderme el cuello y el hombro. Me retorcía, y su polla me follaba con la velocidad de una ametralladora.

—Venga, muchacha, dámelo —susurró, y en su rostro apareció una amplia sonrisa.

Empecé a elevarme cada vez más y noté que perdía el control sobre mi cuerpo.

—Joder, Nacho —susurré cuando el orgasmo se derramó por mi cuerpo y me cortó la respiración.

El canario volvió a tomar mi cara entre sus manos y me besó profunda y salvajemente. Traté de coger aire, pero no fui capaz; casi muero ahogada por su beso. Cuando pensé que ya había terminado, volvió a acelerar. Otra ola de placer recorrió mi cuerpo, que se arqueó, y todos mis músculos se tensaron cuando, gritando en su boca, alcancé el mayor clímax posible.

—Ya —comentó alegremente, y empezó a sosegar su cuerpo mientras me relajaba.

Mi pesada cabeza cayó sobre la almohada. Le di gracias a Dios por no haberme decidido por un peinado rebuscado, porque ahora parecería un seto atropellado por un tractor.

—Aún no he acabado —dijo besándome en la nariz—. Pero quería que respiraras. Ven conmigo.

Se tumbó a mi lado con los pies a la altura de mi cabeza y me hizo un gesto con la mano.

—Termina lo que empezaste.

«¿Un sesenta y nueve ahora? ¿Cuando las piernas apenas me sujetan a pesar de estar tumbada?», pensé.

Lo miré extrañada y asustada a la vez. Como no me movía, me cogió de las caderas y me puso encima de su cara. Su lengua se deslizó entre mis labios y encontró el clítoris con facilidad. Nacho gimió y yo caí de morros sobre su tremenda erección. Esa imagen, unida a las caricias, hizo que en mi interior el tornado recuperase su fuerza. Apoyada en un codo, agarré su miembro y empecé a menearlo con la mano y con la boca. Lo hacía deprisa y de forma caótica, pero el canario se retorcía y gemía. Le felicité mentalmente por su capacidad para dividir la atención, porque, aunque tenía la polla metida en mi boca, no detuvo la maravillosa tortura que me infligía con la lengua.

Segundos después ocurrió lo que llevaba meses esperando. Un chorro de cálido esperma resbaló por mi garganta. Era dulce, maravilloso y llegó con un tremendo grito. Su boca dejó mi coño y los dientes mordieron la cara interna de mi muslo. Chupé hasta la última gota mientras escuchaba el ritmo de su cuerpo. Lo único que sentía en ese momento era no poder estar viendo sus ojos verdes. Le lamí y le acaricié hasta que noté que los dientes aflojaban la presión sobre mi muslo y, al fin, desaparecieron de mi piel.

—¿Satisfecha? —preguntó jadeando—. ¿La dueña de mi corazón tiene por fin lo que quería?

Me incorporé y me senté a horcajadas sobre su abdomen. Me chupé los dedos con gusto y, cuando vi una amplia sonrisa en el rostro del canario, el mío adoptó la misma expresión.

—Ahora sí. —Le acaricié los tatuajes sin dejar de sonreír—. Me has hecho esperar demasiado.

—Tú a mí más —replicó. Me cogió y me tumbó sobre él—. Quiero hacerte muy feliz, chica. —Los largos dedos de Nacho acariciaban mi espalda—. Pero a veces me da miedo hacerte daño y que huyas de mí.

Levanté la cabeza y lo miré sin entender a qué se refería. Sus ojos verdes ocultaban preocupación y miedo. Estaba triste.

—¿Te refieres a Massimo? —Bajó la vista y empezó a jugar con mi pelo—. Nacho, con él la cosa fue muy diferente...

—Nunca me has contado qué ocurrió.

Suspiré cuando me miró.

—Porque sé que no quieres escucharlo y no tengo demasiadas ganas de explicártelo.

Intenté levantarme, pero tiró de mí hacia él.

—¿Adónde vas? —preguntó un poco enfadado—. No te dejaré ir a ningún lado mientras estés triste o insatisfecha. Y así será siempre, de modo que no salgas corriendo y cuéntamelo. —Me quedé callada y los brazos del canario me apretaron con más fuerza—. Muchacha... —Estiró la última sílaba y caí sobre él resignada.

—Me obligas a hablar de algo en lo que preferiría no pensar justo después de hacer el amor contigo. —Matos esperó en tensión, con los ojos clavados en mí—. ¡Nacho, suéltame! —dije irritada, y me revolví una vez más, pero sus brazos no querían soltarme—. ¡Joder, Marcelo! —grité apartándome de él.

Sorprendido por mi reacción, aflojó el abrazo, me solté y, cabreada, cogí el vestido. El canario se apartó a un lado y apoyó la cabeza en una mano. Seguía esperando una respuesta y me miraba con más seriedad de la que requería la situación. En realidad, no sé por qué me enfadé. Él se preocupaba y yo me enfurruñaba. Pero no quería hablar de ese tema y mucho menos pensar en él.

Me puse el vestido y me coloqué el tanga.

—¿Nos vamos? —pregunté arreglándome el pelo ante el espejo que colgaba de la pared.

—No —contestó levantándose de la cama. Pasó a mi lado y cogió su pantalón—. Vamos a hablar. —Se volvió y me miró—. ¡Ahora! —Me sorprendió su tono y más aún su determinación. Creo que olvidé que estaba delante de un asesino despiadado y no ante un calzonazos al que podía manejar a mi antojo.

—No me obligues a hablar. Además, he bebido y no quiero hacerlo borracha.

—Ya no estás bebida —dijo abrochándose la bragueta—. Ya estás sobria o, más bien, has sudado el alcohol. —Se puso la camisa y se sentó en una silla—. Te escucho.

Me quedé clavada al suelo con mis delicadas sandalias y no podía creer lo que veía. Mi tierno amante se había transformado en un mafioso dominante e intransigente. Entorné los ojos preguntándome qué podía hacer. En teoría, tenía motivos para esperar explicaciones y además se preocupaba por mí. Pero, por otro lado, me estaba obligando a hacer algo que en ese momento no me apetecía hacer.

—Marcelo...

—No me llames así —bramó—. Solo usas ese nombre cuando estás enfadada conmigo, pero ahora no tienes motivos.

Suspiré, apreté los dientes y fui hasta la puerta. Cuando sujeté el picaporte, me di cuenta de que estaba cerrada. Me giré y crucé los brazos sobre el pecho con la vista fija en la espalda del canario, que ni siquiera se había dado la vuelta. Pateé el suelo y el ruido se extendió por la habitación. Por desgracia, ni siquiera ese sonido hizo que Nacho se moviera. Di unos pasos y me detuve frente a él. Estaba serio, preocupado y concentrado, y sus ojos verdes me miraban expectantes.

—¿Y? —preguntó levantando las cejas.

—¡Me violó! —dije entre dientes—. ¡¿Estás contento?!

—Mi grito reverberó por toda la casa—. Sencillamente, me folló por todos los agujeros posibles como castigo. ¡¿Era lo que querías oír?! —De mis ojos manó un torrente de lágrimas incontrolado.

El canario se levantó y vino hacia mí con los brazos abiertos, pero levanté las manos para indicarle que no se acercase. Me balanceaba presa de la histeria, y lo último que me apetecía era que me tocara nadie que no fuera mi madre. Nacho se detuvo ante mí apretando los puños y las mandíbulas. Yo me atragantaba con el llanto y él con la rabia. Su pecho de colores subía y bajaba a un ritmo propio de un corredor de maratón tras llegar a meta. Nos quedamos frente a frente atrapados por las emociones, y yo me preguntaba cómo era posible que minutos antes nos sonriéramos tras una magnífica sesión de sexo.

—Ven. —Me agarró de la muñeca y me llevó hacia la puerta—. En cada habitación hay un sistema de bloqueo —explicó mientras me indicaba un pequeño botón que había en lo alto del marco—. Para salir, tienes que pulsarlo.

Me condujo por el pasillo, pero me costaba mucho seguir su ritmo. Me solté de su mano y me incliné para descalzarme. Cuando me desabroché las sandalias y estas cayeron al suelo, Nacho las recogió, volvió a agarrarme de la mano y me llevó hacia las escaleras.

Nos cruzamos con varias personas que trataban de detenernos para charlar, pero Nacho los ignoró y siguió caminando. Bajamos dos pisos y afloró mi claustrofobia, ya que el estrecho pasillo que había bajo la mansión provocó que me mareara y que se me hiciera un nudo en la garganta. Me detuve, me apoyé en la pared y bajé la vista. Miré el suelo, esperando que eso me tranquilizara. El Calvo me observó y, cuando se dio cuenta de que no era otro de mis ataques de furia, me sujetó por la cintura, se me echó al hombro y continuó. Cruzó una puerta y me dejó en el suelo. Levanté los ojos y me quedé atónita. Era una galería de tiro.

Nacho se acercó a uno de los puestos y me pasó unos cascos. Después abrió un armario que colgaba de la pared y volví a quedarme anonadada. Dentro había todo tipo de armas. Nunca había visto tal cantidad de fusiles, pistolas e incluso algo que parecía un cañón en miniatura. Había de todo.

—Yo también quiero —dije levantando una mano.

Me miró un momento como si reflexionara, pero mi expresión no cambió, así que al final cogió una pistola del armario.

—Esta es una Hammerli X Esse calibre 22. Es fantástica, te gustará. —Tenía la culata de color púrpura—. Semiautomática, la mira se regula en horizontal y en vertical. —Recargó el arma para mostrarme lo que me iba explicando—. En el cargador caben diez balas. Está lleno. Toma.

Me dio la pistola y la cogí con firmeza. Quité el seguro y me acerqué al puesto.

Me giré hacia Nacho y dejé los cascos sobre la mesa. «Voy a convertirme en una mercenaria», pensé. Su rostro se iluminó al verme con el arma en la mano. Sacó otra pistola del armario y se situó a mi lado.

—Cuando estés lista —dijo, y alejó nuestras dianas hasta la distancia adecuada.

Inspiré profundamente, luego otra vez, y me vino a la mente la escena de la que le había hablado antes al canario. Portugal, de noche, vuelvo al apartamento después de besar al Calvo por primera vez, veo a Massimo borracho y él me… Noté un dolor en el pecho, lágrimas en los ojos y finalmente se apoderaron de mí la ira y la furia. Inspiré una vez más y las balas empezaron a cruzar el aire. Disparaba a la hoja de papel que colgaba ante mí como si masacrarla fuera a borrar de mi memoria lo que había sucedido.

—Otro cargador. —Extendí la mano hacia él—. Dame munición.

El rostro de Nacho mostraba sorpresa, pero, aun así, se acercó al armario para obedecerme. Poco después dejó una caja ante mí.

Llené el cargador con manos temblorosas y, cuando acabé, volví a desahogarme con la diana. Después de vaciar el cargador, volví a rellenarlo y empecé a disparar de nuevo.

—Muchacha. —El susurró y el tacto de su mano me sacaron del abismo de la furia—. Es suficiente, querida. —Colocó sus manos sobre las mías y me quitó el arma—. Veo que lo necesitabas más que yo. Ven, tienes que dormir.

Agaché la cabeza y dejé que me cogiera en brazos para llevarme al dormitorio.

Me quedé tumbada en la cama hecha un ovillo mientras esperaba que Nacho terminara de ducharse. Desde hacía una hora no le había dicho ni una palabra. El canario me había bañado, me había cambiado de ropa y me había dejado sobre la cama, desde la que miraba la pared como embobada. Casi como cuando me salvó la vida y me llevó a la casa de la playa.

—Laura —dijo sentándose en la cama—. Sé que este tema te duele, pero quiero zanjarlo de una vez por todas. —Se dio la vuelta y su trasero de colores envuelto en una toalla negra desapareció de mi campo de visión—. Quiero matar a Massimo. —La seriedad del canario me heló el corazón—. Pero solo lo haré si me das permiso. Siempre he llevado a cabo ejecuciones a cambio de dinero, nunca por motivos personales, pero esta vez es diferente. Quiero quitarle la vida. —Puso las manos a ambos lados de mi cabeza y se inclinó ligeramente—. Solo tienes que decir «sí» y el hombre que te maltrató desaparecerá de este mundo.

—No —susurré, y me volví hacia él—. Si alguien tiene que matarlo, esa soy yo. —Apreté la cara contra la almohada y cerré los ojos—. Más de una vez he tenido motivos y la oportunidad de hacerlo, pero no quiero ser como él ni estar con una persona que me recuerde a él —susurré.

Mientras Nacho digería mis palabras, se hizo el silencio. Al final se levantó, salió y cerró la puerta. Me quedé dormida.

15

Me desperté con dolor de cabeza, pero no de resaca, sino por la excesiva cantidad de emociones del día anterior. Miré a mi alrededor y me di cuenta de que probablemente había dormido sola. «Ya empezamos», dije con un suspiro, y cogí una botella de agua que había sobre la mesilla.

Recorrí la habitación con la vista. La noche anterior no había tenido el tiempo ni la oportunidad de hacerlo: muebles oscuros y modernos, formas rectangulares, muchos espejos y montones de fotografías. Cristal unido a madera clara y metal, a cuero y piedras. La enorme ventana, de una sola hoja de vidrio, daba al océano y a los maravillosos acantilados. Delante había unos sofás grises rectangulares, como si las vistas sustituyeran al televisor.

Me levanté y me acerqué a disfrutar de esa estampa que cortaba la respiración, pero lo que vi me dejó sin habla. Nacho, vestido solo con unos vaqueros rotos, sujetaba en brazos a un niño en el jardín de abajo. Estaba en la tumbona jugando con Pablo, que gateaba encima de él, le tiraba de la nariz y de las orejas y le metía las manos en la boca.

—Dios —murmuré apoyándome en el marco de la ventana.

Nacho tenía un aspecto maravilloso, ideal, y verlo con el bebé me enterneció e hizo que lo deseara más aún. Recordé los acontecimientos de la noche anterior y golpeé el frío cristal con la frente. «Joder, qué tonta soy cuando bebo», pensé. En ese momento, sobria, todo parecía distinto. Me sentí avergonzada. Le había montado un circo cuando en realidad él solo quería protegerme, y encima lo comparé con el hombre al que más odiaba del mundo.

Me di la ducha más rápida de la historia, me puse una de sus camisetas y bajé corriendo. Cogí unas gafas de sol que encontré en la mesita del recibidor y salí al jardín. El canario no podía verme porque estaba de espaldas, pero en cuanto crucé la puerta se volvió y me miró. Me acerqué tranquilamente y bajé la cabeza en señal de arrepentimiento.

—Te siento —comentó. Se levantó y me besó en la frente—. Te presento a Pablo, el niño que ha puesto mi mundo patas arriba.

El pequeño de cabellos claros estiró sus manitas hacia mí y lo cogí en brazos. Se me abrazó y metió sus deditos en mi pelo, aún mojado.

—Dios —exclamó Nacho cuando besé al pequeño—. Quiero tener un hijo contigo. —La sonrisa que se dibujó en su rostro era más brillante que los rayos de sol en junio.

—Calla. —Le di la espalda y fui hacia la mesa llena de comida—. Me espera un divorcio, un conflicto con mi amiga, mi hombre quiere asesinar a mi marido y tú me hablas de hijos... —comenté con gesto divertido, y dejé a Pablo en una sillita alta que había junto a la mesa—. Y que quede claro… —Levanté un dedo cuando se detuvo a unos centímetros de mí.

—Has dicho «mi hombre» —me interrumpió cuando iba a iniciar una explicación. Me abrazó—. ¿Eso significa que somos pareja oficialmente? —Me quitó las gafas para mirarme a los ojos.

—Oficialmente, eres el amante de una mujer casada —repliqué con alegría, arqueando las cejas.

—Anda ya, si él nunca ha sido tu marido… —Me mordió la nariz con delicadeza y sonrió—. Yo lo seré. —Se puso las gafas que me había quitado—. Lo siento. —Pegó sus labios a mi frente y suspiró con fuerza—. Ayer no debí presionarte.

—Que sea la última vez —comenté muy seria mientras me apartaba un poco de él. Volví a levantar un dedo—. La última vez que duermes en una cama que no sea la que yo ocupo, Marcelo Nacho Matos. —Una amplia sonrisa sustituyó el pánico que se había apoderado de su rostro—. Si no, me divorciaré de ti antes de que pidas mi mano —añadí en broma, y él se puso serio.

—Entonces ¿aceptas? —preguntó alejándose de mí.

—¿Que si acepto qué? —Mi sorpresa casi podía palparse.

—¡Ser mi esposa!

—Nacho, te lo ruego. —Bajé los brazos en señal de impotencia—. Deja que me divorcie, que te conozca y pregúntame después. —Se entristeció y se puso serio—. Me muero de hambre. ¿Dónde está Amelia?

—¿No quieres estar conmigo? —continuó.

—Escucha, chico tatuado, quiero conocerte, enamorarme de ti y ver si nos puede ir bien. ¿Puedo? —La irritación se mezclaba con la alegría en mi interior.

—De todas formas, sé que ya estás enamorada de mí —afirmó con una gran sonrisa y separó mi silla—. Y con mis camisetas estás de lo más sexy, así que desde ahora solo te vestirás así. —Me besó en la coronilla, metió las manos por mis mangas y me agarró los pechos.

—¿Os toqueteáis delante del niño? —La voz de Amelia atravesó el aire como el chasquido de un látigo. Nacho sacó las manos y las apoyó en el respaldo de la silla en la que estaba sentada—. Pobre Pablo —comentó en broma cogiendo a su hijo en brazos—. Y pobre madre, porque a ella nadie le toquetea las tetas. —Le dirigió a su hermano una mirada provocativa y él levantó un dedo a modo de advertencia.

—¡No me cabrees, jovencita! —gritó muy serio, y se sentó a mi lado—. Ocúpate del niño, de las compras o de lo que sea, pero ni te atrevas a mirar a un hombre, porque tendré que matarlo.

La chica puso los ojos en blanco con resignación y cogió el biberón para dárselo al niño.

—Pero si no le harías daño a una mosca, Marcelo. —Le sacó la lengua—. Creo que te has metido demasiado en el papel de gánster. —Se echó a reír.

El canario tomó aire para decir algo, pero mi mano, que descansaba sobre su muslo, lo detuvo para que no respondiera a las palabras de su hermana. Se sirvió huevos revueltos y empezó a comer mirando a Amelia con rabia.

—La controlas demasiado —comenté en polaco, y di un sorbo a mi té con leche.

—No la controlo. Simplemente no quiero que vuelva a enamorarse de un imbécil —contestó soltando el tenedor—. Además, ahora debería centrarse en el niño, en ella y en amueblar la residencia, no en buscar emociones. Últimamente ya ha tenido bastantes. Tiene que recuperarse. —Me miró muy serio y se limpió la boca con la servilleta.

—Eres tan sexy cuando te pones categórico... —Me mordí un labio y me acerqué a él—. Me gustaría hacerte una mamada ahora mismo, debajo de la mesa. —Mi mano apretó su muslo y su polla se movió bajo el pantalón elevando la tela ligeramente.

—Laura, eres muy vulgar —me reprendió tratando de no reírse—. Hoy tenemos una agenda muy apretada, así que come y no pienses en tonterías.

—Lo que está apretado es otra cosa. —Sonreí, y acaricié su polla, completamente empalmada.

—Volvéis a hacerlo, y encima habláis en polaco para que no os entienda. —Amelia puso los ojos en blanco—. ¡Salidos! Quiero añadir que tengo una megarresaca y mi libido está a tope, así que...

—¡Basta! —El puño de Nacho golpeó la mesa y yo di un bote en la silla—. Ayer vi cómo ese mierda se te insinuaba y te juro que si no tuviera negocios con su padre, ya estaría muerto y enterrado detrás de la casa.

—Bah, exageras. —Siguió dando de comer al niño como si nada, mientras a su hermano se lo llevaban los demonios—. Me besé con él una o dos veces hace años y tú haces un mundo de eso. Ven, Pablo, vámonos, que tu tío va a vomitar el desayuno de la rabia que tiene.

Cuando pasó a su lado, se inclinó para que Nacho pudiera besar al niño en la cabeza. Me guiñó un ojo y se metió en casa.

—No me gusta que te pongas así —dije girándome hacia él cuando retomó el desayuno.

—Tonterías. —Cogió el pan sin mirarme—. Te encanta.

Y ahora que me he librado de ella, métete bajo la mesa. —De nuevo volvió a aparecer una amplia sonrisa en su cara, pero cuando aparté la silla y me arrodillé, se apagó un poco—. ¿Quieres hacerlo mientras como? —preguntó sorprendido cuando le bajé la bragueta.

—Me daré prisa, lo prometo —dije antes de meterme su miembro en la boca.

Y me di prisa, lo cual no impidió que el camarero que nos servía estuviera a punto de interrumpirnos dos veces. Por suerte para mí, Nacho era capaz de quedarse inmóvil cuando era necesario y además sabía dividir su atención. Al hombre no le daba tiempo ni a cruzar la puerta, porque el Calvo lo despachaba con una sola palabra. A duras penas consiguió terminarse los huevos revueltos y después le obligué a beberse un zumo. Se atragantó varias veces, pero por fortuna llegamos al final y después me senté en mi sitio para terminar de desayunar.

—Eres terrible. —Suspiró con los ojos cerrados al tiempo que echaba la cabeza hacia atrás.

—¿Qué haremos hoy? —pregunté como si tal cosa.

—Follar —contestó sin pensárselo dos veces.

—¿Cómo? —Me volví hacia él sorprendida.

—Nos vamos al Teide. —Soltó una carcajada y se puso las gafas que estaban sobre la mesa—. Y allí follaremos. —Levantó las cejas y sonrió—. Voy a solucionar un asunto. Llama a Olga y pregúntale si Domenico la deja salir de la isla.

Nacho apoyó las manos en la mesa y apartó la silla para levantarse. En ese momento, el camarero que antes había intentado llegar hasta nosotros apareció de nuevo en el umbral. Como no nos opusimos, se acercó. Llevaba en las manos un paquete enorme. El canario lo miró y el hombre dijo algo en español mientras se lo entregaba. Matos me miró, luego observó lo que tenía en las manos y, cuando el camarero se marchó, se sentó.

—Este paquete es para ti —comentó muy serio mientras su mirada delataba un nerviosismo evidente—. No sé de dónde viene, pero sí quién lo manda. —Clavó en mí sus ojos verdes y se quedó pensativo—. Muchacha, deja que lo abra yo.

Esperó a que le diera permiso, pero negué con la cabeza.

—Nacho, él no quiere matarme. —Cogí el paquete, lo puse delante de mí y empecé a desenvolverlo—. No es el psicópata que piensas —comenté, y tiré el envoltorio al suelo. Ante mis ojos apareció una caja con el logo de Givenchy—. ¿Zapatos? —dije extrañada mientras quitaba la tapa.

Al ver lo que contenía la caja, el desayuno que había ingerido diez minutos antes me subió a la garganta. Tuve el tiempo justo para apartarme de la mesa y vomitar sobre la hierba. Caí de rodillas y mi cuerpo empezó a agitarse por las convulsiones. No podía respirar, me abandonaron las fuerzas y los últimos restos de comida sin digerir salieron de mi interior. El canario se arrodilló a mi lado, me sujetó del pelo y de la frente, y cuando terminé, me dio un vaso de agua y una servilleta de tela para que me limpiara.

—¿Así que no es un psicópata? —preguntó. Me levantó del suelo y me sentó en una silla con el respaldo vuelto hacia la mesa—. Joder, te he dicho que lo abría yo —bramó golpeando la mesa con las manos.

Temblaba sin poder creer lo que contenía la caja. Mi perrita, mi querida bola de pelo blanco. ¡¿Cómo puede un hombre hacer algo tan cruel?! ¡¿Cómo se puede tratar así a un animal indefenso?! Los ojos se me llenaron de lágrimas y se me hizo un nudo en la garganta.

Oí que Nacho rasgaba un papel y le miré asustada por lo que pudiera encontrarse. Tenía una hoja en la mano y leía algo que había escrito en ella.

—Me cago en la hostia —murmuró entre dientes, y la arrugó.

Extendí el brazo para darle a entender que quería leerlo. Me miró durante un momento dudando, hasta que al final me puso la bola de papel en la mano. Lo estiré. «Esto es lo que has hecho conmigo...», leí. Ese breve texto y la masacre de la caja hicieron que volviera a apartarme de la silla para vomitar sobre la hierba.

—Laura. —De nuevo, los fuertes brazos de Nacho me levantaron del suelo—. Muchacha... Voy a llevarte al dormitorio y llamaré al médico. —Estaba agotada, así que no me opuse cuando me cogió y me hizo entrar en la casa.

Me metió bajo el edredón y pulsó un botón del mando a distancia para que la ventana se oscureciera. La habitación se quedó en penumbra y poco después se encendieron unas pequeñas lámparas junto a la cama.

—No quiero médicos —murmuré girándome hacia un lado mientras me secaba las lágrimas—. No me pasa nada... creo. —Hundí la cabeza en la almohada y le miré. Estaba sentado a mi lado y me acariciaba el pelo con delicadeza—. ¡¿Qué era eso?! —pregunté cabreada—. En vuestro mundo, lo que se manda es una cabeza de caballo, no un perro descuartizado, ¿no?

El canario resopló con expresión burlona y meneó la cabeza. En su boca apareció una media sonrisa.

—En mi mundo hay océanos, tranquilidad y tablas de

surf. —Suspiró—. Querida, te repito lo que te dije ayer. Puedo...

—¡No! —Mi tono hizo que Nacho agachara la cabeza resignado—. Ese animal no tenía la culpa de nada y yo no puedo creer que Massimo sea tan cruel.

—Creí que, como te había violado, ya sabías qué tipo de persona es —comentó, pero enseguida se arrepintió de las palabras que acababa de decir—. Joder... lo siento —murmuró.

Me quedé un momento tumbada, mirándolo extrañada, y después me levanté enfadada de la cama y me fui al vestidor sin decir ni una palabra. Nacho me siguió.

—Querida... —empezó a decir, pero levanté una mano para hacerle callar—. Laura, yo... —balbució mientras me ponía unos *shorts* y una camiseta—. Muchacha, espera, por lo que más quieras. —Me agarró de un hombro, pero me revolví para soltarme.

—Déjame... en... paz... joder —exclamé entre dientes—. Y no me toques o perderé los nervios —grité sin control—. ¡¿Por qué coño te lo he contado?! —Me golpeé la frente con la mano. No podía creer que lo hubiera mencionado—. Ahora me lo recordarás a cada momento... Gracias, Nacho. —Me puse las deportivas de tela y cogí el bolso—. Quiero un coche —dije abriendo la mano.

—Pero, querida, no conoces la isla, estás nerviosa, no deberías conducir.

—¡Dame las putas llaves, joder! —le grité en plena cara temblando de rabia.

El canario inspiró hondo y apretó los dientes. Fue hacia la puerta y lo seguí al tiempo que me ponía las gafas de sol.

Poco después ya estábamos en el aparcamiento, donde

había una hilera de coches de todo tipo. Nacho marcó un código en algo que parecía una caja fuerte y me miró.

—¿Grande o pequeño? —preguntó señalando hacia los coches con la cabeza.

—Me da igual —repliqué impaciente, dando una patada al suelo.

—Vale, ven, voy a programarte el GPS para que después puedas volver a casa. —Cogió las llaves y caminó por el aparcamiento, hasta que llegó a un gigantesco Cadillac Escalade negro y se subió en él—. «Casa uno» es el apartamento; «Casa dos», la finca. ¿Quieres que te apunte algún otro lugar? —Me miró con expresión indiferente y mi furia se transformó en desesperación.

No sabía qué esperar de todo aquello. Quizá contaba con que se mostrara categórico y no me permitiera ir a ningún lado. O puede que pensara que me iba a echar un polvo para que me olvidara de lo ocurrido en los últimos treinta minutos. Si ni yo sabía lo que quería, ¿cómo demonios iba a saberlo él?

—Si necesitas ayuda, llama a Iván. —Se bajó y se marchó.

—¡Me cago en la hostia puta! —murmuré mientras me subía en esa especie de camión.

Arranqué y al salir casi me llevo varios vehículos por delante. Minutos después ya estaba en la carretera.

Me sentía extraña sabiendo que no me seguía nadie, que no me vigilaban ni me protegían. No creía estar en peligro, aunque no podía quitarme de la cabeza la imagen que me había estropeado el desayuno. Subía cada vez más guiándome por los carteles que indicaban TEIDE. Quería estar sola, y el volcán me parecía la mejor idea.

Tardé más de media hora, pero finalmente estuve encima de las nubes. Aparqué el coche y miré la montaña nevada que tenía ante mí. Era un paisaje de otro planeta: piedras, desierto, nieve y un cráter en medio de una calurosa isla.

Me senté cómodamente, saqué el teléfono y marqué el número de Olga.

—Joder, ¿sabes lo que ha hecho Massimo? —le pregunté cuando contestó.

—Tengo puesto el manos libres. Domenico está conmigo.

—¡Mejor que mejor! ¿Podría el psicópata de tu hermano hacer el favor de parar? —Se hizo el silencio y cerré los ojos. Noté que se llenaban de lágrimas—. Me ha enviado la perrita descuartizada dentro de una caja de mis zapatos favoritos...

—Hostia puta —exclamó Domenico. Al fondo se oyó el grito de Olga—. Laura, no tengo control sobre él. No sé dónde está. Ha dejado a sus hombres y ha desaparecido.

—Domenico, necesito a Olga. —Suspiré, y al otro lado se hizo el silencio de nuevo—. Lo que ha ocurrido hoy... Dios, lo que ha ocurrido durante los últimos días... Necesito tenerla a mi lado o voy a volverme loca. —Un sollozo incontrolado surgió de mi garganta.

—¿Sabes en qué tesitura me pones? —preguntó en un tono amable, y casi pude ver la expresión de su rostro—. Si Massimo se entera de que lo he permitido, se lo llevarán los demonios.

—¡Me importa una puta mierda! —bramó Olga—. Domenico, mi amiga me necesita, así que iré, te pongas como te pongas. Valora el hecho de que te pida tu opinión, pero lo que le pase a tu hermano me da absolutamente igual. —Casi podía verla agitando las manos ante la cara de su novio.

—¿Pero es que yo aquí no pinto nada o qué? —dijo el siciliano soltando un suspiro—. Mañana la meto en un avión, así que avisa a tu... —se detuvo y carraspeó—, Marcelo que nuestro avión aterrizará en Tenerife. Pero recuerda, Laura: ella ya tiene novio y no necesita aventuras.

La risa de Olga resonó en el teléfono y luego oí que le daba un beso y murmuraba algo.

—Bueno, perra, voy a follarme a mi futuro marido porque veo que necesita dejarme contenta para que no se me ocurra hacer tonterías.

Ambos gritaron *ciao* y colgaron, así que me quedé sola.

Después de hablar con mi amiga se me pasó la rabia. Me puse triste al pensar que era la primera vez que discutía con Nacho. En realidad, le había montado el pollo del año, porque no lo llamaría discusión. Marqué su número y me puse el teléfono en la oreja, pero, por desgracia, no lo cogió. «¿Tanto se habrá enfadado?», pensé, y dejé el móvil sobre el asiento. Arranqué, marqué la ruta «Casa dos» en el GPS y me puse en marcha.

Aparqué delante de la mansión y entré a buscar al canario. Lamentablemente, mi habilidad para moverme por sus pasillos era nula, así que poco después estaba perdida del todo. Llamé a Amelia para pedirle ayuda y, después de una breve conversación, me di cuenta de que estaba cerca. Le describí el lugar donde estaba y me encontró en menos de cinco minutos.

—No sabrás dónde está tu hermano, ¿verdad? —le pregunté mientras me conducía por un pasillo.

—¿Discutisteis? —Suspiró y puso los ojos en blanco—. Es lo que me imaginé cuando lo vi dando vueltas por la casa y supe que habías desaparecido. Creo que está en la casita de la playa. —Este comentario casi me dejó sin fuerzas en las piernas.

Me vinieron a la mente unos recuerdos maravillosos. Gracias a los momentos que habíamos pasado en aquel lugar solitario, en ese instante estaba allí, en Tenerife.

—Amelia, ¿puedes ponerme la dirección en el GPS? —pregunté nerviosa, y me mordí un labio.

—Claro, ven.

Diez minutos después, volví a salir de la residencia de los Matos, pero esa vez me fui hacia abajo. El dispositivo que me marcaba la dirección indicaba que llegaría a mi destino en algo más de una hora, así que tenía tiempo para pensar y planear lo que le diría a Nacho cuando lo viera. Lo malo era que no se me ocurría nada. No estaba muy segura de si debía pedirle perdón (¿había hecho algo por lo que debiera disculparme?). En realidad, tenía motivos para estar furiosa, pero mi reacción no había sido nada inteligente. Una vez más, había hecho lo que mejor se me daba delante de un problema: salir corriendo. Mientras conducía el *monster truck*, me prometí que no volvería a actuar de ese modo. Y no solo se trataba de Nacho, sino de toda mi vida. Decidí que ya estaba bien de huidas. Era hora de plantar cara a todas mis furias y demonios.

Después de un viaje bastante largo, entré con el coche en la arena y mi corazón se desbocó. La última vez que había estado allí pasé de un miedo infinito a una gran tristeza al pensar que abandonaba el paraíso. En ese lugar me besó por primera vez mi descarado secuestrador y allí me enamoré de mi torturador. Todo estaba justo como lo recordaba: la casita de madera con un porche y la barbacoa en la que preparó la cena. La playa y el océano ondulante. Cuando vi la moto apoyada en una palmera, tuve la seguridad de que mi hombre estaba cerca. Subí las escaleras y, antes de sujetar el picaporte, inspiré hondo varias veces. Entrar y ya está, sin pedir disculpas, sin esperar disculpas. Entrar y ver qué ocurre. Expulsé el aire de mis pulmones y crucé el umbral.

Recorrí las diferentes estancias y descubrí, decepcionada, que no estaba. Sobre la mesa había un teléfono y una botella de cerveza empezada. Le di un trago y me dio asco, porque estaba caliente, lo cual quería decir que llevaba allí mucho tiempo. Suspiré y salí. Me senté en las escaleras y empecé a preguntarme qué haría cuando volviera. Y entonces tuve una idea: como estaba en un lugar solitario y mi intención era reconciliarme con él, lo mejor sería darle una sorpresa.

Volví dentro, me di una ducha rápida y me senté de nuevo en las escaleras envuelta solo en una manta. Apoyé la sien en la barandilla y miré el océano. Había muchas olas, y me vino a la cabeza la absurda idea de que igual le había pasado algo. Claro, seguro. Después de tantos años subido en una tabla de surf, había decidido ahogarse precisamente en ese momento para hacerme rabiar. Agité la cabeza para apartar las tonterías que pensaba y esperé. Pasaron los minutos, las horas, hasta que al final mis ojos se cerraron.

De pronto noté que unas manos mojadas abrían la manta que me envolvía. Me asusté un poco y, medio dormida, traté de levantarme. Pero las manos que notaba sobre mí me sujetaron y me tumbaron sobre el suelo de madera. A través de las pestañas entreabiertas vi que ya era de noche. Respiré aliviada cuando noté el familiar olor a chicle. Estaba segura de que el hombre que acariciaba delicadamente mis labios era Nacho.

—Te esperaba —susurré mientras su lengua recorría mi cuello.

—Me gusta este tipo de espera —contestó, e introdujo su lengua en mi boca despacio.

Gemí y lo agarré de las nalgas, que para mi alegría resultaron estar al aire. Tumbada sobre la manta, lo atraje hacia mí para notar todo su cuerpo. Estaba mojado y salado, tenía todos los músculos duros y tensos, lo que me indicaba que habría surfeado mucho tiempo.

—Lo siento, niña —susurró apartándose de mí—. A veces soy tonto, pero aprenderé a no serlo.

—Jamás volveré a escaparme. —Abrí los ojos y miré la figura apenas visible que estaba encima de mí—. A veces necesito pensar y lo hago mejor sola. —Me encogí de hombros en señal de disculpa.

—¡¿En serio?! —Su sonrisa brilló en la oscuridad—. Entonces tenemos más en común de lo que pensaba. —Me besó con fuerza—. Voy a secarte la espalda —comentó alegremente—, por si tenemos que hacer el amor sobre este suelo.

—Espero que no me «seques» solo eso. —Lo atraje hacia mí y le obligué a besarme.

—También puedo secarte las rodillas. —Me puso boca abajo y elevó mi trasero—. Oooo... —alargó la letra mientras me acariciaba el culo—, ponerte de pie y así salvar tu delicado cuerpecito. —Me levantó y chillé por la sorpresa. Me dejó junto a la columna de madera que sujetaba el tejado y entreabrió mis muslos con sus piernas—. Eres muy pequeñita. —Oí cómo se reía mientras me besaba la nuca—. Pero enseguida lo arreglo, espera.

Me dio unas palmadas en el trasero y regresó poco después. Me levantó del suelo y me dejó sobre una base de madera.

—¿Una caja de cerveza vacía? —Miré hacia abajo y sonreí—. Qué original.

—Una caja de tu vino favorito. —Volvió a besarme en la nuca—. Ordené que llenaran la bodega. —Las manos del canario agarraron mis pechos—. La cocina… —Noté su polla en las nalgas, dura como el acero—, el baño…

—¿Para qué queremos vino en el baño? —exclamé cuando sus dedos se deslizaron hasta el clítoris.

—El baño lo he aprovisionado de cosméticos; el armario, de ropa, y en la casa he instalado internet para que no tengamos que movernos de aquí. —Cerró los dientes sobre mi hombro y solté un gemido—. También te he comprado un regalo, pero solo te lo daré si eres buena y levantas el culito. —Me empujó en un costado para que me girara—. Agárrate fuerte, querida, aquí.

Las manos de Nacho sujetaron las mías y me indicaron dónde quería que las pusiera. Las llevó hasta detrás de la columna y me entrelazó los dedos de ambas. Después bajó su mano de colores por el brazo, el hombro, la espalda, hasta que me agarró por la cintura.

—Tienes un culito precioso —susurró abriéndome ligeramente las nalgas—. Cada vez que te penetro tengo ganas de correrme en ese instante. —Terminó la frase y su pene se introdujo lentamente en mi interior.

El canario gimió y apretó las manos contra mí, y en ese momento las mías asieron con fuerza la madera. El lento movimiento de sus caderas y lo profundamente que penetraba provocaron que apenas pudiera mantenerme en pie. Nacho aceleraba y yo me retorcía y gritaba con cada acometida. Sus fuertes manos me sujetaban y cada vez me apretaban más. Después de un rato, empezó a moverse con tal ritmo que pasamos de hacer el amor a follar con locura. Los ardientes sonidos que salían de nuestras gargantas ahogaron el ruido de las olas que llegaban a la playa, y sus caderas cortaban el aire cálido y espeso al rebotar de forma rítmica contra mis nalgas. Me dominaba, Dios mío, y lo hacía con tal devoción, ternura y amor que no fui capaz de seguir luchando contra el orgasmo.

—Necesito verte —susurró cuando ya solo me separaban unos segundos de lo que tanto deseaba.

Me agarró de la cintura y me llevó a una habitación iluminada por una luz pálida. Me tumbó sobre un sofá, junto a la chimenea, se arrodilló y tiró de mí hacia abajo para poder penetrarme de nuevo. Con la mano derecha me agarró de la nuca, con la izquierda de la cadera y empezó a follarme otra vez sin dejar de mirarme.

—Dios —gemí y hundí la cabeza entre las almohadas—. ¡Más fuerte!

Levanté las caderas para clavarme más en él y el orgasmo llegó en el momento ideal. Grité tan fuerte que no oí nada aparte de mi voz.

Nacho se acercó y metió su lengua en mi boca abierta, y con ello amortiguó el grito. Poco después él también llegó al clímax y nuestros labios se unieron en un apasionado beso. No sé cuánto tiempo duró, pero casi perdí el aliento.

Cuando volvió a separarse seguía dentro de mí y yo, semiinconsciente, intentaba abrir los ojos.

—Duerme, muchacha —susurró, y me levantó con delicadeza, tras lo cual me llevó al dormitorio.

—Me gusta reconciliarme contigo —comenté agarrada a él como un mono—. Pero ya no quiero discutir, así que tenemos que inventar otro motivo para reconciliarnos.

Aunque no le veía, sabía que sonreía y que sus ojos verdes me miraban con atención.

—Te quiero. —Me cubrió con la colcha y se pegó a mí.

—Lo sé. —Le cogí la mano—. Siento… —Besé los dedos que me sujetaban y me quedé dormida.

16

Estaba frente a la terminal VIP del aeropuerto. Esperaba junto al coche y daba saltitos por los nervios. Hacía calor en la calle, así que iba vestida con unos pequeños *shorts*, unas chanclas y un top microscópico, pero ardía asada por el sol de junio. Unos brazos de colores me abrazaron por detrás. Suspiré y apoyé la cabeza en el hombro de Nacho. Estaba extenuada, ya que la noche anterior no me dejó dormir y por la mañana me había mandado a surfear al océano. Los labios del canario se desplazaron por mi mejilla, llegaron hasta los míos y su lengua mentolada entró en mi boca. Con la cabeza ladeada, besaba como una adolescente al hombre calvo que tenía a mi lado.

—¿Me has hecho venir para que vea cómo te morreas? —comentó Olga alegre.

Giré la cabeza y me aparté del guaperas para mirar en dirección a la voz. Mi amiga tenía un aspecto que me dejó sin habla. Llevaba un ancho pantalón de lino, un pequeño top a juego y unos zapatos de tacón de puntera corta. Estaba elegantísima. Tenía el pelo recogido en un moño alto y sujetaba un bolso de Chanel. Yo seguía apoyada en el pecho de Nacho y sus brazos de colores me rodeaban.

—Te he hecho venir porque tenemos que hablar. —Di un paso al frente y la estreché contra mí—. Me alegro de que estés aquí —susurré cuando me besó en la mejilla.

—Ya me he acostumbrado a que me arrastres por todo el planeta. —Me soltó y le tendió la mano al canario—. Hola, Marcelo. ¿Mejor Nacho? ¿Cómo quieres que te llame?

—Como prefieras. —La acercó a él y la besó en la mejilla sin más protocolo—. Me alegro de verte en mi isla. Gracias por venir.

—Bueno, tampoco tenía otra opción. —Me señaló con la cabeza—. Es una maestra del chantaje emocional. Además, pronto me casaré y tenemos que arreglar algunos asuntos.

El canario suspiró, abrió la puerta del coche y nos invitó a entrar.

Pasamos la tarde juntos. Quería que Olga conociera a Nacho y que, gracias a ello, comprendiera mi decisión. Bebimos vino en la playa mientras contemplábamos surfear al Calvo, fuimos a comer algo a un encantador bar situado en medio de la nada y al final fuimos a la finca.

Nacho le indicó a Olga cuál era su habitación, me besó en la frente y dijo que había llegado el momento de que él trabajara y yo hablase con mi amiga. Me encantaba eso de que me dejara espacio, que respetara mis necesidades y mi deseo de tener mi propia vida.

Me hizo mucha gracia enterarme de que había ordenado preparar una fiesta de pijamas para nosotras. Íbamos a pasar la noche solas. En la habitación habían colgado globos con los logos de las mejores marcas de moda del mundo y sobre las camas había unos encantadores chándales de Chanel. Seguramente no los había elegido el Calvo, porque eran demasiado elegantes para su gusto. En unos enormes cuencos con hielo había botellas de champán rosado y unos bancos bajos estaban tan repletos de comida que se combaban. Magdalenas de colores, algodón de azúcar, marisco, sándwiches... Parecía la fiesta de cumpleaños de una princesa. Incluso nos había llevado una *jukebox* y un equipo de karaoke. Por si eso fuera poco, en la terraza de la habitación había un *jacuzzi* y, al lado, dos camillas de masaje y un botón para llamar a los encargados de hacérnoslo.

Olga se quedó rascándose la cabeza y miraba incrédula todo lo que había a su alrededor.

—Mientras surfeaba y se tensaba su divino cuerpo de colores, pensé que te interesaba por el sexo —comentó al cabo de un rato—. Después, cuando me hizo llorar de risa con sus aventuras en el Caribe, me convencí de que se trataba de que era un niño atrapado en un cuerpo de hombre. —Miró alrededor señalando todo lo que nos rodeaba—. Pero ahora ya estoy completamente despistada y dispuesta a pensar que es ideal. —Me miró cuando me apoyé en la pared—. Recuerda, Laura, tiene que haber algo malo. —Asintió con firmeza.

—Yaaa. —Estiré la vocal—. Por ejemplo, que es el padrino de una familia mafiosa. Y un asesino a sueldo. —Levanté el índice—. O que tiene tatuajes hasta en el culo. —Me reí cuando sus ojos empezaron a salirse de sus órbitas.

—¡Serás gilipollas! —exclamó—. ¿Por qué me lo has dicho?

—De momento no he descubierto su lado oscuro. Me trata como a un huevo con una cáscara muy fina y al mismo tiempo me da libertad. No tengo guardaespaldas, o al menos no sé nada de ellos. Puedo ir en moto, surfear y si quisiera saltar en paracaídas seguro que no pondría ninguna objeción. No me ordena nada, no me obliga a nada y solo pierde los nervios con su hermana pequeña. —Me encogí de hombros—. Aunque ella pasa olímpicamente, así que no es peligroso.

—Pero Massimo también era así. —Me dirigió una mirada escrutadora.

Suspiré y le di el chándal rosa.

—No del todo... Black era maravilloso, pero categórico y autoritario. Además, no estoy diciendo que estuviera mal con él. Hasta Nochevieja fue casi ideal. Pero, se mire como se mire, la mayoría de las cosas las hacía obligada por él. La boda, el niño, los viajes... Hiciéramos lo que hiciéramos, mi opinión no contaba. —Me senté en una silla y cogí una copa—. Ahora soy libre, y el hombre que está conmigo hace que me sienta como si tuviera dieciséis años.

—Exactamente igual me pasa a mí con Domenico. —Se puso el chándal y se sentó frente a mí—. Esto le está afectando mucho, tu marcha, la desaparición de su hermano... Él y Mario se ocupan ahora de todo. La casa está como poseída. —Meneó la cabeza—. He pensado en mudarnos a otro sitio y Domenico no tiene nada en contra, así que... —Se detuvo, se encogió de hombros y echó un trago.

—¿Y cómo va la empresa? —pregunté resignada.

—Muy bien. Emi se encarga de todo. La colección se está confeccionando según tus indicaciones. En general sin cambios, aunque hay que pensar qué haremos de ahora en adelante.

Asentí mecánicamente.

—Mejor hablemos de la boda —soltó de repente Olga, y

a mí se me subió el estómago a la garganta al pensar que tenía que viajar a Sicilia—. Porque eres la madrina y Massimo...

—Sí, lo sé. —Apoyé la frente en la mesa que tenía justo enfrente.

—Laura, tú no me harías eso, ¿verdad? —gritó levantándome de los pelos—. Que tu canario se invente algo, lo que sea, pero tienes que venir. —Cruzó los brazos sobre el pecho—. Además, no sé si Massimo volverá a tiempo. Domenico dice que está de juerga en burdeles mexicanos, así que igual pilla alguna venérea que lo deja fuera de combate. —Enarcó las cejas con gesto divertido.

Cuando dijo eso, sentí un extraño pinchazo en el pecho. Antes no había pensado en lo que hacía Massimo con otras mujeres. Y quizá fuera hipocresía por mi parte, pero el caso es que no pude dejar de sentir una punzada de celos en mi interior.

—Bebamos —propuse alzando la copa.

—No, querida —replicó inclinándose un poco—. ¡Cojamos una cogorza!

Después de dos horas y cuatro botellas íbamos tan borrachas que no éramos capaces de levantarnos para cambiar la canción que se había atascado en la máquina de discos. Estábamos tiradas sobre la alfombra revolcándonos de risa y recordando nuestras aventuras juntas. La conversación era más bien poco constructiva, porque ninguna de las dos escuchaba, aunque ambas teníamos mucho que decir. En cierto momento, Olga trató de levantarse y se agarró de la mesita, que cayó al suelo con la lámpara y el resto de las cosas que había encima. El estruendo y el ruido del cristal roto nos espabilaron un poco, pero no lo suficiente como para intentar ponernos en pie, así que seguimos tiradas como troncos.

Poco después, Nacho entró en la habitación como un huracán. Solo llevaba puesto un pantalón de chándal ancho. Sujetaba una pistola en cada mano. Al verlo, nos quedamos de piedra; él, en cambio, en cuanto se dio cuenta de nuestro estado, sonrió de oreja a oreja.

—Veo que os lo estáis pasando de miedo, chicas.

Nos esforzamos por parecer lo más dignas posible, pero allí rodeadas de botellas y restos de comida no resultaba sencillo. Le miramos sin poder aguantar la risa y él empezó a enrollarse algodón de azúcar en el dedo.

—¿Os ayudo a incorporaros? —preguntó muy alegre, y asentimos.

Primero se acercó a Olga y la levantó en brazos sin problema para dejarla sobre la cama. Después volvió a por mí. Me abrazó con fuerza y se sentó en la otra cama sin soltarme.

—¿Y ahora qué, borrachillas? —Me besó en la frente mientras nos miraba a una y a otra—. Mañana os vais a morir, ¿lo sabéis?

—Creo que voy a vomitar —murmuró entre dientes mi amiga mientras se cogía la cabeza.

—¿Quieres que te lleve al baño o que te traiga un cubo?

El Calvo enseñó una amplia sonrisa y me metió bajo la colcha.

—Un cubo —balbució poniéndose de lado.

Nacho le trajo a Olga todo lo que podía serle útil: un cubo, agua y una toalla. Sin embargo, cuando vio que se había quedado dormida, se sentó a mi lado y me apartó el pelo de la cara.

—¿Tú te encuentras bien? —preguntó preocupado. Asentí con la cabeza, porque temí que, si abría la boca, también empezaría a vomitar—. La próxima vez os daré verdura y zumos de frutas. —Me besó en la nariz—. Ya veo que os gusta pegaros trompazos contra el suelo.

No sé cuánto tiempo se quedó allí sentado mirándome, pero mientras me dormía noté que su mano me acariciaba el pelo.

—Me quiero morir.

Me despertó la voz ronca de Olga. En ese momento sentí que un enorme martillo me golpeaba la cabeza.

—Me cago en la puta —gemí al tiempo que cogía la botella de agua—. ¿Cómo coño se nos ocurrió ponernos en ese estado?

—Anda, un cubo —comentó Olga, y de pronto me llegó un recuerdo brumoso de quién lo había traído—. Anda, si vomité dentro. —Su perspicaz observación me divirtió, pero cuando empecé a reírme el martillo pilón volvió a golpearme en el cráneo.

—Te lo trajo Nacho —le dije, tratando de no moverme—. ¿Lo recuerdas?

Gimió y negó con la cabeza.

—Creo que anoche destrozamos algo —murmuró al cabo de un momento.

Miré el amasijo formado por la mesita, la lámpara y los restos de comida.

—Sin duda, nos cargamos algo y él vino armado a salvarnos. Y nos salvó, pero levantándonos del suelo y metiéndonos en la cama.

—Es un amor. —Resopló y luego se llevó la botella de agua a la boca—. Oye, en la mesita de mi lado hay un vigilabebés. —Miré en su dirección con un ojo y descubrí, sorprendida, que Olga tenía razón—. ¡Tu hombre nos escucha! —vociferó con tono acusador tirando el agua por todas partes.

—¿Sabes? Creo que si hubiera querido espiarnos, no nos habríamos enterado.

Nos costó casi una hora arrastrarnos fuera de la cama. Incluso quisimos darnos una ducha, pero se quedó en el intento. Nos pusimos gafas de sol y bajamos al jardín con los encantadores chándales rosas. Ver otra vez a Nacho con Pablo en brazos me dejó de nuevo hecha polvo. Estaba de pie, con unos pantalones cortos, estrechando con una mano al pequeño dormilón contra su pecho desnudo, mientras que con la otra sujetaba el teléfono. Ambas suspiramos y él se volvió sonriendo.

—Laura, creo que me he enamorado —murmuró Olga babeando un poco.

—Sí, lo sé. —Suspiré—. Verle con ese niño ya son palabras mayores.

Con paso inestable, como corresponde a unas tías medio borrachas, fuimos hacia la mesa. El Calvo terminó de hablar y delicadamente dejó al pequeño en una tumbona que había unos metros más allá, en la sombra.

—Por fin se ha dormido —dijo, y me besó en la cabeza para, a continuación, señalarnos nuestros sitios en la mesa.

Había unas pastillas en dos platos y unos vasos llenos de una sustancia verde.

—Señoras mías, os propongo que os bebáis esto de un tirón. —Separó dos sillas—. A no ser que lo queráis en vena.

—Soltó una carcajada y, cuando me senté, recibí otro beso en la coronilla—. Son electrolitos y glucosa mezclados con una porquería. —Sonrió de oreja a oreja—. Pero el médico ha dicho que gracias a esto viviréis.

—¿Y qué es? —preguntó Olga dejando el vigilabebés junto a su vaso.

Nacho dio la vuelta a la mesa y se sentó delante de nosotras.

—Es de Pablo. —Nacho trató de ponerse serio, pero le resultó imposible—. Olga, te caíste de la cama tres veces. —Se echó zumo en un vaso y bebió un sorbo—. Y yo, cada vez que oía un estruendo en vuestra habitación, estaba convencido de que ocurría algo malo y entraba allí como... como... Rambo. —Rompió a reír—. Así que decidí facilitarme la tarea y vigilé si dormíais como buenas chicas.

—Joder, qué corte —exclamó Olga, y trató de tragarse el puñado de pastillas.

—Exageras. Para corte lo que ocurrió en Lagos, cuando intentasteis salir del restaurante borrachas. —Se inclinó hacia atrás en la silla y juntó las manos en la nuca—. Me disteis pena, pero no pude ayudaros, porque, ya sabes... Allí yo solo era un sueño. —Me guiñó un ojo y le dediqué una sonrisa ebria.

—Dios, ¿también viste eso? —Mi amiga se parapetaba tras las gafas de sol, pero aun así supe que había puesto los ojos en blanco—. No debes de tener muy buena opinión sobre nosotras, ¿verdad?

—La forma de ser de tu amiga me dice mucho sobre las dos —le dijo a Olga sin apartar la vista de mí—. Además, no tenéis setenta años y os gusta divertiros. No hay nada de malo en ello. —Bebió otro sorbo—. Y la imagen de una chica que vomita vestida con un chándal rosa es incluso divertida.

Olga cogió un pequeño crepe de la mesa y se lo tiró a la calva.

—Me cae bien —me dijo en polaco—. De verdad que me cae bien. —Sonrió.

—Gracias —contestó Nacho en mi idioma materno, y Olga se golpeó la frente con la mano, sorprendida al ver que el canario entendía todo lo que decíamos—. Tú también a mí —continuó—. Pero ahora, queridas señoras, el brebaje verde os espera. Venga, de un trago. —Se rio y señaló la casa con el dedo—. Si hay algún problema, allí está el cubo.

Olga se quedó unos días conmigo. Conoció a Amelia y, como me pasó a mí, enseguida adoró a la chica rubia. La ocultábamos de su hermano cuando bebía vino con nosotras. Una vez se olió algo, pero desvié su atención haciéndole una rápida mamadita en la galería de tiro. En teoría era adulta y podía hacer lo que quisiera, pero Nacho la trataba como a una niña y le prohibía la mayoría de las cosas interesantes.

Yo aprendí a surfear, pero Olga se quejaba de que el neopreno le apretaba, de que la tabla era demasiado grande y pesada, y de que le dolían las manos, así que solo lo intentó una vez. Pero mientras yo estaba en el agua, hacía compañía a Amelia y a Pablo. Ya tenía todo lo que necesitaba: a mi querida amiga, el sol y a un hombre que ocupaba un espacio cada vez mayor en mi corazón. Aunque, por supuesto, no pensaba decírselo por miedo a que, cuando estuviera seguro de que me poseía, dejara de esforzarse tanto por mí y todo cambiara.

La última noche cenamos en uno de los restaurantes que había junto a la costa. Amelia se quedó con Pablo, pero yo sabía que Nacho la había despachado porque quería hablar con nosotras. Cuando nos acabamos el postre, suspiró con fuerza.

—Bueno, tenemos que hablar de lo que pasará en una semana —dijo muy serio al tiempo que dejaba la servilleta en la mesa—. No voy a negar que preferiría que Laura no viajara a Sicilia, pero no puedo prohibírselo. —Puse una mano sobre su muslo y le miré con gratitud—. Me gustaría tratar con Domenico el tema de su protección. No concibo que vaya allí sin mis hombres. —Inspiró hondo—. Al menos ocho de ellos, y nada de alcohol. —Me lanzó una mirada de advertencia—. Comprendo que es tu boda, Olga, pero quiero mantener el mayor nivel de seguridad. Después podéis celebrar una fiesta aquí o en cualquier lugar del mundo, pero allí no. —Su tono era suave, pero decidido.

—¿Y por qué no puedes venir con ella y protegerla personalmente como mi invitado? —preguntó Olga dejando la copa en la mesa.

—No es tan sencillo. —Nacho suspiró y por un momento se cubrió la cara con las manos—. Pertenecemos a grupos criminales, pero tenemos nuestro código y debemos respetar sus reglas. —Levantó los ojos y negó con la cabeza—. Colaboro con muchas familias que también tienen negocios con Massimo, así que mi presencia en Sicilia sería una provocación demasiado grande y una falta de respeto hacia los Torricelli. Para los otros grupos no sería solo algo preocupante, sino una declaración de guerra. —Se encogió de hombros—. Bastante tiene con que le haya arrebatado a su esposa, lo que seguramente no escapará a su atención. —Sonrió con tristeza—. Por favor, marca el número de tu prometido y pregúntale si podría discutir conmigo el tema de la protección ahora.

Olga hizo lo que le pedía y poco después le pasaba el teléfono al Calvo, que se disculpó con nosotras y se fue hacia la playa.

—¿Le has comentado que lo más seguro es que Massimo no venga a la boda? —preguntó Olga, y dio un sorbo a la copa de vino.

—Sí, pero no parece haberle tranquilizado. —Me encogí de hombros—. De todas formas, no lo sabemos. Ni siquiera Domenico tiene claro si su hermano volverá a tiempo. Y Nacho prefiere ir con pies de plomo.

Unos veinte minutos más tarde, el canario volvió a la mesa y le devolvió el móvil a Olga.

—Se te está acabando la batería —comentó, y le hizo una señal al camarero, al que le pidió otra cerveza—. Lo haremos así. Laura, viajarás a Sicilia en mi avión, pero, por desgracia, no lo pilotaré yo. Te alojarás en la casa que compré y estarás protegida por varias decenas de personas. Aunque eso no es nada en comparación con el ejército de los Torricelli. —Me cogió de la mano—. Querida, sé que lo que voy a decir suena fatal, pero en la boda no puedes comer ni beber nada que no sea lo que te den tus guardaespaldas. —Miró a Olga—. Confío en Domenico y sé que no hará nada malo, pero la gente de los Torricelli puede recibir otras órdenes. Y no queremos que se monte un infierno. —Bajó la cabeza—. Te ruego que me comprendas.

Le acaricié la espalda y le besé en la sien. Sabía cuánto le costaba enfrentarse a esa situación.

—Me gustaría que el domingo por la mañana ya estuvieras en Tenerife. Aguantemos ese sábado y después, cuando acabe todo... —Sonrió y levantó las cejas.

—Bueno, vale —intervino Olga—. Pero ¿podrá ayudarme con los preparativos?

—Sí, aunque he acordado con Domenico que se hará en terreno neutral, no en la mansión, como habías previsto. —Dirigió a mi amiga una mirada inflexible—. Hemos llegado a un acuerdo, Olga. En este momento, todos debemos adaptarnos a la situación.

—Y todo por mi culpa. —Abrí los brazos—. Porque se me ocurrió cambiar de vida y, de paso, la de todos los que me rodean. —Me quedé pensativa y cogí la copa—. Oye, Olga, ¿y si...?

—No digas ni una puta palabra más. —Levantó una mano—. Allí no te pasará nada, te doy mi palabra. De lo contrario, me quedaré viuda el día de mi boda, porque si hay algún fallo de seguridad, mataré a Domenico. —Asintió—. Y ahora llama al camarero y pídele que traiga otra botella.

Me sentía triste, o más bien me devoraba la culpa, y ni siquiera el alcohol era capaz de aplacarla. En ese momento, las personas más importantes para mí estaban sentadas a mi lado y charlaban tranquilamente, pero yo tenía ganas de echarme a llorar. El canario notó que mis pensamientos se hallaban muy lejos de allí y cada cierto tiempo trataba de hacerme reír. Como todos sus esfuerzos fueron en vano, se levantó y, sin decir una palabra, se fue hacia el camarero. Lo observamos sorprendidas.

Cuando se subió al pequeño escenario que había en el local y uno de los miembros del personal le dio un violín, una amplia sonrisa apareció en mi cara, algo que no le pasó desapercibido. Me guiñó un ojo y se colocó el instrumento bajo la barbilla.

—¡No me digas que va a tocar! —exclamó Olga.

Las primeras notas musicales se extendieron por el inmenso salón y las voces de los comensales que estaban cenando se apagaron. John Legend, *All Of Me*. De nuevo, Nacho me daba a entender algo con una canción; había decidido declararme su amor. Olga estaba como hipnotizada y él tocaba mirándome solo a mí. Cuando al final del estribillo pasó a sonidos agudos, aparecieron las lágrimas. No fui capaz de controlarlas, solo dejé que corrieran por mis mejillas. Él las vio, pero también sabía que no eran de tristeza. Me miraba fijamente y no paraba de acariciarme con las notas, hasta que poco a poco llegó al final de una canción que, a pesar de durar varios minutos, sin duda se me hizo demasiado corta. La melodía se fue haciendo cada vez más tenue hasta que al final desapareció. La gente rompió a aplaudir, el canario se inclinó y le entregó el violín al camarero, al que le dio unas palmadas en la espalda.

—Porque todo en mí ama todo lo que hay en ti —dijo citando el estribillo, y me besó con suavidad durante un rato sin hacer caso a Olga, que había sufrido un colapso.

Al final se separó y volvió a sentarse en su sitio.

—¿Te sirvo vino, Olga? —preguntó levantando la botella.

Mi amiga solo emitió un gemido y asintió nerviosa mientras inspiraba.

Al día siguiente me despedí de ella como si no fuéramos a vernos nunca más. Estábamos en la pista del aeropuerto y ambas sollozábamos mientras Nacho trataba de hacerme entrar en la terminal. Cuando lo consiguió, me rodeó con un brazo y me llevó a su flamante coche.

—Tengo que viajar a El Cairo y me gustaría que me acompañases.

—¿Para qué vas allí?

—Tengo un encargo —contestó sin inmutarse, como si hablara de entregar una pizza.

—Ajá —repliqué mecánicamente, y me acomodé en el asiento.

—No estaremos mucho tiempo; como máximo, dos días. —Cerró la puerta y arrancó.

—¡¿Dos días para matar a un hombre?! —La consternación que se dibujó en mi cara le resultó divertida.

—Querida, los preparativos completos duran más, pero yo solo voy para comprobar que todo salga como es debido y apretar el gatillo. —Se quedó pensativo un momento—. Aunque en este caso seguramente también pulsaré algunos botones —añadió, y sonrió enseñando los dientes.

—No lo entiendo. ¿Cómo puedes sonreír al pensar en matar a un hombre? —Meneé la cabeza.

Nacho se apartó de la carretera y se detuvo en el arcén. Lo miré extrañada.

—Muchacha, si no quieres conocer la respuesta a una pregunta, es mejor que no la hagas. —Me miró con dulzura y sonrió delicadamente—. Además, no intentes comprenderlo, no tiene sentido. Simplemente es mi trabajo. Voy y hago lo que me toca. Pero, para tu tranquilidad, te diré que no es buena gente. —Asintió—. ¿Qué, surfeamos un poco?

Me quedé a cuadros por el repentino cambio de tema e inspiré profundamente tratando de calmarme. Ver a gente muerta no era algo habitual para mí, pero, por otro lado, ¿qué podía hacer? A fin de cuentas, desde el principio supe que Nacho no era contable ni arquitecto...

¡Dios, qué difíciles me resultaban mis pensamientos! Sin embargo, después de vivir casi un año entre gente como Massimo y Nacho, ya era hora de cambiar mi punto de vista.

Enseguida me di cuenta de que íbamos a la casa de la playa.

El océano estaba muy agitado, pero Nacho dijo que me las apañaría sin problemas. Me seguía dando una tabla dos veces más grande que la suya, pero me fiaba de él cuando decía que aún no había llegado el momento de usar una más pequeña. Me encantaba que me enseñara, pero aún más mirarle cuando alardeaba delante de mí. Después de lo que había escuchado en el coche no estaba del mejor humor, pero tras descansar un poco e impregnarme del paisaje, fui hacia donde rompían las olas. Miré a un lado y a otro y esperé. Vigilé atentamente el océano y, cuando vi una ola grande y perfecta, me puse en marcha. Me levanté y me subí en la tabla. Oí que el canario gritaba algo, pero no lo entendí, así que seguí disfrutando por haber logrado mantenerme en pie una vez más. Aun así, la siguiente ola me tiró al agua. Agité las piernas para tratar de salir a la superficie, pero noté que el cable que llevaba atado al tobillo se había enredado. No podía moverme. Llegaban más olas y me hundían en el agua. Ya no sabía dónde estaba la superficie. Me entró el pánico. Pataleaba tratando de liberarme, hasta que la tabla me golpeó en la cabeza. Oí un zumbido y se me hizo un nudo en la garganta. En ese instante, unos brazos de acero tiraron de mí y me dejaron sobre la tabla. Nacho se inclinó y desenredó el cable que impedía que me moviera. Mi tabla amarilla, que había estado a punto de ahogarme, flotó hacia la orilla.

—¿Estás bien? —Jadeaba preocupadísimo, al tiempo que sus ojos aterrorizados examinaban cada centímetro de mi cuerpo—. Amor mío, has de tener cuidado con el cable. Es largo y se puede enredar.

—¡¿En serio?! —exclamé en un tono casi divertido, tras lo cual escupí los últimos restos de agua salada.

—Por hoy es suficiente. Ven, te prepararé algo para comer. —Me tumbó sobre la tabla y me remolcó en dirección a la orilla.

—No tengo hambre. Acabo de llenarme de líquido.

Me dio unas palmadas cariñosas en el trasero y serené mi respiración. Con él me sentía segura.

Nacho encendió la barbacoa y, vestido exactamente igual que aquella noche, muchos meses atrás, fue preparando las delicias que sacaba de la nevera. Contemplaba su pecho desnudo y su culo, que sobresalía un poco por encima de la cintura de sus vaqueros rotos.

—En aquel momento me dijiste que solo querías echarme un polvo. —Se volvió hacia mí—. ¿Por qué?

—¿Qué querías que hiciera? —preguntó encogiéndose de hombros—. Me enamoré de ti y creía que, si te hacía daño, te apartarías de mí, y así no arruinaría la vida de ambos. —Se me acercó y se apoyó a ambos lados de la silla en la que estaba sentada—. Además, al salir oí que me llamabas «maldito hijo de puta». —Me besó delicadamente en la nariz—. Por otra parte, era la primera vez que me rechazaba una mujer y no sabía cómo comportarme. —Se levantó y bebió un trago de cerveza.

—Por cierto, nunca hemos hablado de tu pasado. —Levanté las cejas con mucha curiosidad—. Cuénteme, señor Matos, ¿cómo ha sido su vida amorosa?

—Se me está quemando algo en la barbacoa... —soltó señalando la comida, y casi salió corriendo en esa dirección.

—De eso nada. —Me levanté de un salto y lo seguí—. No se te quema nada, lo que pasa es que eres un cobarde. ¡Habla!

Le di un azote y me quedé tras él con los brazos cruzados sobre el pecho, esperando su relato.

—Nunca he tenido una relación estable, si es lo que quieres saber. —Me estreché contra su espalda mientras fingía dar la vuelta a la comida en la parrilla—. Ya te dije en diciembre que siempre he querido estar con una mujer diferente a las demás. —Se volvió hacia mí y me abrazó con fuerza—. Y al final la he encontrado. —Pegó sus labios a mi frente y se quedó un rato inmóvil—. Deberíamos hablar sobre lo que pasó entonces.

—Ya no hay nada de qué hablar, Nacho. —Apoyé una mejilla en su pecho—. Todo lo que ocurrió en aquel momento fue un accidente. Si lo que quieres saber es si te culpo, te diré que no. Doy por supuesto que debía ser así.

Me callé un momento para escuchar los latidos de su corazón.

—¿Si lamento haber perdido al bebé? —continué—. No sé cómo es tenerlo, pero sé que en la vida todo pasa por alguna razón. —Levanté la cabeza y miré aquellos ojos verdes—. Y como no tenemos una máquina del tiempo, no vale la pena preguntarse cómo habría sido. —Me puse de puntillas y le besé en la barbilla—. Te puedo decir lo que pienso ahora.

Los ojos de Nacho se agrandaron y brillaron.

—Ahora soy feliz y no cambiaría nada. Me gusta estar contigo, me siento segura y... —Me detuve para no hablar más de la cuenta.

—¿Y? —me apremió.

—Y ahora sí que se te quema el pescado. —Le besé en su torso de colores y fui a servir el vino.

Cenamos en silencio, mirándonos y sonriendo de vez en cuando. Nos sentíamos. No hacían falta palabras, bastaba con los gestos. Cuando me metía comida en la boca y rozaba delicadamente mis labios, una corriente eléctrica atravesaba nuestros cuerpos. Era mágico, romántico y totalmente nuevo.

Dejé el tenedor y descubrí sorprendida que acababa de beberme toda la botella de vino. Me sentía ligeramente alegre, pero no borracha, así que me levanté a por otra. En ese momento el canario también se puso de pie, me cogió de la mano y nos dirigimos hacia la playa. Le acompañé curiosa, sin saber adónde íbamos; solo se oía el ruido de las olas que llegaban a la arena.

Cuando ya estábamos fuera del alcance de las luces de la casa, la oscuridad fue completa. Nacho soltó mi muñeca y se desabrochó el pantalón. Lo dejó caer al suelo y, sin decir una palabra, me quitó la camiseta y se arrodilló para hacer lo mismo con mis bragas. Cuando me quedé desnuda ante él, volvió a cogerme de la mano y me llevó al agua. Estaba caliente, suave y totalmente negra. Me daba miedo, pero era consciente de que él estaba conmigo y sabía lo que hacía. Me agarró de la cintura, lo rodeé con las piernas, me sujetó del culo y se metió más y más en el agua. Cuando le llegaba a la mitad de la espalda, se detuvo. No decía nada, no se movía, solo escuchaba.

—Quiero pasar contigo el resto de mi vida, niña, y sé lo que vas a decirme —susurró. Tomé aire para decir algo—. Solo quería que lo supieras. —Terminó de hablar, me sujetó de la nuca y acercó sus labios a los míos—. No es necesario que digas lo que sientes —comentó calladamente, y su aliento mentolado me paralizó—. Te siento, Laura. —Su lengua se introdujo en mi boca y me apreté contra él—. Los dos mundos que amo —dijo, y besó mis hombros—. El océano y tú.

Sus manos abrieron mis nalgas y con un hábil movimiento me penetró.

—Eres mío —susurré cuando empezó a acariciarme con sus besos de nuevo.

El agua hacía que mi cuerpo no pesara. Podía hacer lo que quisiera conmigo. Entró profunda y apasionadamente, lo notaba en todo mi ser. Eché la cabeza hacia atrás y miré el cielo. Estaba plagado de estrellas y eso hacía que nada pudiera compararse con lo que sentía en aquel momento. Dios, era perfecto: él dentro de mí, el calor, la suavidad del agua, como si Nacho hubiera organizado incluso la distribución de los cuerpos celestes sobre nosotros.

Me apartó un poco, me tumbó sobre el océano, que estaba casi en calma, y con la mano que le quedaba libre acarició alternativamente mis pechos y mi clítoris. Los dedos del canario apretaban los pezones, los pellizcaban levemente y sus brillantes ojos fijos en mí me hacían perder la cordura.

Cuando ya pensaba que iba a alcanzar el clímax, me dio la vuelta con un movimiento y quedé de espaldas a él; me volvió a atacar con su tremenda erección. Me sentó sobre él, lo que habría sido imposible sin el agua que nos rodeaba.

Con una mano agarró mi pecho y con la otra me masajeó el clítoris en círculos. Sus dientes me mordían la nuca, el cuello, los hombros, y él se mecía al compás del océano. Noté que se acumulaba el placer en mi bajo vientre y que todo el centro se apretaba rítmicamente. Gemí con fuerza y apoyé la cabeza sobre el poderoso hombro de Nacho. Sabía, o más bien notaba, lo que iba a ocurrir en un instante, así que me penetró con más fuerza.

—Relájate —susurró—. Deja que te dé placer.

Estas palabras provocaron una explosión. Clavé las uñas en el antebrazo que me sujetaba y me corrí.

—Necesito verte —susurró cuando casi había conseguido terminar, y de nuevo me giró para ponerme mirando hacia él—. Muchacha —gimió otra vez y me besó con ganas.

Dominada por las emociones y excitada al máximo, empecé a acercarme al clímax de nuevo y él se unió a mí vertiendo su cálido esperma en mi interior.

Permanecimos un rato inmóviles, mirándonos a los ojos, apenas visibles, y deseé que el tiempo se detuviera. Que no existiera esa maldita boda, ni Massimo, ni la mafia ni nada que pudiera estropear lo que había entre nosotros.

Se volvió sin que sus brazos de colores me soltaran y empezó a caminar lentamente hacia la playa.

—No —exclamé abrazándome a él con fuerza. Nacho se detuvo—. No quiero volver aún. Quedémonos aquí. No tengo ganas de que suceda lo que va a suceder. Si no nos movemos de este lugar, no pasará nada de eso.

El Calvo me apartó un poco y me observó, atravesando con su mirada cada fragmento de eso que llamamos alma.

—Estaré a tu lado, niña, no temas. —Me estrechó contra él y salió del agua.

Dejó mi trémulo cuerpo sobre el porche, lo envolvió con una inmensa toalla y volvió a cogerme en brazos. Me llevó a la ducha, me quitó el agua salada y después me puso otra de sus camisetas. Luego me tumbó en la cama y me cubrió con su cuerpo. Se quedó dormido con la cara pegada a mi pelo mojado.

Me desperecé y alargué un brazo hacia un lado para rodear con él a mi hombre, pero su mitad de la cama estaba vacía. Abrí los ojos asustada y vi el teléfono sobre la almohada y una nota al lado: «Llámame». Lo cogí, me tumbé boca arriba y marqué el número del canario.

Lo cogió después de la primera señal.

—Vístete y ven a la playa —dijo.

No me apetecía levantarme, pero ese tono suyo algo autoritario... Abrí los ojos, volví a desperezarme y salí de la cama. Me lavé los dientes, me puse unos *shorts* microscópicos, una camiseta blanca de tirantes sin sujetador y unas Converse de tela. Allí me sentía a mi aire. En nuestro refugio incluso podía ir desnuda. Me recogí el pelo en un moño improvisado, de manera que algunos mechones me caían sobre la cara, me puse las gafas de sol y abrí la puerta.

Al ver a Nacho junto a dos caballos negros, sonreí de oreja a oreja.

—¿Se los has robado a alguien? —pregunté bromeando. Me acerqué a él y me besó en la boca.

—Tormenta y Rayo. Son nuestros.

—¿Nuestros? —repetí sorprendida, y me dirigió una radiante sonrisa—. ¿Tenemos más?

—Sí, algunos... —Pensó un momento—. Otros veintitrés, en total veinticinco, pero pronto serán más. —Le dio unas palmadas a uno de los enormes animales y este le acarició el pecho con la cabeza—. Frisones, caballos holandeses de sangre fría. Son muy fuertes. Antiguamente se usaban como caballos de guerra y de tiro, pero ahora son solo para montar. Ven.

El enorme caballo negro tenía una crin larguísima y una cola increíble, muy espesa. Parecía un corcel de cuento.

—¿Por qué supones que sé montar? —pregunté. Me acerqué y cogí las riendas.

—Por tus movimientos, creo que la equitación no te es ajena. —Levantó las cejas con gesto divertido.

Metí un pie en el estribo y me impulsé con fuerza con el otro. Me senté en la silla. Nacho asintió satisfecho, pero me sorprendí de no necesitar ayuda para subir. Hacía mucho que no montaba, pero pasa igual que con la bicicleta, nunca se olvida. Moví las riendas, chasqueé la lengua y di unas vueltas hasta que al final me detuve delante de Nacho.

—¿Quieres comprobar si sé hacer el trote levantado?

Moví las correas de cuero que sujetaba, di un grito y me lancé al galope por la playa. Estaba vacía, era muy ancha y, en ese momento, mía. Volví la cabeza y vi que el canario se subía alegremente a la silla de su caballo y salía tras de mí. No tenía intención de huir de él, solo quería demostrarle algo.

Aflojé la marcha hasta ponerme al trote para que pudiera alcanzarme y miré al frente disfrutando del paisaje.

—Vaya, vaya —comentó con admiración al llegar a mi altura—. No conocía esta faceta tuya.

—Ya... Pensabas que era otra cosa que podrías enseñarme, ¿verdad?

—Para ser sincero, sí. —Asintió riéndose—. Pero veo que podrías enseñarme tú a mí.

Avanzamos despacio por la arena mojada, en la que se hundían las pezuñas de los caballos. Ni siquiera sabía qué hora era, porque había olvidado mirar el reloj al levantarme de la cama. Pero no debía de ser muy tarde, porque el calor no era sofocante y el sol estaba bajo en el horizonte.

—Tenía unos diez años cuando mi padre me llevó a un criadero de caballos. —Sonreí al recordarlo—. A mi madre, que es una histérica, la idea no le hacía demasiada gracia, porque para ella una niña pequeña y un caballo grande eran sinónimo de invalidez permanente, pero mi padre no hizo caso a su pesimismo y me apuntó a clases de equitación. Desde hace casi veinte años a veces tengo la oportunidad de montar estos hermosos animales. —Di unas palmadas a la yegua sobre cuyo lomo iba sentada—. ¿Los crías?

—Me relajan. —La delicada sonrisa de su boca delataba su debilidad por estos animales—. Mi madre los adoraba, al contrario que la tuya. Ella fue la que me subió a la silla de montar. Cuando murió, estuve mucho tiempo sin volver al criadero, pero en el momento en que mi padre me dijo que iba a venderlo, me opuse y le prometí que me ocuparía de él. Después resultó ser un negocio muy lucrativo e incluso al gran jefe le convenció la idea de que los caballos se quedaran en nuestras manos. —Suspiró y pareció estremecerse al recordarlo—. Así que ya ves, preciosa mía, también tenemos unos cuantos ponis para ti. —Una vez más, me dirigió una de sus sonrisas infantiles y después salió disparado hacia delante.

Nacho no era una persona ensimismada ni misteriosa; bastaba con hacerle una pregunta para obtener respuesta.

Sin embargo, había en él sentimientos que ocultaba, que simplemente no quería mostrar. En su interior convivían dos almas, y cada una de ellas hacía que Nacho fuera el hombre más excepcional que había conocido. Sonreí al pensar que me pertenecía y galopé tras él.

17

Estuvimos tres días en El Cairo y di gracias a Dios por que no fueran más. Jamás había sufrido un calor como el de Egipto. Nacho tenía que «trabajar», así que tuve mucho tiempo libre. Como algo excepcional, el canario no me dio libertad para moverme sin protección, así que fui a casi todas partes con Iván. No era precisamente hablador, aunque contestaba con paciencia a mis preguntas. Visité las pirámides, o más bien las vi por fuera porque mi claustrofobia no me permitió conocer su interior. Pero el exterior era magnífico. Fuimos a una mezquita, al Museo Egipcio y, por supuesto, de compras. En esta última parada el pobre Iván dio muestras de gran tranquilidad y paciencia, por lo cual le recompensé pasando la tarde en la piscina.

Después de esos días en El Cairo y sus alrededores, me convencí de que Egipto no era un país para una mujer como yo, y aquí es clave la palabra «mujer». El islam profesado por la mayoría de sus habitantes limitaba mucho los derechos de las mujeres. Les prohibían tantas cosas que me resultaba increíble y, desde luego, no podría aceptarlo. Pero de todo lo que conocí en ese sorprendente país de cultura, en mi opinión, algo retorcida, lo «mejor» fue la institución del guardián de la moral. Es una especie de policía de las costumbres que, al parecer, puede condenar a muerte por practicar sexo con alguien que no es tu marido. Al pensar en ello me asusté un poco, porque era justo lo que yo hacía con mi amante y por eso me sentía aún más amenazada. Dejando eso a un lado, buena parte de las lugareñas se parecían a la Morran, el personaje creado por Tove Jansson en sus libros sobre los mumins. Iban envueltas en telas y solo se les veían los ojos, a veces ni eso. Nacho me rogó durante una hora que me cubriera los brazos y las rodillas para no destacar entre las demás, y accedí para que me dejara en paz. El canario era cristiano; si hubiera sido musulmán, me habría podido castigar según la ley. Si hubiéramos estado en una ciudad balneario, no habríamos tenido problemas, pero la capital era otra historia. La mayor ventaja del lugar era el clima. Del cielo caían ardientes rayos de sol, no vi ni una nube y, tras un día de bronceado, mi cuerpo se volvió negro. El agua de la piscina del hotel Four Seasons estaba agradablemente fría y el personal se mostraba impasible ante la imagen de mis microscópicos pechos desnudos. El vestido que me esperaba en Sicilia exigía que tomara el sol sin sujetador, es decir, en topless.

Naturalmente, este argumento no convenció a Iván y no me libré de una teleconferencia con mi hombre, que estaba en algún lugar del desierto. Le dije que se ocupara de sus asuntos y le prometí una noche llena de sensaciones, lo que me permitió seguir disfrutando del sol. Era estupendo saber que no iba a aparecer rojo de ira para ordenarme que me vistiera.

Al volver a Tenerife, me di cuenta de que dos días después tenía que irme otra vez. Se me puso mal cuerpo al pensar que iba a enfrentarme a todo lo que había dejado atrás. Por otro lado, me alegraba ya que tendría la oportunidad de recuperar algunas cosas. Olga había prometido preparar lo que me llevé de Polonia y que trataría de encontrar mi ordenador.

Desde el viernes por la mañana, Nacho no dejó de dar vueltas por la casa. Nunca lo había visto tan nervioso. Cerraba la nevera de golpe y le gritaba a la gente por teléfono. En cierta ocasión salió de casa y al rato volvió. No quería cruzarme con él, así que llené una pequeña maleta, la bajé y la puse junto a la pared.

—Me cago en la puta —gritó plantándose delante de mí. Levanté las cejas y le miré como a un idiota—. Niña, no voy a dejarte ir, no tiene sentido. ¿He disparado hace poco a ese tío y ahora tengo que dejarte ir a su isla? —Meneé la cabeza mientras veía furia en sus ojos verdes—. Olga lo comprenderá, estoy seguro de que te perdonará si no estás presente. No puedo encontrar a ese hijo de puta —exclamó resignado, y cogió aire para seguir hablando.

—Querido —lo interrumpí tomando su cara entre mis manos—. Ella no tiene más amigos, y soy la madrina. No pasará nada, no saques las cosas de quicio. Está todo bien planificado: me alojaré en tu casa, con tus guardaespaldas, pasaremos la despedida de soltera bebiendo vino en un dormitorio cerrado a cal y canto. —Asentí para darme la razón—. Al día siguiente nos preparamos, vamos a la boda y vuelvo, ¿vale?

Suspiró, dejó caer los brazos y se quedó con la vista fija en el suelo. Esa tristísima imagen me conmovió de tal manera que un alud de lágrimas llenó mis ojos. No sabía cómo ayudarle, pero era consciente de que no podía fallar a mi amiga.

—Nacho, no pasará nada, ¿lo entiendes? —Levanté su barbilla para que me mirara—. Hablo todos los días con Olga y Domenico. Massimo ha desaparecido. Los hombres de confianza de Domenico vigilarán la boda y contaré con una veintena de los tuyos. No te atormentes más con eso.

Me pegué a él y metí mi lengua entre sus labios cerrados, aunque noté que no tenía ganas ni ánimo para caricias. Llevaba dos días sin apenas tocarme, pero me importaba un pimiento y no tenía intención de marcharme sin echar un buen polvo. Lo empujé brutalmente contra la pared y lo sujeté por las muñecas, tal como él solía hacerme. Sus ojos sorprendidos observaron cómo descendía por su cuerpo hasta la bragueta.

—No quiero —murmuró tratando de detenerme.

—Lo sé —repliqué con expresión divertida—. Pero tu polla sí.

Apreté su abultada bragueta con la nariz.

Entonces sus poderosos brazos de colores me levantaron del suelo y me llevaron hasta la isla de la cocina sujetándome por los codos. Me tumbó encima, pero esta vez sin delicadeza. De un movimiento, me desabrochó el pantalón corto, me lo quitó y lo tiró al suelo. Después me agarró de los muslos y tiró de mí sobre la encimera para, a continuación, liberar su voluminosa polla.

—¡Tú te lo has buscado! —murmuró entre dientes sonriendo.

—Eso espero —exclamé, y me mordí el labio inferior mientras esperaba a que me penetrara.

Esa vez mi hombre no fue delicado, sino tal como esperaba que fuera. Sentí toda su rabia y frustración, todo lo que hervía en su interior desde hacía días, todas sus emociones. Fue apasionado, brutal, firme, perfecto. Me tomó sobre la encimera como quiso, con tanta fuerza como le apeteció. Me folló en todas las posiciones posibles, mostrando un enorme amor y cariño a la vez. Escuchó, sintió y cada uno de sus movimientos lo hizo por y para mí. Sin dolor, sin agresividad incontrolada, solo lo que yo necesitaba experimentar. Me pregunté si era necesario provocarlo para que se portara así, pero si también era capaz de ser ese tipo de hombre, formaba parte de su personalidad.

Estábamos en la pista del aeropuerto. Él no quería soltarme y yo no quería que me soltara, así que el despegue era un poco complicado. Nacho me sujetaba la cara entre las manos, observándome con sus ojos verdes y besándome de vez en cuando. No decía nada, pero no era necesario. Sabía exactamente lo que estaba pasando por su cabeza.

—Volveré dentro de dos días —susurré. Casi podía oír la respiración impaciente del piloto.

—Muchacha... —empezó a decir, y su tono me dejó helada—. Como algo salga mal...

Le puse un dedo en los labios para que se callara y miré con confianza sus ojos preocupados.

—Lo sé. —Volví a meter la lengua en su boca y él me levantó sin apartar los labios—. Recuerda que soy solo tuya —dije cuando por fin me soltó y fui hacia la escalerilla. Sabía que, si me daba la vuelta, correría hacia él y adiós viaje. Y entonces Olga me mataría.

Me tomé un tranquilizante, inspiré hondo y subí a aquella muerte con alas. Procuré no pensar en dónde estaba. Para mi sorpresa, me fue muy bien, porque mis pensamientos se centraron en el hombre al que seguía viendo por la ventanilla. Estaba triste, quizá enfadado. Con las manos en los bolsillos de los vaqueros y su camiseta blanca ajustada al pecho parecía que fuera a desgarrarse por efecto del aire que introducía en sus pulmones. Dios, quería bajar. Creo que jamás he deseado tanto hacer algo. Correr hacia él, saltar en sus brazos y pasar de todo aquello. En ese momento me moría de ganas de ser una completa egoísta. Si no se hubiera tratado de Olga, lo habría hecho, pero ella siempre había estado a mi disposición y en esa ocasión podía agradecérselo.

La azafata se acercó a mí con una copa de champán. La cogí y me la bebí. Sabía que mezclar la medicación con el alcohol era una idea de locos, pero como las burbujas aceleran el efecto de las pastillas, no me importó.

Cuando salí de la terminal en Sicilia, el día llegaba a su fin. Me subí a un coche que probablemente era blindado. Delante había un vehículo y otros dos detrás. Creo que cuando el presidente de Estados Unidos va a algún país, su escolta es menos ostentosa. Mi teléfono empezó a sonar en cuanto lo encendí y la agradable voz de Nacho me amenizó el viaje. No hablamos de nada en particular, en realidad no decíamos más que tonterías que apartaban mi atención del lugar en que me encontraba. Por desgracia, la imagen del Etna, ardiente y humeante, me hizo perder el aliento varias veces, sobre todo porque nos dirigíamos a Taormina. Por suerte para mí, los coches dejaron la autopista para tomar una dirección desconocida por la ladera del volcán. Media hora después aparcamos junto a un muro muy grande y abrí mucho los ojos, sorprendida. Era una fortaleza de un tipo muy diferente al que habría esperado del canario.

—Querido, ¿qué es este fortín? —le pregunté cuando me estaba relatando sus proezas del día sobre la tabla.

—¿Ya habéis llegado? —Se echó a reír—. Ya sé que parece una base militar, pero así es más fácil proteger la casa, o mejor dicho, lo que hay dentro de ella. —Se detuvo un momento—. Mis hombres son especialistas que conocen el terreno a la perfección. Aquí estarás más segura que en un búnker. —Hablaba con voz seria pero tranquila—. ¿Conduce Iván? —Le dije que sí con una ligera sonrisa—. Muchacha, por favor, haz caso a todo lo que te diga; él sabe cómo ocuparse de lo más valioso.

—¡No me seas paranoico, Calvo! —comenté bromeando.

—¿Calvo? —Soltó una carcajada—. Algún día me dejaré crecer el pelo a mala leche y verás lo feo que puedo llegar a ser. Y ahora cena, porque no creo que hoy hayas comido nada aparte del desayuno. Y de mi polla.

Casi pude sentir su sonrisa de adolescente y me alegré mucho de que volviera a estar de buen humor.

—He hablado con Domenico —dijo—. Olga estará contigo dentro de una hora. La residencia entera está a vuestra disposición. Pasadlo bien.

Guardé el móvil en el bolso, no sin antes besarlo. «Dios, es el hombre ideal», pensé. Poco después Iván me abrió la puerta. La casa era gigantesca, por supuesto, de dos plantas y rodeada por un hermoso jardín. Los cuidados senderos corrían entre la magnífica vegetación y cruzaban túneles de árboles. No estaba segura de si era el lugar más seguro del mundo, pero si un asesino a sueldo lo afirmaba, no iba a discutírselo. Lo sorprendente del edificio era que no encajaba con lo que lo rodeaba. Tenía una forma moderna, aristas afiladas y decenas de terrazas que parecían cajones abiertos. Y todo muy muy blanco.

Los hombres se bajaron de los coches y de repente me sentí cercada. No eran una veintena, sino varias decenas. En cada esquina había unos cuantos, otros dentro de casa y algunos en la escarpa, junto al muro. Era un verdadero ejército. Me pregunté para qué tantos, pero enseguida recordé dónde estaba y quién podría intentar entrar.

—No tengas miedo —me tranquilizó Iván poniéndome una mano en la espalda—. A Marcelo le gusta exagerar. —Soltó una risa grave y me condujo al interior.

Tal y como imaginaba después de ver el exterior, la casa era extraordinariamente moderna por dentro. Cristal, metal y formas angulosas. Abajo había un gran salón con el techo muy alto y el suelo revestido de baldosas blancas, y justo al lado de un sofá, una piscina poco profunda. Había también una mesa para doce comensales y unos pufs en forma de pelotas. Más allá se abría una maravillosa vista a una terraza y a la ladera del volcán, y a la derecha, una espectacular cocina atraía la mirada. A mi hombre le encantaba cocinar, así que no era de extrañar que tuviera utensilios de la más alta calidad. La chimenea era un inmenso agujero en la pared que, gracias a un interruptor mágico, se transformaba en una columna de fuego. Tenía ciertas dudas acerca del uso que se le daba, y mi mente me sugirió unas cuantas ideas que me asustaron un poco, así que seguí adelante. Subí unas escaleras y vi un enorme espacio abierto con paredes de cristal. «La privacidad brilla por su ausencia», pensé, y entonces Iván pulsó un botón en la pared y el cristal se volvió completamente blanco. En todos los dormitorios en los que entré había una moderna cama y un televisor, y contaban con baño y vestidor.

Guiada por mi protector, llegué al final del pasillo y, cuando abrió la puerta que había allí, apareció ante mis ojos un maravilloso espacio, acogedor y muy escandinavo. En el centro había una gran cama blanca de madera, unos sillones de color crema y alfombras mullidas. Sin duda, era el dormitorio del señor de la casa.

En la cómoda había fotos de Amelia, Pablo y Nacho, y también una mía. La cogí con curiosidad, porque no la recordaba. Llevaba el pelo rubio y estaba… embarazada. Debía de ser el fotograma de una película. Estaba sentada junto a la mesa de la cocina del canario y lo miraba fijamente.

—O sea, en casa tenemos cámaras —murmuré, aunque no me sorprendió.

Dejé la foto y puse la de Nacho junto a la cama. Gracias a que sus alegres ojos verdes me miraban desde la mesilla tuve la ilusoria sensación de que él estaba allí.

Qué sentimiento tan extraño: estaba en Sicilia, pero con el corazón en Tenerife. Si meses antes alguien me hubiera dicho que iba a estar precisamente ahí, me habría apostado las dos piernas a que era una estupidez.

—¡A emborracharnos! —gritó Olga al salir del coche—. Hola, perra. —Me abrazó y me sentí más tranquila—. Estoy exagerando, claro, pero un poquito sí que podemos beber. Mañana tengo que estar deslumbrante, no hecha una mierda.

—Lo sé —comenté sonriendo mientras la conducía al interior de la casa—. Nacho se ha preocupado de que tengamos algo que beber. ¿Cómo va todo? —Le pasé un brazo por la espalda y le indiqué el camino hacia la terraza trasera.

—Joder, la organización es perfecta, sobre todo porque no tengo que hacer nada, otros lo hacen por mí. —Se detuvo junto a la barandilla—. Por cierto, Laura, ¿por qué demonios hay tanta gente? Cuando hemos llegado lo han revisado todo, incluso he pensado que me iban a registrar dentro de las bragas.

Me encogí de hombros a modo de disculpa y me la llevé de allí.

En efecto, esa noche no nos emborrachamos, solo mojamos los labios en champán. Charlamos de todo, en especial de lo que había ocurrido el último año, y nos dimos cuenta de lo mucho que habían cambiado nuestras vidas. Cuando hablaba de Domenico, noté seguridad en su voz. Lo amaba muchísimo, aunque de un modo extraño. Se entendían y se divertían como amigos, discutían como un matrimonio y follaban como amantes. Estaban hechos la una para el otro. Aparentemente, Domenico era blando y muy conciliador, pero cuando Olga se pasaba de rosca se convertía en un hombre iracundo e intransigente, con lo cual volvía a conquistarla. Lo amaba, de eso no cabía duda.

El sábado por la mañana, rodeadas por mi ejército, nos dirigimos al hotel en el que íbamos a prepararnos para la ceremonia. Me senté en la butaca del peluquero y me bebí otra botella de agua que me había dado Iván. También podía pedir zumo, té helado y un montón de bebidas más que habían viajado conmigo en el coche. Nacho no me había llamado desde que me despertara su dulce risa. Poco después mi chico me recordó que al día siguiente estaría con él. Sabía que, si hubiera podido, no se habría separado de mí, pero, a pesar de lo especial de la situación, quería darme un mínimo de espacio, así que se dedicaba a torturar a Iván. El pobre hombre contestaba al teléfono cada quince minutos y apretaba las mandíbulas antes de decir nada. Seguro que nunca había visto a su jefe tan emparanoiado, pero tampoco Nacho estaba acostumbrado a no controlar personalmente las operaciones. El canario era un perfeccionista que prefería no dormir durante dos días antes que permitir que algo fuera mal.

—Laura, joder, es la tercera vez que te pregunto. —La voz de Olga me hizo dar un bote y el maquillador casi me saca un ojo con el pincel.

—¡Hostia puta, no grites! —exclamé—. ¿Qué quieres?

—¿El moño no es demasiado alto? ¿Y demasiado sencillo? —Se atusó el pelo tratando de aplanarlo—. Creo que no es muy bonito, hay que hacer algo distinto… —Iba de un espejo a otro—. En general, mi aspecto es una mierda. Voy a lavarme, tenemos que empezar de nuevo. Dios, esto no tiene sentido, no quiero casarme. —Me agarró del brazo. Estaba casi histérica—. ¿Para qué necesito perder la libertad? Hay tantos hombres en el mundo… Luego me hará un hijo y… —De su boca salía un torrente de palabras y su rostro palideció.

Levanté la mano y le di una buena bofetada. Se calló y me miró con odio. Todos los presentes se llevaron las manos a la cabeza y esperaron a ver qué ocurría a continuación.

—¿Quieres otra? —pregunté con calma.

—No, gracias, con una es suficiente —contestó casi en un susurro. Volvió a su butaca e inspiró hondo—. Bueno, bajemos un poco el moño y quedará precioso.

Una hora después, Emi le abrochó el vestido a Olga. Era una situación muy curiosa, porque, a fin de cuentas, la novia le había birlado a su chico. Pero descubrí aliviada que mi ausencia les había venido bien y que se entendían a la perfección. Cuando terminó, vi a mi amiga en todo su esplendor. Estaba encantadora y me costó contener las lágrimas. El largo vestido gris claro se extendía varios metros tras ella. No era especialmente original: un modelo sencillo, sin hombros, que a partir de la cintura se hacía más holgado. La diferencia estaba en los cristales... Unas piedrecitas transparentes formaban líneas, colgaban y relucían creando una especie de imagen luminosa sobre la tela. Había más en el pecho y, cuanto más abajo, menor era su número. A la altura de los pies desaparecían por completo, de manera que el conjunto ofrecía una sensación de *ombré*. Creo que debía de pesar unos cien kilos, pero a Olga le daba igual. Ella quería ser una princesa y lo era. Además, se empeñó en llevar diadema, idea que recibí con una carcajada. Cuando descubrí que iba en serio, acepté para no estropearle su visión. Al principio también dijo algo sobre una corona al estilo de los zares, pero por suerte conseguí quitarle semejante ocurrencia de la cabeza, porque habría parecido que se vestía para un baile de máscaras, no para su boda.

De no haber sido por la puta diadema, el conjunto habría tenido un estilo muy *vintage* y me habría muerto de la emoción. Me encantan los vestidos de boda que no son blancos y ese era espectacular, de varias capas y muy atípico a pesar de su aparente sencillez.

—Voy a vomitar —dijo Olga cerrando las manos sobre mis muñecas.

Cogí tranquilamente una cubitera en la que antes había una botella de vino, la miré con indiferencia y le puse el recipiente bajo la boca.

—Sin miedo —dije asintiendo para animarla.

—Cómo eres, tía, hay que joderse —exclamó resoplando mientras trataba de llegar a la puerta—. Es que ni un poquito de compasión —murmuró.

—Las dos sabemos que si me preocupo, por poco que sea, te pondrás histérica. —Levanté los ojos y fui tras ella.

Junto a la entrada estaban los coches aparcados, dos de la gente de Nacho y tres de los Torricelli. Uno debía llevarnos a la iglesia y los demás eran para señores tristes. Domenico accedió con desgana a que el conductor fuera de los canarios, aunque advirtió que dentro iría un siciliano como guardaespaldas. Ahora todos se miraban unos a otros intentando controlar la situación.

La iglesia de la Madonna della Rocca. Se me puso mal cuerpo mientras subíamos en los coches hacia allí. En teoría, tenía buenos recuerdos de ese lugar, pero en esa situación no los quería. Sabía que la boda no se celebraría en otro lugar, pero saberlo y verlo son dos cosas diferentes.

Mario, el *consigliere* de Massimo, me recibió con una vaga sonrisa y, al llegar a su lado, me besó en la mejilla.

—Me alegro de verte, Laura —dijo estirándose la chaqueta—. Aunque las cosas han cambiado un poco…

No sabía qué contestar, por eso me quedé parada contemplando el panorama arrebatador que se extendía ante mis ojos. «Ya estamos un poco más cerca», me dije mientras esperaba ante la iglesia a que el padre de Olga se pusiera a su lado y entráramos en el templo. Cuando todo estuvo preparado, me giré hacia la novia y la abracé con fuerza.

—Te quiero —susurré, y asomaron unas lágrimas a sus ojos—. Irá bien, ya lo verás.

Asintió. Me así al brazo que me ofrecía el viejo siciliano y permití que me condujera a la iglesia.

Cruzamos el umbral y nos detuvimos junto al altar, donde nos esperaba Domenico sonriendo de oreja a oreja. Me besó en la mejilla y su sonrisa se amplió aún más. Eché un vistazo por el microscópico interior y una sensación de *déjà vu* me puso nerviosa. Las mismas caras de gánsteres tristes, el mismo ambiente... La única diferencia era la llorosa madre de Olga, que, aunque se esforzaba por dominarse, no era capaz de lograrlo.

De pronto se oyó por los altavoces *This I Love*, de Guns N' Roses, y supe que en ese momento mi amiga se estaría ahogando en lágrimas. Sonreí al pensar en los maravillosos nervios que estaría pasando y me volví hacia la entrada. Cuando apareció en el umbral, a Domenico casi le da un infarto y ella, sin esperar a que su padre la llevara hasta su futuro marido, se lanzó en sus brazos y empezó a besarlo como una loca. Su padre hizo un gesto de resignación y se acercó a su esposa, que ya aullaba como un animal salvaje, y la estrechó entre sus brazos. Los novios, por su parte, se morreaban haciendo caso omiso de los presentes, y de no ser porque se terminó la canción, habrían seguido haciéndolo.

Finalmente se plantaron frente al altar algo sofocados y el sacerdote los reprendió con el dedo. Acababa de tomar aire para iniciar la ceremonia cuando Massimo apareció por la puerta de la capilla.

Las piernas se me doblaron. Me dejé caer en la silla temblando como un flan. Mario me agarró del codo y Olga, asustada y desorientada, se quedó mirando a Black mientras este se acercaba a mí. Tenía un aspecto cautivador. El esmoquin negro y la camisa blanca combinaban muy bien con su oscuro bronceado. Estaba descansado, tranquilo y serio.

—Creo que este es mi sitio —comentó, y Mario se apartó, dejándome a solas con él—. Hola, pequeña —me dijo.

Al oír esas palabras tuve ganas de huir, vomitar y morirme, todo a la vez. No podía respirar, el corazón me iba a mil por hora y mi cara debió de quedarse sin una gota de sangre. Estaba allí, a mi lado, y podía oler su aroma. ¡Dios, cómo olía! Cerré los ojos e intenté calmarme.

A continuación, los novios se volvieron hacia el altar y el cura dio comienzo a la ceremonia.

—Estás preciosa —susurró Massimo.

Se inclinó un poco, me cogió la mano y la puso sobre su muñeca. Cuando me tocó, una corriente eléctrica atravesó nuestros cuerpos. Me aparté como si me hubiera dado un calambrazo y bajé la mano para que no pudiera volver a cogérmela.

Mi pecho, ceñido por el estrecho y escotado vestido, subía y bajaba a un ritmo frenético mientras el sacerdote iba pronunciando las diferentes fórmulas. No era capaz de tenerme en pie, pero tampoco podía ignorar a mi marido, que estaba a mi lado. Después de todo, no podía mostrarme débil, porque él lo habría notado y aprovechado.

Tuve la sensación de que la media hora que pasamos en ese pequeño recinto duró varios siglos. Recé para que los segundos corrieran más deprisa. Sabía que el canario ya habría sido informado de la vuelta de Black y seguro que había enloquecido de inquietud y de rabia. Mis escoltas estaban fuera de la iglesia, así que no tenían ni idea de lo que ocurría en ese momento ni, sobre todo, de lo que podía llegar a ocurrir.

Miré de reojo a Black. Estaba concentrado, de pie, con los brazos muy relajados y las manos unidas a la altura de la cintura. Escuchaba, aunque sabía que era pura apariencia, porque cada dos por tres notaba su mirada abrasadora sobre mí. ¿Cómo podía ser tan imponente? Decían que se había corrido grandes juergas y que había arruinado su cuerpo, pero parecía haber experimentado una metamorfosis: de semidiós había pasado a ser un dios. La barba, perfectamente recortada, me recordó cuánto adoraba que me raspara, y su pelo, más largo que de costumbre y cuidadosamente peinado, revelaba que se había preparado durante mucho tiempo para ese momento.

—¿Te gusta lo que ves? —preguntó mirándome de repente. Aunque quería apartar la vista de él, no era capaz de hacerlo, me quedé petrificada—. Él jamás te atraerá como yo —susurró, y volvió el rostro hacia el altar.

«Madre mía, quiero largarme de aquí.» Agaché la cabeza. Tomaba aire agitadamente y sentía presión en el pecho.

Por fin terminó la misa. Todos los invitados se dirigieron al banquete y nosotros fuimos a firmar los documentos de la boda. Black besó y felicitó a los novios esbozando una radiante sonrisa, mientras yo procuraba mantenerme lo más lejos posible de él.

—Eres un embustero, joder —exclamé agarrando a Domenico del codo y llevándomelo aparte—. Dijiste que no estaría.

—Dije que había desaparecido. Pero no podía prohibirle venir a la boda. —Me sujetó de los hombros y me miró a los

348

ojos—. Todo va como acordé con los españoles, no ha cambiado nada, tranquilízate…

—Quiero presentaros a Eva —escuché que decían.

Me di la vuelta y vi que Massimo sujetaba del brazo a una hermosa mujer de ojos oscuros. Estaba a su lado con una sonrisa radiante, pegada a su brazo, y un sentimiento de envidia atravesó mi cuerpo como una espada.

A fin de cuentas, yo lo había dejado. No podía quejarme, no tenía derecho a sentir aquello en ese momento. Pero, joder, ¿en serio? La despampanante chica de largos cabellos negros me dio la mano y me saludó. No sé qué cara debí poner, pero teniendo en cuenta la sorpresa que acababa de llevarme, seguro que muy estúpida. Eva no era especialmente alta, pero se parecía muchísimo a mí. Menuda, elegante y muy sutil. Bueno, no se parecía a mí en absoluto.

—Nos conocimos en Brasil y…

—…y este maravilloso hombre me volvió loca —terminó la frase por él, y Olga y yo pusimos los ojos en blanco de manera evidente.

Cuando ya no pude resistir la presión de los sentimientos que torturaban mi cuerpo, les di la espalda y fui a firmar los documentos.

—Asunto zanjado —comentó Olga muy alegre parándose a mi lado—. Él tiene a alguien, tú tienes a alguien, divorcio y a seguir con nuestras vidas. —Asintió.

—¡Joder, Olga! —murmuré entre dientes—. Ha encontrado a una tía en tres semanas. ¡Que seguimos casados, coño!

—Eso se llama hipocresía —comentó muy seria—. Además, para ti es una magnífica noticia, porque es posible que todo acabe bien. Así que firma de una vez esos papeles y vámonos.

—Pero ¿cómo...? —Me detuve al darme cuenta de que iba a decir una tontería.

—Escúchame, Laura. —El tono serio de Olga no presagiaba nada bueno—. Decídete, joder. El surfero o tu marido, pero no puedes tenerlos a los dos. —Puso los ojos en blanco—. No puedo aconsejarte porque no soy objetiva y preferiría tenerte a mi lado. Es tu vida, haz lo mejor para ti. —Asintió dándome ánimos.

Me quedé junto a Iván esperando a que Olga y Domenico terminaran de hacerse fotos. Al final, Iván me pasó el teléfono. Inspiré varias veces con fuerza y contesté.

—¿Qué tal estás, niña? —preguntó Nacho con voz preocupada.

—Todo va bien, querido —susurré apartándome un poco. Mi vestido gris se deslizó tras de mí con elegancia—. Ha venido.

—Lo sé. La madre que lo parió —exclamó el canario—. Laura, te lo ruego, actúa como acordamos.

—Está con una mujer. Me parece que ha dado su brazo a torcer —comenté en el tono más indiferente que fui capaz de poner.

En ese momento me di la vuelta y vi a un sonriente Massimo acompañando a su pareja hasta el coche. Le abrió la puerta y, cuando se subió, la besó en la coronilla. Apreté los puños de la rabia. Después dio la vuelta al coche y, antes de subir con elegancia, se detuvo y clavó sus ojos negros en mí. A punto estuvo de caérseme el teléfono de la mano. Instintivamente, abrí la boca para coger más aire. La pícara sonrisa que apareció en sus labios casi hizo que me desmayara.

—¡Laura! —La voz del teléfono me devolvió a la realidad. Me giré hacia el mar y moví la cabeza—. ¿Qué pasa, muchacha? Háblame.

—Nada, me he quedado pensativa. —Bajé la vista y esperé a oír el rugido del Ferrari al arrancar, lo que me aseguraría que estaba a salvo—. Me muero de ganas de estar contigo —dije, y suspiré aliviada cuando se oyó el ruido del motor y poco a poco desapareció—. Viene Olga, tengo que colgar, te llamo de camino al aeropuerto.

Me giré y fui hacia Iván para devolverle el teléfono.

—Está fingiendo —me dijo al cogerme el móvil—. Torricelli está fingiendo, Laura. Ten cuidado con él.

No tenía ni idea de a qué se refería, así que me limité a asentir y me subí al coche pensativa. La cabeza me daba vueltas por la acumulación de ideas y el largo y estrecho vestido cada vez me apretaba más. Me molestaba cada horquilla de mi pelo liso, peinado primorosamente, y la furia salvaje que recorría mi cuerpo me estaba haciendo perder el juicio.

—Tengo que beber algo —comenté—. ¿Tenemos alcohol?

—Marcelo te ha prohibido beber —contestó Iván con tranquilidad.

—¡Me importan una puta mierda las prohibiciones! ¿Tenemos alcohol o no?

—No. —La respuesta fue breve e insatisfactoria.

Apoyé la cabeza en el cristal y me quedé mirando por la ventanilla tragando veneno.

Frente a la finca en la que iba a celebrarse el banquete había decenas de guardaespaldas, coches blindados e incluso policías. Domenico y Olga no quisieron celebrar el convite en un hotel porque soñaban con hacerlo en un jardín, así que, en un terreno cerca del mar colocaron una gigantesca carpa y la adornaron de tal manera que parecía sacada de un cuento. Mientras esperaba a los novios, me sentí observada. Conocía esa sensación y sabía a quién vería si me daba la vuelta. Me levanté un poco el vestido, me giré hacia la derecha y me quedé petrificada. Massimo estaba a unos centímetros de mí, con las manos en los bolsillos, quieto como un poste. Sus ojos, negros y gélidos, estaban clavados en mí, y el labio que se mordía pedía a gritos un poco de compasión. Conocía esa mirada, ese ritmo y esa boca. También sabía cuál era su sabor y de lo que era capaz. Dio un paso y se quedó casi pegado a mí.

Iván carraspeó y se acercó a nosotros acompañado de cinco hombres.

—Retira a tus perros —le dijo Massimo—. Tengo aquí a más de cien hombres, así que no seas ridículo. —En su boca se dibujó una sonrisa burlona—. Domenico y Olga han cambiado de ruta y se han detenido en un bosque o no sé dónde, así que tenemos tiempo. Hablemos. —Me ofreció el brazo y, por alguna razón desconocida, me agarré a él—. La finca solo tiene una salida —gritó a los hombres—, esa junto a la que estáis.

Iván se retiró después de dirigirme una mirada seria y yo permití que Massimo me llevara al jardín. Noté lo caliente que estaba, su aroma y cómo sus fuertes músculos se tensaban bajo la chaqueta. Caminamos en silencio por los senderos y me pareció retroceder en el tiempo.

—La empresa es tuya —comentó al cabo de un rato—. Nunca me ha pertenecido, así que puedes llevártela a las Canarias y seguir con el negocio. —Me extrañó que hablara de la firma precisamente en ese momento, y aún más el hecho de que lo hiciera con tranquilidad—. No quiero hablar hoy sobre el divorcio, pero volveremos a ese tema después de la boda. Porque imagino que te quedarás unos días, ¿no? —Se volvió hacia mí y su mirada dulce me dejó completamente desorientada.

—Vuelvo a Tenerife esta medianoche. —A duras penas pude pronunciar esas palabras, aplastada por el poder de sus ojos negros.

—Lástima, quería solucionarlo cuanto antes, pero si tienes tanta prisa, lo dejamos para otro momento.

A la sombra de una palmera había un hermoso cenador y, en él, un banco; me llevó hacia allí, me senté y él hizo lo mismo, a mi lado. Mientras contemplábamos el mar, no podía creerme la transformación de Massimo.

—Me salvaste la vida, pequeña, y después me mataste —exclamó compungido; bajé la vista—. Pero gracias a ello he renacido, he encontrado a Eva, he dejado de drogarme y he conseguido algunos negocios lucrativos. —Me miró con gesto divertido—. En realidad, me has defendido de mí mismo, Laura.

—Me alegro, pero lo que hiciste con el perro... —Me detuve al notar que la bilis me subía a la garganta—. No pensé que pudieras llegar a ese extremo de crueldad. —Mi voz quebrada apenas resultaba audible.

—¿Cómo? —preguntó sorprendido, volviéndose hacia mí—. En cuanto te marchaste lo envié a la residencia de los Matos.

—Ya lo sé, hostias, recibí la caja con el pobre animal descuartizado —repliqué con rabia.

—¿Qué? —Se levantó de golpe y se quedó de pie ante mí, como si no supiera a qué me refería—. Envié personalmente a un hombre con el perro vivo en un transportín. —Se volvió a morder el labio—. Por supuesto, deseaba que, al verlo, te acordaras de mí y sufrieras, pero...

—¿No mataste a Prada? —La situación empezaba a superarme—. A ver, recibí al perro masacrado dentro de una caja de mis zapatos favoritos y había una tarjeta.

—Pequeña. —Se arrodilló frente a mí y me cogió las manos—. Soy un monstruo, no lo niego, pero ¿por qué habría de hacerle daño a un perrito del tamaño de una taza de café? —Levantó las cejas y esperó—. Por Dios, ¿crees que lo hice yo? —Se tapó la boca con la mano y se quedó pensando—. El hijoputa de Matos. —Se levantó y se rio—. Pues claro, era de esperar... A cualquier precio. —Meneó la cabeza—. ¿Sabes lo que me dijo en Ibiza cuando saliste del restaurante? —Empecé a encontrarme mal de nuevo, pero tenía demasiada curiosidad como para bloquearme o vomitar en ese momento—. Que te demostraría a cualquier precio lo poco que yo merecía tu amor. —Volvió a reírse, pero con tristeza—. Es muy listo, lo he subestimado.

Noté un pitido estridente en los oídos y el aire se me atascó en los pulmones. ¿Nacho? ¿El delicado hombre de colores había torturado a mi indefensa perrita? No podía creerlo.

Black se dio cuenta de que me reconcomían las dudas. Sacó el móvil del bolsillo, marcó un número, dijo unas palabras y colgó. Después de unos minutos mirando el mar en silencio, un hombre muy alto apareció en el cenador.

—Sergio, ¿qué hiciste con el perro que te ordené llevar a Tenerife? —le preguntó con voz muy seria.

—Lo entregué en la residencia de los Matos, tal como se me pidió. —El hombre nos miraba alternativamente sin saber lo que ocurría—. Marcelo Matos me dijo que Laura no estaba y que él se encargaría.

—Gracias, Sergio, eso es todo —exclamó Massimo apoyando las manos en la barandilla mientras el hombre se alejaba.

—¡Laura! —El grito de Olga me sacó de mi letargo—. Venid.

Me levanté y me tambaleé un poco mareada. Black corrió a sujetarme.

—¿Todo bien? —preguntó preocupado, mirándome a los ojos.

—¡No, nada va bien!

Me solté, me levanté el vestido y fui con mis amigos. Nos quedamos en la entrada de la carpa mágica y Massimo me ofreció el brazo. No me obligó a cogerme de él, no me lo pidió. Solo me lo ofreció y esperó. Acepté con delicadeza y entramos los cuatro juntos. La gente gritaba y aplaudía. Domenico dio un discurso. Parecíamos una gran familia feliz. Ellos dos se quedaron a los lados y nosotras en el medio, con unas sonrisas forzadas. Me costó mucho fingir que estaba contenta. Poco a poco cesaron los gritos y los sicilianos nos acompañaron a nuestra mesa, colocada sobre una pequeña tarima, al fondo de la carpa.

Antes de sentarme, cogí una copa de champán de la bandeja de un camarero y me la bebí. Olga me miró extrañada e Iván dio un paso al frente. Lo detuve levantando la mano y la agité para indicarle que se marchara, cosa que hizo sin objetar. Un camarero me dio otra copa llena y la vacié en mi boca, lo cual provocó que mis nervios se calmaran. «Pues sí, soy alcohólica», pensé mientras disfrutaba del efecto que me causaba el líquido ingerido.

Al cabo de unos minutos, Domenico cogió a Olga de la mano y la arrastró hasta la pista para el primer baile. Por mi parte, llamé de nuevo al camarero porque mi copa estaba vacía.

—Vas a emborracharte —comentó Massimo inclinándose hacia mí.

—Eso pretendo —balbucí haciendo un gesto con la mano—. No te preocupes, ve a entretener a tu Eva.

Black soltó una carcajada, me agarró de la muñeca y me llevó a la pista de baile.

—Voy a entretenerte a ti, porque si no te caerás redonda al suelo.

Pasé junto a seis de mis guardaespaldas e Iván meneó la cabeza al ver que Massimo me estrechaba con el brazo. Me importaba una mierda lo que pensara, estaba tan cabreada con los canarios que los habría mandado a todos a tomar por saco.

—Un tango —susurró Black besándome la clavícula—. Tu vestido tiene una raja ideal.

—Llevo bragas —comenté lamiéndome los labios—. Esta vez puedo bailar con desenfreno.

El alcohol consumido y la rabia que hervía en mi interior hicieron que fuera el mejor tango de mi vida. Como de costumbre, Massimo me condujo a la perfección, sujetándome con seguridad. Al terminar, todo el mundo, incluidos los novios, nos dedicaron una ovación. Hicimos una reverencia y volvimos a la mesa.

—Te llaman, Laura —me dijo Iván acercándose a mí, y me pasó el teléfono.

—No tengo ganas de hablar —repliqué borracha, entornando los ojos—. Dile que... —Me quedé un momento callada mientras por mi mente ebria pasaba un torrente de pensamientos—. O, mejor, ya se lo digo yo.

Cogí el móvil, me levanté y me dirigí hacia la salida.

—¿Muchacha? —Una voz débil se derramó por mi cabeza.

—¿A cualquier precio? —grité irritada—. ¡¿Cómo pudiste hacer algo así, zumbado?! Ya me tenías, ya estaba enamorada de ti, pero preferiste que le tomara aún más asco al hombre del que había huido. ¿No te parecía suficiente? —Me puse en cuclillas al notar cómo una ola de vómito se acercaba a mi boca a un ritmo alarmante después de haberme bebido una botella de champán en veinte minutos—. Mataste a mi perrita, joder, y lo hiciste para hundir a Massimo. ¿Cómo pudiste? —Las lágrimas comenzaron a correr por mis mejillas. Entonces noté que alguien me agarraba y me levanté de golpe.

Iván estaba a mi lado, mirándome sorprendido.

—¡Te has pasado, Nacho! —grité al móvil, y lo destrocé contra el suelo de piedra—. Ya no te necesito —le dije a mi guardaespaldas, que tomó aire para decir algo.

Entonces me tambaleé y noté que el champán regresaba a mi boca. Me giré en dirección a una pequeña valla y empecé a vomitar sobre el césped, impecablemente cortado.

De algún modo, Massimo y sus hombres llegaron hasta mí. El siciliano me abrazó con fuerza para que me mantuviera en pie.

—Señores, creo que vuestro trabajo ya ha terminado. Podéis abandonar la propiedad —le gritó a Iván mientras mi cuerpo sufría nuevas convulsiones.

Todos se quedaron un momento parados retándose con la mirada. Finalmente, los canarios evaluaron sus fuerzas, consideraron que la derrota era inevitable y se retiraron. Oí el ruido de las puertas de los coches y después dos vehículos oscuros cruzaron la verja a toda velocidad.

—Por Dios, pequeña —susurró Massimo al tiempo que me daba un pañuelo—. Te llevo a casa.

—Llévate a Eva —repliqué.

—Mi esposa es más importante —dijo riendo—. Y no recuerdo tener otra, aparte de ti.

No estaba en condiciones de luchar con él, sobre todo porque, si hubiera empezado a forcejear, probablemente lo habría puesto todo perdido de vómito.

18

Me despertó el sonido del teléfono. Sonreí al notar que me rodeaban unos brazos fuertes. «Ya se acabó todo», pensé, y abrí los ojos. El brazo que me estrechaba contra un poderoso torso no tenía ni un solo dibujo. Me espabilé de golpe, se me pasó el sueño y me di cuenta de dónde estaba. Me incorporé, pero no me dio tiempo a salir de la cama, porque una mano enorme me volvió a tirar sobre el colchón.

—Creo que es para ti —me dijo pasándome el teléfono. En la pantalla ponía «Olga».

—Enhorabuena —murmuré desorientada.

—Menos mal que estás viva. —Escuché alivio en su voz—. Desaparecisteis de repente y pensé que te habías marchado sin despedirte. —Su voz sonaba alegre—. Después de irte así con Massimo, entiendo que lo has elegido a él, ¿no? Me alegro mucho de que vuelvas... —Hablaba muy excitada y no me dejaba contestar.

—Nos estás molestando, ocúpate de tu marido —dijo Massimo muy alegre tras quitarme el teléfono, y después colgó—. Te echaba de menos —dijo tumbándose sobre mí, y su enorme polla quedó pegada a mi muslo—. Me gusta follar contigo cuando bebes, porque no tienes ninguna inhibición. —Me besó, y traté en vano de recordar lo que había pasado la noche anterior.

Cuando me di cuenta de que estábamos desnudos y de que me dolía todo, me tapé la cara con las manos.

—Eh, pequeña. —Me las apartó para mirarme a los ojos—. Soy tu marido, no ha ocurrido nada fuera de lo común. —Cuando quise volver a cubrirme con las manos, me inmovilizó las muñecas—. Debemos borrar de nuestras memorias lo que ha sucedido las últimas semanas. —Me observó expectante—. Me porté como un gilipollas, así que tenías derecho a huir y... —Movió la cabeza, como si asintiera hacia los lados— disfrutar de un poco de libertad. Pero ahora todo volverá a su sitio, yo me encargo.

—Massimo, por favor —gemí tratando de salir de debajo de su cuerpo—. Necesito ir al baño.

Black se echó a un lado, me liberó de su peso y crucé la habitación envuelta en una sábana. No sé por qué me avergonzaba, si seguramente me había estado follando durante horas de todas las formas imaginables. Aun así, no estaba a gusto.

Pero ¿qué demonios estaba haciendo? Miré en el espejo mi maquillaje corrido y mi pelo revuelto... Mi aspecto me daba asco. Lo último que recordaba era mi conversación con Nacho y después... un agujero negro. Así que no sabía lo que había hecho, aunque seguro que nada inteligente. Suspiré y abrí el grifo para darme una ducha.

Mientras me caía encima el agua caliente y trataba de dominar el terrible dolor de cabeza, me pregunté qué debía hacer a partir de entonces. ¿Volver con mi marido, hablar con Nacho o pasar de ambos y ocuparme de mí? Por culpa de los hombres, en el último año había puesto mi vida patas arriba.

Entré en el vestidor, pero antes eché una mirada a Massimo, que hablaba desnudo por teléfono, apoyado en el marco de la ventana. «Ay, esas nalgas», pensé. El culo más hermoso del mundo. Fui a mi lado del armario y empecé a mirar en los cajones, buscando unas bragas y una camiseta.

Entonces me llamó la atención el armario de los zapatos. En él siempre reinaba el orden y todos los pares estaban colocados por colores. Todos a excepción de las largas botas mosqueteras, que vivían tranquilamente en elegantes cajas.

Se me hizo un nudo en la garganta al ver las largas botas de Givenchy tiradas en el suelo. «Dios, no están en su caja», pensé, aunque Olga me aseguró que no había entrado en nuestra habitación porque la puerta estaba cerrada y Massimo tenía la llave. Me quedé mirando las mosqueteras hasta que noté que alguien me observaba.

—Mierda —oí que decía—. No pensé que fueras a venir aquí tan pronto.

Me volví hacia él y vi que se acercaba sujetando el cinturón de la bata.

—Bueno, da igual. —Se encogió de hombros—. Lo principal era que echaras a esos imbéciles y vinieras aquí. Ya te dije que no huirías de mí, que te traería de vuelta a casa y que ya nunca te dejaría abandonarla.

Mi mano le propinó una enérgica bofetada. Traté de escapar, pero me agarró, y en unos segundos me tiró sobre la alfombra y me ató las muñecas. Se sentó sobre mis caderas satisfecho con lo que veía. Con una mano sujetaba las mías en alto y con la otra me acariciaba la cara casi con ternura.

—Pero qué inocente eres, pequeñuela mía. —Se rio con expresión burlona—. ¿De veras creíste que Eva era alguien importante para mí y que por ella iba a concederte el divorcio? —Me besó en la boca y yo le escupí en la cara—. Bueeeno, veo que pasamos a un nivel totalmente distinto. —Lamió lo que había en sus labios y me levantó—. Las nuevas reglas las estableceremos cuando vuelva. Mientras, te ocuparás de… quedarte tumbada. —Me tiró sobre la cama y volvió a sentarse sobre mí—. Durante mucho tiempo estuve pensando cuál sería la mejor manera de desacreditar a ese imbécil tatuado. —Pasó la mano por detrás de uno de los postes que había en las esquinas de la cama y sacó una cadena—. Mira lo que tengo. —Agitó ante mí una correa enganchada al extremo de la misma—. He hecho instalar un equipo completo, sé que te gustan estos juguetes.

Me revolví en la cama intentando evitar que me encadenara, pero no era lo suficientemente fuerte.

Poco después me hallaba sujeta a las cuatro columnas; él se puso el pantalón muy contento, mientras miraba mi cuerpo desnudo.

—Adoro esta imagen. —Enarcó las cejas con satisfacción—. Te penetraría de no ser porque tengo que explicarles a Domenico y a Olga que volvemos a estar juntos y que en los próximos días pensamos reconciliarnos intensamente. Como buen marido, te traeré el desayuno y todo eso. —Se puso una camiseta negra—. De lo contrario, alguno podría venir aquí y tendría que dejar de ser tan amable. —Entornó los ojos y me miró entre las piernas—. Sé buena y quédate ahí tumbada sin rechistar.

Oí cómo se cerraba la puerta, y un torrente de lágrimas inundó mis ojos. «¿Qué he hecho, Dios mío?» Aturdida por el alcohol, me creí la comedia que interpretó ante mí y me tragué la mentira más estúpida del mundo: que el mejor hombre que había conocido le había hecho daño a mi perrita. Lloraba de rabia, dando alaridos, y cuanto más pensaba en lo que había ocurrido, más crecía el pánico en mi interior. Había engañado a Nacho, le había gritado, había echado a sus hombres y, como una tonta, había dejado que Massimo me encerrara. El canario pensaría que había vuelto con mi marido, así que no había posibilidad alguna de que viniera a rescatarme. Olga y Domenico se creerían todo lo que les dijera ese tirano, sobre todo porque había contestado a la llamada de Olga y el día anterior, en la iglesia, me había mostrado celosa. Por no hablar del tango y de los paseos juntos. Golpeaba la cabeza contra la almohada porque era lo único que podía mover. El muy cabrón ni siquiera me había tapado con la colcha al salir, así que yacía desnuda y encadenada, como una esclava sexual a la espera de su amo.

—Y ya lo ves, querida —dijo Black cuando regresó, mientras miraba mi entrepierna—. Volvemos a estar juntos. Tu amiga no cabe en sí de felicidad, mi hermano ha respirado aliviado y, en general, a todos nos has dado una gran alegría al volver a casa. —Sacó de debajo de mí la colcha y me cubrió con ella—. Dentro de un momento llegará el doctor para ponerte un gotero. Necesitas recuperarte un poco después de lo de anoche.

—¡Me importa tres cojones el gotero! —le grité—. ¡Suéltame!

—No seas tan vulgar —me reprendió, y apartó un mechón de pelo de mi cara—. No es propio de una futura madre. —Me amenazó con el dedo y salió de la habitación antes de que pudiera decir nada—. Ayer te di estupefacientes —gritó desde el baño—. Tengo que cuidar de tu organismo para que esté fuerte y preparado para dar a luz.

Yacía mirando fijamente al techo y noté que el pánico se apoderaba de mí. Si en otro tiempo de mi vida me había sentido cautiva, no era nada comparado con lo que vivía en ese momento. Al pensar que Massimo me pudiera hacer un hijo, que jamás volvería a estar con el chico de colores y que nunca recuperaría la vida que había dejado en Tenerife, de nuevo asomaron las lágrimas a mis ojos. Empecé a sollozar.

Black se había vestido de traje. Se sentó a mi lado y me observó.

—¿Por qué lloras, pequeña?

«Dios, ¿habla en serio?», pensé mirándolo atónita. Me sentía vacía por dentro y noté que empezaba a aletargarme, como si me durmiera, pero viéndolo todo, o más bien como si cayera en coma: no podía hablar ni moverme y, por momentos, tampoco respirar.

Llamaron a la puerta de abajo y poco después el médico estaba sentado a mi lado. Lo más curioso era que no se sorprendió al encontrarme en esa posición. Eso me convenció de que allí había visto cosas más extrañas.

—El doctor va a suministrarte unos tranquilizantes que te ayudarán a dormir y, cuando despiertes, todo habrá pasado —dijo don Massimo acariciándome la mejilla, y después salió de la habitación.

Miré con tristeza al médico, que, sin hacerme el menor caso, me introdujo un catéter en la vena y me inyectó algo. Me quedé dormida.

Los días siguientes fueron muy parecidos, a diferencia de que me despertaba sin estar atada, aunque eso no tenía la menor importancia, porque los medicamentos que Massimo me administraba continuamente me dejaban en tal estado que no era capaz de levantarme de la cama. Mi marido me alimentaba, me lavaba y me follaba como si fuera un pelele. Lo más aterrador era que no le molestaba que yo no participase en lo que hacía. Al principio lloraba mientras él se divertía, pero después de una semana —creo, aunque no tenía ni idea de cuánto tiempo había pasado desde que llegué a Sicilia— solo miraba a la pared.

A veces cerraba los ojos y pensaba en Nacho. Entonces me sentía mejor. Pero no quería que Massimo pensase que sonreía por él, así que me limitaba a desconectar.

Todos los días rezaba a Dios para que, en su infinita misericordia, me permitiera morir cuanto antes.

Un día me desperté despejada y descansada, y la cabeza no me pesaba como días atrás. Me levanté de la cama, algo excepcional, porque antes el oído interno no permitía apartar la cabeza de la almohada. Me senté al borde del colchón y esperé que el mundo dejara de dar vueltas.

—Es estupendo verte en tan buen estado —dijo Black saliendo del vestidor. Me besó en la cabeza—. Domenico y Olga se han ido de luna de miel, así que estarán fuera dos semanas.

—¿Han estado aquí todo este tiempo? —pregunté desorientada.

—Por supuesto, pero creían que estabas en Messina, porque vivimos allí, ¿recuerdas?

—Massimo, ¿cómo piensas hacer esto? —pregunté. Por primera vez desde el día de la boda empecé a pensar con lógica—. ¿Con qué me amenazarás esta vez? —Entorné los ojos cuando se detuvo frente a mí mientras se abrochaba la chaqueta.

—Con nada —contestó encogiéndose de hombros—. Mira, la otra vez te chantajeé con la muerte de tus padres y a pesar de ello te enamoraste de mí en menos de tres semanas. ¿Crees que no volverás a quererme? Yo no he cambiado, pequeña…

—Pero yo sí —afirmé con tranquilidad—. Amo a Nacho, no a ti. Pienso en él cuando me metes la polla. —Me acerqué a él mirándolo con odio—. Sueño con él cuando me duermo y le digo «buenos días» al despertar. Tienes mi cuerpo, Massimo, pero mi corazón se quedó en Tenerife. —Me di la vuelta y por fin pude entrar en el baño por mi propio pie—. Y antes prefiero quitarme la vida que traer a este mundo a una criatura que deba depender de ti.

Eso fue demasiado para él. Me agarró del cuello, me arrastró hasta la pared más cercana y me golpeó contra ella. La furia que se apoderó de él hizo que sus ojos oscuros se volvieran completamente negros y que por la frente le cayera una gota de sudor. Después de una semana tumbada, estaba muy débil, así que me quedé suspendida en el aire sin que mis pies tocasen el suelo.

—¡Laura! —dijo, y poco a poco me bajó.

—No puedes prohibirme que me suicide —dije con lágrimas en los ojos cuando aflojó la presión sobre mi cuello—. Esa es la única elección sobre la que no tienes poder y eso te cabrea, ¿verdad? —Me reí en tono burlón—. Pues ten presente que no aguantaré mucho.

El rostro de Black adoptó un aire de desesperación y tristeza, y apartó su cuerpo de mí. Sus fríos ojos se quedaron mirando fijamente a los míos y tuve la impresión de que por fin había entrado en razón.

—Massimo, te he amado y me has hecho muy feliz —seguí hablando con la esperanza de que reaccionara—, pero en algún momento nuestros caminos se separaron. —Me encogí de hombros y me deslicé por la pared hasta sentarme sobre la alfombra—. Puedes retenerme y hacerme todas esas cosas terribles, pero un día te cansarás del pelele y desearás pasión, pero eso no te lo daré. —Abrí los brazos desconcertada—. ¿Cuánto tiempo seguirás tirándote a un cadáver? —No dijo nada, solo me miraba—. En realidad, ni siquiera se trata de sexo. ¿Para qué me quieres aquí? Puedes tener a cualquier mujer del planeta, como a esa Eva.

—Es una prostituta —murmuró—. Le encargué interpretar un papel y lo hizo.

—¿Mataste a nuestro perro? —le pregunté, y le sorprendió el repentino cambio de tema.

—Sí. —Me clavó una mirada indiferente—. Pequeña, mato a personas mirándolas a los ojos, así que imagina lo que supone para mí matar a un animal.

Me quedé sentada meneando la cabeza. No podía creer que lo conociera tan poco. Los recuerdos de los primeros meses me parecían una gran mentira. ¿Cómo pude no darme cuenta de que fingía? El hombre que estaba sentado frente a mí era un monstruo y un tirano. ¿Cómo demonios había fingido sentir amor y cariño durante tanto tiempo? O quizá yo no quise ver la verdad.

—Ahora voy a explicarte lo que va a ocurrir durante las próximas dos semanas. —Se acercó a mí y me levantó del suelo—. Tendrás libertad para hacer lo que quieras, pero uno de mis hombres siempre te seguirá. No podrás acercarte al muelle ni abandonar los terrenos de la propiedad. —Se estiró los puños de la camisa y volvió a clavar en mí su negra mirada—. Y ya que planeas quitarte la vida, cosa que por supuesto no permitiré, la persona que te proteja sabrá de medicina y de primeros auxilios. —Suspiró y me pellizcó la mejilla—. En Nochevieja algo murió en mi interior. Perdóname. —Me besó en la boca con delicadeza y salió.

Me quedé aturdida, tratando de comprender los vaivenes de su estado de ánimo. Primero quiso matarme, luego me aterrorizó y me amenazó, y después me pareció estar viendo de nuevo al hombre al que había amado.

Me di una ducha y me arreglé un poco, me puse unos *shorts* y una camiseta y me tumbé en la cama. Encendí el televisor y empecé a urdir mi plan. En principio, la mansión no tenía secretos para mí, la conocía, así como el jardín y el terreno que la rodeaba. Si Nacho había podido raptarme a pesar de la vigilancia, yo sería capaz de huir.

Pedí que me trajeran el desayuno a la habitación. No tenía ganas de comprobar si Massimo había sido sincero y si, en efecto, un troglodita iba a seguirme a todos lados. Comí algo y me sentí mejor. Me animé al imaginar la posibilidad de huir y empecé a buscar posibles vías de escape. La única era la terraza, que estaba a una altura de dos pisos. Miré hacia abajo y llegué a la conclusión de que, si me caía desde ahí, mi aventura acabaría en la tumba o en una silla de ruedas, así que descarté la idea de descolgarme usando sábanas atadas.

Me puse a dar vueltas por la habitación hasta que al final encontré la solución. Si él podía fingir, yo también. Quizá no lograra hacerlo en tan poco tiempo como él, pero existía la posibilidad de que en uno o dos meses bajara la guardia. Pero ¿Nacho me esperaría? ¿Querría escucharme después de que yo no le dejara hablar? ¿O sería imposible recuperarlo? Una nueva ola de llanto me embargó. Me envolví en la colcha, apreté la cabeza contra la almohada y me dormí.

Desperté por la tarde y, de no haber sido porque hubiera preferido no espabilarme, seguramente me habría reprendido por pasarme el día durmiendo. Me di la vuelta y vi a Massimo sentado en un sillón con la vista fija en mí. Meses atrás esa había sido una imagen habitual, sobre todo cuando regresaba de noche y quería darme una sorpresa.

—Hola —susurré con voz ronca y fingiendo afecto—. ¿Qué hora es?

—Estaba a punto de despertarte. Enseguida estará la cena y quisiera que me acompañaras.

—Vale, pero voy a arreglarme un poco. —Simulé mi papel de esposa sumisa.

—Quiero que hablemos —comentó levantándose—. Nos vemos en una hora en el jardín. —Se dio la vuelta y salió.

Quería que habláramos… ¿Es que había algo que no estuviera claro? ¡Si ya había marcado sus normas! Puse los ojos en blanco y me fui al baño.

Pensé que la cena sería una excelente ocasión para poner en marcha mi plan. Aunque Nacho pasara de mí, podía volver con mis padres o irme lejos. Al menos sería libre. Después se lo contaría todo a Olga, ella se lo diría a Domenico y quizá él fuera capaz de hacer algo para arreglar la situación. Y si no, me limitaría a desaparecer.

Rebusqué en los armarios hasta encontrar el vestido negro y casi transparente que llevé en la primera cena con

Massimo. Por supuesto, me puse ropa interior roja y me pinté los ojos de negro. Me recogí el pelo en un moño plano y me calcé con unos zapatos de tacón altísimo. Sí, estaba impresionante, perfecta, exactamente como querría verme mi marido. Bueno, dejando a un lado el hecho de que parecía una yonqui después de pasar tantos días drogada.

Inspiré hondo y bajé las escaleras. En cuanto abrí la puerta, me hizo una reverencia un hombre muy grande, gigantesco en realidad. Me quedé boquiabierta; no creía que existieran personas tan inmensas. Empecé a caminar por el pasillo y el ogro me siguió.

—¿Mi marido te ha ordenado que me sigas? —pregunté sin volverme hacia él.

—Sí —murmuró.

—¿Dónde está?

—En el jardín. La está esperando.

«Como debe ser», pensé mientras caminaba con paso firme. El sonido de mis tacones parecía presagiar el cataclismo que se avecinaba. «Si quieres divertirte, Torricelli, yo voy a divertirme contigo más de lo que imaginas.»

Crucé la puerta y una bofetada de calor me golpeó en la cara. Hacía mucho que no salía de la mansión, donde había aire acondicionado, así que no era consciente de la temperatura del exterior.

Caminé despacio. Sabía que, aunque estaba sentado de espaldas a mí, me oía, y probablemente me olía. Sobre la gran mesa había velas y su brillo iluminaba suavemente la vajilla, colocada con mucho gusto. Cuando estaba a punto de llegar, mi marido se levantó, se volvió hacia mí y se quedó de piedra.

—Buenas noches —susurré al pasar a su lado.

Me siguió, retiró la silla en la que me senté a continuación y un hombre del servicio surgió como de la nada y me sirvió champán. Massimo entornó los ojos y se sentó a mi lado con elegancia. A pesar de que en ese momento lo odiaba más que a nadie en el mundo, no fui capaz de ignorar que iba guapísimo: pantalones de lino claros, casi blancos, una camisa abierta del mismo color con las mangas subidas y un rosario de plata. Qué hipocresía que un hombre tan cruel y tan parecido a Satanás llevara un símbolo divino.

—Me provocas, pequeña. —El sonido de su voz grave me puso los pelos de punta—. Exactamente como antes... ¿También esta vez quieres sacarme de mis casillas?

—Avivo los recuerdos —dije levantando las cejas, y clavé el tenedor en un trozo de carne.

No tenía hambre, pero mi papel exigía que me comportara con normalidad, así que me obligué a llevarme la comida a la boca.

—Tengo una propuesta para ti, pequeña —comentó—. Dame una noche contigo y después serás libre. Pero una noche con la mujer que eras antes.

Puse los ojos como platos y el tenedor se me cayó de la mano. Massimo estaba serio y esperaba mi respuesta.

—Creo que no te entiendo —balbucí consternada.

—Me gustaría volver a sentir que eres mía. Después, si lo deseas, podrás marcharte. —Cogió la copa y dio un trago—. No soy capaz de encerrarte ni tengo ganas de hacerlo. ¿Y sabes por qué? Porque la verdad es que nunca has sido mi salvadora, Laura. No apareciste en mis visiones cuando me dispararon y casi muero. Simplemente ya te había visto. —Entorné los ojos y lo miré sorprendida—. Croacia, hace cinco años. ¿Te dice algo?

Se acercó un poco a mí y me quedé paralizada. Era cierto. Años atrás estuve con Martin y Olga en Croacia. El corazón se me puso a mil por hora.

—Todo el tiempo has mentido, muy típico de ti... —dije sin sentido, pensando que estaba tirándose un farol y que su gente había conseguido esa información.

—No todo el tiempo. Me enteré por casualidad. —Cruzó las piernas y se recostó en la silla—. Cuando perdimos al bebé. —Su voz se quebró y carraspeó—. No era capaz de funcionar con normalidad. Mario probó diferentes ideas para que regresara al mundo de los vivos. Me necesitaban, sobre todo después de la muerte de Fernando, cuando las familias empezaron a mirar con lupa todo lo que hacía. Entonces Mario pensó en la hipnosis.

De nuevo lo miré con incredulidad.

—Sé que suena raro, pero todo me daba igual. Incluso pensé en matarme. —Se encogió de hombros—. La terapia surtió efecto y en una de las visitas lo vi. Vi a la auténtica Reina.

—¿Cómo sabes que no era otra de tus proyecciones? —pregunté algo ofendida, como si estuviera interesada en ser su salvadora.

Un segundo después puse los ojos en blanco al darme cuenta de cómo había sonado mi pregunta. Pero lo que había dicho Massimo era tan absurdo que sentí curiosidad.

—¿Lo lamentas? —preguntó. Le lancé una mirada indiferente y solté una carcajada—. Pequeña, a mí también se me partió el corazón cuando me enteré de que no había sido el destino, sino que una casualidad te puso en mi cabeza. —Abrió los brazos de manera teatral—. Perdona. Estabas en una fiesta en un hotel, bailabas con una chica. Martin también estaba allí. Nosotros salíamos de una reunión y estábamos en una terraza un piso más arriba. Os divertíais. —Dio un trago y miró mi cara asustada—. Era un fin de semana y tú llevabas un vestido blanco.

Me apoyé con fuerza en el respaldo de la silla tratando de calmar mi respiración. Recordaba ese día, fue justo antes de mi cumpleaños, pero ¿cómo demonios podía él saberlo, sobre todo después de tantos años? La expresión de sorpresa seguía en mi cara.

—En la hipnosis hay algo llamado «regresión» que te permite retroceder a cualquier momento de tu vida. Tuvimos que retroceder hasta mi muerte. —Se inclinó hacia mí—. Poco después de verte, ya estaba muerto. —Lo observé asustada y me preguntaba si sería otro de sus juegos o si decía la verdad.

—¿Por qué me lo cuentas? —pregunté bruscamente.

—Para explicarte por qué ya no me interesas. Eras una ilusión, la última imagen registrada, un recuerdo y ni siquiera uno especial. —Se encogió de hombros—. Te libero, no te necesito. Pero antes quiero poseerte por última vez como esposa. Aunque no por obligación, sino porque lo desees. Después serás libre. La decisión es tuya.

Me quedé pensativa. No podía creer lo que acababa de oír.

—¿Qué garantía tengo de que no es otro de tus trucos?

—Antes firmaré los papeles del divorcio y echaré a todo el servicio de la casa. —Deslizó hacia mí un sobre que había a su lado—. Los documentos —dijo, y sacó el móvil del bolsillo—. Mario, llévate a todo el mundo a Messina —le ordenó en inglés para que yo lo entendiera—. Vamos a dar un paseo. —Se levantó y me ofreció su mano.

Dejé la servilleta y cogí temblando la mano que me tendía. Me llevó por el jardín hasta que llegamos al camino de acceso, donde la gente estaba subiendo a unas furgonetas. Sin ocultar mi sorpresa, observé cómo decenas de personas montaban en ellas y se marchaban. Al final salió Mario, me saludó con la cabeza y se montó en un Mercedes negro. Nos quedamos solos.

—Sigo sin tener claro que esto no sea un truco. —Meneé la cabeza.

—Comprobémoslo.

Massimo me llevó por las diferentes estancias y yo lo seguí con los zapatos en la mano. Tardamos casi una hora en recorrer las posesiones de don Torricelli y, en efecto, no había un alma.

Volvimos a la mesa, sirvió champán y me miró expectante.

—Bueno. —Abrí el sobre y eché un vistazo a su contenido—. Supongamos que acepto. ¿Qué esperas de mí?

Repasé los documentos, redactados en polaco, y descubrí, aliviada, que no mentía. A decir verdad, no comprendía todos los puntos, pero parecía que mi marido había decidido cumplir su promesa.

—Quiero recuperar durante una noche a la mujer que me amaba. —Miró el pie de la copa que sujetaba en la mano—. Quiero sentir que me besas por amor y que follas conmigo porque lo necesitas, no por obligación. —Suspiró profundamente y me miró—. ¿Serás capaz de recordar cómo eras cuando te daba placer?

Tragué saliva, que cada vez era más espesa, y analicé su propuesta. Dejé los documentos que tenía en la mano y lo observé. Hablaba en serio. Sopesé su proposición. La visión del sexo con él me asustaba y me paralizaba, aunque por otro lado... había hecho con él tantas cosas que quizá una noche más no supondría una diferencia. Unas horas y desaparecería de allí para siempre; una vez más, cientos de recuerdos, mucho esfuerzo y sería libre. Lo miré y me pregunté si yo era lo bastante fuerte, si mis dotes teatrales valdrían para interpretar un último papel a su lado. A pesar de ser un hombre tan guapo, me daba asco. El odio que albergaba en mi interior antes me empujaría al asesinato que a tener gestos amables hacia ese hombre. Pero el sentido común venció al corazón y el frío cálculo a las emociones. «Tú puedes», me dije para darme ánimos.

—De acuerdo —asentí con calma—. Pero sin atarme, sin drogas y sin cadenas. —Miré el champán—. Y sin alcohol.

—Vale. —Me tendió la mano—. Pero lo haremos en los lugares que yo elija.

Me levanté, me calcé y entramos en la casa. Mi corazón se desbocó cuando caminamos juntos por los pasillos. Sabía qué estancia sería la primera. Me entraron ganas de vomitar al pensar en lo que iba a ocurrir.

Cuando llegamos a la biblioteca, cerró la puerta despacio y se dirigió a la chimenea. Cada vez tenía más ganas de vomitar por los nervios y sentía escalofríos, como si fuera a hacerlo por primera vez. Me veía como la puta que se va a entregar al cliente más odiado.

Tomó mi cara entre sus manos con delicadeza y se acercó un poco a mí, como si esperara a que le diera permiso. A través de mi boca entreabierta salía aire que resecaba mis labios. Los lamí de forma involuntaria y ese gesto hizo que Massimo soltara un gemido y metiera su lengua en mi boca. Noté que una corriente eléctrica atravesaba nuestros cuerpos, una sensación muy extraña considerando que estaba con un hombre al que odiaba. Le acompañé en el beso luchando contra las náuseas y él lo intensificó al notar que le correspondía. Me dio la vuelta con un solo movimiento y, mientras me besaba el cuello y la nuca, bajó una mano hasta mi muslo y después la subió hasta llegar a las bragas de encaje.

—Me encanta —susurró tocando su delicada composición, y yo noté que todo el vello de mi cuerpo se erizaba—. Esta mezcla es para mí como una droga.

Acercó mi cara a la suya y volvió a besarme profundamente. Sus largos dedos penetraron en mí, separaron mis labios y presionaron el clítoris. De mi garganta surgió un gemido estudiado y noté que sonreía. Fingí que me excitaba como tiempo atrás. Frotó mi punto más sensible con los dedos y lo besé con pasión.

—Quiero sentirte —susurró tirándome sobre el sofá.

Se apartó un poco, se bajó la bragueta y entró en mí. Grité hundiendo la cabeza en el cojín y él me agarró de las caderas y empezó a follarme como un loco. Me retorcía y le arañaba, y su fría mirada, clavada en mis ojos enturbiados, estaba cada vez más lejos de mí. No pude aguantar más lo que me estaba haciendo y cerré los párpados. De repente vi a Nacho, al sonriente y alegre chico de colores que me trataba casi con devoción cada vez que me tocaba. Noté un dolor agudo en el bajo vientre. Intenté seguir interpretando a una mujer extasiada, pero no era capaz de abrir los ojos, no quería hacerlo, porque entonces el torrente de lágrimas que se agolpaba bajo mis párpados habría estallado como un volcán. Y todo el plan a la mierda. Sentía en mi interior la polla dura que me estaba desgarrando por dentro. Dios, qué suplicio.

—No puedo —susurré. Un espasmo de llanto escapó de mí.

Massimo se quedó inmóvil y su rostro reflejaba preocupación y sorpresa. Durante un momento no se movió ni un centímetro, hasta que al final se apartó, se levantó y se abrochó la bragueta.

—Me voy a dormir —murmuró entre dientes. Crucé las piernas y me hice un ovillo—. Nuestro acuerdo acaba de romperse. —Me dio la espalda y se dirigió al escritorio.

Me levanté como pude del sofá y salí de la biblioteca con las piernas temblando. Atravesé el laberinto de pasillos y subí a nuestra habitación. Me quité el vestido en el vestidor y me puse una camiseta de tirantes y un pantaloncito de algodón. Me metí bajo la colcha y me abracé a la almohada sin dejar de sollozar. Me sentía avergonzada y me odiaba. Había sido una estúpida y una inocente al pensar que ese hombre tenía honor. Lloraba y me preguntaba qué muerte sería más apacible para mí. Cerré los ojos.

De repente, una mano poderosa me tapó la boca. Aunque chillé, no sé oyó ruido alguno.

—Muchacha. —Esa única palabra hizo que una nueva ola de llanto, aún más fuerte, se apoderara de mí, pero esa vez no por desesperación, sino por esperanza.

La mano se alejó de mi boca, me devolvió el control sobre el flujo de oxígeno y me abracé a mi salvador. Estaba allí, sentía su presencia, su aliento mentolado se extendió por mi rostro y me dejó paralizada cuando me estreché contra él.

—Perdóname, perdóname, perdóname... —balbucí entre lágrimas, y su pecho empezó a subir y a bajar muy deprisa.

—Luego —susurró en un tono tan bajo que apenas lo oí—. Laura, debemos huir.

No era capaz de soltarlo, no cuando por fin lo tenía conmigo; cada vez que respiraba estaba más convencida de que era real. Trató de apartarme de él, aunque en vano, porque no había fuerza capaz de separarme de Nacho en ese momento.

—Laura, puede aparecer en cualquier momento.

—S-se han llevado a M-messina a todo el personal de la c-casa —tartamudeé—, estamos s-solos.

—Por desgracia no es así. —Ese comentario me dejó sin aliento—. Todos los guardaespaldas esperan a un kilómetro de aquí, solo tenemos unos minutos. Te ha vuelto a mentir.

Levanté la cabeza y, aunque no veía sus ojos verdes, sabía que me estaba mirando.

—¿Lo has oído todo? —pregunté, y el corazón se me hizo mil pedazos al pensar que podía saber hasta dónde había llegado.

—Ahora eso no importa. Vístete, niña. —Se levantó conmigo y me empujó con delicadeza hacia el vestidor.

No encendí la luz. Cogí los *shorts* a tientas y me puse unas deportivas de lona que estaban en el armario. Volví casi corriendo al dormitorio por temor a que Nacho desapareciera si no me daba prisa.

La mano del canario me agarró en el umbral, me llevó al baño y cerró la puerta. La luz pálida que iluminaba la estancia me permitió verle por fin. Iba vestido como un comando, de negro y con la cara pintada. A la espalda llevaba un fusil y pistoleras con armas dentro a los lados. Sacó una y me la dio.

—Tienes que salir por la puerta principal. Las demás están bloqueadas. —Quitó el seguro de la pistola y la cargó—. Si te encuentras con alguien, dispárale sin pensarlo dos veces. ¿Entiendes? —Me puso el arma en las manos y me miró esperando a que le contestara—. Es la única manera de salir de aquí y volver a casa.

—A casa —repetí, y de nuevo rompí a llorar.

—Laura, no es momento para histerias, estaré contigo. Recuerda, nadie te va a disparar. —Me besó, y el roce de sus labios detuvo el torrente que caía de mis ojos.

Asentí y me dirigí a las escaleras. Abrí la puerta y eché un vistazo en la oscuridad. No había nadie. Me apoyé de lado en la pared y me deslicé por el pasillo intentando oír pasos a mi espalda, pero no se escuchaba nada. Ya me iba a dar la vuelta para volver a la habitación, pero recordé que Nacho me había dicho que estaría conmigo, así que seguí adelante. Apretaba la pistola en las manos, aterrorizada por la idea de que iba a tener que usarla en breve.

Bajé un piso y me sentí aliviada porque allí no había ni un alma. Seguí bajando las escaleras, despacio y en silencio, y luego crucé el *hall* casi a la carrera. Sabía que solo un paso me separaba de la libertad.

Entonces se abrió la puerta de la biblioteca y una franja de luz cruzó el pasillo. Massimo se detuvo como un espíritu a unos metros de mí. Estiré los brazos y dirigí el cañón hacia él. Black se quedó inmóvil, como clavado en el suelo, mirándome con rabia.

—No me lo creo —consiguió decir al cabo de unos segundos—. Ambos sabemos que no te atreverás.

Dio un paso y, cuando apreté el gatillo, un silbido sordo salió del silenciador. Un jarrón que había sobre una mesita voló hecho mil pedazos y él se detuvo.

—No te muevas —murmuré entre dientes—. Tengo tantas razones para matarte que no necesito una más —dije

379

con firmeza, a pesar de que mis manos temblaban tanto que no habría sido capaz de darle ni a la pared de al lado—. Eres un vil y enfermo depravado y te odio. Te abandono, así que, si quieres vivir, entra en tu puta biblioteca y cierra la puerta —bramé, pero él se rio y metió las manos en los bolsillos.

—Yo te enseñé a disparar —dijo casi con orgullo—. No vas a matarme, eres demasiado débil. —Dio un paso adelante y yo cerré los ojos dispuesta a apretar el gatillo.

—Ella quizá no. —La voz de Nacho sonó casi detrás de mi oreja y después noté el aliento mentolado—. Pero yo sí, y lo haré con gran placer.

Un cañón apareció junto a mi cabeza y una fuerte mano me apartó a un lado.

—Cuánto tiempo he esperado este momento, Massimo —dijo el canario anteponiéndose a mí—. Te lo advertí en Ibiza, y voy a cumplir mi promesa.

Massimo se quedó petrificado; casi podía sentir su rabia. El Calvo me ofreció su mano y, cuando la agarré, tiró de mí y luego me empujó hacia delante.

—Entra ahí —le dijo a Black señalándole la dirección, y el siciliano obedeció—. Laura, corre afuera, Iván te está esperando. No mires atrás, no retrocedas, solo corre hasta él.

El corazón se me desbocó y las piernas no me respondían. Estaba a su lado, y lo último que deseaba era dejarlo allí solo.

—Nacho… —empecé a susurrar.

—Ya hablaremos en casa —replicó sin apartar la vista de Massimo, y me empujó hacia el recibidor.

Di un paso, pero había algo que me impedía separarme de él.

—El último día ha sido perfecto —dijo Black mirándome—. Hacía mucho que no follaba tanto. Me encanta su culo. —Se apoyó en el marco de la puerta.

—¡Corre, Laura! —gritó Nacho.

—Lo hemos hecho como animales. Estaba inconsciente e indefensa, pero gimoteaba y me pedía más. —Se rio de una forma horrible—. Matos, por favor, ambos sabemos que no saldrás de aquí vivo.

No aguanté más: corrí hacia Massimo y le golpeé en la cara con la culata. Cuando cayó dentro de la biblioteca aturdido por el golpe y cubierto de sangre, cerré la puerta.

—O salimos juntos o me quedo —dije cogiendo al canario de la mano.

Nacho echó a correr tirando de mí. Segundos después oí que la puerta de la biblioteca se abría a nuestras espaldas con gran estrépito. Ya estábamos en las escaleras cuando sonó el primer disparo. Marcelo corría y yo trataba de seguir su ritmo. Casi veía la puerta de salida, cuando apareció Mario delante de nosotros. Nos detuvimos, pero antes de que Nacho pudiera levantar el arma, le apuntó una pistola y ocultó mi mundo entero.

—Por favor —exclamé con dolor, y el hombre me miró—. No quiero estar aquí, no quiero que esto se alargue... —La voz se me quebró y las lágrimas cayeron por mis mejillas mientras oía que se acercaban los pasos de Massimo—. Es un monstruo, me da miedo. —Solo oía la respiración de Nacho y los pasos que sonaban cada vez más cerca.

En ese momento, Mario bajó el arma, suspiró y se apartó de nuestro camino.

—Si su padre viviera, nunca se habría llegado a esto —comentó, y se ocultó en la oscuridad del pasillo para dejarnos pasar.

El canario volvió a cogerme de la muñeca. Cuando salimos, Iván se acercó deprisa, me cargó sobre su espalda y se dirigió hacia el embarcadero.

19

Abrí los ojos con cuidado. Temía que la imagen que apareciera ante ellos no fuera la esperada. Recordaba perfectamente la noche anterior, aunque solo hasta que subimos a la barca. Después, nada. ¿Y si algo había salido mal y de nuevo veía mi prisión y a Massimo como una pesadilla? Inspiré con fuerza, miré la habitación y una ola de lágrimas inundó mis ojos.

Nuestro refugio, la casa de la playa. El sol entraba través de las persianas de madera y el maravilloso aroma del océano se colaba por la ventana abierta.

Me volví y, con los ojos hinchados, miré a Nacho, que estaba sentado en el sillón. Se había inclinado hacia mí y tenía la boca tapada con las manos. Me observaba en silencio con sus ojos verdes.

—Perdóname. —De nuevo me esforcé por pronunciar una palabra que pensaba repetir hasta el final de mis días.

—Te propongo algo —dijo tan serio que me asusté al imaginar qué iba a decir—. No nombremos esto nunca más. —Tragó saliva ruidosamente y frunció el ceño—. Solo puedo sospechar por lo que has pasado, así que si sigues sin querer que lo mate, jamás vuelvas a hablarme de este tema. —Se irguió y se recostó en el sillón—. A menos que hayas cambiado de opinión...

—Si lo hubiera hecho, anoche le habría pegado un tiro en la cabeza. —Suspiré, me incorporé y me senté apoyada en el cabecero de la cama—. Nacho, todo lo que ha ocurrido en Sicilia ha sido por mi culpa. Por mi increíble estupidez. —Me miró sin comprender—. Me creí todas las mentiras de Massimo y te he puesto en peligro. Pero es que lo había planeado tan bien... —exclamé—. Entenderé que ya no quieras estar conmigo.

—Dijiste que estabas enamorada de mí. —Su voz tranquila resonó en la habitación.

—¿Perdón? —pregunté, porque no tenía ni idea de a qué se refería.

—El día de la boda de Olga, cuando me gritaste por teléfono, dijiste que ya estabas enamorada de mí. —Me miró un poco más afable mientras esperaba que reaccionase.

Clavé la vista en la colcha y empecé a hurgarme las uñas. No sabía qué decirle. Mi muro defensivo acababa de venirse abajo y el hombre que estaba sentado a mi lado me despojaba de las mentiras de las que me alimentaba. No quería estar enamorada de él, tenía miedo y lo que más me aterraba era que él pudiera enterarse.

—Muchacha... —dijo Nacho sentándose en la cama. Me levantó la barbilla con un dedo.

—Estaba borracha y bajo los efectos de los estupefacientes —dije sin pensar, aunque sin saber qué más podía decir.

El canario enarcó las cejas con gesto divertido, pero me miró extrañado.

—Entonces ¿no era cierto? —Las comisuras de sus labios se alzaron con delicadeza.

—Dios —susurré, e intenté volver a agachar la cabeza, pero él la sujetó y no me permitió huir de su mirada.

—¿Y bien?

—¿Trato de pedirte perdón por portarme como una auténtica imbécil y tú me preguntas si estoy enamorada de ti? —Asintió con una amplia sonrisa—. Si no te has dado cuenta de lo que siento por ti, eres tonto. —Me había contagiado su buen humor.

—Por supuesto que me he dado cuenta, pero quiero que me lo digas de una vez. —Llevó su mano a mi mejilla y la acarició con suavidad.

—Marcelo Nacho Matos —empecé a decir muy seria y él se apartó un poco—, desde hace mucho, creo, y desde hace unas semanas, con absoluta seguridad —me detuve y él esperó emocionado a que continuara—, estoy loca y totalmente enamorada de ti.

La sonrisa que apareció en el rostro del canario fue la más amplia que había visto hasta ese momento en sus labios.

—Y lo peor para ti es que cada día estoy más enamorada. —Me encogí de hombros—. No puedo hacer nada por evitarlo, la culpa es tuya.

Sus manos de colores me agarraron de los tobillos y me arrastraron hacia abajo, de modo que enseguida volví a estar tumbada con la cabeza sobre la almohada. Su cuerpo tatuado quedó a unos centímetros de mí mientras sus ojos verdes contemplaban mi rostro.

—Te deseo tanto… —dijo, y empujó mi boca con el labio inferior—. Pero tiene que examinarte un médico. Temo que tu organismo esté agotado.

Esas palabras hicieron que los recuerdos de los últimos días pasaran por mi cabeza como un tifón. Traté de no llorar, pero las lágrimas se liberaron solas y corrieron lentamente por mis mejillas. Cuanto más pensaba en ello, mayor era el sentimiento de culpa que crecía en mí. Y al final llegó lo peor. Massimo lo había hecho todo con un objetivo y yo no había tomado los anticonceptivos. El terror que se dibujó en mi rostro hizo que Nacho se levantara y se sentara a mi lado.

—¿Qué ocurre? —preguntó acariciando mi cara, que parecía como muerta.

—Dios… —susurré escondiéndome detrás de las manos.

—Cuéntame, niña. —Me retiró las manos de la cara y me miró.

—Quizá esté embarazada, Nacho. —Pronuncié esas palabras y casi pude ver que le producían un dolor físico.

Apretó las mandíbulas y clavó la vista en el suelo. Poco después se levantó y salió de la habitación. Me quedé tumbada en la cama, aturdida por mis propias conclusiones. Cuando la puerta volvió a abrirse, Nacho apareció en el umbral vestido con un pantalón corto de colores.

—Me voy a surfear —dijo, y salió dando tal portazo que la puerta casi se cae del marco.

«¿Acabará esto alguna vez?», pensé meneando la cabeza. Me cubrí la cara con la colcha. Por desgracia, no podía esconderme de mi sentido común, que llamaba a mi puerta con una pregunta: «¿Y qué ocurrirá si…?». Para ella, solo tenía una respuesta: «No permitiré que nada me una a ese monstruo».

Cogí el móvil que había dejado Nacho y empecé a mirar en internet buscando una solución. Al cabo de unos minutos resultó que había esperanza para mí, y además no muy invasiva. Unos medicamentos podrían resolver el problema. Suspiré aliviada y dejé el teléfono del canario en la mesilla. Al parecer, Dios me amaba un poco, porque, a pesar de no haberme dado suerte en la vida, me había concedido un intelecto que funcionaba muy bien.

Solo quedaba la cuestión de tranquilizar a Nacho. Fui al armario y cogí un tanga minúsculo y una colorida camiseta de surf. Me lavé los dientes, me recogí el pelo en un moño alto, agarré la tabla y me fui a la playa.

El océano estaba muy agitado, como si percibiera el ánimo de su Poseidón, que atravesaba las olas concentrado y extraordinariamente sexy. Me enganché el cable al tobillo, me lancé al agua y empecé a remar.

Cuando llegué al rompiente de las olas, me senté y esperé. Sabía que Nacho me había visto llegar, pero preferí que decidiera cuándo quería acercarse a mí. Por suerte, no me hizo esperar mucho, porque minutos después estaba a mi lado y me miraba tranquilo.

—Perdóname. —De nuevo se me escapó esta palabra y él puso los ojos en blanco.

—¿Puedes dejarlo ya? —preguntó algo irritado—. Laura, comprende que no quiero pensar en eso, pero cada vez que escucho «perdóname» todo vuelve a mi cabeza.

—Hablemos de ello, Marcelo.

—¡No me llames así, joder! —bramó, y yo pegué un bote que casi me caigo al agua.

Su violenta reacción me encolerizó y, para evitar discusiones, me tumbé en la tabla y empecé a remar en dirección a la playa.

—¡Perdona, niña! —gritó el chico de colores, pero yo no tenía intención de detenerme.

Llegué hasta la orilla y tiré la tabla sobre la arena, desenganché la correa y me fui hacia la casa. Me quedé junto a la encimera de la cocina y apoyé las manos en ella. Resoplé cabreada y maldije en voz baja. Entonces unas fuertes manos me dieron la vuelta y noté en la espalda el frío de la nevera en la que acababa de apoyarme.

—Cuando tiraste el teléfono —dijo con la frente pegada a mí—, pensé que mi mundo se derrumbaba. No podía respirar, no era capaz de pensar. —Cerró los ojos—. Después, cuando Iván me llamó y me contó lo que había pasado, me asusté aún más. Dijo que estabas borracha y quizá drogada, que no querías hacerle caso y que Torricelli te había llevado a su mansión. Entonces por un momento creí que querías volver con él. —Alcé la cabeza porque no podía creerme lo que decía—. No me mires así —exclamó apartándose un poco—. Tú te creíste que había descuartizado a tu perra. Fui a Sicilia, pero su casa es como un búnker, y el ejército que había reunido por si yo aparecía complicaba la situación. —Se sentó en la mesa y me miró—. Prepararlo todo me llevó más tiempo que de costumbre. Además, el comportamiento de Domenico y Olga me desorientó un poco. —Se encogió de hombros—. Estaban tranquilos, actuaban con normalidad. Me entraron dudas. —Bajó la cabeza—. Hasta que se marcharon y conseguí escuchar una de las conversaciones de Massimo. Entonces todo quedó aclarado y en un día organicé la operación para rescatarte.

—¿Escuchaste nuestra conversación en el jardín? —pregunté, pero él siguió callado, mirando sus pies, que colgaban de la mesa—. ¡¿La escuchaste?! —grité al no obtener respuesta.

—La escuché —contestó casi en un susurro.

—Nacho… —Me acerqué a él, le agarré de las mejillas y le besé con delicadeza—. Era la única manera de que me dejara marchar. Sabes que no lo haría por placer. —Le miré, pero sus ojos verdes estaban vacíos—. Tengo miedo —susurré—. Tengo miedo de que después de todo esto te alejes de mí. Aunque estás en tu derecho. —Me di la vuelta y me froté las sienes—. Lo entenderé, Nacho, de verdad.

Di un paso para dirigirme al dormitorio y cambiarme, pero entonces los brazos de colores se estiraron hacia mí. El canario me agarró, me sentó sobre él y me llevó en dirección a la puerta.

—Pero ¿estás enamorada o no? —preguntó muy serio mientras cruzaba el umbral.

—Joder, ¿cuántas veces tengo que decírtelo? —Le miré irritada.

—Las suficientes como para que «enamorada» pase a ser «te quiero» —dijo, y me dejó sobre la amplia y cómoda tumbona que había detrás de la casa—. Si me lo permites, voy a hacer aquí el amor contigo. —Sonrió y me besó con delicadeza.

—Cada día soñaba con eso. —De un solo movimiento, me quité la camiseta mojada—. No hubo ni un segundo en que no estuvieras conmigo. —Cogí su cabeza rapada, la atraje hacia mí y desaparecí en un beso.

Su cálida lengua con sabor mentolado acarició la mía. Llevó las manos tatuadas hasta su pantalón empapado, pegado a sus musculosas nalgas, y se lo quitó sin dejar de besarme. Con el rabillo del ojo vi que estaba listo para la acción.

—Parece que te alegras de verme… —Levanté las cejas con gesto alegre y él se irguió por encima de mí.

—Abre la boca… por favor —dijo sonriendo, y agarró su gruesa polla con la mano derecha.

Me tumbé cómodamente dispuesta a hacer lo que me pedía. Nacho se agachó a ambos lados de mi cabeza y me pidió que bajase un poco más. Cuando ya casi estaba del todo horizontal, se acercó a mí y me permitió besar el duro glande. Estaba tan ansiosa que quise meterme el miembro entero en la boca, pero se echó hacia atrás.

—Despacio —susurró, y me lo volvió a acercar, apoyándolo poco a poco en mi lengua—. ¿Puedo seguir? —preguntó con una sonrisa pícara, y asentí. Lo introdujo un poco más y empecé a chuparlo instintivamente—. ¿Más? —Esperaba a que le diera permiso. Cada vez le costaba más respirar.

Agarré su culo y lo acerqué a mí para que su pene me llegara hasta la garganta.

—Deja tus preciosas manos quietecitas —me ordenó apoyándose en la tumbona. Cada vez llegaba más hondo.

Su olor, su sabor y el verlo encima de mí hicieron que casi me estallara la cabeza por la excitación. Clavé las uñas en sus nalgas tatuadas porque quería sentirlo aún más. Nacho siseó, me miró con los ojos entornados, me introdujo el pene hasta el fondo y detuvo su cadera. Traté de tragar saliva, pero no pude. Su miembro me oprimía y me impedía respirar.

—Por la nariz, muchacha —dijo divertido cuando notó que me atragantaba—. No te muevas.

Con extraordinaria elegancia, y sin sacar su polla de mi boca, se dio la vuelta y al instante su lengua se estaba deslizando por mi vientre en dirección a los muslos. Volvió a presionarme con su miembro, dominándome en la posición sesenta y nueve. Fue igual que la primera vez que le hice una mamada, a diferencia de que ahora yo estaba debajo.

Sus finos dedos agarraron el tanga por los lados y empezaron a bajarlo lentamente. Me moría de ganas de que introdujera su lengua, pero como estaba inmovilizada, solo podía expresar mi deseo mamando. Le comí la polla como una loca, empleando todas mis energías y habilidades. Sin embargo, no pareció causarle la menor impresión. Siguió bajando mis minúsculas bragas al mismo ritmo, pasando por las rodillas, las pantorrillas y los tobillos.

Cuando por fin retiró el húmedo trozo de tela, me abrió los muslos tanto como pudo y pegó sus labios a mi clítoris. Su pene amortiguó mi grito, mientras Nacho se deleitaba con mi sabor. Su lengua recorrió cada rincón de mi húmedo coño y de vez en cuando sus dientes mordían mi clítoris. Dios, esa boca tan maravillosamente trazada estaba hecha para satisfacer a las mujeres. Se chupó dos dedos y los introdujo en mí. Fue una sensación tan fuerte que levanté las caderas de golpe. Con la mano que le quedaba libre sujetaba mi cuerpo, que se retorcía sin parar, y con la otra me atacaba inmisericorde. Noté que el torbellino que tanto me gustaba empezaba a girar en mi interior y que todo se volvía borroso a mi alrededor. No me interesaba nada, no me importaba nada, mi hombre me estaba llevando al límite del placer y solo quería centrarme en eso. Empezaba a correrme cuando el movimiento entre mis piernas se detuvo y él se volvió hacia mí.

—Estás distraída —comentó con una sonrisa encantadora, relamiéndose.

—Como no continúes ahora mismo lo que acabas de interrumpir, me volveré agresiva. —Se echó a reír y se apartó de mí. La cara de tristeza que puse era un reflejo de mi inmensa decepción—. ¡Nacho! —grité enfadada cuando se coló entre mis piernas.

—Me voy a correr enseguida —susurró mientras me penetraba, y yo eché la cabeza hacia atrás y dejé escapar un grito mudo—. Y tú también. —Puso su cuerpo en movimiento y sentí que empezaba a despegar—. Sabes que necesito verte. —Me besó y pasó a follarme a un ritmo desenfrenado.

Clavó una pierna en la arena y la otra, arrodillada, se apoyaba en la tumbona. Levantó uno de mis tobillos y lo colocó sobre su hombro, gracias a lo cual llegó aún más hondo. Besó el pie y la pantorrilla mientras me miraba; irradiaba deseo y amor.

Entonces su pene se situó en un punto en el que pulsó cierto botón, justo lo que yo deseaba. Cuando estaba llegando al éxtasis, agarré su cabeza y le introduje la lengua en la boca todo lo hondo que pude, tras lo cual me quedé inmóvil unos momentos. El cuerpo de Nacho seguía golpeando el mío y noté que vertía en mí su cálido torrente. Nos entrelazamos y nuestros cuerpos se unieron mientras nos agitábamos por el orgasmo y respirábamos al mismo ritmo. Al cabo de un rato nos recuperamos y los movimientos rítmicos fueron ralentizándose hasta que se detuvieron. El canario cayó sobre mí y me besó la clavícula, en la que después apoyó la cabeza.

—Te echaba de menos —susurró.

—Lo sé. Yo también. —Acaricié su espalda mientras recuperaba el aliento.

—Tengo un regalo para ti. Te espera en la finca. —Se irguió sin salir de mí y me miró alegre—. Por supuesto, podemos quedarnos aquí, si lo prefieres.

—Lo prefiero. —Lo apreté contra mí y disfruté del sonido de las olas que llegaban a la playa.

Pasamos varios días en nuestro refugio. Nacho no trabajaba. En realidad, no hacía nada aparte de ocuparse de mí. Cocinaba, me hacía el amor, me enseñaba a surfear y tocaba el violín. Tomábamos el sol, charlábamos y hacíamos el tonto. En diversas ocasiones trajo los caballos, y una vez incluso me llevó a sus cuadras, después de que se lo pidiera durante minutos. Observé cómo cuidaba de los caballos, cómo los limpiaba y les hablaba. Ellos se acercaban a él, sentían un inmenso amor y gratitud por tan perfectos cuidados.

Pero un día me desperté sola y lo encontré en la cocina, sentado sobre la mesa. En cuanto sus ojos verdes me miraron supe que nuestra huida había llegado a su fin. No me enfadé ni se lo recriminé. Sabía que tenía sus obligaciones, que por mi culpa ya había descuidado bastante.

Fuimos a surfear una última vez y después me vestí sin rechistar y me subí al coche. Cuando llegamos a casa y me bajé, su esbelta mano sujetó la mía. La sonrisa de niño que apareció en su rostro me hizo sospechar que tramaba algo.

—El regalo te espera en nuestro dormitorio —dijo, y enarcó las cejas—. Pero como no tienes ni idea de dónde está, permíteme que te guíe… —Puso los ojos en blanco—, antes de que mi hermana descubra que estás aquí, se pegue a ti y me impida dártelo.

Me arrastró tras de sí, cruzó la enorme puerta y entró. Traté de grabar en mi mente los lugares más característicos para no perderme después y recordar al menos dónde estaba nuestra habitación, sobre todo porque era la única estancia que me interesaba.

Subimos al primer piso, luego al segundo y a continuación al tercero. Sí, el palacio de la familia Matos era impresionante, pero lo que vi en la buhardilla superó todas mis expectativas.

Una pared era de cristal y daba a los acantilados y al océano, algo extraordinario. La estancia era gigantesca, tenía unos doscientos o trescientos metros cuadrados. Las demás paredes estaban revestidas de madera clara, y unas tablas anchas cubrían el techo. Había unos sofás rinconeros de piel color crema colocados de tal modo que formaban una especie de cuadrado, en cuyo centro había una mesita de varios niveles. Por detrás de los sofás se veían unas lámparas negras y altas que se combaban perezosamente sobre la futurista mesita. Más allá había una mesa con seis sillas y, sobre ella, unas maravillosas lilas blancas. Al fondo, un altillo, y en él, una cama gigantesca. Me di la vuelta y vi que detrás de mí había una pared de cristal esmerilado tras la cual estaba el cuarto de baño. Gracias a Dios, el váter se escondía tras una puerta normal.

Cuando me tranquilicé un poco, oí un ruido extraño. Salí del baño y me quedé boquiabierta. Nacho traía un pequeño bull terrier blanco sujeto a una correa.

—El regalo —dijo sonriendo—. En realidad, es mi pequeño representante, mi defensor y mi amigo, todo en uno. —Levantó las cejas y me quedé sorprendida—. Sé que no es tu pequeña bola de pelo, pero los bull terrier también tienen sus virtudes. —Se sentó en el suelo junto al perro y este se restregó contra su rodilla y empezó a lamerle la cara—. Di algo o pensaré que no te gusta. —Contemplé esa escena tan enternecedora y el corazón se me aceleró—. Querida —empezó a decir con voz serena—, he pensado que así podríamos conocernos mejor, cuidando de un ser vivo del que seremos responsables. —Hizo un gesto de desagrado al ver que yo no reaccionaba.

Me acerqué a ellos, me senté en el suelo y el perrito se bajó de las rodillas del canario y vino hacia mí algo inseguro. Primero me lamió la mano y después dio un salto y me llenó la cara de saliva.

—¿Es macho o hembra? —pregunté apartando el cerdito blanco de mí.

—Macho, por supuesto —replicó casi ofendido—. Es fuerte, grande, malo... —En ese momento, el perro se lanzó sobre él y empezó a lamerlo meneando el rabo con alegría—. Bueno, vale, pero algún día lo será. —Resignado, tumbó al animal boca arriba y le rascó la barriga.

—¿Sabes que los perros se parecen a sus dueños? —Enarqué las cejas feliz—. ¿Y por qué es el regalo?

—¡Amiga mía! —Se levantó de golpe y tiró de mí hacia arriba—. Porque dentro de treinta días exactos cumples años. —Sonrió ampliamente—. Treinta. —Puse los ojos en blanco al escuchar esa afirmación—. Este año ha sido crucial para ti. —Asentí y bajé la cabeza—. Pero yo haré que termine como un cuento de hadas, no como una pesadilla. —Me besó en la cabeza y me abrazó un momento—. Bueno, ahora vamos a ver a Amelia, porque si no mi móvil explotará con tantas vibraciones.

Estábamos sentados a la mesa tomando un aperitivo. Todos se reían y bromeaban, pero yo no podía dejar de pensar en lo que había comentado Nacho. Mi año había pasado. Era increíble que esos trescientos sesenta y cinco días hubieran volado tan rápido. Recordaba el día de mi secuestro, o más bien la noche en que me desperté. Al pensar en ello sonreí con tristeza. No podía ni imaginar cómo se iba a desarrollar todo. Recordé el momento en que vi a Massimo, tan guapo, autoritario y peligroso. Después las compras en Taormina, sus intentos de hacerme entrar en razón y mi resistencia. Todo aquel juego me parecía ahora inocente. El viaje a Roma y el escándalo en la discoteca, que estuvo a punto de costarme la vida. Miré al canario, que comía un trozo de plátano y relataba algo a sus amigos. Aquel día en el Nostro aún no sabía que el destino me había unido al hombre más maravilloso de la Tierra. Comí un poco de jamón mientras pensaba en lo feliz que había sido después. La primera vez que había hecho el amor con Black y su desaparición. Y el bebé, claro. Ese recuerdo me hizo sentir náuseas e, instintivamente, me llevé las manos al vientre. ¿Y si volviera a llevar en mis entrañas...? El sudor helado que sentí en la espalda enfrió mi cuerpo entero, a pesar de que en el exterior la temperatura era de treinta grados.

La mano del canario se cerró sobre la mía.

—¿Qué ocurre, niña? Tienes mala cara —susurró, y me besó en la sien.

—Estoy un poco débil —contesté sin mirarle—. Creo que la vuelta a la realidad no me sienta bien. Voy a echarme. —Me levanté, le besé en su cabeza rapada y me despedí de los invitados.

Subí al dormitorio y cogí el teléfono de Nacho para llamar a Olga. Sabía que quedaba poco para que acabase su luna de miel y que no debería estropeárse la, pero la necesitaba tanto... Marqué el número unas diez veces, pero siempre colgaba antes de que empezara a sonar. Al final lo dejé y me fui a la ducha.

Los días siguientes fueron una lucha conmigo misma. Por un lado, quería ir al médico y quitármelo de encima, pero, por otro, me daba tanto miedo que no era capaz de obligarme a hacerlo. No sabía si Nacho había olvidado la conversación o si fingía muy bien para no volver a hablar del tema.

Finalmente, cuando me armé de valor y me venció el temor a tener un niño, pedí cita con el médico a espaldas de mi hombre. Vestida con unos *shorts* y una camiseta, salí al camino de acceso, donde me esperaba un minitanque. En ese momento, mi bolso empezó a vibrar.

—¿Qué coño ha pasado esta vez? —preguntó Olga cuando contesté—. Ese déspota casi ha sacado a Domenico a rastras del avión y han desaparecido. Estoy en casa, pero vuestro piso está cerrado con llave. ¿Dónde estás? ¿Habéis vuelto a pelearos?

Me quedé en silencio, sin poder creer que no supiera nada del asunto.

—Olga, todo se ha ido un poco a tomar por culo —exclamé, y me subí al coche—. Massimo y yo no nos reconciliamos, sino que lo había planeado todo y volvió a raptarme.

—¡¿Qué?! —Su grito me rompió los tímpanos—. Hay que joderse, qué tipejo. Cuenta.

Le expliqué toda la historia saltándome la parte en que mi marido me violó durante días. Pensé que el sentimiento de culpa que le provocaría no era necesario.

—Maldito manipulador —dijo suspirando—. Laura, estaba convencida de que os habíais reconciliado. En la boda me pareció un poco extraño, pero luego vino lo de tus celos y la escena que les montaste a los canarios. —En su voz se notaba un poco de resentimiento—. Y después te subiste a su Ferrari y casi le hiciste una mamada cuando te abrió la puerta. —Suspiró por enésima vez—. ¿Qué querías que pensara? Y encima cogiste la llamada y luego él bajó tan radiante... Pensé que todo había vuelto a la normalidad. ¿Recuerdas cuando comentamos que Nacho quizá era un antojo? Pues pensé que te habías decidido por Massimo a causa de esa Eva y de toda la situación, ya sabes, la boda, Taormina, la iglesia, los recuerdos...

—Vale —la interrumpí para que no siguiera—. Dime una cosa, ¿Massimo ha estado con Mario?

—Sí. —Esta simple palabra me quitó un peso de encima—. ¿Por qué lo preguntas?

—No te he dicho lo más importante. Fue Mario quien nos permitió huir. —Apoyé la cabeza en el volante—. Tenía miedo de que Massimo lo matara.

—Pues no lo ha matado, al menos por ahora. ¿Sabes qué? Le preguntaré a Domenico en qué punto está la situación y ya te contaré. ¿Y qué tal Nacho?

—A decir verdad, bien —exclamé—. No es que le haya hecho mucha gracia enterarse de que su chica se acostó con otro estando borracha, pero comprende que me narcotizaron. Aunque eso no cambia el hecho de que le fui infiel.

—¡Y una mierda! —gritó—. Laura, ni se te ocurra caer en ese estado, sé qué será lo siguiente. Te meterás en la cama y sufrirás, lo cual te provocará nuevos problemas. —Su tono resignado me partió el corazón—. Escucha, tienes que ocuparte de algo. Mira, puedes arreglar los asuntos de la empresa por internet. Ponte en contacto con Emi. Tiene mogollón de trabajo.

—Por ahora me voy al médico. —Se quedó en silencio—. Por desgracia, podría estar embarazada de él.

—Me cago en la puta. —Lo dijo en voz muy baja, pero llegó a mi oído—. Bueno, si llega a nacer, tu hijo tendrá un hermano. —Levanté la cabeza como si hubiera recibido una descarga eléctrica y la golpeé contra el reposacabezas—. Estoy embarazada, Laura.

—Joder. —Los ojos se me llenaron de lágrimas—. ¿Y me lo dices ahora?

—Es que me he enterado por casualidad en las Seychelles.

—Me alegro mucho, querida —dije sollozando.

—Yo también, pero pensé que podría decírtelo en persona y, bueno, ya sabes, que estarías aquí conmigo. —Al oírla casi me entraron remordimientos.

—Olga, voy a abortar, no quiero que nada me una a ese psicópata.

—Piénsatelo, querida. Primero entérate de si estás embarazada y llámame.

Unos golpecitos en el cristal me dieron tal susto que el teléfono se me cayó de la mano. El chico de colores estaba junto a la puerta con las cejas levantadas, extrañado. Recogí el móvil y me despedí de Olga. Después pulsé el botón que hacía bajar la ventanilla que nos separaba.

—Hola, niña. ¿Adónde vas? —preguntó con suspicacia, o quizá solo me pareció que su tono era diferente de lo normal.

Miré hacia abajo y vi que nuestro perro, aún sin nombre, se restregaba contra su pierna.

—A comprarle algo al asesino. —Señalé al animal—. Tengo ganas de darme una vuelta.

—¿Va todo bien? —Apoyó las manos en la puerta y la barbilla en ellas. Me miraba preocupado.

—He hablado con Olga. —Se levantó un poco—. Han vuelto de las Seychelles y...

—¿Y...? —me animó a que continuara.

—Y lo han pasado de maravilla, pero, por desgracia, la vuelta a la realidad la ha asustado un poco. —Me encogí de hombros—. Está bronceada, descansada y enamorada, igual que yo. —Le di un beso en la nariz al chico de colores—. Y ahora me voy, querido. —Le sonreí lo más alegre que pude—. A no ser que quieras acompañarme...

Recé para que rechazara mi oferta.

—Tengo que reunirme con Iván; dentro de una semana viajamos a Rusia. —Metió la cabeza por el hueco de la ventanilla y me introdujo la lengua hasta la garganta—. Recuerda que es un poderoso macho, un asesino y un líder. —Me dirigió una sonrisa radiante—. Nada de tonos rosados, de cintitas ni de huesos de colores. —Tensó los bíceps y me los mostró—. Fuerza y poder, calaveras, pistolas.

—Eres tonto. —Me eché a reír y me puse las gafas de sol.

—Cuando vuelvas, ya me contarás cómo te ha ido en el médico —gritó cuando se iba. Me quedé petrificada.

Joder, joder, joder... Golpeé la cabeza contra el volante. Lo sabía desde el principio, y yo como una imbécil estaba tratando de endosarle una absurda mentira. Cerré los ojos e inspiré. «Voy a destruir nuestra relación antes de que se la pueda llamar así.» Irritada y cabreada conmigo, metí una marcha y salí a toda velocidad.

20

Estaba en la sala de espera de la clínica privada, sentada en un sofá y hurgándome las uñas. De los nervios, estaba dispuesta a arrancarme el pelo de la cabeza, pero me daba un poco de pena. Después de hablar conmigo, el médico había pedido que me hicieran un análisis de sangre y me dijo que los resultados estarían en unas dos horas. No tenía fuerzas para conducir, no estaba en condiciones de pensar, así que me quedé allí sentada, mirando irreflexivamente a las pacientes que llegaban.

—Laura Torricelli. —Me puse tensa al oír el apellido que seguía apareciendo en mi documento de identidad.

—Joder, lo primero que haré mañana será recuperar mi apellido de soltera —murmuré mientras me encaminaba hacia la consulta.

El joven médico echó un vistazo a los resultados, suspiró y meneó la cabeza. Después miró el ordenador, se quitó las gafas, juntó las manos formando una cúpula y me dijo:

—Señora Laura, los resultados del análisis de sangre indican claramente que está usted embarazada.

Escuché un pitido en la cabeza. El corazón me latía como

si fuera a salírseme del pecho y el contenido del estómago se me subió a la garganta. El doctor vio que iba a perder el conocimiento, así que llamó a una enfermera. Entre los dos me pusieron en la camilla y me levantaron las piernas. «Quiero morirme cuanto antes», repetía mentalmente tratando de volver en mí. El médico me dijo algo, pero solo oía el golpeteo de la sangre en las sienes.

Minutos después me recuperé y volví a sentarme delante del doctor.

—Quiero interrumpir el embarazo —dije con firmeza. El médico me miró sorprendido—. Cuanto antes. He leído que con unas pastillas puedo librarme del problema.

—¿El problema? —repitió asombrado—. ¿Y no sería mejor hablar primero con el padre del bebé, o con un psicólogo?

—¡Doctor! —Mi voz sonó demasiado impetuosa—. Voy a deshacerme del bebé con su ayuda o sin ella. Pero teniendo en cuenta la operación que tuve al principio de este año, creo que sería mejor hacerlo bajo la supervisión de un médico. Para tranquilizar su conciencia, le diré que es el fruto de una violación y que no deseo tener nada en común con el violador. Y antes de que me advierta que debería denunciar el asunto a la policía, debe saber que no puedo hacerlo. ¿Me ayudará o no?

El joven médico se quedó pensando, y yo casi pude percibir que luchaba por resolver el dilema.

—Bueno, vuelva usted mañana y la ingresaré uno o dos días. Le administraremos los medicamentos y, si es necesario, recurriremos a la cirugía.

Le di las gracias y me marché.

Me subí a mi inmenso coche y empecé a sollozar. Las

olas de llanto que inundaban mi cuerpo eran como las de un océano agitado: cuando una se calmaba, llegaba la siguiente, y así hasta que me quedé sin fuerzas para seguir llorando. Encendí el motor y arranqué sin tener ni idea de adónde quería ir. Circulé junto al paseo marítimo y sentí una irrefrenable necesidad de estar sola, igual que me pasó al enterarme del embarazo anterior. Y, como entonces, necesitaba mirar el océano.

Aparqué cerca de la playa de los surferos, me puse las gafas de sol y caminé hacia el agua. Me senté sobre la arena y seguí sollozando sin dejar de mirar el mar. Quería morirme. No era capaz de imaginar cómo decírselo a Nacho. Temía que ya no pudiera volver a mirarme de la misma manera.

—Niña. —Su cálida voz hizo que todo mi cuerpo se tensase—. Hablemos.

—¡No quiero! —grité, e intenté levantarme, pero sus manos me sentaron de nuevo—. Y ¿qué demonios haces aquí? —Estaba furiosa y me revolví tratando de soltarme.

—No voy a ocultar que los coches tienen GPS y que después de tu extraño comportamiento en casa he querido saber qué estaba pasando. Lo siento. ¿Qué te ha dicho el médico?

Su voz se quebró al formularme la pregunta. Creo que conocía la respuesta desde que me vio en ese estado.

—Mañana me operan en la clínica —murmuré con la cabeza casi a la altura de la arena—. Tienen que extirparme algo.

—¿Estás embarazada? —Su voz era tranquila, llena de preocupación—. Laura, habla conmigo —me recriminó cuando vio que me quedaba callada—. ¡Por el amor de Dios! —gritó—. Soy tu hombre. No pienso quedarme quieto viendo cómo te martirizas. Si no me dejas ayudarte, lo haré contra tu voluntad. —Levanté hacia él mis ojos llorosos y él me quitó las gafas—. Niña, si no lo hablamos ahora, llamaré al médico y él me lo contará todo. —Me miró expectante.

—Estoy embarazada, Nacho. —Rompí a llorar de nuevo y él me abrazó con fuerza—. Juro por Dios que no quería. Lo siento.

Me sentó sobre sus largas piernas, me estrechó entre sus brazos y me tranquilizó. Me sentí segura. Sabía que podía dejar de tener miedo, que no me abandonaría.

—Mañana me ocuparé de ello y dentro de dos días habrá pasado todo.

—Nos ocuparemos —rectificó, y me besó en la frente.

—Nacho, déjame hacerlo sola. No quiero que estés allí, aunque sé que suena terrible. —Lo miré con lástima—. Te lo ruego. Cuanto más te implicas en este asunto, mayor es mi sentimiento de culpa. Quiero quitarme esto de la cabeza y cerrar de una vez el capítulo de ese desgraciado.

Asintió y me abrazó con más fuerza.

—Será como tú quieras, querida, pero deja de llorar.

Cuando volvimos a casa traté de comportarme con normalidad, pero, por desgracia, no me fue demasiado bien. Cada dos por tres me escondía para llorar. Lo que más me hubiera gustado habría sido encerrarme en algún sitio y salir cuando todo hubiera pasado. El canario veía mi sufrimiento y se esforzaba por no mostrar lo mucho que se preocupaba, pero tampoco él sabía fingir. Gracias a Dios, el día terminó enseguida y un largo paseo con el perro me vino de perlas.

Al día siguiente me desperté muy temprano y descubrí con sorpresa que Nacho no estaba en la cama. Me había quedado dormida sobre su ancho pecho, pero a ninguno nos resultaba cómoda la situación, como si Massimo estuviera entre ambos y nos separara.

Me di una ducha y me puse lo primero que encontré en el armario. Aquel día mi aspecto me importaba una puta mierda. No quería pensar ni sentir, solo despertarme dos días después y notarme aliviada. Metí lo imprescindible en una bolsa y fui a desayunar. Allí tampoco encontré a mi hombre, ni al perro, ni a Amelia. Bueno, si lo que quería era solucionar el tema sola, eso era lo que tenía. Me senté a la mesa, pero al ver la comida sentí náuseas. Prefería mirar a lo lejos. Estaba dispuesta a dejar con hambre a esa criatura inocente que llevaba dentro antes que permitir que el fruto de esos horribles sucesos destruyera mi vida. Temblé al pensarlo. Entonces el sorbo de té que acababa de dar me volvió a la boca y, antes de que me diera tiempo a levantarme de la mesa, lo vomité todo en el suelo. Me limpié la boca y suspiré mirando la pequeña mancha.

—Creo que ya no me apetece beber —murmuré.

En el embarazo anterior, los vómitos habían empezado mucho más tarde. O quizá era tan sugestionable que solo con pensarlo sentía náuseas. Meneé la cabeza y entré en casa.

Una hora después estaba sentada en el coche en dirección a la clínica. Mi teléfono permanecía en silencio y yo tampoco tenía ganas de llamar a Nacho. No necesitaba preguntarle dónde estaba; sabía que se había ido a su refugio. Seguramente estaría surfeando, bebiendo cerveza, montando a caballo y enfureciéndose en solitario. Me daba pena que sufriera tanto por mi culpa, pero no podía evitarlo. Amelia no sabía nada, pero ¿y Olga? Entonces recordé que el día anterior, con tantas emociones, había olvidado llamarla, así que marqué su número.

—¡Me cago en la puta, tía, ya era hora! —gritó, y sonreí al escuchar su voz—. Bueno, ¿qué?

—Voy a la clínica ahora mismo. Me operan hoy. —Oí que suspiraba—. Mañana habrá terminado todo.

—¿Al final lo vas a hacer? —Inspiró con fuerza—. Lo siento mucho, querida.

—Déjalo, Olga —susurré con la voz quebrada—. No te lamentes por mí. Además, no quiero hablar de ello. Mejor cuéntame qué has averiguado.

—Es verdad. Mario está vivito y coleando porque Massimo no tenía ni idea de que estaba en la casa, o eso es lo que he deducido. No tienes que preocuparte por él. Black tiene la nariz rota. Al parecer, le pegaste una hostia en la cara con la pistola. —Oí una risita tintineante—. Y bien que hiciste. Tenías que haberle dado también una buena patada en los huevos. En cualquier caso, creo que no tiene intención de ir a buscarte. Domenico lo ha convencido de que es una obsesión impropia del padrino de una familia. —Suspiré aliviada—. Aunque ya sabes cómo es, nunca puedes estar segura de si ya ha terminado todo.

—Al menos me has dado una buena noticia —comenté mientras entraba en el parking—. Olga, tengo que colgar. Cruza los dedos por mí. Espero que vengas a verme para que pueda abrazarte cuando estés como una foca. Por cierto, ¿qué tal te encuentras? —Me invadió un sentimiento de culpa por ser tan egoísta y centrarme solo en mis problemas.

—Fenomenal. El sexo es mejor que nunca. Domenico me ama aún más que antes, me lleva en palmitas, he adelgazado y mis tetas son más grandes. Todo ventajas. —En su voz se notaba alegría—. Laura, iré a verte, pero cuando se acerque tu cumpleaños.

—Joder, es verdad, mi cumpleaños —exclamé mientras aparcaba—. Me ha regalado un perro.

—¿Otra vez?

—Sí, pero este es un perro de verdad, no un cruce entre un gorrión y un ratón. Es un bull terrier. —Oí que tomaba aire para decir algo—. Y eso no es nada. Cada día recibo algo nuevo: un kart con mi propia pista de carreras, una tabla de surf, un curso de piloto de helicóptero… —Solté una carcajada—. Olga, te quiero, hablamos dentro de dos días.

—Yo a ti también —exclamó con tristeza.

—Cuídate —dije para despedirme.

Guardé el teléfono, tomé aire y agarré con fuerza el asa de la bolsa. «Manos a la obra», pensé.

El médico me hizo una ecografía sujetando un aparato que parecía un vibrador en mi pobre coño. No era algo agradable, pero, en fin, había que hacerlo. Ni siquiera miraba el monitor; no quería que me suscitara sentimiento alguno. Mientras movía el tubo dentro de mí, comentó:

—Bueno, señora Laura. Vamos a darle unas pastillas con las que comenzará la hemorragia. —Giró el aparato de plástico y miró el monitor—. Después veremos si es necesario operar o no. —Clavé la vista en el techo—. El embarazo está bastante avanzado, son ya siete semanas. Pero veremos cómo reacciona su organismo…

Apenas le hacía caso; no me importaba lo que me estaba contando, pero de repente salí de mi letargo.

—¿Cómo dice? —pregunté extrañada—. ¿De cuántas semanas?

—Según mis cálculos, unas siete. —Pulsó un botón del aparato, como si midiera algo.

—Pero, doctor, eso es imposible, porque me...

¡En ese momento lo tuve claro! ¡El bebé no era de Massimo, sino de Nacho!

Aparté la mano que me estaba haciendo la ecografía con la pierna y me levanté a tal velocidad que me mareé. Volví a sentarme y el médico me miró sorprendido.

—Doctor —le dije agarrándome al reposabrazos—, ¿está usted seguro de que el bebé no tiene unas tres semanas?

Asintió desconcertado.

—Al cien por cien. El feto es demasiado grande, y los análisis de sangre indican que el nivel de hormonas...

No seguí escuchando, no era necesario. Madre mía, no era el hijo de ese tirano, era el fruto de mi contacto con el chico de colores, que se convertiría en padre. Sonreí de oreja a oreja y el médico se quedó completamente perdido.

—Muchas gracias, doctor, pero no será necesaria la cirugía ni las pastillas. ¿El bebé está bien? —Asintió con cara de tonto—. ¿Me puede dar una foto y la descripción?

Salí corriendo de la clínica y me subí al coche. Llamé al Calvo, pero no lo cogió. «Seguramente estará surfeando», pensé. Encendí el motor y tecleé la dirección de nuestro refugio en el GPS.

Mi ánimo y mi manera de ver el asunto acababan de cambiar de una forma radical. Se me volvieron a saltar las lágrimas, pero de alegría. No sabía si era un buen momento para tener un hijo, porque llevábamos poco tiempo juntos... Pero lo importante era que llevaba sus genes. Había visto cuánto quería a Pablo y ahora le daríamos un primo. Se criarían juntos. Y, además, estaba el bebé de Olga…

—¡Hostias, es verdad! —grité, y marqué el número de mi amiga. Contestó a la segunda señal—. ¡Olga, estoy embarazada! —exclamé rebosante de alegría, pero ella se quedó callada.

—Hay que joderse, Laura. ¿Estás bien? —quiso saber sin entender de qué le estaba hablando—. ¿Te han dado algún medicamento? ¿Qué ocurre? —preguntó asustada, con voz temblorosa.

—¡Es hijo de Nacho! —Después de un momento de silencio, se oyó un chillido en el móvil—. Massimo podía esforzarse todo lo que quisiera en vano, porque ya estaba embarazada.

—Dios, Laura. —La oí llorar—. Vamos a ser madres.

—¡Sí! —grité con una amplia sonrisa—. Y nuestros hijos tendrán la misma edad. Cojonudo, ¿eh?

—¿Ya lo sabe Nacho? —preguntó después de que chilláramos a la vez.

—Voy a hablar con él ahora. Te llamo mañana, cuando me calme un poco.

Iba a toda velocidad, maldiciendo por no tener una máquina que me teletransportase y así estar ya a su lado.

Entré con el coche en la playa y vi la moto apoyada en la palmera. Estaba allí. No sabía cómo decírselo, si directamente o con delicadeza. Me detuve a medio camino. ¿Y si no quería tener hijos y yo le estaba poniendo frente a un hecho que podía destruir lo nuestro más rápido que el raspado que había planeado? Pero recordé que, en la piscina de Tagomago, dijo que no le asustaba un posible embarazo, porque «para los hombres de mi edad ya es un buen momento». Entonces le pregunté por mis píldoras anticonceptivas y él me mandó que me cambiara para surfear. Empujada por esta idea, eché a correr.

Entré en la casa y lo vi sentado en el suelo, apoyado en un armarito de la cocina. Levantó hacia mí una mirada de sorpresa y dejó caer una botella de vodka que tenía en la mano. Me quedé petrificada y asustada al ver que estaba bebiendo; él se puso de pie y se agarró a la nevera para no caerse.

—¿Qué haces aquí? —preguntó con rabia—. ¿Qué ha pasado con la cirugía?

—No puedo hacerlo —dije mirándolo, algo desorientada por el estado en que se encontraba—. El niño... —empecé a decir y se me acercó.

—¡Hostia puta! —gritó interrumpiéndome—. No aguanto esto, Laura. —Salió corriendo de casa en dirección al agua.

Estaba tan borracho que apenas podía mover las piernas. Mis ojos se llenaron de lágrimas y la voz se me atascó en la garganta al pensar que se iba a poner a surfear en ese estado.

—¡Es hijo tuyo! —grité—. ¡Es hijo tuyo, Nacho!

El viento cálido me revolvía el pelo mientras conducía mi descapotable a gran velocidad por la carretera de la playa. En los altavoces retumbaba la canción de Ariana Grande *Break Free*, cuya letra encajaba con mi situación como ninguna otra en el mundo. *If you want it, take it*, cantaba, y yo asentía al ritmo de cada palabra al tiempo que subía el volumen.

Era mi cumpleaños. Teóricamente, ese día era un año más vieja que el anterior. Debería estar deprimida, pero la verdad era que nunca me había sentido tan viva.

Detuve el coche en un semáforo y en ese momento empezó el estribillo. Los bajos explotaron a mi alrededor y yo estaba de tan buen humor que necesitaba cantar con Ariana.

—*This is... the part... when I say I don't want ya... I'm stronger than I've been before...* —grité con ella, agitando las manos en todas direcciones. El joven que detuvo su coche a mi lado me sonrió con coquetería. Mi comportamiento debió de parecerle divertido y empezó a golpear el volante al ritmo de la canción. Aparte de la música y de mi insólita conducta, seguramente también llamó su atención mi atuendo, porque no llevaba mucha ropa.

El bikini negro combinaba de manera ideal con mi Plymouth Prowler violeta, con el que pegaba todo porque era la hostia. Mi coche, fabuloso y extraordinario, era un regalo de cumpleaños. Por supuesto, era consciente de que mi hombre no se detendría ahí, pero me gustaba consolarme pensando que quizá fuera el último obsequio.

Todo había comenzado un mes antes: cada día me daba algo nuevo por mi cumpleaños. Trigésimo cumpleaños, treinta días de regalos. Así lo veía él. Puse los ojos en blanco al pensar en ello y arranqué cuando el semáforo se puso en verde.

Aparqué, cogí el bolso y me dirigí a la playa. Hacía mucho calor, era pleno verano y yo tenía muchas ganas de comprobar cuánto tiempo podía tomar el sol sin hartarme. Sorbí un poco de té helado por una pajita y me puse a caminar hundiendo los pies en la ardiente arena.

—¡Felicidades, vejestorio! —gritó mi hombre, y cuando me di la vuelta para mirarlo me explotó en la cara un géiser de Moët Rosé.

—¡¿Qué haces?! —chillé sonriendo, tratando de apartarme del chorro, aunque sin éxito. Me empapó entera con la precisión y el acierto de un bombero con una manguera.

Cuando la botella estuvo vacía, se lanzó sobre mí y me tiró sobre la arena.

—Felicidades —susurró— Te quiero.

En ese momento, su lengua se introdujo lentamente en mi boca y empezó a moverse en todas direcciones. Gemí, crucé los brazos por detrás de su cuello y separé las piernas cuando se acomodó entre ellas, moviendo las caderas a un lado y a otro.

Sus manos agarraron las mías y las hundieron en el blando suelo. Luego se apartó de mí y me miró con expresión divertida.

—Tengo algo para ti. —Movió las cejas alegremente, se incorporó y tiró de mí para que yo también me levantara.

—¿De verdad? —murmuré con sarcasmo y puse los ojos en blanco, aunque ante él quedaban ocultos por los cristales oscuros de mis gafas.

Levantó la mano y me las quitó. Su rostro se ensombreció.

—Me gustaría… —Se aturulló, y lo miré con gesto divertido. Entonces inspiró, cayó de rodillas, estiró la mano y puso ante mí una cajita—. Cásate conmigo —dijo Nacho mostrando sus blancos dientes en una sonrisa—. Me gustaría expresar algo inteligente, romántico, pero en realidad deseo decir algo que te convenza.

Tomé aire, pero levantó la mano para detenerme.

—Piénsalo bien antes de responder, Laura. Prometerse

no significa casarse y casarse no significa que sea para toda la vida. —Empujó suavemente la cajita contra mi vientre—. Recuerda que yo no quiero obligarte a nada, no te ordeno nada. Di «sí» solo si de verdad lo deseas.

Por un instante se quedó en silencio, esperando mi respuesta. Al no obtenerla, meneó la cabeza y continuó:

—Si no aceptas, te enviaré a Amelia y ella te torturará hasta la muerte.

Lo miré emocionada, asustada y feliz a la vez.

—Bueno, veo que este argumento tampoco te convence. —Contempló el océano y, al cabo de un momento, sus ojos verdes volvieron a mí—. Entonces acepta por él. —Besó mi vientre y después apoyó la frente en un bombo que apenas se notaba—. Recuerda, una familia la forman al menos tres personas. —Levantó la vista hacia mí—. Al menos, lo cual no significa que vaya a conformarme con un hijo. —Sonrió y me cogió de la mano.

—Te quiero —susurré—. E iba a decirte que sí desde el principio, pero como me has hecho callar, he dejado que me demostraras de lo que eras capaz. —Sus ojos grandes como soles me sonrieron—. ¡Sí, me casaré contigo!

Epílogo

¡Maldita sea, Luca! —Olga se levantó de la tumbona y el esprint que se marcó llamó la atención de todos los que estaban en la playa—. Ven aquí, mocoso.

Resignada, se arrodilló en la arena y el precioso niño de ojos negros se echó a mis brazos.

Lo envolví con la toalla, lo senté en mis rodillas y empecé a secarle el pelo.

—Finge que no entiende el polaco —gritó mientras se tumbaba y cogía una botella de agua—. Pero en cuanto me pongo a hablar en italiano enseguida reaccionas, ¿verdad? —Dio una toba en la nariz al angelito de pelo negro que se revolvía encima de mí.

—Deja de tomarte las cosas tan a pecho. Los nervios no son buenos para las embarazadas —dije sonriendo mientras miraba a Olga—. Ve con tu madre —susurré al niño, y él se tiró encima de Olga.

Ella lo abrazó con cariño. El niño se reía y trataba de soltarse. Al final lo dejó ir y el pequeño, haciendo caso omiso de las advertencias de su madre, corrió a meterse en el agua.

—Es idéntico a Domenico. Él también pasa olímpicamente de lo que le digo. —Meneó la cabeza—. No puedo creerme que sea ya tan mayor. Recuerdo el día que di a luz. —En su voz noté una pizca de nostalgia.

—Sí, yo también. —Asentí al recordar que quería matarnos a todos.

Por desgracia, ese día no pude estar con ella, a pesar de que me hubiera gustado mucho. Pero le pidió a su marido que contactara conmigo por videoconferencia. Domenico colocó el ordenador junto a la cabeza de Olga, de manera que pudiera acompañarla en el parto, aunque muerta de miedo. Mi amiga vociferaba, pegaba a Domenico, me insultaba a mí, a él y a los médicos, y después lloraba. Por suerte para todos, el parto no fue demasiado largo y Luca nació después de dos o tres horas. Era el bebé más bonito que había visto.

—Este crío acabará conmigo. —Olga suspiró, y al rato gritó—: ¡Luca! —El Domenico en miniatura volvía a meterse en el agua. Se sentó y se puso las gafas de sol—. Su padrino lo tiene tan consentido que soy incapaz de controlarlo.

Giré la cabeza y la miré con un ojo abierto y el otro cerrado.

—¿Massimo te lo pone difícil? —Meneó la cabeza para negar—. Bueno, tienes que entenderle, ve en él al hijo que no tiene.

—Si sigue relacionándose con esas putas, al final tendrá uno. Menos mal que está poco en casa. —Suspiró—. Pero cuando viene, le regala a Luca Ferraris en miniatura y hace poco le compró una pista de carreras. ¿Te lo puedes creer? ¡A un niño de cuatro años! Le compró una moto de agua. Y eso no es nada. Convenció a Domenico para que aprendiera idiomas… ¡Cuatro a la vez! —gritó—. Y, además, a tocar el

416

piano, kárate y tenis porque, al parecer, con el deporte se aprende disciplina.

Meneé la cabeza sin poder creer que ya hubieran pasado cinco años desde mi separación. No fue sencillo, sobre todo porque Nacho y Massimo se odiaban. El divorcio en sí no resultó complicado, firmar unos papeles y ya, pero llegar a ese momento se convirtió en un calvario.

El día de mi cumpleaños, Massimo comprendió por fin que lo había abandonado porque estaba enamorada de otro. Justo entonces se cumplían trescientos sesenta y cinco días del primer rapto. No sé si fue por sentido común o si simplemente quiso cumplir su palabra, pero ese día me prometió que me daría el divorcio.

Una persona normal habría enviado los documentos por correo, por e-mail o por paloma mensajera, pero mi exmarido necesitaba hacer algo que dijera: «Soy rico, me lo puedo permitir». Así que mandó a Tenerife a cuatro hombres canosos que pusieron delante de mí toneladas de documentos y me explicaron lo que contenían.

De entrada, le dije a Black que no quería nada de él y que no cogería ni un céntimo, pero cuando Massimo se empeñaba en algo no había manera de hacerle entrar en razón. Fue una de las condiciones que puso para empezar a hablar de mi libertad. Dijo que, después de todo lo que yo había sufrido, me merecía, según sus palabras, un futuro asegurado y una compensación. En realidad, se trataba de que no dependiera de Nacho económicamente.

Y no dependía, porque lo primero que hizo mi magnánimo exmarido fue entregarme la empresa que yo había creado, aunque con su dinero.

—¡Mamá! —Un dulce grito me hizo levantar la cabeza y

ver los bracitos que adoraba estirados hacia mí—. Papá me ha enseñado un delfín —me dijo cuando la cogí en brazos.

—¿De verdad? —Asentí con entusiasmo.

Stella se libró de mis brazos y corrió hacia el mar. Era una niña extraordinariamente activa, como su padre.

«¿Me cansaré alguna vez de esta imagen?», me pregunté mirando a mi esposo, que venía hacia mí con nuestra hija en brazos. Colgada de él como un monito, la rubita de ojos marrones le daba sonoros besos. Nacho sujetaba cariñosamente a Stella con un brazo y con el otro, la tabla de surf. Su cuerpo mojado y lleno de tatuajes no parecía el de un hombre de casi cuarenta años. El continuo movimiento era el mejor conservante, y además moldeaba de maravilla sus músculos.

—Te admiro por dejarle surfear con él —dijo Olga entusiasmada mientras metía a la fuerza un trozo de plátano en la boca de Luca—. Me moriría de miedo. Él la sienta en la tabla y ella se cae continuamente al abismo. —Agitó los brazos—. Eso no es para mí.

—No se cae, salta. Y quién iba a pensar que seríamos unas madres tan diferentes... —Me reí sin apartar la vista de mi hombre—. Por lo que recuerdo, yo iba a ser la histérica y tú la que iba a fumar con mis hijos.

—¡Que no me entere yo de que fuman! —gritó—. Lo mejor sería encerrarlos en un sótano hasta que fueran mayores de edad. —Se quedó pensativa—. O mejor hasta los treinta, por si las moscas.

De repente, el sol desapareció y unos labios suaves y salados se pegaron a los míos. Nacho se apoyó con una mano en la cabecera de la tumbona en la que yo tomaba el sol y, sin soltar a nuestra hija del otro brazo, me besó con descaro.

—Vais a pervertirla, degenerados —comentó mi amiga.

—No seas envidiosa —la reprendió Nacho con una desbordante sonrisa—. Si tu marido se dejara de tonterías y viniera contigo, también podrías sentir algo agradable en la boca.

—Que te jodan —replicó sin mirarle, y yo di gracias a Dios por que el inglés no estuviera entre los idiomas que entendían nuestros hijos—. Mi marido es fiel a su familia. —Se encogió de hombros algo ofendida.

—Ajá —exclamó el Calvo sarcásticamente, y se sentó en mi tumbona. Cogió una toalla y empezó a secar a Stella—. O sea, que eres mala esposa porque traicionas a la familia de un mafioso por pasar el tiempo con unos gánsteres canarios, ¿no?

—En todo caso, con una encantadora polaca. —Se levantó un poco las gafas y lo miró—. El que por casualidad sea la esposa de un gánster español no tiene nada que ver.

—Canario —la rectificamos casi al unísono, y Nacho acarició satisfecho mi barbilla mientras volvía a besarme con delicadeza.

Luca, al ver que Stella había vuelto, se pegó a ella como una lapa. No tenía ni cinco años, pero se sentía como pez en el agua en el papel de hermano, le enseñaba conchas y piedrecitas, y la cuidaba. A veces lo miraba y me recordaba más a Massimo que a Domenico. Esos ojos negros que me observaban con frialdad y altivez... Era solo un niño, pero yo sabía que don Massimo Torricelli lo estaba preparando para que fuera su sucesor. Olga no quería ni pensar en eso, pero yo sabía por qué Black los retenía en su mansión.

La verdad era que, gracias a su trabajo y a su hermano, Domenico era un hombre muy rico, así que no hubiera tenido ningún problema para comprarse una casa, un castillo o incluso una isla. Sin embargo, al estar siempre bajo la influencia de Massimo, no era capaz de independizarse. Convenció a Olga de que permanecer en la mansión era la mejor opción, sobre todo porque era el lugar donde se habían conocido. Al lado del siciliano, mi amiga se había convertido en una gordita romántica y delicada, así que accedió engatusada por esa historia.

—Ser madre soltera es tan difícil...

La voz de Amelia me sacó de mi ensimismamiento. Puso su bolso de marca en la tumbona de al lado y tiró a la arena la toalla mojada de Nacho.

Me di la vuelta y me hizo gracia ver que dos guardaespaldas traían un montón de juguetes, cestas con comida y alcohol, una tumbona, una sombrilla... «Bagatelas imprescindibles.»

—Sí, sobre todo con tres niñeras contratadas para las veinticuatro horas del día, un cocinero, doncellas, un chófer y un parásito que tiene la desfachatez de decir que es tu novio —bramó Nacho mientras le ponía un gorro a la niña.

—¿No podemos comprar esta playa? —preguntó Amelia sin hacer el menor caso a lo que acababa de decir su hermano—. Así no tendría que traer todo esto cada vez que viniéramos.

El Calvo puso los ojos en blanco, meneó la cabeza irritado y se acercó a mí. Se sentó a horcajadas en mi tumbona, y al rato se puso encima de mí y me aplastó. Me besó y noté que las dos mujeres que estaban tomando el sol a ambos lados nos fulminaban con la mirada.

—Esta noche concebiremos un niño —susurró entre besos—. Haremos el amor hasta que me digas que lo hemos

420

conseguido. —Sus ojos verdes me sonrieron cuando empezó a restregar su entrepierna contra mi muslo.

—Por favor. —Las chicas gritaron casi al mismo tiempo, y Amelia empezó a tirarnos diversos objetos.

—¡Sois asquerosos! ¡Que hay niños delante! —se quejó Olga.

—Ni siquiera están mirando —dijo Nacho. Se levantó y señaló a los tres niños, que estaban ocupados ensañándose con un bicho que habían encontrado en la arena—. Además, ya os lo he dicho. —Se volvió hacia Olga—. Tú encuentra la manera de convencer a ese terco siciliano. —Luego se dirigió a su hermana—. Y tú... —se quedó pensando un momento—, empieza a tomar bromuro; si con los hombres funciona, quizá contigo también.

Cogió la tabla y se fue hacia el mar.

—¿Sigue sin aceptarlo? —pregunté mirando a Amelia, y ella meneó la cabeza con tristeza.

—Ya llevamos dos años juntos y él aún no le da ni la mano al saludarse —comentó resignada—. Pensé que, como lo había contratado en su empresa, al menos hablarían, pero qué va. —Se dejó caer boca abajo sobre la tumbona—. Diego es uno de los mejores abogados de España, bueno, honrado...

—Trabaja para la mafia —añadió Olga con sarcasmo.

—Me ama —exclamó Amelia ignorando el comentario—. ¡Se me ha declarado! —Estiró la mano y nos mostró un enorme y precioso anillo.

—Marcelo lo matará. —De nuevo, la voz de Olga me atravesó el oído.

—Hablaré con él —le prometí a Amelia, y le di un puñetazo en el brazo a mi amiga—. Esta noche. Creo que será un buen momento. ¿Te puedes quedar con Stella? —Miré a Amelia y ella asintió.

—No me explico por qué no tienes una niñera. —Olga abrió mucho los ojos e hizo un gesto de reproche—. Yo sin Maria estoy más perdida que un pulpo en un garaje. Además, solo de pensar que Luca podría interrumpir una orgía con mi marido, me entran los siete males.

—Pues ya ves, yo además trabajo. —Levanté las cejas con gesto divertido—. Por cierto, ya que hablamos de trabajo, el viernes abro otra *boutique*, esta vez en Gran Canaria. ¿Vendréis? Habrá una fiesta con surferos. —Meneé las caderas—. La colección de ropa que hemos preparado para ellos se vende mejor que la colección italiana. Quién lo iba a imaginar...

—¿Klara estará? —Olga se ató el pareo y cogió otra chocolatina—. Cuando nos acompaña, me siento como si estuviera en el instituto.

Me reí y asentí fingiendo tristeza. Desde que compré para mis padres una propiedad en Gran Canaria como regalo de jubilación, podía disfrutar de su compañía siempre que me apetecía, porque vivían a dos horas en ferry.

Mi padre había empezado a aficionarse a la pesca y, gracias a eso, se pasaba los días enteros en el mar. Y mi madre... Bueno, a ella le gustaba estar siempre deslumbrante. Aunque, con más de sesenta años, también había descubierto que tenía talento para las artes plásticas y empezó a hacer unas esculturas de cristal únicas que, para su sorpresa, se vendían muy bien.

Al principio pensé en traerlos a Tenerife, pero tener tan cerca a mi madre podría haber puesto en peligro no solo mi matrimonio, sino también los negocios de Nacho. Por fortuna, la fama de Marcelo y de su ocupación no era tan grande como la de Massimo, así que tenerlos a unos cientos de kilómetros era suficiente.

—Charlar con vosotras es estupendo, pero voy a moverme un poco. —Recogí una camiseta rosa que había sobre la tumbona que combinaba de manera ideal con el traje deportivo que llevaba—. Me voy a surfear. Cuidad de los niños. —Agarré la tabla y me dirigí hacia el océano.

—¿Cómo puedes tener ese cuerpo a tu edad? —gritó Olga, que en su actual estado parecía una ballena.

—El ejercicio, querida. —Señalé la tabla con el dedo y después a mi marido, que cabalgaba sobre las olas—. ¡Ejercicio! —Le di un beso en la frente a Stella, que estaba haciendo un castillo de arena con los niños, y me fui al agua.

Sí, mi vida era de lo más completa, sin duda. Tenía todo lo que amaba. Miré el Teide nevado, después a las chicas que me saludaban alegres y, finalmente, mis ojos se posaron en el chico de colores. Estaba sentado encima de la tabla, sobre una ola, y me esperaba... a mí.

Nota de la autora

Si no has encontrado la moraleja de mi relato, enseguida te la explico. La trilogía *365 días* no exalta las violaciones ni el síndrome de Estocolmo. Como ves, ni Massimo es intachable ni Laura es tonta. Lo siento si te has dejado engatusar por el encanto del protagonista... Seguramente en la vida real también te ha pasado más de una vez. ¡Pero recuerda! No es oro todo lo que reluce y el dinero y el físico no dan la felicidad. Lo que cuenta es la libertad, la independencia y la amistad, no la autoridad y los zapatos caros. ;-)

Agradecimientos

Como siempre, pero con más fuerza si cabe, quiero dar las gracias a mis padres. Mamá, papá, sois mi mayor soporte en esta vida y os quiero muchísimo.

Deseo dar las gracias a mi amigo y colaborador Maciej Kawulski. Hermano, gracias por creer en mí, gracias por esta oportunidad y gracias por producir mis películas conmigo. Es un honor llamarte «hermano».

Gracias a mi mánager, Agata Słowińska. Sin ti, yo no habría existido, ni tampoco mi éxito ni mis vacaciones cada dos meses. ¡Te quiero!

Gracias a mis fans de todo el mundo. Es maravilloso saber que os gusta mi historia. Espero que mis libros sean tan buenos en vuestros idiomas como lo son en el mío. ;-)

©Maciej Dworzanski

Blanka Lipińska es una de las autoras más populares y una de las mujeres más influyentes de Polonia. Su obra nace más del deseo que de la necesidad, de modo que escribe por diversión y no por dinero. Le encantan los tatuajes y valora la honradez y el altruismo.

Molesta porque hablar de sexo siga siendo un tabú, decidió tomar cartas en el asunto y comenzar un debate sobre las diferentes caras del amor. Como ella suele decir: «Hablar de sexo es tan fácil como preparar la cena».

Con más de 1.500.000 ejemplares vendidos en Polonia de su trilogía, Blanka apareció en el ranking de la revista *Wprost* como de una de las autoras mejor pagadas de 2019. En 2020, la misma publicación la consideró una de las mujeres más influyentes de su país. Una encuesta entre los lectores de la Biblioteca Nacional de Polonia la encumbró en el top 10 de las escritoras más populares de Polonia, y la revista *Forbes Woman* la situó en lo más alto de las marcas femeninas.

Su novela superventas *365 días* fue objeto de una de las películas emitidas por Netflix más exitosas del 2020 en todo el mundo. El film se colocó en el primer lugar de las listas durante diez días y se convirtió en la segunda película más vista de la historia de la plataforma.